Anglaise, Louise Doughty est romancière, critique littéraire et dramaturge. Nominé au Costa Book Award, à l'Orange Prize et au London Book Award, *Je trouverai ce que tu aimes*, son premier roman à paraître en France, a connu un immense succès commercial et critique lors de sa sortie en Angleterre, en 2010. Louise Doughty vit à Londres avec son mari et leurs trois enfants.

Louise Doughty

JE TROUVERAI CE QUE TU AIMES

ROMAN

Traduit de l'anglais
par Michèle Valencia

Belfond

TEXTE INTÉGRAL

TITRE ORIGINAL
Whatever you love
ÉDITEUR ORIGINAL
Faber and Faber Ltd, Londres

ISBN 978-2-7578-3066-6
(ISBN 978-2-7144-5034-0, 1re édition)

Pour Connie

De façon semblable, toi aussi, rappelle-toi à toi-même que tu aimes un mortel, que tu n'aimes là rien qui t'appartienne en propre ; cela t'a été donné pour le moment, non sans reprise possible ni pour toujours, mais comme une figue ou une grappe de raisin, à une saison déterminée de l'année ; si tu les désires pendant l'hiver, tu es stupide.

ÉPICTÈTE, *Entretiens*
(traduit par Joseph Souilhé)

Prologue

LES MUSCLES ONT DE LA MÉMOIRE ; le corps sait des choses que l'esprit se refuse à admettre. Les officiers de police étaient plantés devant chez moi, en tenue, et pourtant, même lorsque la porte s'est ouverte et que j'ai sans doute compris, même alors, mon moi conscient cherchait une autre explication, mes idées tournaient dans ma tête comme un rat en cage. La mémoire des muscles n'est pas l'instinct, mais elle s'en rapproche ; les pianistes le savent, tout comme les danseurs de claquettes et les femmes qui ont accouché. Le simple acte physique de nouer ses lacets permet de s'en rendre compte. Le corps est plus rapide que l'esprit. On peut lui faire confiance.

Ils auraient pu venir m'annoncer la nouvelle plus tôt si Betty avait eu une pièce d'identité sur elle. Quand la femme policier me l'explique, elle adopte un ton aimable, neutre, mais je décide d'y déceler une critique. Je suis assise sur mon canapé, perchée tout au bord. Le chauffage au gaz est allumé. Sur le tapis, à mes pieds, un magazine extrait d'un des journaux dominicaux de la semaine précédente est ouvert à la page que je lisais ce matin, lovée devant le radiateur. Le policier le moins gradé, un jeune homme mince et pâle, reste à l'entrée. La responsable, plus âgée, blonde, a pris place à côté de moi, tournée à demi pour me faire face. Je les ai invités à entrer. Sur le seuil, j'ai demandé ce qui se passait.

J'essaie de comprendre ce qu'ils me disent, d'appréhender le tout, mais je m'accroche à un détail : elles n'avaient pas de pièce d'identité sur elles.

Elles, c'est-à-dire son amie Willow et elle. Willow et Betty.

« Elle a neuf ans », dis-je.

La policière remarque mon regard fixe, le boit comme de l'eau – je le vois à la façon dont elle me le retourne, dont elle m'évalue. On l'a formée à regarder les gens dans les yeux si les circonstances l'exigent. Elle ne se dérobera pas. Plus discret, son collègue masculin baisse la tête. Ils travaillent en équipe, mais je peux décider à qui j'ai envie de me cramponner. C'est elle que j'ai choisie.

Je répète : « Elle n'a que neuf ans. » Les enfants de neuf ans ne portent sur eux ni carte bancaire ni permis de conduire. La mienne n'a même pas de téléphone portable.

La policière se méprend sur ma remarque. « Je suis navrée », dit-elle.

C'est alors que Rees, le petit frère de Betty, fait irruption dans la pièce. Dans sa main droite il serre une agrafeuse. Il se rue sur mes genoux, puis y enfouit le front, un geste mi-furieux, mi-affectueux destiné à me rappeler sans recourir aux mots que je lui ai promis une récompense s'il faisait du coloriage dans la cuisine pendant que je m'entretenais avec le monsieur et la dame dans le salon. Le sentiment précis et conscient d'aimer mon fils me submerge. J'agrippe Rees par les épaules, je l'attire vers moi, avec maladresse cependant. Plus fort que le sien, le besoin que j'ai de lui l'incite à gigoter pour se libérer. Il se lève et attend, mais ne me quitte pas des yeux. La policière se penche pour s'interposer entre Rees et moi, et tend une main qui reste suspendue à quelques centimètres au-dessus de mon épaule. Bien qu'elle ne me touche pas, je trouve son geste importun.

« Madame Needham... Laura... excusez-moi, mais pouvez-vous nous dire comment contacter le père de Betty ? »

Notre corps agit souvent de son propre chef. Très souvent. Par exemple, j'aurais dû échouer à mon permis de conduire – j'avais calé à deux reprises dès le départ – mais, dans Clarence Road, tandis que je m'accrochais au volant, l'examinateur m'a dit : « Quand je taperai sur le tableau de bord avec ce journal, je voudrais que vous vous arrêtiez le plus vite possible. Freinez aussi sec que si un gosse se jetait sous les roues de la voiture. »

Après avoir repoussé ses cheveux en arrière, il m'a déclaré : « Merci, mademoiselle Dodgson, je ne vous demanderai pas de répéter cette manœuvre. »

Le père de Betty et moi nous sommes séparés il y a trois ans – Betty avait alors six ans et Rees n'était qu'un nourrisson. Il habite avec Chloe, sa compagne, et leur bébé dans la nouvelle cité construite près de West Runton, celle qui a nécessité l'assèchement de l'estuaire. Cet aménagement a suscité des polémiques, mais les pavillons gais et spacieux sont bien adaptés aux gens qui souhaitent prendre un nouveau départ. Pour la naissance du bébé, je leur ai envoyé une carte. On y lisait en belles italiques : « *Puisse cette naissance vous apporter de grandes joies.* » Dessous, j'ai écrit au stylo à bille : « *Bises de Laura, Betty et Rees.* » J'ai demandé à Betty et à Rees de dessiner leur nouveau petit frère, et j'ai joint ces dessins à la carte. Quand leur père est venu chercher les enfants pour les emmener voir le bébé, je lui ai remis une corbeille contenant des produits de toilette, que j'avais achetée pour Chloe chez Angel Shop, sur l'esplanade. En la prenant, il a eu l'air surpris. Tous les articles étaient blancs : savonnette blanche, lait pour le corps blanc, éponge de toilette blanche vaporeuse, large ruban blanc noué sur la cellophane. Il a baissé les yeux sur les produits, puis les a levés sur moi, et une expression approbatrice s'est lentement esquissée sur ses traits.

Je n'ai pas pu croiser son regard. « Tu vas bien t'occuper d'elle, maintenant, hein ? » ai-je dit.

Après son départ avec Betty et Rees, je me suis préparé du café, puis assise à la table de cuisine avec ma tasse et un paquet de biscuits ouvert, et j'ai regardé par la fenêtre. Un vent chargé de sel balayait mon jardin. Par ici, le vent ressemble à du papier de verre. Les yeux dans le vague, je voyais se succéder les rafales. Les branches du cerisier frottaient, raclaient la porte de derrière ; on aurait dit un chat ou un chien oublié dehors et qui gratte parce qu'il veut entrer. Cet arbre n'aurait jamais dû être planté aussi près de la maison. Quatre kilos six, trente-deux heures de travail suivies d'une aspiration du bébé. Je me demande s'ils ont pratiqué une épisiotomie ou s'ils n'ont rien fait pour empêcher les déchirures. À une époque, les épisiotomies étaient courantes en cas d'aspiration, mais les choses ont changé. En accouchant de Betty, j'ai été affreusement déchirée, au point que les cicatrices se sont rouvertes quand Rees est né. À la différence des muscles, les tissus cicatriciels n'ont pas de mémoire. Ils sont durs et bêtes.

Ni mon ex-mari ni sa compagne ne répondent au téléphone. J'imagine Chloe debout devant l'appareil, le bébé sur un bras. En voyant mon numéro s'afficher, elle décide de ne pas décrocher. Ce sont des choses qui arrivent. Je raccroche sans laisser de message et j'appelle David sur son portable, mais je tombe tout de suite sur la messagerie vocale.

Le collègue de la policière sort chercher Julie, ma voisine, pour s'occuper de Rees. Rees va à l'école maternelle avec le plus jeune fils de Julie et la connaît bien, mais, dès qu'elle franchit la porte d'entrée, il me regarde, puis regarde les policiers et, comme s'il venait de remarquer leur uniforme, il éclate en sanglots. Julie est obligée de le traîner dehors alors qu'il hurle et donne des coups de pied. Elle détourne les yeux, mais quand elle part, elle a elle aussi le visage ruisselant de larmes. Je m'en veux de lui imposer Rees alors qu'elle est bouleversée. Puis je comprends pourquoi elle pleure. Je le comprends sans le savoir encore vraiment. Mon cerveau semble tourner en circuit fermé. Je suis très, très calme.

Dans la cuisine, j'attrape mon sac à main posé sur la table encore encombrée d'assiettes en plastique pleines de riz et de petits pois – la seule chose que Rees accepte de manger en ce moment –, auxquelles s'ajoutent les affaires de Betty, un triste tas de papiers froissés en boule et sa nouvelle pochette de feutres aux couleurs fluo.

Rees, qui a profité de l'absence de sa grande sœur, espérait provoquer un incident diplomatique à son retour. En sortant dans le couloir, j'éteins la lumière. Au bas de l'escalier, j'attrape mon manteau suspendu à la patère. Je tiens à quitter la maison sans m'énerver, et à monter dans la voiture de police sans perdre de temps pour être le plus vite possible auprès de Betty.

Je monte à l'arrière, je boucle docilement ma ceinture. À l'intérieur, c'est tout propre – voilà une voiture qui ne transporte pas souvent d'enfants. Dans un recoin de ma tête, non seulement je remarque cette propreté, mais je l'apprécie. C'est seulement lorsque nous quittons ma rue que je me penche en avant pour demander : « Et Willow ? Comment va Willow ?

— Willow est dans l'unité de soins intensifs, répond la policière. Elle a été éjectée.

— J'ai envie de vomir », dis-je.

La femme policier jette un coup d'œil dans son rétroviseur pour s'assurer qu'aucun véhicule n'est derrière nous, puis freine et s'arrête vite, avec habileté. J'appuie sur la poignée, mais la portière est bloquée ; bien entendu, c'est pour empêcher les gens de s'enfuir. L'espace d'un instant, je m'affole, gagnée par le vertige ; mais, d'un geste prompt, le jeune policier déboucle sa ceinture et, dès qu'il peut le faire en toute sécurité, descend d'un bond et ouvre ma portière. J'arrive à me retenir jusqu'au caniveau.

« *Ce que je redoutais m'arrive… Quand je serais juste, ma bouche me condamnerait… Suis-je innocent ?* » Le Livre de Job. Je me suis rappelé ce passage pendant que, secouée de haut-le-cœur, je rendais. Notre salle de classe à l'école : gris et blanc. Jenny Ozu.

Il nous faut vingt-cinq minutes pour arriver à l'hôpital, un bâtiment peu élevé en briques rouges. Par ici, tous les bâtiments sont assez bas, comme si les gros nuages accumulés sur cette partie de la côte étaient trop lourds pour leur permettre de s'élever. À vrai dire, les terrains ne manquent pas, même s'il est souvent nécessaire de les assécher. Peu de gens ont envie de vivre ici. Nous nous trouvons à cinquante kilomètres d'une ville d'importance raisonnable, et le trajet passe par des plaines boueuses que seul un champ d'oignons vient interrompre de temps à autre.

Pendant que nous traversons la ville dans l'obscurité, la pluie se met à tomber à l'oblique sur la voiture – dans cette ville, la pluie tombe rarement à la verticale. La policière ne doit pas être depuis longtemps dans la région car elle passe par l'esplanade au lieu d'emprunter le sens unique, plus court. À notre gauche, les magasins sont fermés et sombres. La seule lumière est crachée par la friterie de M. Yeung, où les gamins sont affalés sur de hauts tabourets près de la vitrine, la tête posée sur les triangles que forment leurs bras. À notre droite, derrière les garde-fous, la plage se fond dans un mur noir, les vagues ne sont qu'une masse sonore. Lorsque nous arrivons au bout de l'esplanade, un promeneur de chien solitaire avance sur le trottoir, courbé pour lutter contre le vent. On dirait John Warren, un de mes patients. Âgé de plus de soixante-quinze ans, il est presque aveugle et souffre d'une calcification des deux épaules. J'éprouve une bouffée d'inquiétude en le sachant dehors tout seul dans l'obscurité.

Quand la voiture de police ralentit pour bifurquer dans la rue principale, j'aperçois des silhouettes sombres blotties les unes contre les autres en haut des marches en béton qui mènent à la plage. Deux se retournent à notre passage, et les phares éclairent leurs visages blêmes au regard ébahi – des travailleurs immigrés d'Europe de l'Est. En tournant le volant, la policière échange un coup d'œil avec son collègue. Par ici, on ne ramasse pas les coquillages, mais on fait parfois venir des équipes pour récupérer la ferraille. La marée est basse, aucun danger immédiat ne menace, néanmoins c'est une sale nuit pour se trouver dehors, et n'importe quelle plage est dangereuse dans le noir. La policière secoue la tête.

Nous nous engageons sur le parking de l'hôpital. J'y viens souvent pour mon travail. En temps normal, je continue jusqu'à la petite cour, derrière, là où se trouve le service de rééducation et de kinésithérapie. La policière se gare près de l'entrée principale, son collègue se hâte de descendre pour ouvrir ma portière. L'espace d'un instant, je me dis qu'il va me tendre la main pour m'aider, mais il recule respectueusement, les yeux baissés sur le goudron mouillé, le visage fermé. Lorsque je sors, le vent me rabat les cheveux sur la figure. D'une main, je les repousse en arrière, et j'avance fermement vers l'entrée. Mes accompagnateurs m'imitent, l'un devant, l'autre derrière, comme si je risquais de me sauver et de foncer vers la mer. Je prie pour que les personnes qui travaillent ce soir me soient inconnues, sinon l'accord que j'ai conclu avec moi-même ne tiendra pas. Tant que je ne l'ai pas vue, il y a de l'espoir. C'est la seule chose qui me permette de mettre un pied devant l'autre.

Nous entrons dans le grand couloir blanc au plafond bas des urgences. Instinctivement, je regarde autour de moi pour savoir de quelles blessures souffrent les gens qui patientent. Il n'y a qu'un groupe sur les chaises en plastique – une famille au sens large, cinq ou six femmes, trois enfants. Tous ont d'épais cheveux bruns et des visages blêmes, comme les travailleurs immigrés que nous avons vus sur l'esplanade. Ils viennent sans doute du parking de caravanes aménagé sur la falaise – un aménagement lui aussi controversé au plan local. Au milieu de leur groupe, un garçon d'environ sept ans serre sur son front un tampon d'ouate trempé de sang. Un filet rouge coule sur sa joue. Quand nous passons devant eux, ils nous regardent d'un air accusateur, comme si nous ne voulions pas attendre notre tour. À l'accueil, l'infirmière parle tout doucement à un médecin et, paume levée, désigne le groupe.

Nous tournons à gauche, franchissons une porte battante et empruntons un couloir peint en blanc crémeux, décoré de très mauvaises peintures d'artistes locaux, paysages marins bleus avec bateaux rouge cerise voguant sur l'eau et mouettes virevoltant dans le ciel. Par ici, la mer ne ressemble pas du tout à ça. Derrière une deuxième porte battante, toute gaieté feinte s'efface pour révéler des murs d'un marron terne, qui mènent aux services administratifs. Nous faisons un détour pour arriver à l'endroit où se trouve Betty.

Jamais encore je n'avais remarqué la longueur de ce couloir. J'ai l'impression de le parcourir depuis plusieurs jours, et je note des détails que j'aurais ignorés en temps normal. Nous passons devant des portes de bureau fermées, sur lesquelles on lit des numéros et les noms de personnes que je connais, mais ces personnes ne sont pas là alors que Betty, qui devrait être à la maison, se trouve quelque part dans cet espace infini, aussi déconcertant et familier que le décor d'un rêve. C'est sûrement ça. Voilà qui expliquerait tout : mouettes des tableaux, visages sur l'esplanade, Livre de Job. Je ne suis pas là. Je dors, une couette humide enroulée autour de mes jambes, et je me tourne et me retourne dans mon lit. Enfin, nous arrivons devant une salle de consultation. La policière frappe doucement à la porte et entre sans attendre la réponse. Son collègue me fait signe de lui emboîter le pas.

Assis à un bureau, il y a un médecin que je ne connais pas. C'est un soulagement pour moi. Il me paraît avoir bientôt l'âge de la retraite, porte des lunettes à fine monture et complète un dossier qu'il ferme lorsque nous entrons. Après s'être levé, il me dit en montrant le fauteuil placé en face de lui : « Madame Needham, je vous en prie… » Visiblement mal à l'aise, et même mortifié par la tâche qu'il doit accomplir, il poursuit, les yeux baissés : « Je suis vraiment navré. » Il se rassied, ouvre le dossier, y jette un coup d'œil, s'éclaircit la gorge, puis, d'un ton qui me fait comprendre qu'il est arrivé au début d'une énumération, ajoute : « Voilà… Euh… blessures internes multiples… »

La pièce tourne furieusement. Je m'écrie : « Oh ! » en me penchant en avant, je ferme les yeux et je m'affaisse, si bien que je ne vois pas sa réaction. Puis je prends une profonde inspiration et je m'oblige à lever la tête.

Le médecin me dévisage. La policière s'avance, pose une main protectrice sur mon épaule pour m'empêcher de perdre l'équilibre. Je me force à me redresser.

« Je veux… » J'avale de l'air pour rendre ma voix ferme et claire. « Je veux la voir. »

Après avoir jeté un coup d'œil à la policière, le médecin se lève. « Bien entendu. Excusez-moi, je dois… Je vais voir. »

Il referme la porte derrière lui. Un long silence s'installe. J'entends le vent et la pluie, dehors. La femme policier demande gentiment : « Puis-je vous apporter quelque chose, Laura ? » C'est sa façon de racheter la rudesse du médecin. Je secoue la tête.

Le médecin revient dans son bureau, dont il referme la porte. Nettement perceptible, son embarras le rend muet. Il regarde la policière et lui fait un signe de tête. Elle se penche vers moi et me dit : « Nous pouvons aller la voir maintenant. »

Lorsque je me remets debout, il me semble que je continue à monter pour dominer ce qui m'arrive, que je m'élève dans les airs, au-dessus de l'hôpital. Même quand nous pivotons pour sortir, quand je marche, toute sensation physique m'a abandonnée, on dirait que je flotte au-dessus de mon corps. Je ne sens pas le linoléum sous mes pieds, et pourtant je le trouve spongieux. La poignée métallique de la porte n'est ni froide ni dure comme elle devrait l'être, mais molle, aérienne. En avançant dans le couloir, j'ai la nette impression que ma nouvelle apesanteur gagne mes cheveux, qui ondoient sans doute autour de ma tête – comment expliquer autrement mon crâne à nu ?

Pourtant, je dois toujours avoir un corps, car je mets un pied devant l'autre et, après avoir tourné deux fois tout au plus, je me retrouve devant une chambre. Les policiers m'entourent et la femme m'explique quelque chose. À la périphérie de mon champ visuel, je vois ses lèvres remuer. Elle me dit qu'il ne faut pas soulever le drap. Je pourrai voir le visage de Betty, mais je ne dois pas bouger le drap. Sa voix s'enfle et retombe. Je saisis une phrase entière : « Si vous préférez, vous pouvez attendre l'arrivée d'un autre membre de la famille. » Je secoue violemment la tête. Elle ouvre la porte.

Betty, ma Betty est allongée sur un lit haut. Elle a les bras sous un drap replié avec soin sur sa poitrine et tiré jusqu'à son menton. Ses yeux sont fermés. Quelqu'un l'a coiffée. Ses cheveux, ses longs et beaux cheveux reposent sur l'oreiller. Son expression est calme, seule une fine éraflure qui a été nettoyée court sur son front. Pourtant, elle n'a pas l'air endormie, non. Le sommeil l'adoucit, lui arrondit le visage – quand elle dort à la maison et que je dois la réveiller, je me dis toujours : « mon bébé », mais là il n'y a ni douceur ni rondeur. La permanence de ce repos donne de la précision à ses traits. On y lit chaque jour de ses neuf ans de vie ; chaque expérience, chaque espoir ou irritation. Elle est tout à fait elle-même.

Je m'approche du lit. Ma poitrine se soulève. Je me rends compte que la policière ne m'a pas lâchée, prête à me soutenir si je m'écroule. « Laura… est-ce que c'est bien votre fille, Betty Needham ? »

J'incline la tête, et ce geste déclenche les larmes qui attendaient depuis des heures derrière la digue de mon visage – un véritable raz-de-marée. Le moment où tout bascule est arrivé. Mon esprit et mon cœur travaillent enfin de concert. Je tends la main pour toucher ma fille. La policière ne m'en empêche pas. Je replie les doigts pour lui effleurer la tempe avec mes articulations, comme je le fais toujours quand elle est vexée ou chamboulée. « Betty… Betty… » Je sanglote en lui caressant la tempe et, tout doucement, mes genoux se dérobent. La policière me redresse, et mes pleurs emplissent la chambre, l'air et, au-delà, le monde.

On me permet de rester. J'en suis reconnaissante. Les personnes qui sont entrées sans que je m'en aperçoive me procurent un siège – un fauteuil en plastique gris pris dans la salle d'attente – et l'approchent du lit pour que je puisse m'asseoir au chevet de Betty, et poser une main légère sur elle à travers le drap en attendant l'arrivée de son père. On me laisse même seule quelques minutes. Une aide-soignante vient m'apporter une tasse de thé et, en évitant mon regard, la pose sans bruit sur le petit meuble installé près de moi.

Je suis pleine de reconnaissance pour ces moments. L'arrivée de David marquera le début de tout ce qu'il va falloir faire : s'occuper de Rees, prévenir nos parents, nos amis, l'école. Le reste de ma vie pourra commencer. Pendant un instant, j'essaie de scruter par-dessus la falaise pour apercevoir cette vie, cette nouvelle vie, mais j'en suis étourdie – au sens propre. Des petits points dansent devant mes yeux. Afin de ne pas céder au vertige, je me fais un rapide récit des événements qui se sont produits au cours de l'heure précédente. La police s'est présentée chez moi pour m'emmener à l'hôpital. Là, Betty, le visage blanc, était allongée sur les draps rêches et reliée à une perfusion. Le spécialiste m'a clairement expliqué la gravité de ses blessures. À moi de traduire en termes que Betty pourrait comprendre, donc je lui ai dit qu'elle ne pourrait sans doute pas passer son examen de danse de claquettes à l'automne. « Je suis désolée, ma chérie, mais il va falloir patienter jusqu'à l'année prochaine. » Elle a une façon de gonfler le visage lorsqu'elle est outrée, de le déformer, de rendre ses beaux yeux marron monstrueux. *« Une année entière ! »* Maintenant, elle dort. Le médecin m'a dit de rentrer me reposer chez moi, mais je reste, on ne sait jamais.

Je me demande combien de temps je pourrai continuer ainsi, s'il est possible de vivre le restant de ses jours en modifiant le récit des événements. Mais je sais, oui, mon Dieu, je le sais déjà : ce récit ne m'appartient que tant que je suis seule. Et, déjà, je me complais dans la solitude.

Je me repose, savoure le simple fait d'être seule avec Betty dans cette chambre. Mes pensées sont gorgées d'elle, mais je ne peux penser à rien d'autre que je n'aie répété mille fois, si bien que je pose la main sur elle et dis : « Ma chérie… ma chérie » plusieurs fois. J'observe son visage, j'essaie d'en imprimer l'image dans mon esprit pour la garder à jamais aussi vivace qu'elle l'est à présent ; les taches de rousseur qui parsèment son nez, ses lourds sourcils, son front haut. Pour une gamine de neuf ans, elle a un visage d'adulte. On peut déjà voir ce qu'elle donnera. La cicatrice de la varicelle juste sous l'endroit où mes doigts caressent sa tempe, la courbe de ses lèvres. La couleur naturelle de sa bouche met en valeur son teint pâle semé de taches de son. Elle prend facilement des coups de soleil, autant qu'une rousse. Nous devons faire attention, avec elle.

J'aimerais que ce bref moment ne se termine jamais. Je repense à toutes les images d'elle que j'ai à l'esprit – quand je l'ai vue pour la dernière fois, alors qu'elle se précipitait dans son école tout en bavardant avec ses amies, et puis, ce matin, avant que nous quittions la maison, je l'ai aperçue en train de brosser devant le miroir du couloir ses longs cheveux qui ondoyaient à la lueur laiteuse des panneaux en verre dépoli de notre porte d'entrée. Bien entendu, nous étions en retard, mais elle ne serait jamais partie sans s'être coiffée. La vanité des adolescentes a gagné Betty très tôt, de même que les sautes d'humeur. Après s'être brossé les cheveux, elle est restée plantée devant le miroir pour boutonner sa nouvelle veste en velours côtelé. Nous l'avions achetée en solde le week-end dernier et elle tenait à la porter même si elle se gèlerait à la récréation dans ce vêtement non doublé.

« Maman, tu ne trouves pas les manches un peu trop longues ? »

Ma chérie. Si une perte de connaissance pouvait me frapper maintenant, je me sentirais parachevée, complète.

Au bout d'une petite éternité, la porte s'ouvre. David est sur le seuil, grand et droit, encore dans son costume de bureau, ses cheveux gris soigneusement coiffés en arrière. Il me dévisage avec une expression horrifiée, les yeux écarquillés. Nos regards se croisent, ne se lâchent pas, unis par un sentiment mêlé, paradoxal, de choc et d'incrédulité. Puis son regard glisse vers le lit. Il se met une main devant la bouche, mais trop tard. Il ne peut arrêter le bruit qui s'en échappe.

PREMIÈRE PARTIE

Avant

1

LA MÉMOIRE DES MUSCLES, DONC. Jenny Ozu, ma camarade d'école, a été piégée à cause de ça en jouant le *Menuet en sol majeur* de Bach. Elle donnait un récital à la mairie, mais il n'y avait pas foule. C'était un mardi, à l'heure du déjeuner, pendant les vacances de Pâques. Son public comprenait onze personnes – je les ai comptées –, y compris la mère de Jenny et moi, éparpillées dans une douzaine de rangées de chaises en bois à dossier droit.

Jenny était au piano, abandonnée sur une grande scène qu'encadraient des rideaux en velours affaissés. Cette salle de la mairie ne servait pas beaucoup, et l'air était chargé de poussière. Jenny a commencé son premier morceau, le menuet. (Sur le programme conçu et imprimé par sa mère, on lisait en fières italiques : *Jenny interprète Bach* !) Elle a magnifiquement donné les premières mesures et, pendant qu'elle s'approchait de la reprise, j'ai planté les ongles d'une main dans la paume de l'autre. « La reprise m'inquiète vraiment, m'avait-elle confié. Je suis sûre que je vais l'oublier. » Elle s'était exercée d'innombrables fois. Quand le moment est arrivé, elle a recommencé sans difficulté depuis le début. Bien que consciente du fait qu'elle se concentrait sur sa partition, je lui ai souri. Puis, en arrivant à la barre de reprise, à l'endroit où elle aurait dû continuer, elle est retournée avec grâce au début. J'ai senti mes joues s'empourprer de honte pour elle et j'ai jeté un coup d'œil autour de moi. Sûrement personne, sauf sa mère assise devant, sans doute les sourcils froncés, et moi, n'avait dû le remarquer. Deux reprises au lieu d'une, ce n'était pas la fin du monde.

Lorsque Jenny a atteint le même endroit... elle est revenue en arrière une fois de plus. Après sa cinquième répétition des premières mesures du menuet, elle s'est arrêtée, a ôté les mains du clavier et éclaté en sanglots.

Plus tard, elle m'a dit : « J'avais tellement travaillé et retravaillé cette reprise que mes doigts n'étaient plus capables de faire autre chose. Il a fallu que je m'arrête de jouer. C'était le seul moyen de m'en sortir. »

Jenny et moi étions des adolescentes tristes, voilà ce qui créait un lien entre nous. Son père, japonais, était absent. Le mien était mort. Nous avions pour ambition de surpasser les autres filles de treize ans sur le plan intellectuel. Nous avions conclu un pacte de suicide, et nous nous trimballions avec des livres de bibliothèque dont le titre était par exemple *Apprenez le swahili*. Allongées sur le lit de Jenny, nous mangions des barres KitKat et nous prétendions nihilistes. Je suis passée par une phase où je recopiais des extraits du Livre de Job, et je les épinglais devant mon casier dans la salle commune pour que les autres filles puissent les voir. Leur air ébahi me ravissait.

La terreur qui me hantait, c'est elle qui m'atteint,
et ce que je redoutais m'arrive.

Pour moi, ni tranquillité, ni cesse, ni repos.
C'est le tourment qui vient.

Le Livre de Job, *3, 25-26*

Les choses qui vous impressionnent quand vous avez douze, treize ou quatorze ans vous restent à jamais. J'ai oublié des pans entiers de ma scolarité, mais j'ai conservé une image d'une parfaite netteté : le gris et blanc de notre salle commune ; Jenny Ozu qui pleure dans un coin parce que, ce matin-là, sa mère l'a giflée une fois de plus ; et moi, assise à un pupitre, en train de recopier au feutre noir des passages du Livre de Job, prise d'un violent désir de troubler nos camarades, plus joyeuses que nous. Ma mère, veuve, venait d'apprendre qu'elle avait la maladie de Parkinson. J'étais fille unique. Jenny et moi étions obsédées par l'injustice – ce sentiment nous liait davantage que ne l'aurait fait n'importe quel hobby commun.

Quand je serais juste, ma bouche me condamnerait ;
Innocent, elle me prouverait pervers.
Suis-je innocent ? Je ne le saurais moi-même.

Le Livre de Job, *9, 20-21*

Dès l'âge de quinze ans, j'étais devenue experte pour changer les couches de ma mère incontinente. « Allez, maman, on va t'essuyer un peu, hein ? Dis donc, comment est-ce que t'appellerais un seau sans rien dedans ? » À l'exception de Jenny, mes autres amies à l'école – des amies si l'on veut, celles qui me permettaient d'être avec elles parce que je leur donnais l'impression qu'elles étaient à la page et séduisantes – se concoctaient des remèdes pour la peau à base de yaourt, et discutaient de préservatifs et de diaphragmes. J'apprenais qu'il valait mieux que ma mère évite de manger des protéines à midi parce que ça pouvait entraver l'action de la dopamine. Elle commençait déjà à avoir des difficultés d'élocution, même si elle arrivait encore à remuer les lèvres pour répondre : « Un saurien. »

L'infirmière du district venait une fois par semaine. Je la méprisais encore plus que l'assistante sociale, qui mettait des mi-bas, mais, au moins, ne m'appelait pas tout le temps « ma chérie ». L'infirmière était aussi grasse que l'assistante sociale était maigre. Elle portait des pulls moulants et avait des seins qui lui pendouillaient jusqu'à la taille. Je voyais en elle un mauvais présage, un exemple, vêtu d'un tricot à côtes, de ce que je pourrais devenir si je ne renonçais pas aux flans au fromage blanc et ne me tenais pas soigneusement à distance de toute profession paramédicale. Ses éloges incessants me rendaient dingue. « Mon Dieu ! s'écriait-elle en me voyant mettre les médicaments dans le pilulier de ma mère. J'ai des élèves infirmières qui ont dix ans de plus que toi et qui ne sont pas aussi organisées. Tu feras une bonne petite infirmière, ma chérie. »

Elle n'était pas la seule à supposer que je deviendrais infirmière. Nos voisins, les Coulton, passaient de temps en temps. M. Coulton entrait chez nous avec ses grosses godasses délacées couvertes de ciment et ressortait derrière pour tondre notre petite pelouse carrée. Il mettait plus de temps à trouver la prise électrique dans la cuisine qu'à passer la tondeuse. Le couple avait des jumeaux âgés de dix ans. Chaque fois qu'il neigeait, les gamins se présentaient à notre porte avec des pelles.

« Maman nous a demandé de dégager votre entrée », annonçait l'un des deux d'un ton maussade.

Je savais que j'aurais dû me montrer reconnaissante, mais je me moquais bien que notre allée soit enneigée ou non – de toute façon, ça fondrait tout seul assez vite – et, de mon point de vue, le jardin pouvait bien être impraticable.

« Je suis sûre que tu seras infirmière, m'a prédit d'une voix ferme Mme Coulton un jour en partant. Tu es une brave petite. Tellement courageuse. »

Avant de passer l'examen qui sanctionne la fin de la scolarité obligatoire, j'ai eu un entretien avec la conseillère d'orientation. Sans rien savoir au sujet de ma mère, elle est arrivée à la même conclusion, ce qui m'a outrée. « Tu aimes l'art, mais, ce qui est bien, tu aimes aussi la biologie..., m'a-t-elle dit en jetant un coup d'œil à l'imprimé que j'avais rempli.

— Ça me plaît de faire des schémas de plantes, de ventricules, ai-je précisé en pressentant ce qui allait suivre. D'accord, je suis douée pour dessiner le cœur. Les ventricules gauche et droit. Mais c'est seulement parce que je dessine bien. Je serai peut-être artiste peintre plus tard.

— Est-ce que tu as pensé à une carrière d'infirmière ? » D'un doigt, elle se frottait une aile du nez.

J'avais envie de la mordre. « Si j'envisageais une profession médicale, je me spécialiserais », ai-je répondu d'un air hautain. Je me suis creusé la cervelle pour trouver un nom à rallonge. « En kinésithérapie. » J'aurais préféré psychiatrie, mais kinésithérapie était plus long.

La conseillère d'orientation a émis un bruit de gorge à mi-chemin de la toux et de l'aboiement. Elle portait un stylo attaché autour du cou par une chaîne, et il sautait chaque fois qu'elle soufflait. « La kinésithérapie ne consiste pas seulement à faire des massages, Lorna. De nos jours, c'est une discipline universitaire. On a autant de mal à s'inscrire en kinési qu'en médecine – certains diraient même plus de mal –, et ensuite il est très difficile de trouver du travail. Alors que de bonnes infirmières, on en aura toujours besoin, Lisa, tu ne crois pas ? » Elle s'est fendue d'un grand sourire.

J'avais envie de rétorquer : « Tu n'es même pas un vrai prof. Non mais, pour qui tu te prends ? » Je lui ai souri à mon tour.

Infirmière ? Personne ne se rendait donc compte que j'étais une intellectuelle ? Pourquoi croyait-on que ma situation actuelle difficile pouvait me donner envie de soigner les gens pendant le reste de ma vie ? Mes résultats d'examen étaient excellents en sciences, et très bons dans presque toutes les matières littéraires et artistiques. La seule note exécrable que j'avais eue, c'était en géographie, et j'en étais fière, bien décidée à être brillante ou lamentable, mais surtout pas médiocre. Infirmière ? Les gens ne pouvaient-ils pas concevoir que j'avais peut-être assez porté de gants en latex durant ma scolarité ? T. S. Eliot, pensais-je, chaque fois que j'apercevais M. ou Mme Coulton en train de passer devant notre baie vitrée. Personne ne me débarrassera donc de ce prélat fatigant ? La photosynthèse. La Grande Réforme de 1832... Mes quelques connaissances ressemblaient aux ingrédients d'un brouet de sorcière, potion magique qui me protégeait des Coulton, des infirmières et assistantes sociales, et de la transformation redoutable que la maladie de ma mère opérait en moi : une brave fille, un petit ange capable de patience, de compréhension, d'abnégation, qui renonçait à ses propres envies et s'effaçait complètement pour aider les autres.

Pour lutter contre cette image de petite fille sage, j'ai essayé de me mettre aux cigarettes, debout dans le jardin, un soir, après avoir couché ma mère ; mais j'ai fumé tellement de Silk Cut à la chaîne que j'ai été obligée de m'allonger dans l'herbe humide et que j'ai failli vomir. De même, un jour, après les cours, j'ai acheté une canette de Special Brew dans le magasin de spiritueux situé au bout de la promenade, parce que j'avais vu un SDF en boire sous l'abri de la plage, et que je supposais qu'on ne pouvait pas faire pire. Je suis allée m'asseoir sur les galets, mais il faisait froid, la plage était balayée par le vent, et cette bière avait un goût de détergent. Être un mauvais sujet n'était pas drôle, ai-je conclu. Mieux valait s'en tenir à être intelligente.

Et c'est là qu'intervient Jenny Ozu. Elle était la seule à être encore moins cool que moi. De nos jours, je suppose que nous serions gothiques ou emos, et nous épanouirions grâce à notre bizarrerie, mais, à l'époque, la culture populaire atteignait notre côte déserte sous une forme très diluée et nous étions seulement bizarres. Jenny obtenait toujours d'excellents résultats, pas même un semblant de mauvaise note. Je feignais de ne pas m'en soucier. J'avais présenté des matières scientifiques et littéraires à l'examen juste pour pouvoir faire de la biologie avec elle. Sa marginalité pure et dure me fascinait. Si nous avions eu plus d'imagination, nous aurions pu devenir ce pour quoi nous prenaient nos camarades de classe, des lesbiennes, mais nous n'abordions jamais la sexualité dans nos conversations, et d'ailleurs je ne partageais pas non plus avec elle mes expériences de cigarette ou de bière… Non, pour Jenny et moi, il n'a été question que de fièvre cérébrale pendant toute notre adolescence.

Nous nous sommes séparées de façon théâtrale un an avant la fin de nos études. Je me suis mise à fréquenter une bande de filles ayant à sa tête une maigrichonne, garçon manqué, Phoebe. Elle affirmait qu'elle avait essayé la marijuana et perdu sa virginité avec le maître-nageur du coin. « Pourquoi t'es toujours fourrée avec cette crétine de chinetoque ? m'a-t-elle demandé un jour devant ses trois amies.

— Elle est japonaise, en tout cas son père l'est… », ai-je répondu sans aucune agressivité.

Phoebe a haussé les épaules. « Vous êtes lesbiennes ? »

J'aurais dû lui flanquer un coup, ou du moins défendre mon amie, mais je me suis contentée de hausser les épaules.

« C'est cool ! a lâché Phoebe. J'ai toujours trouvé que ça devait être plus marrant d'être lesbienne. Les hommes sont tellement… » Elle a jeté un coup d'œil autour d'elle en cherchant l'adjectif approprié. Les autres filles la regardaient, pendues à ses lèvres. Et, à ma grande honte, je l'étais aussi. Phoebe avait une queue-de-cheval auburn, des pommettes saillantes et un niveau d'insouciance qui lui donnaient de l'éclat. Elle paraissait avoir sauté l'étape de l'adolescence. « Ils sont tellement…, a-t-elle répété avant d'exploser de rire. J'vous assure… » Nous avons toutes rigolé comme des baleines.

Après ça, mon amitié avec Jenny a été terminée, mais je n'ai pas eu le courage de le lui dire. Au contraire, je me suis persuadée que je n'avais rien à me reprocher, que les coups durs qui m'étaient arrivés justifiaient ce comportement déplorable. Parfois, je l'apercevais en ville, toute seule, ou avec sa mère. Si elle me souriait, je lui faisais un signe de tête et poursuivais mon chemin. J'en avais assez d'être une intello. Je voulais être méchante et heureuse, comme Phoebe et ses amies. Je voulais être normale.

Si je ne m'intéressais pas aux garçons, ma mère, elle, était obsédée par ce sujet. J'avais quatorze ans quand sa maladie de Parkinson avait été diagnostiquée, et, à cet âge, je faisais encore vraiment gamine : la poitrine plate, les cheveux châtains, j'étais studieuse et je n'aurais même pas su comment m'épiler les sourcils. Pour moi, les garçons ressemblaient à des créatures d'une planète lointaine en voie de désintégration, à des objets que je devais examiner au télescope pour avoir une petite idée de la façon dont il convenait de traiter avec eux s'ils se présentaient à la maison. D'ailleurs, je n'étais pas du tout convaincue que leur visite se révélerait amicale.

Parfois, l'obsession de ma mère prenait un tour morose. « Avant d'être dans la tombe, j'aimerais te voir casée, ma poulette », disait-elle en sucrant son thé. Bien pleine au début, la cuillère avait perdu la moitié de son sucre en arrivant dans la tasse tant les mains de ma mère tremblaient.

J'observais avec attention ses tremblements. Son spécialiste augmentait peu à peu la dose de Sinemet et, même si je savais qu'il pouvait se passer des années avant que ne surviennent les effets à long terme, j'étais anxieuse. « Je suppose que je pourrai tenir jusque-là », ajoutait souvent ma mère. Rien de ce que pouvaient dire les médecins ne réussissait à la convaincre que son espérance de vie restait normale. L'assistante sociale – celle qui portait non seulement des mi-bas, mais des jupes s'arrêtant nettement au-dessus, et qui m'inspirait donc un mépris incommensurable – me l'avait bien expliqué, puisque j'étais sa seule fille et que c'était moi qui la soignais. Ma mère vivrait aussi longtemps que si elle n'avait pas eu cette maladie, mais l'efficacité des médicaments dopaminergiques faiblirait au bout de cinq à dix ans. Lorsque la désintégration des facultés mentales se produirait, ce serait davantage un effet secondaire des médicaments qu'un symptôme de la maladie. Tôt ou tard, il me faudrait choisir entre une mère qui tremblait, se déplaçait lentement et avalait avec les plus grandes difficultés, mais avait l'esprit éveillé et se montrait docile, et une mère en meilleure forme physique, mais qui risquait de devenir agressive. D'après l'assistante sociale, la plupart des familles préféraient la première option.

C'était devenu une sorte de plaisanterie entre ma mère et moi, ce désir qu'elle avait de me voir « casée ». À l'époque, ça m'amusait ou ça m'irritait, voire les deux à la fois, et c'est seulement quand je suis devenue mère que j'ai pris la mesure du côté poignant de la chose. J'étais la fille unique d'une veuve atteinte d'une maladie dégénérative, et ma mère était terrifiée à l'idée que le jour où je ne pourrais plus m'occuper d'elle et où elle serait obligée d'entrer dans une institution, je me retrouverais seule. Pendant toute mon adolescence, alors que sa maladie de Parkinson progressait, elle considérait que son devoir était de me donner tous les conseils qu'elle serait incapable de formuler si elle attendait que j'aie des relations sexuelles. « Ne fais jamais confiance à un homme qui ne te regarde pas dans les yeux », me disait-elle. Puis, la semaine suivante, c'était : « Si un homme te dévisage avec trop d'insistance, il ne faut pas lui faire confiance, crois-moi. »

Ma mère avait quarante-cinq ans quand je suis née, et mon père la cinquantaine avancée. Je pense ne pas me tromper en disant que je suis arrivée sans qu'ils s'y attendent. Mon père était directeur de la maintenance dans une entreprise locale de photocopie. Il est mort d'une crise cardiaque quand j'avais huit mois. En un an, ma mère est passée de couple mûr sans enfant à parent isolé. Si on prend en compte la brutalité d'un tel changement de situation, elle s'en est sortie brillamment. Chaque fois que je regardais une photo de mon père défunt, ma mère m'affirmait : « Ton père était gaga avec toi, ça, on peut dire que tu étais la prunelle de ses yeux. »

J'adorais ma mère. Elle avait l'âge d'être ma grand-mère, mais nous étions de grandes amies. Quand ils sont venus, ses conseils sur l'amour regorgeaient de généralités et évitaient toute allusion au côté physique des relations – ils ne m'apprenaient pas grand-chose que je n'aurais pu trouver dans un manuel écrit en 1956 sur la façon de se conduire au cours d'un rendez-vous amoureux. Un jour, alors que nous étions agenouillées l'une à côté de l'autre dans notre minuscule jardin carré pour arracher des carottes, elle m'a déclaré d'un air pensif, comme si cette idée la travaillait : « Laura, si, en arrivant dans une réception, tu vois une fille qui porte la même robe de cocktail que toi, l'important, c'est de ne pas avoir l'air gênée. Regarde-la et dis tout haut d'un ton joyeux : "Bonjour Philippine !" »

Quand cette remarque a circulé dans les couloirs du lycée, elle a déclenché de franches rigolades. Des réceptions ? Des robes de cocktail ? Sur quelle planète vivait donc ma mère ?

De temps à autre, je décelais une certaine sagacité dans ses paroles. Je me souviens en particulier d'un commentaire qui m'est revenu à l'esprit au début de ma relation avec David. « Ma poulette..., m'a-t-elle dit un soir d'un ton solennel alors que nous mangions un pâté au poulet et aux champignons accompagné de petits pois et de jus de viande. Ma poulette, le seul moyen de savoir si la famille d'un petit ami t'aime, c'est de t'assurer qu'ils n'aimaient pas la petite amie précédente. » Dix ans plus tard, je devais m'apercevoir que c'était vrai.

Mon souvenir le plus net de mes premiers jours avec David est la façon qu'il avait de s'occuper de moi après l'amour. Il aimait rester sur le dos, un bras sous la tête. J'étais allongée sur lui, le menton posé sur sa poitrine. Il me considérait d'un regard à la fois songeur et possessif. Je rejetais la tête en arrière, la bougeais un peu de droite à gauche pour sentir mes cheveux caresser mes épaules nues, et je le regardais à mon tour. Parfois, il me massait le crâne, le frottait fort. La lumière qui filtrait à travers les rideaux à demi fermés donnait une teinte verdâtre à la chambre, on se croyait sous l'eau. Nous pouvions nous fixer des yeux indéfiniment, presque sans parler, comme si nous ne nous étions encore jamais réellement vus auparavant, comme si nous tentions de deviner à qui nous venions de faire l'amour.

Les après-midi des week-ends constituaient nos moments privilégiés – de longues heures de repos passées ensemble en oubliant notre semaine de travail, avec dehors un ciel blanc, un temps d'hiver, et nous, indifférents au froid, à la pluie et aux gens qui marchaient dans la rue devant mon appartement, indifférents à l'existence des autres. C'était toujours lui qui finissait par demander : « Un café, ça te dirait ? » ou : « Nous devrions aller manger au restaurant. » S'il n'avait tenu qu'à moi, sous l'emprise subtile de cette léthargie, nous aurions glissé vers la nuit sans nous soucier des autres besoins du corps. J'avais l'impression que le temps passé ensemble nus et repus ne prendrait jamais fin ; j'ignorais qu'une chose aussi facile, aussi naturelle ne m'était accordée que pour l'instant présent, qu'elle était mortelle.

2

AVANT DE COUCHER AVEC UNE FEMME, certains hommes la regardent comme ils ne le feront jamais après. Je me demande où ils apprennent à le faire, si c'est inné ou acquis. Je me demande aussi si cette attitude est cynique, et si elle est consciente – à mon avis, et d'après mon expérience limitée, je crois que oui. David savait ce qu'il faisait, même s'il me semble qu'il n'y avait rien de cynique là-dedans ; ce regard insistant et inexpressif était plutôt une réaction instinctive face à une femme qu'il trouvait séduisante.

Notre première rencontre a eu lieu dans un pub. Je m'y étais rendue avec un groupe de camarades, étudiantes comme moi en kinésithérapie – dont une certaine Carole, qui pleurait à chaudes larmes parce que son petit ami lui avait fait faux bond et qu'elle était sûre qu'il voyait quelqu'un d'autre. Elle est partie au milieu de la soirée et, peu après, le petit ami en question s'est pointé avec deux copains. Ce petit ami, c'était David.

Je l'ai remarqué dès qu'il a franchi la porte – grand, vêtu d'un lourd manteau qui lui faisait une belle carrure. Ses cheveux bruns avaient besoin d'un shampooing. L'une de mes camarades le connaissait, et elle m'a donné un coup de coude en disant : « Regarde, c'est lui, le petit copain de Carole. C'est vraiment un con », mais je le regardais déjà.

Pendant qu'il était au comptoir, nous avons parlé de lui. Après tout, il était tombé dans le domaine public. Les larmes de Carole étaient la sauce avec laquelle il était servi et nous avions le droit – non, l'obligation – de le juger.

« Pas mal... », ai-je dit en sirotant ma bière.

Les autres n'étaient pas d'accord.

« Trop sûr de lui, a lâché Abbie.

— Je ne supporte pas les types dans son genre, Carole devrait le larguer », a affirmé Rosita.

David a réglé les consommations de ses copains et la sienne, et ce n'est qu'ensuite qu'il a jeté un coup d'œil dans le pub et nous a vues assises dans un coin de la salle. Abbie a fait de grands gestes pour l'appeler. David et ses deux copains sont arrivés d'un pas nonchalant, tellement décontractés que leurs genoux ployaient presque. Quand ils ont été près de notre table, Abbie a fait saillir sa poitrine et a chantonné : « Elle est partie, tu sais. Tu as un peu trop tardé. Elle est furieuse. »

David a haussé les épaules, approché un tabouret, et s'est laissé tomber dessus, face à moi. Il m'a fait un signe de tête. Je le lui ai retourné. Nous étions à l'âge où se présenter nous semblait affreusement ringard. Abbie s'est de nouveau affalée sur la banquette. « Ben merde alors ! » a-t-elle marmonné sans raison particulière.

Nous avons passé le reste de la soirée autour de cette petite table en bois. Les verres de bière s'alignaient ; les filles se payaient des tournées et les garçons réglaient leurs propres consommations. La conversation n'allait pas bien loin, la table faisant office de ligne de démarcation.

À l'époque, les relations entre garçons et filles étaient comme ça : on prenait soin d'afficher une indifférence mutuelle, ponctuée par des relations sexuelles rares et maladroites. Dans nos groupes respectifs, nous parlions sexe tout le temps, bien sûr ; mais lorsque quelqu'un passait à l'acte, il faisait comprendre à la personne concernée comme à ses amis qu'il n'y avait aucune implication personnelle et il s'efforçait de s'en convaincre lui-même.

Le barman a annoncé que c'était l'heure de la fermeture et, peu après, il s'est avancé vers notre table pour atteindre la rangée d'interrupteurs placés sur le mur au-dessus de ma tête. D'un seul geste, il a appuyé sur tous les commutateurs. Effarés par cette soudaine fluorescence, nous avons sursauté, comme des vampires surpris par l'aube. Une certaine vanité étant alors socialement acceptable chez les filles, nous avons eu tôt fait, après nous être levées toutes les trois, de poser notre manteau sur un bras, de nous nouer un foulard autour du cou et de nous tapoter les cheveux tandis que les garçons finissaient leur bière en feignant la décontraction. La lumière vive révélait la saleté que nous laissions : sachets de chips vides, froissés dans le cendrier, ronds collants sur le bois luisant. Quand j'ai contourné la table, j'ai senti sous mes semelles fines une moquette trempée. Je pensais déjà au travail que j'avais à rendre le lundi – sur l'artère tibiale antérieure et postérieure. J'avais envie de regagner la maison que je partageais avec Abbie et deux autres étudiantes. J'avais envie d'une tasse de thé et de mon fichu lit à une place.

Je suis sortie la première. David m'a emboîté le pas. « Tu ferais mieux de me donner ton numéro de téléphone », m'a-t-il dit comme si nous terminions une conversation entamée plus tôt. Il avait baissé la voix, mais j'ai décelé un accent gallois. Ça lui donnait l'air d'être plus âgé que les autres garçons, plus expérimenté.

Je me suis arrêtée et je l'ai regardé. Jusque-là, ni lui ni moi n'avions laissé entendre que nous nous intéressions l'un à l'autre. Il m'a retourné un regard à la fois décidé et vide, et ce coup d'œil délibéré a eu un résultat aussi fort qu'une soirée entière passée à flirter. Son attitude était effrontée et je l'ai prise pour telle. Je savais aussi que peu de garçons de notre âge auraient agi ainsi. Ça m'impressionnait.

Ma réaction a été celle à laquelle il s'attendait. Je l'ai fixé pendant deux secondes pour lui montrer que j'avais remarqué son regard, puis j'ai détourné les yeux avec un soupçon d'embarras, comme si j'étais flattée mais décontenancée, intriguée mais un peu nerveuse. J'ai baissé la tête, ce qui a fait tomber mes cheveux devant ma figure. J'ai dû les repousser d'une main et me les coincer derrière l'oreille. Lorsque j'ai relevé la tête, j'ai vu que David me souriait. Je lui ai souri à mon tour. Mon Dieu, tu devrais avoir honte, Laura, me suis-je dit.

Il a glissé la main dans la poche intérieure de son gros manteau pour en sortir un stylo à bille. Après le lui avoir pris, j'ai tourné sa main pour écrire mon numéro de téléphone sur la partie charnue de son pouce. Il a fait une grimace théâtrale. Pendant ce temps, les autres nous avaient rejoints. Immobiles autour de nous, ils nous observaient en laissant des traînées blanches dans l'air froid. Puis Abbie m'a attrapée par le poignet et tirée à l'écart. « Qu'est-ce qui se passe ? » a-t-elle grogné.

J'ai haussé les épaules et nous nous sommes éloignées, bras dessus, bras dessous.

« Hé ! Vous ne voulez pas mon numéro ? » a lancé effrontément David dans ma direction.

Les autres filles essayaient de m'entraîner. Je me suis retournée et, en marchant à reculons, j'ai rétorqué : « Eh bien, vous m'appellerez si vous en avez envie. »

Toujours souriant, il m'a suivie du regard.

Abbie m'a fait pivoter. « Carole va t'étrangler, bon Dieu.

— Pour ça, il faudrait que tu lui en parles. Et de toute façon, ce garçon n'appartient pas à Carole.

— Je n'arrive pas à croire que tu puisses flirter avec David ! »

Je ne lui avais même pas demandé son nom. Voilà le peu d'intérêt que j'avais réussi à lui témoigner pendant la soirée. Ça, j'étais fière de moi.

David. Ce soir-là, je suis restée éveillée sur mon malheureux lit à ressorts pendant que la lueur orange du lampadaire, dans la rue, filtrait à travers les fins rideaux marron et que les cris des gens qui s'étaient soûlés ce samedi soir me résonnaient doucement aux oreilles. Donc, il s'appelait David. Je repensais à la façon dont je m'étais levée dans la lueur froide de l'éclairage au néon, alors qu'il demeurait assis en face de moi. J'avais été obligée de lui frôler l'épaule au passage – ma hanche l'avait effleuré. Il ne s'était pas écarté pour me laisser passer, il n'avait pas bougé d'un centimètre. Et moi, lentement, à dessein, je l'avais légèrement poussé. Mon corps avait posé une question au sien. David. Il avait mon numéro de téléphone, mais je n'avais pas le sien. Je ne pouvais qu'attendre.

Il n'a jamais appelé, et je ne l'ai pas revu pendant plus de deux ans. De temps en temps, j'avais de ses nouvelles et, chaque fois que j'entendais prononcer son prénom dans une conversation, j'avais des palpitations dans le ventre. Je prenais soin de ne pas poser de questions, de masquer mes réactions. David s'était réconcilié avec Carole. David et Carole s'étaient séparés. Des jeunes qui suivaient des études d'ingénieur, dont David, s'étaient presque fait virer de l'université à cause d'une farce. L'un d'eux avait mis en route une bétonnière en trafiquant les fils, mais n'avait ensuite pas réussi à freiner alors qu'elle fonçait vers la rivière. Ils avaient dû sauter pour avoir la vie sauve. Sur le pont, deux flics du coin les avaient vus patauger vers la rive.

Pendant ma dernière année d'études, j'ai eu deux petits amis, mais je ne me sentais pas très impliquée. Aucun des deux n'arrivait à la cheville du garçon qui m'avait lancé ce regard – ou, du moins, aucun n'était à la hauteur de ce que mes rêves avaient fait de lui.

Après mon diplôme, j'ai effectué mon année de stage à la Royal Infirmary[1]. La plupart de mes camarades sont partis vers des villes plus prestigieuses, mais moi, je ne pouvais pas trop m'éloigner si je voulais rendre visite à ma mère. Sa maison de santé se trouvait à la périphérie de notre ville natale, à une cinquantaine de kilomètres – il fallait donc que je reste dans le coin. Ma mère arrivait alors tout juste à marcher avec un déambulateur, et son kiné l'obligeait à parcourir quatre cents mètres deux fois par jour. Son larynx ne fonctionnait presque plus, et j'essayais de la convaincre de faire un bilan auditif. J'allais la voir deux fois par semaines, trois fois quand c'était possible. La maison de santé était très bien.

1. Centre hospitalier universitaire. *(N.d.T.)*

« Chouchoutez-vous », me disait toujours l'hôtesse d'accueil quand je repartais en agitant la main avec entrain, un large sourire aux lèvres et les yeux brillants.

Ça s'est passé lors d'une fête – le vingt-cinquième anniversaire de l'ami d'une amie. J'y étais allée uniquement parce que je n'avais pas le moral à cause de ma mère. Je me forçais à faire des choses que je n'avais pas envie de faire, selon le principe de la neurostimulation électrique transcutanée qu'on utilise pour soulager la douleur. Lors des accouchements, nous donnons aux femmes une petite machine, le TENS, pourvue de deux coussinets adhésifs pour placer les électrodes sur la peau, et nous leur suggérons d'envoyer de légères impulsions électriques en bas de la colonne vertébrale à chaque contraction afin de détourner leur attention de la douleur épouvantable qu'elles ressentent dans le ventre. J'ai essayé en accouchant de Betty. Pour moi, ça n'a pas marché. David m'a dit que j'aurais mieux fait de lui demander de me donner des coups de pied sur les tibias. Comme la santé de ma mère s'était détériorée, je m'obligeais à sortir de plus en plus souvent même si le genre de fêtes joyeuses où j'étais invitée me déplaisait.

Je suis arrivée tôt. Il n'y avait encore que cinq ou six personnes et je n'en connaissais aucune. Dans une demi-heure, je m'en vais, ai-je pensé. Et puis je l'ai vu. Oui, c'était bien lui.

Le salon était très éclairé. Il n'y avait pas d'endroit où se cacher pour l'observer. Je me suis occupée en me servant un verre de vin à un tonneau muni d'un robinet en plastique et d'un bouton sur lequel on lisait : « Abaisser », terme prémonitoire. J'ai parlé avec entrain à quelques personnes dans l'espoir qu'il me repérerait si je restais un moment bien en vue. En jetant des regards furtifs, je me suis aperçue qu'il était avec une petite blonde. Il était obligé de se baisser pour entendre ce qu'elle disait.

S'il y avait eu plus de monde, j'aurais pu passer toute la soirée à tourner autour de lui, mais peu de nouvelles têtes se montraient, et je savais que je ne pouvais pas m'éterniser sans personne avec qui discuter, si bien que, enhardie par cette situation gênante, je suis allée me planter devant lui. Il m'a regardée d'un air perplexe, sans paraître me reconnaître le moins du monde. La petite blonde m'a dévisagée. Je me suis penchée vers lui et j'ai dit : « Excusez-moi, vous ne seriez pas un ami de Carole ?

— Carole… » Il s'est détourné de sa compagne qui a réagi en pivotant ostensiblement vers une autre personne, derrière elle, et en entamant avec elle une conversation animée. Après avoir pincé les lèvres et plissé le front, il a ajouté : « Voyons… Oh, mon Dieu ! a-t-il grogné en levant les yeux au ciel. Carole. Cette Carole-là. »

J'ai soupiré en riant, comme si j'étais au courant de toute l'histoire.

« Carole, a-t-il répété en secouant la tête. Elle était folle, hein ? »

Son accent était un peu plus prononcé que dans mon souvenir. Plus tard, il m'a avoué qu'il l'augmentait instinctivement lorsqu'il s'adressait à quelqu'un pour la première fois. C'était un sujet de conversation tout trouvé quand il baratinait une femme, et un moyen de tester un homme. Rien ne le hérissait davantage qu'un Anglais qui se fichait de lui à cause de son accent.

« Euh… oui.

— Vous étiez son amie ?

— Pendant quelque temps. » J'ai risqué : « Elle me parlait sans cesse de vous. »

Il a grogné une nouvelle fois. « Alors, ça ne me laisse plus la moindre chance de baiser avec vous. »

C'est le moment que Riquiqui a choisi pour refaire son apparition à son côté. Elle lui a posé une main légère sur l'avant-bras et m'a souri.

J'ai levé mon verre de vin. « Bon… »

Mais comme je repartais vers le buffet, David m'a suivie. « Je me souviens de vous… Vous êtes Abbie. »

J'ai secoué la tête et attrapé une bouteille sur la table. « Pas du tout. Encore un effort. »

Il a fait la grimace. « Seigneur, maintenant, il ne me reste vraiment plus aucune chance. »

Je me suis retournée pour balayer la pièce du regard et je lui ai parlé du coin des lèvres. « Essayez une tactique différente. »

Il a lui aussi scruté la pièce comme si nous étions des espions feignant de ne pas se connaître. Riquiqui était de dos, mais les deux femmes avec qui elle discutait avaient les yeux rivés sur moi.

« Voulez-vous m'épouser ? m'a-t-il demandé.

— Là, c'est *très* différent », ai-je répondu en penchant mon verre dans sa direction.

Je suis sûre qu'à cet instant il ne se rappelait toujours pas notre première rencontre au pub – même si, plus tard, il a affirmé le contraire. Il ne s'en souvenait pas davantage quand il a tourné le dos aux femmes qui nous fixaient avec des yeux furieux, pour me considérer avec ce fameux regard lent et délibéré, alors que je m'étais juchée sur un coin de table.

J'ai penché la tête sur le côté. J'aurais dû attendre qu'il prenne la parole, mais j'étais à la fois trop nerveuse et trop sûre de moi. « Vous êtes devenu ingénieur, c'est ça ? »

C'était une question terriblement banale. Aussitôt, son intérêt est retombé. « Je travaille dans une usine de stylos sur la côte. » Sa voix était neutre, mécanique. Il aurait pu s'adresser à n'importe qui.

« Celle de Hennett ? J'ai grandi dans le coin, me suis-je empressée de dire.

— Toute ma famille habite près d'Eastley. Bon, en fait, ils sont Eastley. J'ai beaucoup de famille. La moitié des gens d'Aberystwyth vivent à Eastley maintenant.

— J'habitais derrière l'aire de jeux... la nouvelle cité, beaucoup de crépi, celle avec... » Je bafouillais. J'avais beau avoir découvert que nous avions été élevés dans des villes voisines, je sentais que son attention était ailleurs. Il a regardé autour de lui. Soudain, il y avait beaucoup de monde. La fête avait commencé.

« Je ferais mieux de... », a-t-il dit en levant son verre et en désignant du menton l'autre côté de la pièce où s'entassaient les gens. Sa copine à la petite taille était rendue invisible par la soudaine invasion d'invités. Aucun prétexte pour le retenir ne me venait à l'esprit. Ne t'en fais pas, ai-je pensé. Accorde-lui une demi-heure. Après, tu prends ton manteau, tu t'approches de lui, tu lui demandes son numéro de téléphone et, d'un ton décontracté, tu lui proposes de boire un café ou ce qu'il voudra. Comme ça, s'il te prend pour une cinglée, tu pourras filer aussitôt.

Je suis allée dans la cuisine où j'ai patienté une demi-heure. Ensuite, j'ai enfilé mon manteau – vert, ceinturé – et je suis retournée dans le salon. Quelqu'un avait baissé les lumières. Je me suis frayé un chemin parmi les gens. « Excusez-moi... excusez-moi. » Comme je ne l'ai pas trouvé, j'ai refait le chemin en sens inverse. « Excusez-moi… » Le salon était bondé, mais petit. Aucun doute n'était permis : David était parti.

Deux ans plus tard, une fois mon diplôme en poche, je devais m'apercevoir que ma conseillère d'orientation avait eu raison sur un point : les postes de kinésithérapeute débutante étaient rares. Finalement, j'ai obtenu un boulot dans une petite section de l'hôpital de ma ville natale. Je ne souhaitais pas vraiment repartir là-bas, mais mon rayon d'action restait limité tant que ma mère vivait dans sa maison de santé. J'avais le vague pressentiment que je m'installerais un jour dans la ville universitaire où j'avais étudié, une ville où il y avait des night-clubs et des cinémas, et que je reprendrais la vie d'une célibataire normale. En attendant, les locations dans ma région étaient bon marché. Le studio que j'ai loué pour moi toute seule, situé à cinq minutes de l'esplanade, ne me revenait pas plus cher que ma chambre d'étudiante dans la maison que j'avais partagée avec des camarades.

C'était l'automne – la ville surprenait par sa teinte dorée cette année-là. L'été avait été radieux et le tourisme en avait bénéficié. Dans le journal local, les articles optimistes côtoyaient les projets de construction d'une jetée. La plupart des villes côtières se désespèrent à cause de leur image désastreuse auprès des touristes et souhaitent l'améliorer. Il faudrait que je sorte davantage, voilà ce que je me disais. La vie que je menais après avoir quitté ma mère était floue, indistincte, et je me rendais plus ou moins compte que je me cachais derrière sa maladie. J'avais un groupe de bons amis à l'hôpital, et nous allions boire un verre de temps en temps. Je fréquentais un homme que je considérais encore comme mon petit ami d'université, Nick. Il venait chez moi un week-end sur deux, mais allait bientôt partir dans le Nord pour prendre un poste d'enseignant. Ma vie était agréablement suspendue entre celle d'une étudiante et celle de la femme que je me voyais être dans un avenir brumeux, quelque part, mais seulement si c'était l'avenir qui prenait l'initiative. Je n'étais pas malheureuse, non, juste apathique.

Pendant que je rédigeais quelques notes dans mon bureau, on a frappé un léger coup à ma porte. C'était Mary, une de nos kinésithérapeutes spécialisées en réadaptation fonctionnelle. « Tu peux prendre mon rendez-vous de quatre heures ? m'a-t-elle demandé. L'école vient de m'appeler. » Elle avait déjà enfilé son imper. Impatiente de s'en aller, elle n'avait pas franchi la porte et tambourinait sur le bois.

Mary m'agaçait – nous devions sans arrêt compter avec les problèmes que lui posaient ses enfants. Plus tard, bien entendu, j'ai changé d'avis sur la question, mais, cet après-midi-là, j'ai un peu tardé à lui répondre car je voulais qu'elle se demande un instant si elle avait bien fait de s'adresser à moi. « J'espérais terminer tout ça… » D'un geste de la main, j'ai montré les dossiers accumulés sur mon bureau, dont la moitié étaient déjà traités. À la vérité, je n'étais pas très occupée ce jour-là. Quand Mary avait frappé à la porte, j'étais en train d'envisager de m'inscrire à un cours de danse pour garder la forme. Du flamenco, peut-être. J'imaginais mes mouvements des mains, et je me demandais au bout de combien de temps on est assez bon pour se permettre de porter une robe à volants et pour froncer les sourcils en prenant un air ombrageux. Tous les mardis, la mairie proposait des cours de ceroc, mais j'avais envie de quelque chose d'un peu plus spectaculaire. Pour le flamenco, je supposais qu'on n'était pas obligé d'avoir un partenaire. Je pourrais me concentrer sur les castagnettes.

« Jamie est de repos », a ajouté Mary qui, par fierté, n'a pas laissé une note de supplication se glisser dans sa voix comme la plupart d'entre nous l'auraient fait à sa place.

J'ai soupiré et haussé les épaules. « Bon, d'accord. Explique à ton rendez-vous de quatre heures où il doit se présenter.

— Merci. » Elle a pénétré dans la pièce pour me tendre le dossier qu'elle tenait déjà prêt dans son autre main.

Pendant qu'elle ressortait, j'ai repoussé mes paperasses et posé le dossier sur mon bureau. Après l'avoir ouvert, j'ai regardé le nom sur la fiche de renseignements : David Needham.

De nouveau, j'ai entendu un léger coup frappé à la porte. « Entrez. »

J'ai eu l'impression qu'il se baissait un peu pour entrer même si, bien entendu, il n'était pas plus grand que le chambranle – c'était plutôt un geste de politesse. On aurait dit qu'il savait qu'on l'avait refilé à une autre kiné et qu'il s'excusait de constituer un paquet aussi volumineux.

Dès que j'ai levé les yeux, je me suis dit : Oh ! c'est lui, mais il n'a pas eu l'air de me reconnaître. Pourquoi m'aurait-il reconnue ? C'était à peine la troisième fois qu'on se voyait en quatre ans. Il s'est avancé vers la chaise installée devant mon bureau, mais je lui ai indiqué la table d'examen sur laquelle j'avais déroulé un nouveau papier protecteur. Tout en parcourant son dossier, je lui ai demandé : « Voulez-vous retirer votre chemise, s'il vous plaît ? »

Il s'est assis au bord de la table et a lentement ôté sa chemise pendant que je l'observais. Ensuite, il s'est relevé pour aller la mettre sur le dossier de la chaise, puis il est revenu prendre place sur la table d'examen, toujours sans se tourner vers moi. Ses mamelons marron foncé pointaient à cause du froid. Une masse de poils lui couvrait la poitrine, et quelques-uns descendaient jusqu'à son nombril. Assis très droit, il rentrait le ventre. Au cours des quelques années passées à examiner nombre de patients, j'avais remarqué que les hommes rentraient le ventre aussi souvent que les femmes.

« C'est la position que vous adoptez quand vous travaillez ? ai-je demandé d'un ton légèrement critique.

— Bon, je travaille devant une planche à dessin, a-t-il répondu, un peu sur la défensive, en croisant mon regard. Ce n'est pas facile de rester bien droit. »

J'ai parcouru son dossier et je lui ai posé quelques questions, ensuite j'ai procédé à l'examen de routine en lui demandant de se mettre debout devant moi, de poser les mains sur les hanches, puis de se pencher en avant, en arrière et sur les côtés... Mes patientes s'y prêtent volontiers car elles comprennent la raison de l'exercice et veulent m'aider, tandis que les hommes sont gênés, peu habitués à ce qu'on les observe. David, pourtant, n'avait pas l'air embarrassé. Il a soutenu mon regard – il m'était difficile de ne pas y voir un défi.

« Vous voulez bien vous allonger sur le ventre pour que je vous examine ? » Je lui ai indiqué la table. Je suis restée assise pendant qu'il s'exécutait, puis j'ai repris : « En fait, je pense qu'il vaut mieux que vous vous installiez sur la chaise. Désolée. Ça ne vous ennuie pas ? » Il a levé la tête. Je lui ai montré la chaise. « Désolée », ai-je répété.

Il s'est redressé. « Est-ce que je dois remettre ma chemise ? » Une note d'irritation perçait dans sa voix.

J'ai attendu un peu avant de répondre. « Non, pas pour l'instant. »

Lorsqu'il s'est dirigé vers la chaise, j'ai quitté mon fauteuil. « Faites-vous beaucoup de sport ?

— Du foot, parfois. La marche, ça compte ?

— Ça dépend de votre allure. Je crois que ce serait une bonne idée de vous coller du ruban adhésif sur le dos.

— Du ruban adhésif ?

— Redressez-vous, vos épaules, là. »

Je me suis placée derrière la chaise, j'ai posé les mains sur ses épaules sans appuyer, et je les ai tirées en arrière pour leur faire adopter une posture correcte. « Nous ne sommes pas faits pour rester assis, je suis sûre que votre kiné habituelle vous l'a dit. Nous sommes faits pour être couchés, debout et accroupis, c'est tout. S'asseoir n'est pas naturel, alors si on se voûte autant que vous… J'ai vérifié votre cou et votre ceinture scapulaire ; maintenant, je voudrais jeter un coup d'œil à vos articulations. Voulez-vous lever les bras, s'il vous plaît ? »

L'après-midi, la chaleur me donne envie de dormir, alors je maintiens dans mon bureau une température un peu trop froide pour les patients. Il avait la chair de poule sur les bras. Ses biceps étaient durs – à une époque, il avait dû faire de l'haltérophilie.

« Comment est-ce que je me tiens, en gros ?

— Affreusement mal, mais ça arrive souvent aux personnes de grande taille. Je vais vérifier vos muscles. »

De fins poils bruns lui couvraient les épaules et le dos. Ils étaient frisés, ce qui m'a étonnée car ses cheveux étaient plutôt raides. Pas mal de poils blancs étaient disséminés parmi les bruns, un signe précurseur, comme je devais m'en apercevoir par la suite. Peu après la naissance de Betty, ses cheveux se sont en effet mis à grisonner.

« Très bien, vous pouvez vous rhabiller. »

Il m'a suivie du regard quand je suis retournée à mon bureau et que j'ai attrapé mon stylo.

« Je croyais que vous vouliez me coller du ruban adhésif sur le dos, a-t-il dit tout en glissant les bras dans les manches de sa chemise avant de la tirer vers le bas d'un coup d'épaules.

— Vous êtes très poilu.

— Merci », a-t-il répondu avec un sourire.

Je lui ai souri à mon tour. « Ce n'était pas un compliment, monsieur Needham, mais une simple observation. Avant que je puisse le faire, il faudra que vous rentriez chez vous et que vous vous rasiez. Je peux fixer vos omoplates dans une bonne position, mais le ruban adhésif est très collant. Quand vous le retirerez, vous aurez l'impression d'arracher un sparadrap. »

Il a fait la grimace. « Combien en mettez-vous ? »

Je me suis levée une nouvelle fois, plus lentement, et j'ai contourné le bureau qui nous séparait. David m'a dévisagée, pas encore avec des yeux brûlants, mais il n'en était pas loin, il m'observait. Je me suis avancée vers lui. Il a gardé le silence. Je me suis postée derrière sa chaise et je suis restée un moment immobile. Ensuite j'ai posé les mains sur ses épaules, doucement, tout doucement. Il a cessé de boutonner sa chemise à mi-parcours et n'a plus bougé. C'était une chemisette de travail, bleue, à manches courtes, vestige optimiste d'une garde-robe d'été. Même si j'avais déjà touché son torse nu, l'excitation que produisait en moi la fermeté de ses épaules à travers le tissu rendait la chose insupportable. J'adorais ses épaules, pas trop larges, mais musclées. Pour un homme qui affirmait ne pas faire beaucoup de sport, il n'avait pas un gramme de graisse. Mes mains sont restées là une minute, puis sont descendues le long des omoplates, doigts écartés, telles deux cascades.

« Je vais vous mettre deux bandes adhésives sur les épaules, du haut en bas, comme des bretelles de soutien-gorge… »

Je me suis interrompue. Il n'a ni bougé ni parlé. J'avais envie qu'il pivote sur sa chaise, m'enlace la taille et enfouisse le visage contre mon ventre… Non, bien plus que ça, j'avais envie qu'il me jette sur la table d'examen et soulève ma jupe. *Mon Dieu, voilà que je me mets au harcèlement sexuel avec un patient,* ai-je pensé.

« Ensuite, je prendrai un autre morceau de ruban, je vous ferai asseoir bien droit, dans une bonne position, et je le collerai à l'horizontale, comme ça. » Du bout du doigt, j'ai tracé une ligne pour relier les deux bretelles imaginaires.

« Est-ce que vous me collerez aussi du ruban sur les mamelons ? » m'a-t-il demandé tranquillement.

Alors là, maintenant, c'est lui qui passe au harcèlement sexuel, me suis-je dit.

« Vos mamelons ne risquent rien. » Je me suis tue, j'ai ôté les mains de son dos et je suis retournée à mon bureau.

Il m'a examinée en silence. Je me suis assise et j'ai inscrit quelque chose dans son dossier, avec une conscience aiguë du regard pénétrant qu'il posait sur moi, et en ayant également conscience que nous ne tentions ni l'un ni l'autre de plaisanter. Nous étions arrivés à une impasse. Normalement, étant donné notre relation – kinésithérapeute et patient –, j'étais en situation de pouvoir, mais on aurait dit que nous nous trouvions en équilibre précaire sur une balançoire, chacun attendant que l'autre bouge. Je sentais que c'était à moi de lui indiquer si je souhaitais ou non qu'il continue.

J'ai refermé son dossier. « Il m'arrive de raser moi-même les patients. C'est parfois difficile de se raser seul le dos, et vous êtes très poilu. Y a-t-il quelqu'un qui puisse s'en charger chez vous ? »

Il a de nouveau fait la grimace, puis a levé les mains pour me montrer ses paumes et les a laissées retomber. « Non, personne.

— Moi non plus », me suis-je empressée de dire en prenant aussitôt une inspiration. Car, en fait, il n'avait pas besoin de le savoir.

Son sourire m'a paru mettre cinq minutes à s'élargir d'un mur de mon bureau à l'autre. Ses dents étaient soignées et blanches.

Au moment où nous nous sommes regardés, j'étais en train de faire tourner mon stylo entre mes doigts. Soudain, il m'a échappé et a roulé sur le bureau. Maladroitement, j'ai essayé de le rattraper.

Toujours en souriant, David m'a demandé : « Ça vous arrive souvent de faire tomber votre Bic ?

— Comment ça se passe à l'usine de stylos ?

— Formidable. J'ai eu une promotion. On me donne des stylos gratuits. Je vous en apporterai si vous voulez. Vous en perdez apparemment beaucoup.

— Pourquoi ne m'avez-vous pas appelée ? Vous cacheriez-vous derrière une figure de rhétorique ?

— En parlant de stylos ? Oui, bien sûr... Pourquoi vous êtes-vous enfuie ? Vous vous enfuyez toujours.

— Je ne me suis pas enfuie, ai-je protesté en cherchant gauchement le Bic au milieu des paperasses.

— Si, mais rasez-moi le dos et je vous pardonnerai. Allons faire ça chez vous. Si nous partions tout de suite ?

— Mon appartement est bordélique.

— Je vous aiderai à mettre de l'ordre. »

Je me suis carrée dans mon fauteuil pour l'examiner. Comment cette histoire m'était-elle arrivée ?

Nous nous sommes fixés du regard, puis il a constaté d'une voix pensive, douce, un peu comme s'il parlait tout seul : « Vous êtes tellement mince. Je pourrais vous casser en deux aussi facilement qu'une brindille. »

Son sourire s'est éteint, il m'a dévisagée de ses yeux marron à l'expression si intense. En sentant que mes lèvres s'entrouvraient presque imperceptiblement, j'ai tourné la tête et souri au mur, puis j'ai reporté les yeux sur David et, oui, bien sûr, il souriait aussi. Le désir me donnait le vertige, j'étais follement heureuse et déboussolée.

« Vos incisives sont légèrement plus longues que vos canines. Est-ce qu'on vous l'avait déjà dit ?

— C'est bien ou c'est mal ? » a-t-il répliqué.

J'ai enfin retrouvé le stylo qui avait réussi à glisser entre deux feuilles de papier. Après avoir noté quelques mots, j'ai refermé le dossier, regardé une fois encore David, et je lui ai dit ce que j'avais envie de lui dire depuis notre première rencontre dans ce pub, il y avait une éternité. « Je m'appelle Laura. »

3

NOUS AVONS EU DES RELATIONS SEXUELLES CE SOIR-LÀ, debout, contre un arbre, dans le parc. Je n'avais encore jamais rien connu de tel avec les garçons précédents – aucun ne ressemblait à David. Les kinésithérapeutes ont tendance à attirer des hommes qui ont envie de se faire materner – et rien n'aurait pu être aussi éloigné de ce que recherchait David Needham.

Cet après-midi-là, dans ma salle de consultation, une fois l'aspect professionnel de notre rencontre réglé, David a jeté un coup d'œil à sa montre et m'a demandé : « À quelle heure pouvez-vous partir ?

— À cinq heures.

— Je vous attendrai à l'accueil. » Il s'est levé et il est sorti. La plupart des hommes me l'auraient proposé sans employer ce ton catégorique. La plupart des hommes m'auraient attendue devant le bâtiment, ou auraient suggéré un autre lieu de rendez-vous. David savait ce qu'il voulait et se fichait bien de ce que les gens pouvaient penser.

À dix-sept heures deux, nous sommes montés dans ma voiture, que j'avais garée derrière l'hôpital. Un vague sentiment de gêne dû au non-respect des convenances m'habitait. Je redoutais de perdre la face si nous allions directement chez moi. « Je vais vous emmener dans mon pub, lui ai-je dit en mettant le moteur en route. Ils servent des frites fantastiques. Si toutefois vous êtes certain de ne pas devoir retourner à votre travail. » Après avoir regardé derrière moi, j'ai fait lentement marche arrière.

« J'ai appelé mon bureau pour expliquer que je n'étais pas en état de travailler aujourd'hui. » Il m'a ôté la main du volant et l'a posée sur son sexe pour que j'en sente l'érection à travers le pantalon. « Ce qui est la stricte vérité. »

J'ai freiné. Il faisait encore jour. J'ai balayé des yeux le parking pour m'assurer qu'aucun collègue n'était en vue, puis je me suis penchée et j'ai embrassé David sur la bouche. Ses lèvres se sont aussitôt écartées. Pendant une fraction de seconde, j'ai frôlé de ma langue l'émail mouillé de ses dents avant de m'écarter de lui, d'exercer une légère pression sur son érection, et de retirer ma main pour me concentrer sur ma marche arrière.

« Merde… », a-t-il soufflé en s'appuyant à son dossier.

Incapable de croire à ma propre audace, je souriais d'une oreille à l'autre. Sur le moment, je ne savais pas ce qui me ravissait le plus – son désir criant, ou l'énorme surprise que constituait le mien. Jamais encore je ne m'étais comportée de cette façon, pensais-je, enchantée, en roulant vers le pub.

Nous nous sentions un peu ivres, et l'alcool n'en était pas le seul responsable. Nous nous posions la main sur la cuisse sous la table. Nous nous embrassions devant les autres consommateurs. Nous nous mettions mutuellement des frites dans la bouche. Au milieu de la soirée, son téléphone portable a sonné plusieurs fois – il l'a ignoré, mais j'entendais la sonnerie dans sa poche.

La troisième fois, je lui ai demandé : « Vous n'êtes pas obligé de répondre ? » Il a secoué la tête. La quatrième fois, il a sorti l'appareil et, sans le regarder, l'a éteint, puis m'a souri. « Allons-y ! » a-t-il dit à mi-voix. D'une main douce, il m'a touché le côté de la tête et m'a effleuré les cheveux. Après son flirt poussé et très direct, la tendresse de ce geste m'a fait fondre.

Comme j'avais pas mal bu, nous avons laissé ma voiture garée dans la rue, et nous sommes allés chez moi à pied. C'est lui qui a eu l'idée de traverser le parc pour gagner du temps. La position n'était pas commode. Il m'a soulevé une jambe, son coude passé sous mon genou, et, jambes fléchies, il s'est introduit en moi. Même si l'on était en automne, la température avait baissé au cours de la soirée. Mon manteau et ma robe étaient relevés jusqu'à la taille. Je portais un collant noir opaque. Il l'a déchiré. Plus tard, j'ai trouvé des morceaux d'écorce dans ma culotte. Je tremblais tellement de froid et de peur d'être découverte par des jeunes ou des gens promenant leur chien que je n'ai pas pu jouir. Il s'est retiré juste à temps et, guidé par sa main adroite, a éjaculé sur son pantalon. Il m'a embrassée avec fougue et m'a dit qu'il m'enverrait la note du pressing. Par la suite, cette séance incommode qui m'avait laissée sur ma faim me rendait folle de désir chaque fois que je me la remémorais.

Les premiers jours ont été délicieux, fiévreux, mais aussi un enfer. Je pensais sans cesse à lui, au point que j'en avais parfois la nausée, que j'en étais soûle. Je pensais à lui même quand je lui parlais, même quand nous discutions mollement pour savoir si nous préférions aller voir un film ou faire des courses. J'avais encore envie de lui après l'amour. Ça ne me suffisait pas. Mon désir était si vif que j'en étais réduite à me masturber sous la douche. À mon travail, je me mettais à griffonner ses initiales sur des bouts de papier. Si je n'en avais pas, j'écrivais sur ma main. Je pensais à sa croupe, un terme peu professionnel pour qualifier cette partie du corps, fémur, fesses et muscles tendus contre moi. Ce mot revêtait pour moi un attrait exaspérant. La plupart des gens croient que c'est le postérieur qui pousse pendant l'amour, que ce sont les muscles fessiers qui travaillent. En réalité, ce sont deux petits muscles piriformes enfouis dans les fesses qui relient les hanches aux cuisses. À l'université, les assistants masculins prenaient toujours grand plaisir à en faire la démonstration devant des étudiantes. Le mot « croupe », lui, s'applique surtout aux animaux, mais il est évocateur. Il y a donc deux petits muscles piriformes, comme il y a deux mains, deux yeux – ces yeux qui me fixaient quand il me coinçait la tête entre ses deux grandes mains. Mes pensées tournaient en boucle dès qu'il s'agissait de lui. J'épuisais les images que j'avais de lui, et il fallait que je le voie vite pour m'en fabriquer de nouvelles ; pourtant, je m'apercevais que les anciennes revenaient à l'instant où nous nous séparions, elles se fondaient et se scindaient comme les jaillissements de couleur dans un kaléidoscope. Alors que j'étais en train de compléter le dossier d'un patient âgé, je m'arrêtais, le stylo en l'air, soudain sidérée de me trouver à mon bureau en train de travailler, et non avec lui. Mes collègues me demandaient tout le temps si j'avais un problème.

J'avais toutes les peines du monde à ne pas le harceler – je le connaissais assez et je connaissais assez les hommes en général pour me rendre compte que ça le ferait fuir. Donc, jour après jour, seuls me restaient mes fantasmes, mon désir, et la sensation presque nauséeuse que j'avais en repensant à la façon dont il me tenait la tête pour m'embrasser. Jamais je ne l'ai pourchassé. J'attendais qu'il m'appelle et, quand il me parlait, son ton détaché me causait toujours un léger choc.

« Alors, comment ça va ? » me demandait-il. Ne se rendait-il pas compte que je pensais sans cesse à lui ? D'un ton tout aussi détaché, je répondais : « Bien, et toi ? », et ma réaction me causait un second choc. Ce n'est qu'un homme, voilà ce que je me répétais pendant que nous échangions quelques nouvelles. Il se lève le matin, se douche, se rase, prend son petit déjeuner, et ainsi de suite. Il y a un million d'autres types comme lui sur terre. En faire quelque chose d'exceptionnel est ridicule, que sais-tu de lui à part qu'il manie fort bien l'ironie et qu'il baise comme un train express ? Hein ?

Il aimait me toucher les cheveux pendant l'amour, m'immobiliser la tête pour plonger ses yeux dans les miens. « Donne-moi tout », m'a-t-il dit un jour avec férocité, et je l'ai considéré d'un air ébahi. Nous étions en pleins ébats sexuels, alors qu'imaginait-il donc ? L'idée que je puisse me retenir lui faisait horreur.

Parfois, je le détestais. Parfois, il me rendait folle. Souvent, d'ailleurs. Je détestais la façon dont il mettait soudain fin à une communication téléphonique s'il pensait à une tâche quelconque à accomplir. « Écoute, je te rappellerai plus tard », disait-il presque au milieu d'une phrase avant de raccrocher. S'il était occupé, « plus tard » pouvait aller jusqu'à plusieurs jours.

Lorsque j'ai essayé cette technique sur lui, il s'est fâché. Il n'aimait pas que je lui parle de mes anciens petits amis, ça le mettait en colère. Furieux, il changeait alors de sujet et restait grognon pendant au moins une heure ou deux – mais il aurait préféré mourir plutôt que de reconnaître qu'il était possessif. Au début de notre relation, il m'est arrivé de le surprendre pendant qu'il appuyait sur les touches de mon téléphone portable.

« Qu'est-ce que tu fais ?

— Je vérifie tes sonneries. Tu te sers de la même depuis une éternité. »

Juste avant qu'il se tourne, j'ai remarqué qu'il parcourait mon journal d'appels. J'aurais dû m'inquiéter ou me vexer – si un ancien petit ami l'avait fait, j'aurais explosé –, mais j'étais contente, flattée, et c'est précisément ça qui m'embêtait.

Il avait de très bonnes manières à table. Pour un homme aussi grand, ses gestes étaient d'une retenue et d'une précision étonnantes. Il possédait une grâce étrange. Je ne l'ai jamais vu faire tomber quoi que ce soit, ni trébucher, alors que ça m'arrivait tout le temps. Je ne lui connaissais aucun tic, aucune manie, tandis qu'il me taquinait sans pitié quand je me passais la main dans les cheveux. Il ne bougeait que lorsqu'il avait une raison de le faire, et pourtant son calme apparent cachait une énergie lovée sur elle-même. Il posait tout le temps des questions. Je ne l'ai jamais vu s'ennuyer.

Il n'était qu'à moitié gallois, par sa mère, mais sur le plan de sa mythologie personnelle cette ascendance comptait beaucoup. Il avait été élevé dans une petite ville côtière près d'Aberystwyth, et sa famille s'était installée à Eastley quand il avait eu treize ans. Il se battait souvent avec des gamins anglais aussitôt après avoir ouvert la bouche. Son accent était léger, mais s'accentuait dès qu'il était en colère ou se sentait menacé. Il regardait les matchs de football gallois, mais ne s'intéressait pas au rugby. Il raillait mon accent anglais distingué, ce qui m'agaçait, car son enfance avait été beaucoup plus privilégiée que la mienne financièrement parlant.

Quand il avait la tête ailleurs, il était inutile d'essayer d'attirer son attention. « Je me concentre sur ma tâche », m'a-t-il dit un jour d'un air condescendant alors que je me plaignais car nous étions au lit à ce moment-là. J'ai grogné et je me suis posé un oreiller sur la figure. « Quoi ? Quoi ? » a-t-il demandé.

Juste avant d'avoir un orgasme, il jurait copieusement, ce que je trouvais amusant, même si j'ai toujours pris soin de ne pas le lui dire.

« Le seul moyen de savoir si la famille d'un petit ami t'aime, c'est de t'assurer qu'ils n'aimaient pas la petite amie précédente. » Depuis que ma mère m'avait affirmé cela, quand je n'étais encore qu'une adolescente godiche, son visage avait perdu toute expression, les muscles devenant de plus en plus figés, et son élocution était ralentie. Son regard se fixait sur ce qu'elle regardait, et elle cillait rarement. Il fallait que je fasse un effort pour me rappeler la façon dont elle parlait avant, et que j'ajoute un peu d'animation à ses traits, de volume à ses paroles, avec un sourire pour compléter le tout.

J'ai eu l'occasion de voir la famille de David à l'occasion du soixante-dixième anniversaire de sa tante préférée, Lorraine. David avait une seule sœur, mais un nombre faramineux de tantes, d'oncles, et de cousins et cousines qui formaient une enclave galloise à Eastley bien avant que ses parents viennent s'y installer. C'était l'hiver, nous étions arrivés après la tombée de la nuit, et il neigeotait. Le spectacle était beau, mais la sensation de froid mordant peu agréable. Nous avions sonné pendant plusieurs minutes à la porte, serrés l'un contre l'autre sous la lumière jaune de la lampe. De la musique rythmée s'échappait par la fenêtre en saillie du salon, mais les rideaux étaient fermés. David a déclaré que si on n'ouvrait pas dans une minute il irait frapper à la fenêtre, même s'il lui fallait pour cela piétiner un parterre de fleurs.

C'est alors que la tante Lorraine a ouvert la porte en disant : « Oui, oui, ça va… » En nous voyant là tous les deux, elle a reculé pour m'évaluer soigneusement. Après un signe de tête, elle s'est penchée pour me souffler : « Vous conviendrez parfaitement », et elle m'a pris le bras pour m'entraîner à l'intérieur.

Ensuite, elle s'est tournée vers David, resté sur le seuil, et a ajouté : « Mais toi, tu peux aller te faire foutre, mon garçon ! », puis elle lui a claqué la porte au nez. Juste avant, j'ai eu le temps de saisir l'expression de David, et j'ai compris qu'il s'agissait d'une blague à répétition qui, pour lui, était insupportable. Quant à moi, je venais d'avaler un gin-tonic au pub alors que j'avais l'estomac vide, et j'ai trouvé cette plaisanterie assez drôle – dingue, mais drôle.

Le couloir était décoré de serpentins en papier alu. Lorraine était une femme corpulente vêtue de beige, avec un visage illuminé par son sourire. Elle caquetait avec affectation et ne lâchait pas mon bras. J'ai entendu quelqu'un s'esclaffer et j'ai levé les yeux : un oncle descendait l'escalier en fermant sa braguette, et son rire semblait sortir du gros ventre d'un père Noël. M'agrippant toujours le bras, Lorraine a abandonné David dehors et m'a entraînée vers un salon bondé, bruyant et enfumé. Elle a ouvert largement la porte et m'a poussée dans la pièce pleine de ballons colorés et de visages curieux, si bien qu'on ne remarquait ni les meubles ni la décoration. « La voilà ! » a braillé Lorraine pour se faire entendre par-dessus la musique.

Avant que j'aie eu le temps d'ouvrir la bouche, une autre tante me tombait dessus. « Oh ! laissez-moi vous regarder, ma petite, nous vous attendions tous avec impatience. » Elle a tripoté la manche de mon manteau. « Bon, c'est beaucoup mieux que la dernière en date, je dois le reconnaître. » Elle s'est penchée vers moi. Son haleine sentait le cornichon. « La précédente s'habillait essentiellement en synthétique. »

David est apparu à côté de moi. Il n'avait pas l'air de trouver ça drôle. « Laisse-la tranquille le temps qu'elle enlève son manteau », a-t-il grommelé.

Quelqu'un m'a fourré un verre dans la main. « Essayez ce punch. Il est horrible. »

David me l'a pris et m'a murmuré : « Viens dans la cuisine. Tout de suite. »

Une fois là, il s'est tourné vers moi pour me dire d'un ton sec : « Mon Dieu, chaque fois que je la vois, ma famille vire un peu plus à la mauvaise série télévisée. Mais toi, bon sang, tu fais un tabac avant même d'avoir ouvert la bouche. » Il a tiré sur la porte récalcitrante du frigo et a réussi à l'ouvrir pour y prendre une bouteille de vin.

« Qu'est-ce qui n'allait pas avec la précédente ? » ai-je demandé d'un ton tout aussi sec. Après avoir ôté mon manteau, j'ai cherché des yeux un endroit où le mettre, puis je l'ai posé sur le dossier d'une chaise. Il y avait trois mois que nous sortions ensemble – je commençais à peine à compter en mois, et non plus en semaines. Je souhaitais tant ne plus recourir aux sarcasmes avec David ! Car pourquoi nous acharner à faire de l'esprit en privé ? En public, d'accord, mais entre nous ? Quand pourrais-je enfin renoncer à feindre d'éprouver des sentiments tièdes ? Quand David allait-il m'envoyer un signal, et comment allais-je le reconnaître ?

Il a levé les yeux au ciel. « Elle était comptable et parlait comme ça… » Les narines pincées, il a émis un son nasal.

« Une petite bêcheuse, a dit Lorraine en déboulant dans la cuisine avec un plateau ovale bleu sur lequel il ne restait que quelques bouts de pâte feuilletée. Nous étions terrifiés à l'idée que notre David l'épouse. » Elle prononçait David à la galloise, avec l'accent sur la seconde syllabe. Après avoir lâché le plateau dans l'évier encombré, elle en a attrapé un autre sur le plan de travail et a ôté le film qui protégeait de minuscules samosas séparés par des tomates cerises. « Dieu merci, elle a compris à temps à qui elle avait affaire. » Elle m'a tendu le plateau. « Vous savez ce qu'on raconte sur les Gallois, ma petite ? Ils font des pères merveilleux, vu qu'ils sont restés très enfants, mais ce sont des maris lamentables. » Elle m'a tourné le dos et a lancé par-dessus son épaule : « Soyez un amour et passez ce plateau aux invités. Il faut que je sorte les pâtés impériaux du four. Ils seront chauds, c'est déjà ça, les samosas, eux, sont froids. »

J'ai compris que c'était un test et je me suis exécutée. En m'éloignant avec le plateau, j'ai fait une grimace à David.

Trois heures plus tard, quand nous sommes repartis, David m'a prise par la taille et serrée contre lui avec tant de force que j'ai sursauté de douleur. « Tu as été formidable ! » m'a-t-il murmuré avant de me mordre l'oreille. J'étais un peu éméchée, un peu fatiguée, et je me demandais si c'était là le signal que j'attendais – sa famille m'avait agréée. Je n'étais pas une bêcheuse et je ne m'habillais pas en synthétique. Dorénavant, nous formions un couple aux yeux des autres, pour ainsi dire, alors pourquoi pas en privé ? L'excentricité ne m'effrayait pas. M'étant toujours considérée comme une originale, je n'avais eu aucun mal à accepter cette famille nombreuse et volubile. Les petites amies précédentes, qui venaient de familles nucléaires bien sages, avaient été plutôt intimidées, ai-je appris plus tard. La fumée, les éclats de voix et les diatribes occasionnelles contre les Anglais les avaient rebutées. Ces réunions étaient toujours à deux doigts de tourner au chaos. Dès le début, je m'étais aperçue que David était un impulsif incorrigible, aussi généreux qu'égocentrique, trop gâté dans son enfance – et, à présent que je l'avais vu parmi les siens, je comprenais tout.

Par la suite, j'en suis venue à aimer tous ces oncles et ces tantes, ses parents, sans doute les plus retenus de la troupe, et sa sœur qui avait quatre ans de plus que lui, était mariée, avait trois enfants, prenait rarement la parole et, lorsqu'elle le faisait, se montrait encore plus sarcastique que son frère. Cette famille formait un bloc et m'a adoptée en bloc.

Nous avions à peine parcouru quelques centaines de mètres quand David s'est soudain immobilisé sur le trottoir verglacé, s'est tourné vers moi et m'a regardée comme s'il venait de s'apercevoir qu'on lui avait fait les poches et me soupçonnait d'être la coupable. Je l'ai dévisagé à mon tour en pensant qu'il voulait me dire qu'il avait oublié quelque chose chez Lorraine, ou que ses reins étaient de nouveau douloureux.

Après avoir secoué légèrement la tête, il s'est remis à avancer en me laissant courir derrière lui dans le froid. Il marchait toujours à une allure forcenée. Je l'ai rattrapé et j'ai passé mon bras sous le sien – il avait enfoncé ses mains gantées dans ses poches. L'air interrogateur, je l'ai scruté, mais il m'a ignorée et n'a plus ouvert la bouche de tout le trajet. Une fois dans mon minuscule deux-pièces, il n'a pas voulu retirer son manteau et s'est affalé dans un fauteuil pendant que je préparais du thé dans la kitchenette en lui jetant un coup d'œil de temps à autre pour essayer de comprendre ce qui n'allait pas. Lorsque je lui ai tendu sa tasse, il l'a prise sans commentaire et l'a bue en silence. Je me suis assise face à lui et j'ai moi aussi bu mon thé sans mot dire en attendant qu'il s'explique. J'espérais qu'il passerait la nuit chez moi – il le faisait en général –, mais, soudain, il s'est levé du fauteuil pour vider le reste de son thé dans l'évier. Après quoi, il a rincé sa tasse et l'a posée à l'envers sur l'égouttoir. Puis il est venu vers moi, s'est penché et m'a embrassé le sommet de la tête – très tendrement, comme si j'étais un enfant –, et il est parti.

Jusque-là, nous nous étions parlé ou téléphoné presque quotidiennement, mais, cette fois, je n'ai pas eu de ses nouvelles pendant quinze jours.

Ma mère avait horreur que j'aille me promener sur les falaises. « Les éboulis, ça arrive », me disait-elle, et je me suis esclaffée en répétant : zébouli, zébulon. « Tu as beau rire, m'a-t-elle déclaré en secouant la tête, les gens qui habitaient la maison perchée là-haut, eux, n'ont pas trouvé ça drôle. » Elle faisait référence à un événement qui s'était produit en 1953 : un bloc s'était détaché de la falaise, et la moitié de la maison construite dessus avait suivi. La photo publiée ensuite dans les journaux avait été reproduite dans nombre de brochures sur l'histoire locale que proposait la bibliothèque : ce cliché en noir et blanc – souvent sépia dans les brochures – montrait l'habitation dont un mur avait été emporté, avec son salon ouvert aux quatre vents, et dans lequel il restait un lampadaire, un canapé et le papier peint à fleurs. « Les gens qui habitaient là n'ont vraiment pas ri. » En réalité, les propriétaires, avertis à temps, avaient évacué les lieux, mais cette remarque était typique de ma mère, qui voyait du danger partout. Un matin, en levant les yeux de son bol de céréales, elle avait vu son mari effondré sur la table de la cuisine, emporté par une crise cardiaque à cinquante et un ans. Une minute plus tôt, elle avalait ses Weetabix – ou ce qu'elle prenait alors au petit déjeuner – pendant que je dormais dans mon berceau et qu'elle stérilisait mes biberons dans un seau contenant des produits chimiques, et, la minute d'après, elle était veuve. Les falaises, ça s'éboule. Les accidents de voiture, ça existe. Les branches se détachent des arbres, et les tapis d'escalier glissent malencontreusement sous les petits pieds trop pressés. Je m'étonne même qu'elle m'ait laissée sortir de la maison.

Lorsque, plus tard, elle a été malade et que je me suis occupée d'elle, elle n'a plus eu son mot à dire. Une fois par semaine, dès l'arrivée de l'infirmière, ou si une voisine débarquait, j'enfilais mes tennis, celles aux lacets rafistolés, et je fonçais vers les falaises.

Les falaises, ça s'éboule. Les premiers temps, David et moi allions souvent nous promener sur les falaises. Notre première relation sexuelle, contre un arbre du parc, augurait en fait la suite des événements. David aimait beaucoup baiser en plein air. Quant à moi, ça ne m'avait jamais particulièrement tentée, mais, comme j'étais folle de lui, j'aurais sans doute fait ça sur un banc en pleine rue s'il me l'avait demandé.

Nos promenades sur les falaises répondaient à un besoin chez l'un comme chez l'autre. Pour ma part, je marchais en laissant le vent froid m'engourdir le visage et je pensais à l'impression de liberté que j'avais, adolescente, en pareille occasion. Maintenant que j'étais adulte et magnifiquement obsédée par David, la joie que j'éprouvais venait au contraire du fait que j'adorais me sentir emprisonnée. Au bout d'environ une demi-heure, lorsque nous surplombions la ville, avec à notre gauche des champs infinis et à notre droite l'énorme houle grise de la Manche, David me poussait derrière un rocher ou une clôture, et je riais et protestais jusqu'au moment où le sérieux, l'intensité de son désir me rendaient muette, car j'aimais tant son désir que le mien ne comptait presque plus. Vraiment, pour moi, il n'y avait rien de plus beau : sentir que cet homme que je désirais tant me désirait encore plus.

Il ne m'a pas appelée pendant quinze jours et j'en suis arrivée à la conclusion logique qu'il m'avait larguée. Si j'ai résisté à l'envie de lui téléphoner, c'était plus par fierté que par sagesse. J'avais peine à croire qu'il n'avait même pas eu le courage de m'annoncer qu'il en avait terminé avec moi. Dans ma fureur, j'étais persuadée que j'avais fait mon deuil de notre relation, si bien que, quand il finirait par me téléphoner, je réagirais avec un parfait détachement.

Il l'a fait un samedi matin. Dès que mon portable a vibré dans la poche de mon jean, j'ai su que c'était lui. Personne d'autre ne m'aurait appelée un samedi matin. J'ai bien envisagé de ne pas prendre la communication, mais j'étais déjà en train de sortir l'appareil et de l'approcher de mon oreille.

« Dodgson, coucou, Dodgson, c'est moi… » Il aimait m'appeler par mon nom de famille, une habitude héritée du lycée de garçons qu'il avait fréquenté, où, après avoir résisté aux gamins qui essayaient de le frapper à cause de son accent, il s'était épanoui. Il aimait aussi m'appeler par mes initiales. L. D.

Incrédule, je me suis entendue répondre : « Bonjour » d'un ton séducteur, langoureux, comme si je me morfondais sur mon canapé, en déshabillé et mules duveteuses, un rang de perles sous les doigts.

« Une balade sur les falaises, ça te dirait, Dodgson ? »

J'ai jeté un coup d'œil par la fenêtre. Un vent violent faisait trembler les vitres minces. J'étais sortie un instant plus tôt pour acheter le journal dominical et je songeais à boire une tasse de café, accompagnée de trois biscuits, en bouquinant devant le radiateur monté au maximum. Ma doudoune à capuche encore sur le dos, j'ai répondu : « Bien sûr. Ouais, d'accord. »

Nous nous sommes donné rendez-vous au bout de l'esplanade, à l'endroit où les falaises grimpent brusquement en s'éloignant de la ville, une pente assez forte pour décourager les très jeunes et les très vieux. Par un temps pareil, nous ne serions pas dérangés.

David est arrivé le premier. Il portait son vieux manteau en daim et un bonnet. Le bouton du milieu pendait à un fil, à deux doigts de tomber. Je l'avais toujours vu décousu. Le teint pâle, David était beau, un peu fatigué, les yeux cernés. En nous rejoignant, nous nous sommes dévisagés, et j'ai eu le temps de comprendre ce que j'aimais en lui : son opacité, un caractère où l'orgueil le disputait constamment à l'insécurité, une faculté de se masquer à laquelle se mêlait la terreur de ne pas être reconnu. Voilà, cet homme n'était pas davantage, et sa vie avait déboulé dans la mienne alors que nous aurions facilement pu ne jamais nous rencontrer, et j'ai su que je l'aimais à cause de ses défauts et non malgré eux, et que je ne voulais pas plus le changer que je ne voulais recoudre ce bouton. Il m'est venu à l'esprit qu'il sortait avec quelqu'un quand nous nous étions rencontrés – je me suis rappelé les appels téléphoniques au pub –, il n'avait pas été franc avec moi et avait lâché l'autre fille, peut-être même récemment, et il me réservait peut-être un sort identique, mais ça m'était égal. Je sentais que toute cette histoire me tombait dessus, et je me rendais compte que jamais encore je n'avais dû faire face à de tels problèmes.

Pendant que j'avançais, il m'a souri. Mon estomac s'est noué. Tous les reproches que j'avais engrangés depuis quinze jours m'ont paru puérils et aigres. Il m'a tendu la main, j'ai tendu la mienne. Il l'a serrée fermement et m'a entraînée sur la pente raide. Haletants sous nos couches de vêtements, cinglés par le vent, nous faisions de grands pas. Lorsque j'ai ouvert la bouche, l'air froid m'a coupé le souffle. Le ciel était d'un blanc dur.

Au sommet de la pente, rien ne protégeait plus des éléments. Il n'y avait pas de barrière entre le chemin et la falaise, et de temps en temps un touriste dégringolait ; parfois accidentellement, parfois volontairement. Notre côte n'était pas pittoresque, mais nous connaissions les meilleurs endroits, à des kilomètres à la ronde, pour nous surpasser. David et moi sommes arrivés là où la falaise formait des saillies démentes. Les broussailles poussaient jusqu'au bord, comme si l'escarpement avait décidé de s'arrêter à mi-hauteur. Un peu plus loin, le sentier s'aplanissait et on voyait en bas, mais les parties en surplomb de la falaise, anciennes et irrégulières, étaient très dangereuses. Les fermes se trouvaient à notre gauche. Des moutons paissaient dans les champs qui descendaient vers la rivière, et le vent glacial ébouriffait leur toison blanc sale. À notre droite, le paysage s'élançait avec une soudaineté incroyable vers le ciel.

David marchait à une allure forcenée. Comme il avait de très longues jambes, nous ne pouvions pas avancer au même pas. Je trébuchais sur l'herbe du sol inégal. Lâchant sa main, je me suis un peu écartée de lui, tout simplement pour grimper à mon rythme. Il s'est arrêté et m'a regardée. Moi aussi, je me suis immobilisée. Il a fait mine de parler, puis il s'est ravisé et a repris sa marche. Je l'ai suivi, à quelques pas derrière lui.

Il m'a dit quelque chose, mais le vent m'a empêchée de bien comprendre. Il était question de ma cuisine.

« Comment ? » ai-je demandé en élevant la voix.

Il s'est retourné. Son expression était agacée. « Ma petite, c'est plutôt étrange que tu adores faire la vaisselle mais qu'ensuite tu n'essuies jamais l'eau qui a giclé, voilà ce que j'ai dit.

— Quoi ? » Je me suis mise à rire.

Il s'est penché pour m'attraper par les bras et m'a basculée en arrière. « Tu trouves ça drôle ? » Son ton était faussement menaçant.

C'était le ton dont il usait généralement avant l'amour, en guise de préliminaires, de plaisanterie que nous partagions. Quant à moi, lorsque j'avais envie de lui, je feignais de le provoquer d'une manière qui, je le savais, marcherait.

Railleuse, j'ai hurlé pour me faire entendre malgré le vent : « Toi et quelle armée [1] ?

— Voilà ! Tu m'empoisonnes l'existence. Allez, bascule dans le vide ! » D'un bras glissé sous mes fesses, il m'a fait perdre l'équilibre.

C'était là un petit jeu auquel il avait souvent eu recours pendant nos promenades, il m'attrapait et m'attirait au bord de la falaise. Il avait hérité de sa tante Lorraine un goût prononcé pour les grosses farces. Feindre de me pousser dans le vide en était une dont il ne se lassait pas. Ce qu'il aimait aussi, c'était, au milieu d'une conversation, montrer un bouton de mon manteau, puis me donner une chiquenaude sur le nez quand je baissais les yeux. Malgré sa répétition, cette gaminerie ne manquait jamais de me faire rire. Quand je ne m'y suis plus laissé prendre, il a inventé d'autres moyens pour que je baisse les yeux : une tache sur mes vêtements, la broche que je portais. Si je tombais dans le panneau, il était ravi.

1. « You and Whose Army ? », chanson de Radiohead. *(N.d.T.)*

Jusque-là, le cri affolé que je poussais l'avait toujours arrêté à temps ; mais cette fois, les choses se sont passées différemment. Je m'étais peut-être lassée de ce petit jeu, ou alors j'étais d'humeur provocatrice parce qu'il m'avait négligée trop longtemps, toujours est-il que, au lieu de demander grâce, j'ai hurlé en plein vent : « Je vais t'entraîner dans ma chute ! » Je voulais voir jusqu'où il irait, je voulais le déstabiliser après ses quinze jours de silence.

Il m'a entraînée jusqu'au bord de l'à-pic, qui formait un surplomb dangereux. Même à ce moment-là, je ne m'y suis pas opposée car je pensais qu'il s'agissait toujours de cette bonne vieille blague et que ça ne voulait rien dire, mais quand nous sommes arrivés tout au bord et que le premier frisson de réelle frayeur m'a noué l'estomac, il a fait une chose qu'il n'avait encore jamais faite. D'un geste rapide, il m'a obligée à pivoter de sorte qu'il ne se trouvait plus face à moi, mais derrière moi, et m'immobilisait les bras le long du corps. Il s'est penché en avant, j'ai suivi le mouvement et, en bas, j'ai vu les vagues qui frappaient contre les rochers et l'écume brune qui se formait. Çà et là, il y avait d'énormes blocs de béton déposés des années plus tôt pour protéger le pied des falaises contre l'érosion. Ils étaient aussi gros que des voitures, et leurs arêtes pointaient de façon menaçante. Si on tombait à cet endroit, on n'avait aucune chance d'en réchapper. Le crâne se fendrait aussi facilement qu'une coquille d'œuf.

J'ai lâché un vrai cri de peur dans le vent glacial et j'ai hurlé le nom de David. Complètement déséquilibrée, j'étais aussi impuissante qu'un pantin. Derrière moi, David représentait le seul contrepoids. Son imprudence me sidérait. Au-dessous de nous, les vagues bondissaient et se brisaient sur les blocs de béton gris que les algues rendaient visqueux. Une odeur âcre montait de la mer. Les mouettes criaient et plongeaient devant nous.

« T'as la frousse ? m'a-t-il hurlé à l'oreille. T'as la frousse ? Tu devrais, L. D. ! »

J'ai braillé : « David ! David ! Mon Dieu, on va tomber ! »

Il ne connaissait pas les falaises aussi bien que moi et n'évaluait pas correctement le danger que représentait la saillie. Pour la première fois, il m'est venu à l'idée qu'il avait en lui un soupçon de folie, un manque de prudence que l'impétuosité seule ne pouvait expliquer, un petit chaînon absent, une connexion défectueuse dans son cerveau contrairement à la plupart des gens, chez qui les impulsions sont freinées par la conscience de leurs effets sur les autres.

Puis, juste au moment où, dans ma tête, je prenais congé de lui, mécontente de ma connivence avec sa façon d'agir, il s'est redressé et a reculé.

« Oui, oui… » Il ne hurlait plus. M'enlaçant toujours par-derrière, il enfouissait le visage dans mes cheveux. Quand il a repris la parole, sa voix s'est brisée. Je l'ai entendu souffler dans ma nuque : « On bascule, j'ai décidé. D'accord ? »

Il m'a éloignée du bord, m'a fait pivoter, puis m'a repoussée pour me tenir à bout de bras. Je frissonnais de froid, de peur, d'incrédulité. L'espace d'un instant, pendant qu'il me gardait ainsi à distance, nous nous sommes dévisagés. J'avais une expression interrogative. Il a esquissé un hochement de tête. J'ai éclaté en sanglots.

Soudain, il a renversé la tête en arrière et a ri en se moquant de moi, redevenant lui-même. Après m'avoir écartée de lui, il m'a de nouveau enlacée et légèrement secouée. « Le but n'était pas de te faire pleurer, L.D., mais de te rendre heureuse ! »

Si la falaise avait cédé à ce moment-là et nous avait précipités tous les deux dans la mer, je crois que ma dernière pensée aurait été que ça en valait la peine.

Le souhait de ma mère a été exaucé. Elle a vécu assez longtemps pour me voir casée, même si elle devait se déplacer en fauteuil roulant et ne pouvait plus parler. Nous l'avions installée à la place d'honneur, près de moi. Un infirmier de la maison de santé, un jeune Noir qui s'appelait Ken, était venu s'occuper d'elle. Il lui écrasait son saumon à la fourchette et, tout en le lui faisant avaler, papotait avec un fort accent de Glasgow. Malgré une certaine condescendance, c'était un gentil garçon. Très croyant, il traitait ma mère avec un grand sérieux.

Après les discours, un des oncles de David a joué à la clarinette une version acceptable de « Stranger on the Shore ». David m'a pris la main et m'a entraînée sur la piste de danse ménagée au centre des tables, dans une salle de l'hôtel Milton ; il y avait des nappes blanches, d'épais rideaux de chintz et de gros rubans accrochés au-dessus des seuils et aux lustres. Comme dans presque toutes les salles de presque tous les hôtels, il y faisait trop chaud. L'air était alourdi par le parfum musqué de tante Lorraine, auquel se mêlait la légère odeur des cigares que le père de David et un de ses amis avaient fumés dans la cour avant le début des discours. Toute la journée, je m'étais attendue à me sentir déçue à mesure que retomberait l'excitation, mais, au contraire, lorsque David m'a attirée contre lui, je n'ai éprouvé qu'un énorme épuisement béat. Je me suis abandonnée à son étreinte et j'ai posé la tête sur son épaule. Il m'a entouré les deux mains, les a pressées sur sa poitrine, puis s'est penché pour m'embrasser sur la tête. « Je t'aime, Laura », a-t-il murmuré. Loin de tout sarcasme, de tout trait d'esprit, ce n'était là qu'une constatation simple et personnelle. Peu à peu, les oncles et les tantes se sont mis à danser eux aussi, et le clarinettiste y est allé de sa petite note mélodieuse. Les yeux fermés, j'ai laissé David m'entraîner dans un slow. Ken faisait doucement graviter le fauteuil de ma mère autour de nous. David me serrait sur sa poitrine en me donnant l'impression que rien ne pourrait plus jamais me blesser. J'avais peine à croire qu'il était enfin à moi.

DEUXIÈME PARTIE

Après

4

IL Y A TROIS JOURS QUE MA FILLE NOUS A QUITTÉS ; ma maison est pleine de monde. Je m'aperçois que je pense sans cesse à Ranmali en priant pour qu'elle ne vienne pas. Ranmali est la dernière personne à avoir vu Betty en vie.

Du plus loin que je me souvienne, Ranmali et son mari ont vendu des journaux dans Fulton Avenue. Leur magasin se trouvant à proximité de l'école, ils proposent aussi du lait, du pain et des bonbons, si bien que les mères du quartier voient Ranmali plusieurs fois par semaine. Si nous ne nous précipitons pas à quinze heures vingt-cinq pour acheter au passage une ou deux choses, nous nous y présentons à quinze heures quarante, l'heure où nous essayons distraitement de calmer nos rejetons, qui se poussent et se rentrent dedans autour de l'eldorado que constitue le congélateur à crèmes glacées. Minuscule, Ranmali a un sourire assez large pour lui faire des joues rebondies. « Bonjour », dit-elle toujours poliment avec un signe de tête et, bien que je connaisse son prénom, je ne me rappelle pas comment je l'ai appris, et je suis sûre qu'elle ne connaît pas le mien. Je ne suis qu'une des nombreuses mères qui passent, l'esprit ailleurs. Dans le quartier, plusieurs magasins ont une pancarte en vitrine sur laquelle on peut lire : PAS PLUS DE DEUX ÉCOLIERS À LA FOIS, ou : NOUS N'ACCEPTONS PAS LES ENFANTS NON ACCOMPAGNÉS. Ranmali, elle, ne semble pas dérangée par les bandes turbulentes qui déferlent tous les après-midi en semaine – alors qu'elles me paraissent plus menaçantes qu'une troupe d'ivrognes après la fermeture des pubs. Elle doit bien savoir que les plus grands des gamins chipent des trucs de temps en temps. Peut-être se dit-elle que c'est le prix à payer quand on tient boutique. Peut-être aime-t-elle les enfants – elle ne semble pas en avoir elle-même. Son sourire ne vacille jamais.

Quant à son mari, c'est une autre histoire. Pendant que Ranmali sert au comptoir, il arrive de l'arrière-boutique pour surveiller son monde, les bras croisés, l'air sinistre. S'il y a des années que je salue Ranmali, je n'ai aucune idée du prénom de son mari. Nous avons tous un peu peur de lui.

Ce n'est pas la faute de Ranmali si son magasin se trouve juste après le virage, à l'endroit où Fulton Road tourne de façon insensée et devient une avenue. Ce n'est pas sa faute si un conducteur a pris le virage à cette seconde précise. N'empêche que la vue de Ranmali m'est insupportable. Elle était là. Peut-être a-t-elle enfoui la tête de ma fille dans son giron. Peut-être est-elle tombée à genoux sur la route, à côté d'elle, en levant les bras au ciel. Peut-être a-t-elle baissé un instant les yeux avant de regarder autour d'elle d'un air égaré et d'appeler son mari en hurlant. Peut-être a-t-elle caressé le visage de Betty. Cette scène, je l'ai imaginée de mille façons. La présence de Ranmali est le seul élément fixe de ces variations. Ma fille étendue sur la chaussée. J'aurais dû être là, mais c'est Ranmali qui y était.

Je sais que l'automobiliste était un homme. Je sais qu'on l'a questionné, qu'il n'était pas soûl et qu'une enquête est en cours. Je ne veux pas en apprendre davantage, car j'en sais déjà assez pour me persuader qu'il n'a rien d'humain – il n'est pas plus animé que la foudre. Il n'existait pas avant que sa vie entre en collision avec celle de ma fille.

Ma maison est pleine de monde. Je pense à Ranmali. Je pense à son visage souriant, qui s'est modifié quand elle est sortie en courant de son magasin après avoir entendu un crissement de freins et un bruit mat. À ce moment-là, peut-être qu'elle regardait par la vitre ; peut-être qu'elle a vu Willow projetée sur la bordure gazonnée et qu'elle ne parvient plus à s'ôter cette image de l'esprit. Je pense à Ranmali en train de pleurer dans son appartement au-dessus de la boutique, incapable de cuisiner pour son mari, oscillant sur un siège. Je me demande si leur magasin est ouvert, si les autres mères gardent le silence en y entrant. Toni m'a dit que des gens avaient déposé des fleurs sur le trottoir. Je ne suis pas sûre de ma réaction face à ce geste, mais il me semble que, indirectement, je me sens offensée. Toni m'a dit qu'elle m'emmènerait voir les fleurs dès que je me sentirais prête.

Toni, Antonia Saunders, est la femme policier blonde qui m'a annoncé la nouvelle. Après m'avoir ramenée chez moi, ce soir-là, elle s'est assise à ma table de cuisine avec une tasse de thé, et m'a dit qu'on m'enverrait un officier de liaison pour m'aider à effectuer les formalités indispensables.

Je l'ai regardée. « Je veux que ce soit vous. »

D'une voix douce, elle m'a expliqué que l'officier de liaison avec les familles n'était presque jamais la personne qui s'était présentée à la porte pour annoncer la nouvelle. « Je n'ai pas suivi la formation d'OLF », a-t-elle ajouté.

Le sigle m'a rappelé ma vie professionnelle – le NHS[1], un organisme dont toute la légitimité tient dans ces initiales. « Cette formation d'OLF, combien de temps dure-t-elle ? »

Elle m'a adressé un sourire crispé et a soufflé : « Six jours.

— C'est vous que je veux, ai-je répété.

— Je vais en parler à mon inspecteur. Nous sommes une petite unité ici. »

Je ne sais pas au juste si elle voulait dire par là qu'ils étaient en sous-effectif, ou qu'elle était assez proche de son supérieur hiérarchique pour obtenir ce qu'elle voulait.

Je ne lui ai pas donné la véritable raison pour laquelle je souhaitais que ce soit elle. Je la voulais non pas en dépit du fait qu'elle m'avait appris la mauvaise nouvelle, mais justement pour ça. Avec le jeune policier qui s'était présenté en sa compagnie à ma porte, elle formait le pont que je venais de traverser, passant de mon ancienne vie avec Betty à la nouvelle, inimaginable sans elle. Les ponts permettent de traverser dans les deux sens.

Ma maison est pleine de monde, mais Toni est la seule personne que je supporte. Je lui suis attachée de façon névrotique. Elle m'a donné son numéro de téléphone portable en m'expliquant qu'elle l'éteignait quand elle n'était pas de service, mais de toute façon

1. National Health Service, organisme de santé publique au Royaume-Uni. *(N.d.T.)*

elle est souvent là. Je la préfère de loin aux gens qui me connaissent et qui m'aiment, et à ceux qui emplissent ma maison. David passe toute la journée ici, et, le soir, il va rejoindre Chloe et le bébé. Il joue beaucoup avec Rees. Rees comprend seulement que Betty n'est pas là, et que beaucoup de monde est venu pour qu'il ne se sente pas seul. Il y a des tas de choses à manger dans la cuisine, donc, pour lui, c'est la fête. Il est content qu'on s'occupe de lui.

Julie, la voisine d'en face, dirige les opérations dans ma cuisine, pivot de toutes les activités dans une maison affairée. Quand amis et voisins apportent de la nourriture dans des récipients en plastique ou des plats en Pyrex – ce qu'ils font sans cesse –, elle les étiquette et les met au frigo. Assise à la table de cuisine, Mme Cracknell, une veuve qui habite au bout de la rue, vêtue d'une robe marron foncé que ma mère aurait appelée une « robe de cocktail », serre sur ses genoux un mouchoir froissé. Par pure gentillesse, Julie lui donne de temps à autre quelque chose à faire – le plus souvent, préparer des boissons chaudes. Nous en absorbons tous à profusion : thé, café, tisanes. Parfois, je ne sais même pas ce que je bois. Je prends la tasse qu'on me tend – plus c'est chaud, mieux c'est, car je suis gelée. En revanche, je suis incapable de manger quoi que ce soit. À elles deux, Julie et Mme Cracknell font tourner la boutique avec un bel esprit d'organisation, et pourvoient aux besoins vitaux des nombreux visiteurs. Si la présence de tous ces gens ne provoquait en moi une colère sourde mais persistante, je pourrais éprouver un vague sentiment de gratitude. Ils sont là parce que Betty s'en est allée. Je veux qu'ils s'en aillent et que Betty revienne.

Au milieu de cette ruche, mon rôle est simplement d'exister, de continuer à respirer. On ne m'en demande pas plus pendant que je vais d'une pièce à l'autre. Si, par exemple, je monte à l'étage et croise dans l'escalier tante Lorraine qui descend, elle s'aplatit contre le mur pour me laisser passer sans prononcer un mot. Quand le père de David, en sortant de la cuisine, me voit dans le hall toute seule, devant le miroir, il s'immobilise, puis pivote et retourne dans la cuisine, alors que, prêt à partir, il a déjà enfilé son manteau. J'ai l'impression d'être une impératrice dont le froncement de sourcils peut se révéler mortel, d'être quelqu'un qu'il convient de contourner avec précaution. Parfois, mon fils, lassé des attentions des autres, s'approche et grimpe sur mes genoux ; ou, si je suis debout, il m'enlace les jambes. Dans ces cas-là, je remarque qu'on me jette des regards furtifs, qu'on retient presque sa respiration, comme si j'étais en verre et si les marques d'affection brèves mais passionnées de Rees risquaient de me briser. Dans ces moments-là, j'ai envie de leur hurler : Foutez-moi le camp ! Mais l'énergie me manque. Je n'en ai plus, sauf pour accomplir les menus gestes quotidiens : m'asseoir dans une pièce, m'asseoir dans une autre, boire la boisson chaude qu'on me tend, ignorer l'assiette pleine qui est devant moi.

La nuit, il y a moins de monde, mais plusieurs personnes restent coucher à la maison. L'impératrice ne doit pas demeurer seule. Depuis que je suis revenue de l'hôpital, je dors dans le lit de Betty, sa couette aux grosses fleurs violettes remontée jusqu'au cou, et son zoo impressionnant de peluches aligné à mes pieds. Mon lit, dans lequel je ne supporte pas de m'allonger, est disponible pour les invités. Tante Lorraine y dort parfois. Souvent, quelqu'un dort aussi en bas : Ceri, la sœur de David, ou Julie, ou une autre voisine. La couette d'appoint est roulée tous les matins et rangée derrière le canapé. Quelqu'un a apporté des oreillers. La nuit, je ne parviens pas à m'endormir et je regarde les étoiles en plastique phosphorescentes au plafond en m'imaginant que je suis Betty. Le jour, je ne veux qu'une chose : dormir.

En dehors des visiteurs réguliers, il y a des gens qui ne viennent qu'une fois, et ce sont eux que je déteste le plus. Ils viennent pour des raisons qui leur sont propres, ils cherchent à m'arracher un renseignement, à toucher l'ourlet de ma robe. Sally, la mère de Willow, est l'une d'eux. Elle se trouve dans la cuisine quand je descends au milieu de la matinée, trois jours après ce qui s'est passé. Immobile sur le seuil, je la dévisage. Elle m'ouvre les bras. Je reste de marbre pendant qu'elle m'enlace de ses bras gras et chauds.

Je me rends compte qu'on attend quelque chose de moi, et je demande : « Comment va Willow ? »

Sally s'écarte et a le culot de jouer à la sainte nitouche. « Elle est toujours dans le service spécial où on la…

— L'unité de soins intensifs.

— Oui. Ils veulent juste s'assurer qu'il n'y a pas de problème. »

Je regarde son visage rond de chouette, aux grands yeux bleus écarquillés tant elle s'efforce de ne rien dire de choquant.

Alors, elle est encore en vie, voilà ce que j'ai envie de dire, en soins intensifs, avec de multiples perfusions et tuyaux, près du poste des infirmières pour qu'elles puissent la surveiller, mais toujours en vie. Dans ce service, on ne permet pas aux parents de dormir dans un lit d'appoint. Il ne faut pas que l'espace soit encombré, au cas où on devrait intervenir d'urgence, si bien que les parents d'enfants très malades ne dorment presque pas ; mais cela vaut mieux qu'avoir son gosse dans le service de réanimation. Je me représente Betty dans l'unité de soins intensifs. Je sais que je serais agacée de devoir dormir dans un fauteuil à son chevet et d'être réveillée toutes les cinq minutes par les bavardages des infirmières ; je supplierais qu'on la sorte de là sans me rendre compte de ma chance, car les choses auraient pu être bien pires.

Je regarde Sally qui déborde de compassion et je pense : Je ne t'ai jamais aimée. Nous étions amies seulement parce que nos filles étaient amies, et maintenant tout le monde va croire que je t'évite parce que ma fille est partie et pas la tienne, mais en fait c'est parce que je ne t'ai jamais aimée, et je suis soulagée de ne plus être obligée de feindre. Je me détourne avec raideur et Sally me suit des yeux, le visage ouvert et désespéré. Si j'avais l'énergie nécessaire, je lui écraserais mon poing sur la figure.

Puis vient l'horreur des obsèques. Je ne garde en mémoire qu'une succession d'images : tante Lorraine et Julie qui m'habillent dans ma chambre comme si j'étais une poupée, boutonnent ma veste bleue et me glissent aux pieds les chaussures à petits talons que j'ai portées seulement pour des entretiens d'embauche – noires, avec des nœuds argentés dessus, si bien que je les appelle « mes souliers argent ». Puis la ville défile pendant que nous nous rendons au crématorium, le monde est curieusement assourdi à l'intérieur de l'élégante voiture calfeutrée. Il y a un unique nuage dans le ciel. Un petit garçon roule à bicyclette sur le trottoir, assis bien droit, les bras croisés. Tous les bruits sont étouffés pourtant, à l'évidence, la vie continue pour ceux qui se trouvent à l'extérieur. Deux femmes avancent dans la rue. Elles traversent quand nous nous arrêtons au feu. D'autres personnes passent en voiture, parlent, rient comme si tout allait bien. Bientôt, nous nous trouvons à l'intérieur du crématorium, et l'image suivante est celle du cercueil qu'on porte dans l'allée. Pourquoi blanc ? Pourquoi pas bleu, ou violet, des couleurs qu'elle aimait ? Je déteste le blanc. Je ne comprends pas qu'on semble me demander aussi peu. David se tient près de moi, son beau-frère de l'autre côté, ils me flanquent tels des gardes du corps. La sœur de David serre ses enfants contre elle et pleure. Chloe est venue avec le bébé et, installée deux rangs derrière moi, sanglote par à-coups. Les parents de David occupent la rangée intermédiaire, avec tante Lorraine qui tient Rees sur les genoux. J'aimerais avoir mon fils sur mes genoux, mais il a l'air bien là où il est. Les larmes roulent sur mes joues, mais je ne sanglote pas, je tiens bon. Cette cérémonie n'a rien à voir avec ma fille. On enchaîne les allusions à quelqu'un qui se trouve dans une caisse blanche ornée de poignées dorées, et qui a apparemment mené une vie bien remplie. Je saisis que Betty est partie, mais j'ai l'impression qu'on l'a vaporisée dans l'atmosphère. Cette cérémonie est un enfer, mais un enfer illogique, déconnecté de l'enfant que j'aimais et de ce qui lui est arrivé. Il faut simplement que ça se termine pour que je puisse me remettre à penser à ma fille. Quand je prie – et je prie –, c'est juste pour que cette farce effroyable prenne fin.

Lorsque nous sortons du crématorium, le soleil est radieux. Tout à l'heure, il pleuvait, mais à présent la lumière joue sur le goudron mouillé du parking. On nous a fait sortir par une porte latérale. De l'autre côté du parking, vers l'avant, des étrangers descendent de leurs véhicules et se préparent à l'incinération suivante. Ils se dépêchent, claquent les portières, ajustent leur cravate, déjà en retard. Notre cortège, imposant, reste une minute à ciller au soleil. Rees s'est approché de moi et m'a pris la main. Soudain, un vol de mouettes tourne haut dans le ciel au-dessus de nous, avec des cris perçants. Ce raffut troue le ciel clément et bouscule notre humeur collective. Chacun regarde autour de soi.

« Qu'est-ce qu'on fait maintenant ? »

Je n'ai posé la question à personne en particulier, mais David et Robert sont toujours à mes côtés. David répond : « On remonte », et, pendant un bref instant risible, je pense qu'il veut dire remonter le temps. Plusieurs personnes font demi-tour et se dirigent lentement vers leurs voitures.

Brusquement, je n'ai plus envie de partir. Si superficielle qu'ait pu être la cérémonie, c'était un fil qui se dénouait dans mes liens avec Betty, le tricot se démaillait. Maintenant qu'elle est finie, j'ai fait un petit pas plus loin de ma fille, vers la vie qui commence sans elle. Je lève les yeux vers le ciel dégagé, puis je regarde autour de moi. Le soleil radieux et les flaques irisées m'abusent, me font éprouver un moment d'euphorie, comme si le pire était derrière moi. C'est là un petit jeu cruel car, peu après, alors que je suis là, impuissante, le ciel se couvre de nouveau. Je me mets à frissonner. Sans un mot, David et moi suivons les autres vers les véhicules. Notre belle automobile nous attend, un homme en uniforme s'apprête à nous ouvrir la portière sans nous regarder.

Pendant que nous avançons, je vois un groupe de femmes vêtues de noir, tout au bout du parking. Je suppose qu'elles sont venues assister à l'incinération suivante, pourtant elles ne se dirigent pas vers le bâtiment et nous dévisagent. Elles sont quatre, deux d'âge mûr, une vieille, une jeune. La plus âgée est petite et grosse, les autres grandes et robustes – les cheveux bruns, le teint pâle. La plus jeune serre un bouquet de petites fleurs blanches. Quand elles remarquent que je les regarde moi aussi, la jeune souffle quelque chose aux autres et, toutes ensemble, elles baissent les yeux. David m'a prise par le bras et m'entraîne vers la voiture. On m'aide à monter sur la banquette arrière et à boucler ma ceinture, puis le véhicule démarre et s'éloigne lentement, et, pendant tout ce temps, j'ai beau me démancher le cou pour regarder les femmes, elles ont toujours la tête baissée et n'ont pas bougé. C'est seulement lorsque nous nous approchons des hautes grilles en fer forgé que l'une des femmes d'âge mûr lève les yeux pour observer notre départ, le visage dépourvu de toute expression.

5

APRÈS L'INCINÉRATION DE BETTY, je me retrouve peu à peu plus tranquille. Tante Lorraine cesse de passer la nuit chez moi, mais elle me téléphone tous les jours et me laisse un message gai où il est presque toujours question du froid qu'il fait dehors. David lui aussi m'appelle tous les jours et me demande des nouvelles de Rees. La mère de David se manifeste, quoique moins souvent. Au bout de deux semaines, je lui dis : « Gillian, c'est gentil à vous de me téléphoner, mais ça va, je vous assure. » Julie vient chaque matin pour accompagner Rees à l'école en même temps que son fils. En principe, nous les emmenions à tour de rôle, sauf que, comme je travaille et qu'elle ne travaille pas, elle me passait souvent un coup de fil pour dire : « Écoutez, je m'en occupe parce que, de toute façon, je dois faire des courses. » Du fait qu'elle m'a toujours aidée discrètement, sans rien exiger en retour, qu'elle le fasse maintenant ne me paraît ni inhabituel ni vexant. Elle aime bien accompagner les enfants à l'école, m'assure-t-elle. Ça l'oblige à sortir de chez elle. Je sais que je vais devoir bientôt affronter l'école maternelle, mais, pour l'instant, je n'y suis pas prête. Le personnel a envoyé une carte. « Comment va-t-elle ? » doivent-ils demander à Julie.

À mon travail, ma chef, Jan H., m'écrit des petits mots deux fois par semaine. On a appelé Jan Harrison comme ça quand elle est arrivée pour la distinguer d'une autre Jan, Jan Bennett, qui travaillait déjà dans notre service. Jan B. est partie il y a dix-huit mois, mais nous avions tellement l'habitude d'appeler la nouvelle Jan « Jan H. » que ce nom lui est resté. Mon généraliste m'a arrêtée pour dépression consécutive à un deuil, une simple formalité car Jan H. m'aurait laissée faire à ma guise. De temps en temps, elle m'adresse ces petits messages sur du papier à en-tête de notre service pour m'assurer que tout le monde arrive à se débrouiller sans moi, une manière de garder le contact. Ses mots sont souvent légers ou sans importance, mais jamais superficiels. Elle semble douée pour savoir comment tourner les choses. Le dernier disait : « *Juste pour te faire savoir que nous pensons tous à toi. On s'ennuie sans toi, mon chou. La semaine dernière, nous n'avons pas chômé. Nous avons obtenu un peu de renfort, mais ce n'étaient pas vraiment des gens fiables, inutile de citer des noms. Le centre Upton nous a encore envoyé des patients.* » J'apprécie le fait qu'elle me tienne au courant et me traite comme un être humain à qui il est arrivé une chose terrifiante, plutôt que comme une extraterrestre. À l'évidence, elle n'attend pas de réponse.

J'ajoute ses messages à la collection de cartes accumulées sur le manteau de la cheminée. La plupart d'entre elles sont blanches – encore ce blanc, la couleur du chagrin. En général, elles sont décorées avec discrétion, petits bouquets de fleurs ou rayons de lumière céleste, étoiles argentées, colombes en relief. J'ai horreur de ces motifs. Les messages personnels sont souvent maladroits, parfois pénibles, mais je les trouve encore préférables.

Parmi les cartes et les petits mots, il y a une chose qui ne devrait pas figurer. Une feuille pliée de papier au format A4, à la typographie familière et, comme d'habitude, non signée. « *Je suis désolée pour vous.* » Une partie de moi admire cette simplicité. J'ignore pourquoi j'ai mêlé cette feuille aux cartes et aux lettres de consolation, mais je pense faire ainsi preuve de générosité. Je choisis de voir dans ce message une excuse et, en le plaçant sur le manteau de la cheminée, j'accomplis un geste de conciliation, qui pourra peut-être aussi faire évoluer la situation, dans la mesure où la proximité des messages bien intentionnés le rendra bienveillant.

Les jours ne se distinguent plus les uns des autres. Devant chez moi, le monde continue à tourner. Je m'en aperçois de temps en temps, les rares fois où je regarde par la fenêtre. Les gens sortent de leur maison et montent dans leur voiture. Les oiseaux descendent en piqué. Vêtu d'un manteau volumineux, le facteur passe à bicyclette. Observer ces petites allées et venues m'apporte d'abord un peu de calme, puis ce sentiment reflue et, parfois, il me semble que le reste du monde a repris son train-train avec une hâte insultante. Mon plus gros problème, c'est Rees, mon Rees chéri. Tant que je l'ai, je ne peux pas baisser les bras, je ne peux pas rester seule, sans bouger, et pourtant j'en rêve. C'est la normalité de mon fils qui m'est le plus difficile à supporter, même si je sais que son esprit n'est pas capable de saisir la permanence de ce qui s'est passé, en tout cas pas pour l'instant. Viendra une phase où il piquera des crises, cherchera à accaparer l'attention, et je suis impatiente qu'elle démarre, impatiente qu'il se rende compte. Car tant qu'il ne comprend pas ce qui nous est arrivé, comment puis-je le faire moi-même ? Avec lui, je suis prise au piège de la routine. Il faut que je lui demande quelles céréales il veut au petit déjeuner, ou pourquoi il n'aime plus son sweat gris. Tenir ce genre de conversation avec lui me rend folle.

Le matin, il va à l'école maternelle, et je me sens sacrément soulagée : je ne suis plus obligée de faire comme si tout était normal. Julie vient le chercher. Il sort en hurlant. Avec une grimace, Julie me souffle : « À tout à l'heure. » La porte se referme sur eux. Mon soupir est si profond qu'il se termine en gémissement. Le front appuyé au verre dépoli de la porte d'entrée, je ferme les yeux et j'attends que la voiture s'éloigne, que le bruit du moteur s'éteigne. Ce n'est qu'après le retour d'un silence complet que je me rends lentement dans la cuisine et m'assieds à la table.

Parfois, trois heures plus tard, j'y suis toujours, et c'est Rees qui me fait sursauter et me sort de ma torpeur en remontant l'allée du jardin et en se ruant sur la porte d'entrée. S'il n'y avait pas Rees…

L'après-midi, je joue avec lui ou je le laisse regarder la télévision. Quand il est à la maison, j'arrive mieux à répondre au téléphone car sa présence justifie toute distraction de ma part. Le bruit qu'il fait est une protection contre l'obligation de converser. C'est l'après-midi que David m'appelle. Je lui dis quelles images Rees a rapportées de l'école et ce qu'il a mangé. En retour, David me donne des nouvelles du monde extérieur, et je me surprends à trouver curieux qu'il y évolue, avant de me souvenir qu'il doit penser à Chloe et au bébé. Bientôt, il reprendra son travail, je le sais.

« Est-ce que tu as entendu parler de cette histoire sur la falaise ? » me demande-t-il un après-midi. J'ignore complètement de quoi il peut bien s'agir. « Des gamins du coin sont montés là-haut et ont brisé toutes les fenêtres. La policière y est allée. » Il veut parler de Toni. « J'ai dit que si ça se reproduisait, j'écrirais au *Post*. Ça pourrait peut-être aider. » Je ne vois pas pourquoi il me raconte ça. Je crois qu'il est prêt à parler de n'importe quoi pour ne pas évoquer notre fille. C'est tantôt la situation économique, tantôt la politique agricole commune. Ne voulant pas me montrer désobligeante – chacun a le droit de souffrir à sa manière –, je hoche la tête bien qu'il ne puisse pas me voir, et je laisse ses mots et les sujets qu'il a choisis déferler sur moi, l'oreille collée au téléphone pendant que je regarde par la fenêtre. Au bout d'un moment, je lui demande : « Tu veux parler à Rees ? »

Rees est capable de bavarder avec son père pendant des heures. Il m'arrive de le laisser à sa conversation pour monter dans la chambre de Betty, où je me couche sur son lit et remonte la couette sur mes épaules, tournée face au mur. Rees vient me rejoindre plus tard, le téléphone toujours à la main, même si son père a raccroché, et il me demande : « Je peux regarder la télé, maintenant, maman ? »

Un après-midi, je m'endors là-haut et, le temps qu'il me secoue l'épaule, la nuit est tombée. « Maman ! me dit-il d'un ton outré, comme s'il avait été obligé de se répéter. Maman, arrête de dormir dans le lit de Betty. C'est à elle.

— Pardon, mon chéri... » Je cille dans la faible lueur qui filtre du palier. « Excuse-moi. Quelle heure est-il ? » Je lève mon poignet pour consulter ma montre. Mes yeux mettent un instant à accommoder. Il est presque six heures du soir.

Je me redresse sur un coude. « Mon Dieu, Rees, tu as regardé la télé pendant une éternité. Il est bientôt l'heure de se brosser les dents et d'aller se coucher. »

Son visage se fripe. Quand il prend la parole, je m'aperçois à sa voix aiguë qu'il s'efforce de ne pas pleurer. « Et le manger alors ? On n'a pas mangé. »

Avec Rees, je commence à me risquer dehors. Un après-midi, je décide d'affronter le terrain de jeux. Je n'y ai pas emmené Rees depuis ce qui est arrivé à Betty. Avant, nous y allions presque tous les jours. Je redoute d'y croiser les autres mères – d'ailleurs, m'approcher de l'école est hors de question. Il paraît qu'elles se sont rassemblées en souvenir de Betty. David a assisté à l'événement et a lu un texte de notre part – je lui ai donné carte blanche pour qu'il prononce les mots qui lui paraissaient convenir. La petite partie de moi qui n'est pas tout à fait morte sait que je dois tenter d'agir normalement pour Rees, qui ne comprend pas encore que Betty ne va jamais revenir.

Nous allons donc au terrain de jeux. Il est minable, minuscule carré de goudron situé à la lisière de notre quartier, avant le chemin de la falaise, là où les nuages descendent bas sur le terrain vague qui attend une mise en valeur mais a été laissé vacant à cause d'une bizarrerie des règles d'urbanisme que personne ne comprend. Je m'en approche à pas lents, vérifie qu'il n'y a personne. Nous poussons la grille grinçante, et Rees court vers l'endroit qu'il préfère, la cage à grimper. Quant à moi, je me dirige vers le banc humide et je m'assieds. Bien qu'il ne fasse pas particulièrement froid, je garde les mains dans les poches de mon manteau. J'aime me pelotonner. Avant ce qui vient de se passer, je me sentais triste s'il n'y avait pas d'autres parents quand j'arrivais au terrain de jeux ; triste, seule, et je m'ennuyais. Où sont donc les autres mamans ? me demandais-je. En train de papoter dans une cuisine bien chauffée, de tenir une tasse de café à deux mains en hésitant à prendre un troisième petit gâteau… J'avais toujours l'impression d'être abandonnée. Tandis que maintenant je ne me serais pas arrêtée s'il y avait eu du monde, et ce malgré la colère qu'aurait inévitablement piquée Rees.

Rees se balance aux barres. Il n'y a pas si longtemps, je lui aurais lancé : « Attention, Rees ! » Ce qui est arrivé à Betty m'a libérée de mon anxiété et a libéré Rees d'une surprotection importune. Que pourrait-il lui arriver de pire s'il tombe des barres, se casser un bras ?

Assise sur le banc, les bras serrés contre le corps alors que je n'ai pas froid, je me rends compte que je me trouve dans un étrange état rêveur, presque euphorique – je flotte. Voilà, c'est arrivé, me dis-je calmement. La chose la plus horrible au monde s'est produite. Ma Betty m'a été enlevée. Je jette un coup d'œil à un Rees insouciant. Qu'il a de la chance ! Statistiquement parlant, quels sont les risques qu'une mère perde ses deux enfants dans des accidents mortels ? Sans doute minimes. L'accident de Betty maintiendra Rees en sécurité. Rien ne lui arrivera jamais. Je ne serai jamais obligée de lui dire comme avant : « Attention, Rees ! »

Je ferme les yeux, lève la tête vers le ciel, et je sens l'air froid sur mon visage. Que c'est bon d'être ici, loin de la maison, pendant que Rees s'amuse ; que c'est bon de ne pouvoir penser à rien d'autre qu'à Betty – à toutes les heures que j'ai passées ici avec elle, quand elle était toute petite, en la maintenant sur la balançoire, en me battant pour qu'elle n'aille pas jouer dans le bac à sable qui puait autant que si les renards avaient une fois de plus pissé dedans ! Et quand elle a été plus grande, il fallait que je la force à venir parce que Rees avait besoin de se dépenser sur le chemin de la maison après l'école. Elle s'asseyait sur la balançoire dont les chaînes avaient été raccourcies par la municipalité pour décourager les enfants de son âge. Grognon, elle se balançait doucement pendant que Rees s'égosillait avec les autres bambins. « T'as rien à manger, maman ? » finissait-elle par me demander.

Je rouvre les yeux. Le terrain de jeux est envahi par d'innombrables Betty. Des Betty d'âges divers, qui jouent partout et me cernent.

D'une main, Rees se suspend aux barres de la cage et mouline des jambes pour atteindre l'échelle. Je l'observe avec indifférence. À côté de lui, Betty passe les jambes sur la barre du milieu et se pend tête en bas, bras baissés, ses longs cheveux effleurant le sol. Elle devait beaucoup m'aimer pour me faire ce cadeau – se sacrifier afin que je n'aie plus peur. Elle était comme ça. Du genre à m'écrire des petits mots lorsqu'elle allait avec Rees chez son père. « *Chère maman, J'espère que tu ne vas pas être triste ce week-end, parce que je t'aime cent fois plus que je n'aime papa et Chloe. Je sais que Rees a été vilain avec toi ce matin, mais je crois qu'il était inquiet. En réalité, il a beaucoup de respect pour toi. J'espère que tu auras plaisir à regarder ton film. S'il te plaît, n'oublie pas de donner à manger aux sea monkeys. S'il te plaît. Betty. Plein de bisous.* »

Assise sur le banc, je surveille vaguement Rees, perdue dans mes pensées qui tournent autour de Betty, et je suis satisfaite.

Soudain, catastrophe : Gerry Mason avance dans l'allée, son bébé d'un an dans une poussette. Elle parle à sa fille, Maeve, qui doit avoir quatre ans, me semble-t-il – elle n'a en tout cas pas encore l'âge d'entrer au cours préparatoire.

Pelotonnée agréablement sur mon banc, j'attends que Gerry me remarque et je la dévisage dans ce but. Lorsqu'elle lève les yeux, elle sursaute de façon visible – réaction maladroite. Elle hésite, mais Maeve se précipite à l'intérieur du terrain de jeux, et Gerry lève la main pour empêcher la grille de heurter la poussette. Il lui est à présent difficile de rebrousser chemin. Implacable, je continue à la dévisager et elle baisse les yeux. Après avoir franchi la grille avec sa poussette, elle regarde autour d'elle, aperçoit Rees sur les barres et fait la grimace. Maeve a déjà couru au bac à sable. Mal à l'aise sous mon regard inflexible, Gerry se baisse et s'affaire à sortir de sa poussette le bébé qui paraît pourtant se trouver très bien où il est. Je me demande où elle va s'asseoir : il n'y a qu'un banc. Il faut dire que l'endroit est minuscule, c'est à peine si l'on peut parler de terrain de jeux. Gerry doit être en train de rassembler ses forces pour venir me parler, de tourner des phrases dans sa tête.

Je me lève, m'approche de la cage à grimper, attrape Rees et lui murmure : « On s'en va. Viens, je t'offre un gâteau. Tu pourras le choisir. » Étonné, il me regarde et demande : « Au citron ? » J'acquiesce. Il me laisse le poser par terre. Je lui prends la main.

En avançant vers la grille, nous passons devant Gerry. Arrivée à sa hauteur, je lâche Rees, fais un pas vers elle, restée accroupie devant la poussette, occupée à défaire les sangles. Je me penche légèrement et, quand elle lève les yeux et se force à m'adresser un sourire hésitant, je lâche : « Merde, c'est pas contagieux ! » Après quoi, je me retourne, je reprends Rees par la main et je lui souris. Il me sourit à son tour. Main dans la main, sourire aux lèvres, nous quittons le terrain de jeux.

Le lendemain de cet incident, Toni passe à la maison. Je suis assise sur la dernière marche de l'escalier, face à la porte d'entrée. Ça fait environ une demi-heure que je me trouve là, l'écharpe préférée de Betty à la main. Ce jour-là, elle aurait dû la porter, mais, à la dernière minute, elle a décidé que cette écharpe n'allait pas avec sa veste neuve en velours côtelé. C'est le genre de truc épais, fabriqué en usine, qui imite le tricot main, très long, avec des pompons aux extrémités, décliné dans divers tons de bleu et de vert – des couleurs de sirène, disait Betty. Elle l'appelait « mon écharpe de sirène ». Un jour, elle a surpris Rees à l'attacher à la rampe, en haut de l'escalier, et elle était tellement furieuse que j'ai cru qu'elle allait pousser son frère en bas des marches. Tout l'hiver, elle l'a mise sans cesse et, même si je ne l'aime pas particulièrement, elle a maintenant acquis le pouvoir d'un talisman, comme le reste de ses affaires.

Longtemps, je caresse cette écharpe. Ensuite, je la colle contre mon visage et je pleure dedans. J'entre dans une phase récurrente de souffrance simple. La plupart du temps, savoir que Betty n'est plus là provoque en moi une souffrance compliquée où se mêlent colère, confusion et incrédulité. Mais il y a également des instants comme celui-ci où la souffrance, sans mélange, a la pureté d'un éclat de verre ; où j'ai l'impression que je vais mourir aussi sûrement que si quelqu'un m'enfonçait un couteau en pleine poitrine. Dans ces moments-là, je me répète toujours la même chose, une pensée simple, un alignement de mots brefs non affaiblis par le doute. C'est ma faute si tu es morte.

Et puis ça passe. Ces moments de sentiments non mêlés passent toujours – une idée me traverse l'esprit, le téléphone sonne ou Rees se jette sur moi. De plus en plus, le fait qu'ils s'enfuient me blesse. Je veux les retrouver.

Je suis toujours assise au bas de l'escalier, l'écharpe à présent nouée autour de mon cou, lorsque je perçois un changement de lumière dans l'entrée. Je lève les yeux. Une silhouette sombre se trouve de l'autre côté du verre dépoli. Si j'avais été dans une autre partie de la maison, je n'aurais pas entendu les coups légers frappés à la porte, mais en voyant cette ombre je reconnais Toni.

Elle est en civil, blouson de cuir marron et pantalon noir lâche. Ses cheveux blonds et courts sont en désordre, on dirait qu'elle vient d'y passer les mains. Elle me regarde bien en face, à sa façon directe qui m'oblige toujours à me demander si elle a décroché son boulot à cause de ça ou si on l'a bien formée. « Bonjour, dit-elle en entrant. Je viens boire quelque chose. » Si vous croisiez Toni dans un magasin, vous ne devineriez jamais qu'elle est officier de police.

Nous avançons dans le couloir pour aller dans la cuisine. À la différence de presque toutes les autres personnes – y compris Julie –, Toni n'est pas gênée par le silence et n'essaie pas de parler pour le meubler. Elle s'assied à ma table sur une chaise en bois et m'observe pendant que je remplis la bouilloire, que je la branche, que j'attrape la théière et deux grandes tasses sur l'étagère. Du coin de l'œil, je vois qu'elle me regarde, remarque l'écharpe et mon attitude.

« Vous arrivez à dormir ? » me demande-t-elle gentiment.

Je secoue la tête. « Non, en tout cas pas la nuit.

— Et vous mangez ? »

Je fais la grimace.

Après avoir préparé la théière, je l'apporte sur la table avec les tasses. Je m'assieds, puis je me rends compte que j'ai oublié le lait et le sucre, et je me relève aussitôt pour aller les chercher. Je pose le lait dans son carton ; le sucre est en poudre, je l'utilise pour la pâtisserie, et il est resté dans son emballage d'origine. C'est celui que j'ai sous la main. Une fois que je me suis rassise, Toni va se chercher une petite cuillère.

Tout en faisant le service, elle reprend la parole : « Laura, j'ai quelque chose à vous dire. Une chose désagréable. Horrible, en fait. »

Je la dévisage. Je supposais qu'il s'agissait d'une de ses visites habituelles : elle est venue chaque semaine pour me mettre au courant de ce que fait la police, ce que j'ai trouvé gentil, mais inutile – par exemple, je ne ressens pas le besoin de savoir combien de temps la voiture qui a tué ma fille a été confisquée. L'espace d'un instant, je me dis que Gerry a peut-être déposé une plainte pour ma conduite au terrain de jeux, la veille. Mais non, impossible. Après tout, je ne l'ai pas frappée. La main me démangeait seulement. Il me vient alors à l'esprit que la mauvaise nouvelle doit concerner Betty – mais quelle nouvelle pourrait être pire que celle que Toni m'a annoncée à la porte il y a quelques petites semaines, pourtant horriblement longues ? Va-t-elle me déclarer que j'ai fait incinérer une autre personne ?

« C'est Willow. » Toni me regarde de nouveau bien en face.

J'ai essayé de m'armer de courage pour appeler Sally et lui demander quand je pouvais aller voir sa fille chez elle, mais j'ai retardé le moment de le faire en me disant que Willow serait peut-être bouleversée par cette visite.

« Depuis son retour à la maison, elle avait des problèmes. Sa jambe ne guérissait pas aussi bien qu'on l'espérait et on envisageait une opération. Comme les fractures étaient multiples et l'enflure importante, quand elle a dit qu'elle avait toujours mal, les médecins ne se sont pas méfiés. »

Mon cœur se serre. Je scrute Toni. Elle a l'expression qu'elle avait en m'annonçant la nouvelle pour Betty. Juste avant qu'elle parle, je sais ce qu'elle va dire, mais j'ai la même réaction – la partie consciente de mon esprit n'a pas envie de savoir.

« Il y a deux jours, elle a été réadmise en soins intensifs car son état inquiétait un peu les médecins, continue Toni. Apparemment, ils ont compris en notant sa température élevée. Bon, vous en savez plus que moi dans ce domaine. La jambe était encore très enflée et les fractures ne guérissaient pas. On l'a transportée à la Royal Infirmary, dans l'unité de soins intensifs du service de pédiatrie, mais elle est morte douze heures après son admission. Septicémie. Vous savez à quel point ça peut arriver vite, n'empêche qu'ils auraient dû s'en apercevoir. Il y aura une enquête. »

Je m'enfouis le visage dans l'écharpe de Betty. Seigneur ! La douleur est aussi intense que dans les moments de pure souffrance, mais elle n'est pas pure. C'est insoutenable, et pourtant je ne sens presque rien. Même à moi-même, je ne pourrais expliquer ce que j'éprouve.

Impuissante, je lâche : « Mon Dieu ! Sally...

— Sally et Stephen étaient à son chevet quand elle est morte. Au moins, ils ont eu ça.

— David est au courant ? »

Toni incline la tête. « Je lui ai téléphoné avant de venir vous voir, au cas où il aurait préféré vous l'annoncer lui-même. Je crois qu'il s'en serait volontiers chargé si la situation n'avait pas été assez difficile pour lui en ce moment, si bien que j'ai proposé de le faire.

Quel lâche ! Voilà ce que je commence par me dire.

Toni ajoute : « Les obsèques auront sûrement lieu vendredi. Ils prennent les dispositions aujourd'hui. »

Je fouille mes sentiments, je lutte pour découvrir la part d'authenticité qu'ils contiennent. Puis-je, en toute honnêteté, nier l'infime soulagement que je ressens parce que je ne serai pas obligée de demander à Willow ce qui s'est passé au juste ce jour-là, conversation que je redoutais ? Suis-je soulagée de ne plus être seule désormais dans cette situation, même si Sally est bien la dernière personne avec laquelle j'ai envie de partager quelque chose ; ou soulagée (je crois que c'est surtout ça) de ne plus focaliser l'attention, et de participer aussi peu que ce soit à la tragédie de quelqu'un d'autre ? Que c'est horrible d'éprouver ces bribes de soulagement, même brièvement ! Je suis écœurée. Une petite fille est morte.

« Les choses vont être un peu difficiles en ville pendant un moment, constate Toni d'un air songeur. Nous avons dû monter une cellule de réflexion. C'est ce que nous faisons quand il y a… eh bien, des tensions dans une communauté. Si vous voulez, je peux vous donner des détails, vous dire où nous en sommes dans l'enquête. »

J'acquiesce, puis je me lève. Je ne veux plus en parler. Betty est morte, et maintenant Willow elle aussi est morte. « Ça va aller. Vous n'avez pas besoin de rester. »

Cette nuit-là, je ne dors pas. En général, j'arrive à m'assoupir une heure ou deux, mais cette fois le sommeil m'échappe complètement. Allongée dans le lit de Betty, je pense à Sally et à Stephen, à leur chagrin récent et cuisant. Sans doute incapables de dormir eux aussi, ils doivent errer dans leur maison et se jeter de temps à autre des regards incrédules.

Longtemps, je reste sur le dos, les mains derrière la tête, à attendre le moment où j'aurai envie de me tourner sur le côté, en position fœtale, et où, en refermant mon corps sur lui-même, je tenterai d'abandonner toute pensée. Ce moment ne vient pas. Vers deux heures du matin, je me lève, jette un coup d'œil à Rees qui respire doucement, et, frissonnante, je descends en serrant ma robe de chambre autour de moi. La maison est obscure, étrange, comme toujours en pleine nuit. Je me prépare une grande tasse de camomille et je m'installe à la table de cuisine avec l'album de photos. David a toujours été parfait sur ce plan-là : il a pris des centaines de photos des enfants et, autrefois, il les faisait tirer en plusieurs exemplaires pour envoyer les plus réussies aux tantes et à un cousin perdu quelque part au Moyen-Orient, si loin que je ne l'ai jamais rencontré. Résultat, nous finissions toujours par avoir les moins bonnes en double – les floues sur lesquelles Betty et Rees tournaient la tête, regardaient fixement l'objectif, boudaient ou fermaient les yeux. David ne voulait jamais rien jeter. Des albums incomplets et des enveloppes jaunes pleines à craquer traînaient dans toute la maison. Ça me rendait folle. Dieu merci, l'ère du numérique est arrivée. Depuis que nous nous sommes séparés, je n'ai photographié les enfants que lors des fêtes, anniversaires ou Noëls. Mais il devait y avoir quelque part toutes les photos que David avait prises d'eux avec Chloe et le bébé, des photos dont j'étais exclue.

La dernière de Betty en fera partie, engrangée quelque part dans l'ordinateur de David. Moi, j'ai les premières, celles qui sont rangées dans des enveloppes, où on la voit toute petite, bras dodus et double menton, portant d'horribles cardigans offerts par les tantes. Qui aurait pu penser qu'elle deviendrait une fillette aussi mince et élancée ?

Assise à la table de cuisine, je sirote ma tisane. Voilà ma fille à six mois, avec un maillot rouge de joueur de rugby, en train de sourire largement à quelqu'un qui n'est pas sur la photo. Et à quatre ans, les cheveux sévèrement coupés au bol, le ventre encore bien rebondi sous un gilet. Elle agite un sécateur vers l'objectif, mais je ne reconnais pas le jardin qui se trouve derrière elle – en tout cas, ce n'est pas le nôtre. Il y a des fleurs.

Et puis la voilà, sur une série de clichés plus récents que David a pris à l'occasion de ses neuf ans – David m'a donné le CD et les six meilleurs tirages. J'avais emmené Betty au bowling avec trois de ses amies, et

David nous a rejointes un peu plus tard là-bas. Rees avait eu le droit d'inviter un ami. Ensuite, nous sommes tous allés manger une pizza. La photo que je tiens, grande, sur papier brillant, montre Betty avec Willow, Priya et Elinor, ses trois meilleures copines. Le bowling – un endroit horriblement sombre et bruyant – est à l'arrière-plan. Toutes quatre hurlent, les yeux écarquillés, un peu énervées par le bruit et la confusion. Betty et Willow s'enlacent avec la fougue dont les gamines de cet âge font preuve quand elles croient qu'une fois grandes elles vivront ensemble. Willow voulait être vétérinaire, Betty policière. Ensemble, elles allaient élucider de mystérieuses disparitions d'animaux. Les cheveux de Betty ne sont pas soignés. Un grand sourire aux lèvres, Willow, d'une main, désigne son propre visage. Elle montre ses nouvelles lunettes, dont elle était excessivement fière. Les deux amies sont belles, ivres de joie à cause de cet anniversaire et de l'amitié qu'elles se vouaient avec passion ; le passé était une notion qu'elles ne possédaient pas encore, et l'avenir était la pizza et la glace qu'elles allaient manger en bas de la rue dix minutes plus tard. Leurs vies se résumaient à un présent riche et foisonnant. Il leur restait quatre mois à vivre.

Le vendredi, Julie me conduit chez Sally. J'ai fait dire par David que je ne me sentais pas de force à venir au crématorium si peu de temps après l'incinération de Betty, mais que j'aimerais lui rendre visite après la cérémonie. En retour, un message m'assure que c'est parfait. Julie emmène les garçons à la maternelle comme d'habitude, se rend au crématorium, puis vient me chercher.

En montant dans la voiture et en attachant ma ceinture, je demande : « Comment ça s'est passé ? »

Julie secoue la tête. Elle a les traits tirés. Pour la première fois, je réfléchis au coût de cette tragédie pour elle et pour tous ceux qui, dans notre entourage, tâchent d'agir comme d'habitude mais se sentent coupables de ne pas être plus bouleversés, et dont la vie a été écornée, bousculée par ce qui est arrivé. Pendant le trajet, nous ne parlons pas. Julie se gare dans la rue voisine – il n'y a plus de place dans celle de Sally. En refermant sa portière, elle me déclare : « Je récupérerai les garçons à l'heure habituelle et j'emmènerai Rees chez nous. Restez ici tant que vous voudrez. »

Je rassemble mon courage en gravissant le perron de Sally. Un homme d'âge mûr, que je ne connais pas, ouvre la porte et dit comme s'il récitait une leçon : « Merci d'être venues. » À mon grand soulagement, il n'évoque pas ma situation particulière. Une fois que nous sommes à l'intérieur, une adolescente nous débarrasse de nos manteaux. Sa manière d'appréhender ce qui est en train de se passer est simple et directe. Elle nous adresse un grand sourire avant de pivoter brusquement pour monter nos manteaux dans une chambre, à l'étage. La maison de Sally est la réplique de la mienne : même construction victorienne attenante, simplement inversée et beaucoup plus élégante, avec du verre coloré partout, du parquet nu, et sur tous les murs une infinité de photos encadrées représentant ses enfants. Du couloir, j'aperçois la cuisine qu'ils ont agrandie l'année dernière. Baignée de lumière, elle est pleine de monde. Au-dessus de la porte, il y a une photo de Willow au format A4, où on la voit sur le versant d'une colline, cheveux au vent, un sourire éclatant aux lèvres. Elle a été imprimée sur du papier blanc à photocopie et scotchée sans grande habileté. Pendant que Julie et moi restons une minute dans le couloir, je remarque des photos encadrées alignées sur une étagère, sous le miroir. À ce moment-là, Sally sort du salon, à notre gauche, et nous dit : « Entrez, toutes les deux, il fait froid dans le couloir. Venez boire quelque chose. » Étrangement, cette femme qui évoquait ma tragédie avec une emphase assez lourde semble bien décidée, à l'extérieur du moins, à adopter un ton léger dès l'instant où il s'agit de la sienne. Elle se dirige vers la cuisine et je la suis des yeux. Je me demande si le médecin lui a prescrit des tranquillisants.

David et Chloe se trouvent au fond de la cuisine. David m'aperçoit et joue des coudes pour me rejoindre. Chloe, bien sûr, reste où elle est. David m'enlace avec chaleur, comme si nous étions les seuls à comprendre ce qui se joue réellement ici – et, bien sûr, c'est le cas. « Je suis vraiment content que tu aies pu venir », me souffle-t-il. Soudain, je me dis que nous ne nous sommes pas beaucoup vus depuis l'accident, même si nous nous sommes parlé tous les jours. Jusqu'ici, ça ne me paraissait pas curieux ; pourtant, après cette étreinte rassurante, je m'en étonne.

Quelqu'un me heurte l'épaule en passant derrière moi. David jette un coup d'œil furieux et, pendant une minute, je pense qu'il va lâcher une remarque désobligeante – je pivote à demi, mais, d'une main posée sur mon bras, il m'oblige à lui refaire face, et je me presse contre lui. Je reconnais son odeur. « Je me sens toute bizarre, lui dis-je.

— Je sais, moi aussi », me répond-il d'une voix douce en parlant dans mes cheveux.

Au bout d'une demi-heure, Julie vient me dire qu'elle doit aller chercher les enfants. Pendant que nous nous parlons, David s'excuse et va rejoindre Chloe. Déjà, je n'en peux plus. C'est ma première sortie depuis l'accident, et rester debout à faire la conversation m'a épuisée. J'ai envie de partir avec Julie, mais je n'ai adressé la parole qu'à David et je me dis que je devrais rester encore un peu. David revient vers nous et me tend un petit verre de sherry. Julie s'éclipse. Je bois une gorgée et je le regrette aussitôt : cette petite quantité suffit à me donner le vertige. David me tend son assiette de sandwichs. J'en attrape un et j'en grignote le coin, puis je le garde à la main, ne voulant pas le remettre dans l'assiette.

« Seigneur, Laura ! Je me fais un souci monstre en voyant à quel point tu as maigri, me dit David d'un ton calme.

— Je vais bien.

— Non. »

Malgré mon envie de ne pas le quitter, je suis déterminée à me montrer courageuse. Il ne faut pas que je sois égoïste : c'est Willow que nous pleurons ici. Je retourne dans le couloir, puis dans le salon où des parents plus âgés sont assis par petits groupes. Une femme qui se tient près de la cheminée s'avance vers moi en disant : « Laura ? »

J'incline la tête.

« Je suis Vivie, la marraine de Willow. Nous nous sommes rencontrées à Pâques, l'année dernière. C'est gentil d'être venue alors que vous ne savez plus vous-même où donner de la tête. »

Cet euphémisme nous incite toutes les deux à faire la grimace. Soudain, je me rappelle où je l'ai rencontrée. C'était à une chasse aux œufs de Pâques que des mamans avaient organisée un ou deux ans plus tôt dans le parc. Vivie avait apporté une énorme Thermos de café et une demi-douzaine de gobelets en plastique. Elle m'avait expliqué pourquoi elle n'avait pas eu d'enfant – cela avait un rapport avec le fait qu'elle-même était une enfant adoptée.

Pendant quelque temps, nous bavardons poliment au milieu du salon. Je me félicite de m'en tirer aussi bien et m'autorise une petite bouffée de fierté en constatant que je suis capable de parler normalement, de dépasser la partie de moi qui a envie de hurler devant l'ineptie de tout ce qui ne concerne pas mon deuil. C'est peut-être la disparition de Willow qui me le permet en remettant les choses en perspective. Qu'il est donc effroyable que je profite, même d'une façon infime, du malheur d'autrui ! Vivie, la marraine, continue à s'exprimer doucement, avec discrétion. J'incline la tête.

Vers la fin de notre conversation, quelque chose de curieux se produit. Je suis en train de parler à Vivie. Nous n'avons pas changé de position. Soudain, je sens une douleur aiguë au mollet qu'on vient de m'érafler. Quand je me retourne, je vois juste derrière moi une petite bonne femme aux cheveux châtains frisés, qui a l'air fâchée. Derrière elle se trouve un fauteuil. J'en conclus qu'en se levant elle m'a égratigné la jambe avec son talon aiguille, bien que je ne comprenne pas pourquoi ni comment. Je la considère avec un demi-sourire étonné en pensant qu'elle va me demander de l'excuser, mais elle se contente de me fusiller du regard, puis elle se détourne.

J'observe cette petite femme lorsqu'elle quitte la pièce, et je demande à Vivie : « Qui est-ce ? » Elle hausse les épaules.

Peu après, je me rends compte que j'ai désespérément besoin de rentrer à la maison – j'aurais dû repartir avec Julie. Je prends congé de Vivie et je sors du salon. J'aimerais bien filer sans dire au revoir à personne. Après tout, on me pardonnerait. J'ai fait mon devoir. En jetant un coup d'œil dans la cuisine encore bondée, j'hésite. Y retourner me paraît au-dessus de mes forces.

À l'étage, dans la chambre à coucher, je n'arrive pas à retrouver mon manteau. Il y en a un tas sur le lit, mais j'ai beau fouiller, je ne vois pas le mien. Je vais dans une petite chambre voisine où des adolescentes sont vautrées sur le lit ou sur d'énormes coussins par terre. Elles ont toutes l'air d'avoir pleuré. Willow était la plus jeune des quatre enfants. J'aperçois sa sœur aînée, Beeny, près de la fenêtre. Elle me dévisage avec des yeux dont le maquillage a coulé et dit d'un ton éteint : « Bonjour.

— Bonjour, Beeny. Tu sais où sont les autres manteaux ? Il faut que je parte. » Elle pivote vers la fenêtre.

Au moment où je redescends, Ranmali et son mari sont devant la porte, prêts à s'en aller. Depuis l'accident, c'est la première fois que je les vois d'assez près pour leur parler – ils étaient présents au crématorium pour l'incinération de Betty, mais ensuite ils se sont abstenus de venir chez moi. Alors que je redoutais de revoir Ranmali, je me sens soudain soulagée de la rencontrer, et je regrette de ne pas la connaître suffisamment pour la serrer dans mes bras. Un jour, il faudra que nous parlions toutes les deux, et, si je n'y suis pas encore prête, je suis contente de la voir.

Elle ferme son manteau en lainage et m'aperçoit soudain dans l'escalier. Un instant, elle me regarde fixement, puis ses yeux s'emplissent de larmes. Cette réaction ne m'inquiète pas car je sais que son anglais poli, précis ne s'encombrera pas de platitudes. À côté d'elle, son mari a déjà boutonné son manteau jusqu'au cou et coiffé son chapeau sur ses cheveux bien huilés, mais il me regarde par-dessous le bord de son couvre-chef. Contrairement à sa femme, il n'a pas une expression chaleureuse ou compatissante, mais plutôt celle qu'il adopte quand trop d'enfants envahissent son magasin après l'école.

Lorsque j'arrive au bas des marches, il s'avance vers moi. Sa femme lui pose une main sur le bras. Il lui jette un rapide coup d'œil, puis me fait face.

Je m'immobilise. Il veut sans doute me dire un mot, mais n'y arrive pas. Je me rends compte que, au cours de toutes ces années, je n'ai jamais entendu le son de sa voix.

Il incline brièvement la tête, puis me déclare, si doucement que je l'entends à peine : « Je suis navré, madame Needham. »

À mon tour, je lui adresse un bref signe de tête pour le remercier de ses condoléances et je veux m'écarter pour me diriger vers le salon et continuer à chercher mon manteau, mais il avance encore et je constate qu'il a autre chose à dire.

Il se penche en avant comme s'il voulait que personne d'autre ne l'entende. « Ma femme se trompe. »

Je suis obligée de me rapprocher de lui. Des rides profondes creusent son visage, sillons gris qui trahissent son âge, mais ses dents sont petites et soignées. « La voiture n'était pas normale... Ma femme le pense, mais je crois qu'elle ne veut pas savoir. Elle est arrivée trop vite. Le conducteur roulait trop vite. Il devrait être puni. »

Je le dévisage. J'ai l'impression qu'il aimerait ajouter quelque chose, mais que le choc qui se lit sur mon visage le réduit au silence.

« Je suis navré », répète-t-il avant de se retourner.

J'observe Ranmali, derrière lui. Les larmes sont si abondantes dans ses yeux qu'il semble étrange qu'elles ne coulent pas. Après un coup d'œil lancé à son mari, elle me regarde, puis secoue la tête. Je ne sais pas très bien si elle veut dire par là que son mari a tort, voire qu'il a l'esprit un peu dérangé, ou si elle trouve toute cette histoire injuste. Elle pivote alors pour ouvrir la porte et s'adresse à son mari d'un ton sec dans une langue étrangère. En partant, il ne me regarde pas.

Ma main est toujours posée sur la volute du pilastre. Je m'assieds au bas de l'escalier. La tête dans les mains, je n'arrive pas à intégrer cette nouvelle information. Ce matin, je m'en sortais pourtant si bien ! Je réussissais à penser à Willow plus qu'à l'absence de Betty. Ma fille aurait voulu dire au revoir à sa meilleure amie. Pourquoi n'est-elle pas là ? Je me rends compte que le petit progrès représenté par ma présence ici est illusoire. Il m'a fallu un énorme effort de volonté pour venir, et j'ai l'impression que, pour la première fois depuis l'accident, je suis parvenue à m'extraire brièvement de mon chagrin car d'autres en éprouvaient un tout frais. Mais le mari de Ranmali m'a rappelé que ma propre tragédie me submergera de nouveau dès que j'aurai rassemblé mes idées : elle n'a été que temporairement déplacée, comme le manteau que je n'arrive pas à retrouver. Je porterai ce poids sur mes épaules avant même d'avoir franchi le seuil de la maison.

« Il devrait être puni. » Je ne sais même pas comment s'appelle cet homme.

J'entends des pas traînants dans le salon. La porte s'ouvre et le hall d'entrée s'emplit de murmures. Sentant un mouvement de masse vers la sortie, je me lève de l'escalier. La mère de Sally, et donc la grand-mère de Willow, avance en tête et, en m'apercevant, elle sursaute légèrement. Je sais qu'elle va dire quelque chose, mais je suis incapable d'entendre quoi que ce soit, si bien que je la devance : « Madame James, je m'en vais maintenant. » Je me sens vieille, aussi vieille que les falaises. Et fatiguée. Tellement fatiguée.

Mme James regarde autour d'elle. « Est-ce que David va vous raccompagner chez vous ? À moins que vous ne soyez venue avec votre voiture ? » Elle fait partie de ces femmes qui se font un devoir de veiller sur tout le monde, je crois, même quand elles sont au cœur d'une tragédie personnelle.

« Non, je vais rentrer à pied. » Je la vois chercher des yeux quelqu'un à qui elle pourrait demander de me reconduire. « J'ai besoin de prendre l'air. » Ma voix est un peu plus forte que nécessaire.

Son regard revient se poser sur moi. « Bien entendu », répond-elle avec douceur. Soudain, à ma grande surprise, nous allons l'une vers l'autre et nous nous enlaçons. Nous restons ainsi pendant une minute, avec autour de nous des murs embrasés par les photos de sa petite-fille morte, et, un très bref instant, j'éprouve quelque réconfort. Puis je m'écarte d'elle en disant faiblement : « Mon manteau... Il est parti à l'étage », comme s'il s'agissait d'un enfant récalcitrant qui avait échappé à ma surveillance.

« Je vais aller vous le chercher, ma chère petite.

— C'est le...

— Oui, je sais. Je vous ai vue quand vous êtes arrivée. »

Je recule, et elle monte lentement l'escalier en s'agrippant à la rampe, à la manière d'une arthritique. La sensation d'épuisement ne m'a pas quittée et, même si je ne veux pas me faire raccompagner, surtout pas par David et Chloe, rentrer à pied est bien la dernière chose dont j'ai envie. Mes jambes me semblent en plomb. Je lâche un soupir grinçant à l'idée que Mme James, malgré son âge et son chagrin, est encore la plus alerte de nous deux lorsqu'il s'agit de monter l'escalier pour chercher mon manteau.

Elle reste absente un long moment. Lorsqu'ils passent devant moi, les gens me regardent tous avant de détourner les yeux. De ce fait, le temps qu'elle revienne, je n'y tiens plus et, rétrospectivement, mon besoin d'air frais est sincère. Mme James fronce un peu les sourcils en descendant l'escalier, avec sous un bras mon manteau – un vêtement violet foncé, d'une couleur bien particulière, avec un col en plumes, le plus élégant et le plus cher que je possède.

« C'est vraiment étrange, ma chère petite, déclare Mme James en me le tendant. Les grandes filles ont dû s'amuser avec. Il se trouvait dans la salle de bains du haut. Il y a quelque chose dessus. »

Elle tend la main, et je prends le manteau sans le regarder. « Je suis sûre que ça ira. Vous direz à Sally… vous savez bien.

— Oui, ne vous inquiétez pas, je le lui dirai. »

Je me faufile dehors, le manteau toujours à la main. Mme James ferme doucement la porte derrière moi. Ce n'est qu'en mettant le manteau et en le boutonnant que je comprends ce qu'elle a voulu dire. Sur le devant, il y a une longue traînée humide. De la Javel ou un autre détergent corrosif a brûlé le tissu. Il est complètement fichu. Je secoue la tête et lève le visage pour que la pluie le frappe. C'est froid, c'est bon. Je ne parviens pas à rassembler tous les éléments de cette étrange matinée et je décide que, bien sûr, je dois être en cause – car j'ai l'air plutôt étrange, là, sous la pluie.

6

QUELQUES JOURS APRÈS LES OBSÈQUES DE WILLOW, Toni revient me voir. Comme il n'a pas école ce matin-là, Rees se trouve dans le salon, où il a retiré tous les coussins du canapé et des fauteuils et les a empilés pour former une tour instable. Il prétend qu'il construit un hélicoptère. Nous l'abandonnons à sa tâche et nous rendons dans la cuisine, mais Toni écarte le rituel du thé et suggère :

« Ça vous ennuierait si on allait dans le jardin pour que je puisse fumer une cigarette ? »

Je suis flattée car je suppose qu'elle n'a pas le droit de fumer quand elle est de service. De plus, en me demandant la permission de le faire dans mon jardin, elle montre qu'elle m'aime bien et a confiance en moi. J'ai envie qu'elle m'aime, sans trop savoir pourquoi. Je veux qu'elle me préfère à toutes les personnes endeuillées avec lesquelles elle a été en contact. Je sens qu'elles sont en concurrence avec moi.

« Non, surtout si vous m'en donnez une », dis-je.

Toni garde une expression sérieuse. « C'est bien que vous ayez réussi à aller chez Sally, lance-t-elle une fois que nous sommes assises sur le petit muret, au fond du jardin. Ça n'a pas dû être facile pour vous, mais je suis sûre que Sally et Stephen ont apprécié votre geste.

— Est-ce que vous êtes aussi leur officier de liaison ? »

Toni hoche la tête et j'éprouve un pincement au cœur. L'idée qu'elle s'installe dans la cuisine immaculée de Sally et compatisse à sa douleur ne me plaît pas. D'où je suis, j'aperçois le salon. Les deux mains au-dessus de la tête, Rees saute sans cesse du canapé privé de ses coussins. On dirait qu'il essaie de s'envoler. Toni me tend une cigarette, puis se penche vers moi pour m'offrir du feu. Son briquet est du genre lance-flammes, mais le vent froid l'éteint et, au bout de trois vaines tentatives, je propose :

« Allumez d'abord votre cigarette, je m'en servirai pour allumer la mienne. » Après quoi, je souffle la fumée et j'ajoute : « Comment savez-vous que j'y suis allée ? » Puis j'ai un accès de toux parce que j'ai tiré une bouffée trop forte.

« C'est David qui me l'a dit... Ça va ? »

Je tousse tellement que je vire au violacé. « Très bien. Je fumais quand j'étais étudiante, mais il y a des années que je ne l'avais pas fait. David avait horreur de ça. J'ai repris quand nous nous sommes séparés, surtout pour l'embêter. Et puis je me suis rendu compte que ça ne rimait à rien, et j'ai de nouveau arrêté.

— Voulez-vous que je vous tape dans le dos ? »

Je secoue la tête. « Est-ce que vous parlez beaucoup de moi avec David ?

— Bien sûr. Vous connaissez les hommes : ils préfèrent parler de quelqu'un d'autre plutôt que d'eux, et s'occuper de choses qui ne les concernent pas directement, comme si... je ne sais pas, moi. Vous voyez bien comment sont certains hommes dès qu'il s'agit de résoudre un problème.

— Le problème, c'est moi.

— Allons, vous comprenez ce que je veux dire.

— Ils se fixent des buts à atteindre.

— C'est une manière d'exprimer la chose.

— Parfois, je pensais... Je sais que c'est un peu curieux, mais, quand nous étions encore ensemble, je disais à David qu'il aurait dû être flic. Il se concentrait toujours sur certaines choses, ça me rendait dingue. » Je me remets à tousser. « N'empêche, quand il se concentrait sur moi, c'était formidable, intense. Il aurait fait un bon officier de police. »

À cette idée, nous sourions toutes deux brièvement avant de nous taire un instant. Au-dessus de nous, le ciel est une couverture blanche. Sur les branches dénudées, un ou deux minuscules bourgeons se forment. Ils semblent prématurés.

Consciente de mon ton légèrement sarcastique, je demande : « De quelles choses, par exemple ?

— Comment ça, de quelles choses ?

— De quelles choses s'occupe David ?

— Eh bien, il est très posé en public, très bon avec la presse, il essaie toujours de se montrer apaisant. La semaine dernière, il a accepté d'être filmé par des caméras de télévision. J'ai trouvé ça courageux, mais il m'a dit qu'il était prêt à le faire si ça pouvait aider à résoudre les problèmes que nous avons en ville. Sauf que je m'inquiète un peu. Extérieurement, il paraît s'en sortir bien, mais vous savez, souvent, ceux qui ont l'air de bien s'en sortir au début finissent par s'effondrer complètement. Par contre, ceux qui flanchent tout de suite, ceux qui paraissent durement frappés sont... je suppose… » Elle s'interrompt un instant. « Disons que c'est peut-être là une réaction plus naturelle. »

Ma cigarette se consume lentement pendant que je dévisage Toni. « Ceux qui flanchent tout de suite comme moi, c'est ça ?

— Oui, comme vous », reconnaît-elle. Elle regarde la cigarette qu'elle tient entre ses doigts, puis tire une longue bouffée. « Ce n'était pas une critique implicite de votre attitude. Bien au contraire.

— Vous parliez de caméras de télévision… » Depuis que Betty est partie, je n'ai pas allumé la télévision ni ouvert un journal.

« Laura… » Sa voix reste douce, mais je décèle une note d'exaspération. « Pendant quelque temps, on en a parlé dans tout le pays ; ce n'est plus le cas maintenant. La semaine dernière, ce n'était qu'une chaîne régionale. »

Voilà qui explique une chose qui m'intriguait. « Alors, ça fait aussi partie de votre boulot ? »

Elle incline la tête. « Est-ce que vous avez jeté un coup d'œil aux dépliants que je vous ai remis ? »

Je lève les yeux au ciel. « Je travaille pour la Sécurité sociale, ne l'oubliez pas. Nous avons des dépliants pour tous les cas de figure : conseils sur la façon de réagir si le distributeur d'eau ne fonctionne pas ; numéro de téléphone de la cellule qui aide les gens agacés par le mauvais fonctionnement des distributeurs d'eau, etc.

— Je sais que la manière dont les conseils sont formulés est plutôt paternaliste.

— Écoutez, le genre d'expression inepte que vous ou d'autres peuvent employer, j'y ai recours moi-même. Il arrive aussi qu'un de mes patients meure, ou que je sois obligée d'avouer à quelqu'un que je ne peux rien faire pour lui. Je ne suis pas fragile comme du verre. »

Suit un petit silence. Je me demande si elle est capable d'interpréter correctement mon accès d'hostilité, si elle comprend que ma branche professionnelle n'est pas sans rapport avec la sienne, et qu'il me serait insupportable d'être traitée en victime. Le problème n'est pas que je veuille gagner son amitié, je sais bien que ce n'est pas pour ça qu'elle est ici, mais j'aimerais qu'elle me considère comme une égale sur les plans émotionnel et intellectuel. En même temps, je sens en moi quelque chose de tout petit, d'enfantin, prêt à céder au besoin que j'ai d'elle. J'ai envie de savoir ce qu'elle dit de moi à ses collègues.

« Est-ce qu'ils sont tous comme moi ? » Je tente d'adopter un ton léger.

Pas vraiment, me dit sa mimique.

J'enfonce le clou : « Mieux ou pire que moi ?

— Chaque personne endeuillée réagit à sa manière, c'est la première chose qu'on nous enseigne, répond-elle d'une voix ferme. Quand vous frappez à une porte, vous ne savez jamais ce qui vous attend. »

Lui demander de me traiter en égale n'est pas juste. Si je l'étais, elle ne serait pas ici. J'essaie de lui donner ce qu'elle attend de moi. « J'ai l'impression que je me trouvais dans une piscine où je battais des pieds et des mains en réussissant tout juste à ne pas couler. Et maintenant, je regarde autour de moi pour la première fois, et je m'aperçois que l'eau est du lait, ou qu'elle est violette, ou encore qu'elle pullule de grenouilles. Il y a tellement de choses bizarres qui se sont passées. »

Elle me regarde. « Que voulez-vous dire par là ? »

Je lui explique que les obsèques de Willow m'ont paru étranges, que tout avait l'air coupé de la réalité, surréaliste, même la conversation avec le mari de Ranmali, qui aurait dû m'horrifier, mais n'a fait que me dérouter. Je lui explique que j'ai eu beaucoup de mal à rentrer chez moi, que le sol sous mes pas me paraissait spongieux et sur le point de se dérober d'un moment à l'autre. Et voilà qu'il est question de caméras de télévision ! Aucun journaliste n'est venu me voir et, pour une raison ou une autre, c'est David qu'on importune.

Toni soupire et écrase son mégot sur le muret. Comme si elle se préparait à dire une chose qu'elle gardait en réserve pour un moment opportun. « Nous avons questionné Ranmali et son mari séparément. Ils ont donné des versions légèrement différentes. On peut y voir une affaire d'interprétation, néanmoins c'est important. Les charges susceptibles d'être retenues en dépendent. »

Je sais que le conducteur de la voiture a tout d'abord été appréhendé pour conduite dangereuse ayant entraîné la mort d'autrui, un chef d'accusation d'une extrême gravité. On lui a confisqué sa voiture et pris ses vêtements. Les tests d'alcoolémie et de drogue s'étant révélés négatifs, il a été relâché, mais il doit rester à la disposition de la police. Un appel à témoins a été lancé car, faute de témoignages, les charges qui pèsent contre lui pourraient être ramenées à celles d'un homicide par imprudence, un crime de moindre gravité. Aux yeux de la loi, l'imprudence est jugée moins grave que la dangerosité, bien que, pour ma fille, le résultat soit strictement le même.

Je demande à Toni : « Est-ce que vous m'avez menti ? »

Elle secoue la tête. « Quand on est accablé de chagrin et déprimé, on bascule facilement dans la paranoïa, mais, croyez-moi, ça n'aide en rien. Personne ne vous ment. Nous ne vous avons pas submergée d'informations que vous ne sembliez pas prête à recevoir, voilà tout. Vous les aurez quand vous serez disposée à les entendre. » Elle ne s'était encore jamais montrée aussi ferme avec moi. « Est-ce que vous arrivez à dormir ?

— Vous me posez toujours cette question. Elle est idiote.

— Pas vraiment. Vous verrez, le sommeil et l'appétit reviendront.

— Je n'y tiens pas.

— Je sais. Je sais bien. »

Je jette ma cigarette. « Je vous en supplie, ne me dites pas que, si vous venez, c'est pour vous assurer que je vais bientôt redevenir normale. Si c'est ce qui vous intéresse, allez plutôt voir cette fichue Sally, tellement méritante ! Elle souffre de façon beaucoup plus normale que moi, j'en suis sûre.

— Pas moi.

— Le moment que je préfère, c'est quand je suis réveillée - dans la nuit, pas dans la journée. Là, je ne peux jamais être seule. »

Toni me regarde. Le ciel est encore blanc, immense arc de lumière aveuglante. J'ai l'impression d'être aussi à vif qu'un nouveau-né, et ce n'est pas là une image sentimentale. Je pense aux bébés qui viennent de naître, tout rouges sous la couche blanche de vernix, on dirait qu'ils sont dépiautés.

« Bon, je sais bien que je suis seule toute la journée, du moins autant que possible. Ce n'est pas ce que je voulais dire… En fait, il n'y a que quand tout le monde dort que je me sens vraiment seule, que je n'ai pas l'impression d'être observée.

— Qui vous observe, à votre avis ?

— Tout le monde. » Ce n'est qu'en le formulant que je réalise à quel point je le crois. « On m'observe tout le temps. Dans la rue, dans les magasins. Je ne veux plus remettre les pieds à l'école. Des centaines de personnes me surveillent ; et, même dans une rue déserte, n'y a-t-il pas quelqu'un derrière sa vitre ou dans sa voiture ? Tout le monde croit me connaître. Les autres mères sont les pires : elles ont l'impression de savoir par quoi je passe, juste parce qu'elles aiment leurs gosses et se sont imaginées dans ma situation. En voyant une femme au terrain de jeux, j'ai pensé qu'elle était contente que ce soit arrivé à ma fille. Comme ça, il y a moins de risques que ça arrive à ses gosses. »

Toni me regarde, mais ça ne me dérange pas. Elle, elle ne me surveille pas. On la paie pour être avec moi, elle a une bonne excuse. Après un silence, elle me fait remarquer : « Vous savez pourtant que, quoi qu'elles fassent, vous trouverez que ce n'est pas bien. Vous vous sentirez insultée de toute façon.

— Je les déteste.

— Je sais.

— Peut-être que je les ai toujours détestées. Je croyais les aimer uniquement parce que nous étions du même bord, celui des parents. Je n'ai rien de commun avec Sally. Elle fait partie de ces adeptes de la vie saine ; elle s'intéresse aux dauphins, à la vision intérieure, et elle a donné des prénoms idiots à ses enfants. Elle essaie toujours de m'embrigader dans tel ou tel comité scolaire, tel ou tel club. À l'époque où j'avais du mal à allaiter Rees, elle m'a proposé de rester avec moi pendant que j'essayais de lui donner le sein. Je ne la supporte pas. Et maintenant, tout le monde va penser que nous devrions être aussi soudées que des sœurs siamoises, et s'attendre à nous voir nous rapprocher. Je parie qu'elle s'y prend correctement, elle, avec dignité, qu'elle laisse les gens la réconforter, lui dire que Willow sera toujours avec elle et voudrait la voir heureuse. Mais ce n'est pas vrai. Betty est partie pour toujours, et maintenant Willow elle aussi est partie. Elles n'ont pas rendu le monde meilleur. Elles n'ont pas enrichi notre existence avec leur amour et leur innocence. Elles sont parties, c'est tout. »

La voix de Toni devient très douce, et j'y vois un avertissement. « Vous ne croyez pas qu'on pourrait vous accuser de juger Sally tout comme vous pensez qu'on vous juge ?

— J'en ai seulement assez d'être tout le temps surveillée. C'est pour ça que ça me fait autant de bien de ne pas dormir la nuit. De rester dans le noir. En sachant que les gens dorment. En sachant que, pendant quelques heures, ils ne me surveillent pas. »

Un autre silence s'étire.

« Laura, je regrette de devoir vous dire ça, mais avez-vous réfléchi au mal que vous vous faites ? Vous comprenez pourquoi je suis obligée de vous poser la question, n'est-ce pas ? »

Bien entendu, elle est obligée de le demander à cette Laura butée, égoïste, que le chagrin rend encore plus butée et plus égoïste, et qui a refusé toute aide psychologique. Je n'ai même pas lu les divers prospectus et brochures que, à l'hôpital, la personne chargée de conseiller les parents endeuillés m'a remis à l'issue d'une conversation brève et, de son point de vue, entièrement décevante. Pauvre Toni. Avec moi, elle n'est pas sortie de l'auberge.

Je lui demande : « Est-ce que la prise en charge psychologique est aussi dans vos attributions ? Ma pauvre ! »

Elle sourit. « Non, pas à strictement parler. Je ne faisais que poser la question. »

Je baisse les yeux. La cigarette que j'ai négligemment jetée dans l'herbe hivernale rabougrie a le bout toujours rougeoyant. Je l'écrase. « Qui a pratiqué l'autopsie ? Pour Betty ? »

Elle hésite. « David Bradley.

— Je le connais. »

Par la fenêtre, nous apercevons Rees qui, debout dans le salon, regarde autour de lui. Il s'est lassé de son hélicoptère en coussins et se demande où je suis. D'un instant à l'autre, il va accourir en réclamant quelque chose. En général, il annonce : « J'ai faim », ce qui veut dire : « J'ai besoin qu'on s'occupe de moi », mais le fait de parler de sa faim le convainc qu'elle existe, et il est furieux quand il n'obtient que de l'attention. Ces petits accès de fureur ne se sont pas multipliés depuis que Betty est partie, mais leur intensité s'est accrue. Je sens qu'il va me faire payer ma clope fumée en douce dans le jardin.

Lorsque je me lève, Toni m'imite. « Voulez-vous que je vienne avec vous ? » me demande-t-elle.

Je secoue la tête et je répète : « Je le connais. À votre avis, c'est une bonne idée ? »

D'un mouvement du menton, elle répond oui, sachant très bien ce que je veux dire. Pour la première fois, je songe à sortir du flou qui entoure l'absence de Betty pour en examiner les détails. « Chaque chose en son temps, mais si vous en ressentez le besoin, l'information est disponible. Je pourrai vous en apprendre plus sur des tas d'autres trucs dès que vous voudrez. »

Les autres trucs ne m'intéressent pas. Je n'ai pas envie de savoir ce qu'est une cellule de réflexion, ni pourquoi des inconnus semblent aussi avides de s'approprier ce qui m'est arrivé, ce qui est arrivé à ma fille.

« Il y a autre chose que j'aimerais vous voir envisager… » Je lui jette un coup d'œil pendant que nous retournons à l'intérieur. « Il me semble… Écoutez, je sais bien que David et vous êtes séparés, et que vous ne pouvez par conséquent vous soutenir de la même façon que si vous étiez encore mariés, n'empêche…

— Vous trouvez curieux que nous ne passions pas plus de temps ensemble à parler de Betty. »

Elle le confirme.

Je réplique d'un ton sec : « Bon, si vous connaissiez toute l'histoire de notre rupture, vous n'y verriez peut-être rien de bizarre.

— J'ai cru comprendre que ça ne s'est pas fait sans un peu d'aigreur.

— Voilà un bel euphémisme !

— Est-ce que vous pourriez trouver un moment pour parler, juste tous les deux, hein, et pour partager ce qui vous arrive ? Je vous le demande pour lui autant que pour vous. »

Au moment où nous franchissons le seuil, je soupire tout haut. Rees traverse la cuisine et fonce vers nous, tête baissée, telle une torpille. « Je doute que Chloe le permette. »

Rees se précipite sur moi, s'accroche à mes jambes et se met à brailler.

Toni m'adresse sa grimace si particulière. « J'y reviendrai. »

David Bradley fait partie de ces hommes qui pourraient jouer leur propre rôle dans un film à la télévision. Quand on ne le connaît pas bien, il paraît bidimensionnel : solide, tranquille, habile – l'une des vertèbres qui constituent la colonne du système de santé ; et cheveux clairsemés, petit, voûté. Avant, je me posais des questions sur les personnes dans son genre. Ma vie professionnelle tournait autour de ces êtres parfaitement maîtres d'eux-mêmes, qui semblent avoir effacé l'ardoise de leur personnalité pour être compétents dans leur domaine. Sous la surface, sont-ils en ébullition ? me demandais-je. Sont-ils pleins à craquer ? Quelles sont leurs vies secrètes ? Avant, personne n'aurait pu m'accuser de dissimulation. Je papotais quand j'étais de bonne humeur et, quand je ne l'étais pas, ça se voyait. À ceux qui me demandaient comment j'allais, je répondais franchement. Parfois, ils avaient droit à de longs développements. En revanche, Bradley et toutes ces personnalités secrètes, à l'aspect lisse… je me posais des questions.

Bradley traite la mort comme il traiterait n'importe lequel de ses confrères. Quand on l'interroge, il répond et ne considère pas les affligés avec paternalisme. Une de mes patientes avait eu le nerf d'une jambe gravement endommagé à la suite d'une épidurale qui s'était mal passée lors de la naissance de son deuxième enfant. Deux ans plus tard, son mari s'est suicidé en fermant la porte du garage et en laissant tourner le moteur de leur break Volvo. Le médecin légiste était Bradley. Je lui ai amené cette femme. Elle ne parvenait pas à croire que son mari avait pu se montrer égoïste au point de se tuer en laissant une veuve handicapée et deux enfants. Ils n'avaient pas de problèmes d'argent – avec mon aide, elle avait obtenu une indemnisation confortable versée par notre fonds local d'aide sociale. Pendant qu'elle s'entretenait avec Bradley, il m'est clairement apparu qu'elle espérait que la mort de son mari était accidentelle, qu'il avait peut-être oublié d'éteindre le moteur. (Avant de boucher le bas de la porte du garage avec son manteau, d'incliner le siège du conducteur, de s'allonger... ?) Il n'avait pas laissé de message. À l'évidence, il s'était suicidé sur un coup de tête.

Je crois qu'un homme de moindre valeur aurait peut-être dit à la veuve ce qu'elle voulait entendre. Bradley se serait senti mieux en lui sortant des formules ambiguës afin qu'elle puisse inventer sa propre version. Il n'a rien fait de tel. Il lui a expliqué le rapport d'autopsie ligne par ligne et lui a exposé les faits bruts, ainsi qu'il les avait découverts, sans les interpréter. Plus tard, une enquête n'allait pas trancher dans un sens ou dans l'autre, mais Bradley n'avait rien dit qui aurait pu laisser libre cours à l'imagination de la veuve. C'était l'hommage qu'il lui rendait. Il remettait entre les mains de cette femme le reste de sa vie. Dans la même situation, je ne suis pas sûre que j'aurais fait preuve d'autant de force, de principes aussi solides – j'ai toujours trop voulu qu'on m'aime. David Bradley est l'interlocuteur qu'il me faut ; il me dira ce que j'ai besoin de savoir.

Je descends l'esplanade en voiture. Il fait un temps gris, rude. Peu de gens sont dehors et les magasins ne font pas beaucoup d'affaires. Soudain, j'aperçois à la périphérie de mon champ visuel un sac en plastique qui descend en piqué et atterrit sur mon pare-brise avec un bruit mat avant de voleter. Surprise, je mets en route les essuie-glaces, qui baladent le sac de gauche à droite, puis le renvoient dans les airs. Je ralentis pour reprendre mon souffle et, en jetant un coup d'œil sur ma gauche, je m'aperçois que la friterie de M. Yeung est barricadée, avec, accrochée à la porte, une pancarte sur laquelle on lit FERMÉ. C'est curieux, me dis-je, comme un seul magasin fermé peut donner à toute la rue commerçante un aspect abandonné. Le centre paraît bien calme. Un chien esseulé bondit sur la chaussée, devant moi, dernier animal vivant dans ce paysage d'apocalypse. Je secoue la tête. Aller là-bas exige de moi du courage. Je ne peux pas me permettre de me laisser abattre par un sac en plastique.

Le bureau de Bradley se trouve tout au bout de Southside Road, presque en dehors de la ville, dans un amas de bâtiments municipaux que le public n'a généralement pas besoin de visiter. Ce sont d'affreux cubes en brique, tassés les uns contre les autres, à peine en retrait de la grand-route, et exposés au vent qui déboule, cinglant, du haut de la pente. Une vue sur la mer – ce rectangle si prisé par tous ceux qui n'habitent pas près de l'eau et qui, en regardant par la fenêtre, ne voient pas les vagues déferler à l'infini, jour après jour – voilà ce dont bénéficie Bradley. Il m'attend. Pendant que je prends place, nous échangeons quelques rapides formules de politesse. Sur son bureau, j'aperçois le rapport d'autopsie, qu'il a sorti à mon intention. Il le pousse vers moi.

« Jetez un coup d'œil, et ensuite vous me poserez toutes les questions que vous voudrez », me dit-il.

Le rapport est protégé par une chemise en plastique vert pâle, avec le nom complet et la date de naissance de Betty inscrits d'une écriture soignée, penchée, sur une étiquette collée dans le coin supérieur droit. Je le prends, le pose sur mes genoux et l'ouvre vite. Je ne peux pas me permettre la moindre hésitation. Tout est là : perte de sang, lésions – pulmonaires et de la cage thoracique –, multiples blessures internes ayant causé la mort. C'est plus facile à lire que je ne le pensais. La terminologie employée m'incite à réagir en professionnelle. Je le parcours une première fois, puis le relis lentement et attentivement. Pendant ce temps, Bradley patiente, à demi détourné sur son fauteuil pivotant, présent mais détaché.

« Comment ça se fait que cette fracture était aussi grave ? Au fémur gauche… » La tête baissée, je continue ma lecture. La jambe gauche de Betty a été cassée en deux endroits. Je n'avais pas l'intention de poser ce genre de questions. Après tout, ce n'est pas cette fracture qui a tué Betty, mais l'hémorragie interne.

Bradley ne répond pas tout de suite. Sa réaction étant inhabituelle, je lève les yeux. Son visage est inexpressif. « Le véhicule avait un pare-buffle. »

Nous nous regardons, et soudain je comprends son hésitation. Il est sorti des limites de notre entretien et me fournit un détail que je n'ai pas besoin de connaître. Le véhicule avait un pare-buffle. C'était donc un 4 × 4. Je ne devrais pas être surprise, mais je le suis. Je me rends compte que, jusqu'à présent, je ne me suis pas représenté le véhicule qui a tué ma fille. Si on m'avait demandé comment je l'imaginais, j'aurais eu à l'esprit l'image d'une vieille bagnole d'occasion, avec au volant un homme de moins de trente ans, qui conduisait peut-être d'une manière imprudente mais respectait tout de même la limitation de vitesse. Cette vitesse est maintenant sujette à caution. Tout comme les charges qui pèseront sur le conducteur.

Je suis en train de comprendre quelque chose. Ça m'arrive par vagues, comme la scène la plus palpitante d'un film catastrophe, filmée au ralenti pour qu'on puisse observer l'expression de l'acteur ou de l'actrice au moment où il ou elle se tire d'un mauvais pas – chute d'eau, mur de flammes, immeuble qui s'écroule. Jusqu'à présent, la mort de Betty avait masqué la façon dont c'était arrivé.

Le conducteur du véhicule qui a tué ma fille n'était pas un jeune inexpérimenté au volant d'une vieille guimbarde rouillée et cabossée, mais un homme qui avait les moyens de mettre des dizaines de milliers de livres dans un 4 × 4 rutilant équipé d'un pare-buffle. Ce conducteur, un personnage mythique, sans visage, que j'ai refusé d'admettre dans mes pensées, n'est plus le fantôme gris brumeux qui a emporté ma fille. À chaque nouveau détail que j'apprends sur lui, il prend forme, gagne en substance.

J'ignore si Bradley devine ce qui se profile dans ma tête, toujours est-il qu'il ajoute : « Rien ne prouve qu'il roulait trop vite, Laura. »

Je lâche sèchement : « Je sais. » Soudain, j'ai des soupçons. « Pourquoi dites-vous ça ? »

Bradley soupire.

« Il a déjà été condamné, pas vrai ? Ce n'est pas son premier accident. » Je vais à la pêche.

Bradley ôte ses lunettes et les examine comme si elles ne lui appartenaient pas. Il tourne la tête vers la fenêtre, remet ses lunettes et reporte son regard sur moi. « Laura, je regrette, mais je m'entretiens avec vous dans le cadre de mes attributions. » Ces paroles sont plus destinées à noyer le poisson qu'à confirmer ma remarque, mais pour moi elles remplissent cette double fonction.

Je reprends la route en longeant l'esplanade. J'aimerais me garer et aller me promener sur la plage, mais Julie va bientôt ramener Rees à la maison. Il faut que je rentre. Pendant que je conduis lentement, je jette de temps en temps un coup d'œil à la mer grise agitée et, en arrivant près du passage protégé, je ne m'aperçois pas que le feu clignote. Un groupe d'adolescents, de ceux qui traînent aux abords de la friterie, se sont déjà engagés sur la chaussée. Je freine brusquement. La voiture s'arrête, puis cale. Aussitôt, les jeunes la cernent. Deux d'entre eux font des grands gestes et hurlent des obscénités, les autres se contentent d'observer la scène avec une expression fermée, maussade. L'un de ceux qui braillent, plus grand que les autres, se penche pour abattre son poing sur le capot. Derrière le pare-brise, il lorgne d'un regard mauvais, long visage blanc sous une casquette marron, des boutons d'acné en arc de cercle sur sa joue. Il me traite de conne. Je suis tentée de lui donner raison. Il tarde à s'écarter de mon pare-brise et, lorsqu'il le fait enfin, j'ai tellement de mal à respirer qu'il me faut un moment avant de pouvoir redémarrer. Le cœur cognant dans la poitrine, je conduis lentement jusqu'à la maison.

Une fois le seuil franchi, la décharge d'adrénaline cède et j'ai les jambes tremblantes. Je regrette que Toni ne m'ait pas laissé une cigarette. Je sais que, après la dépense d'énergie de la matinée, une humeur lugubre s'abattra sur moi tout à l'heure, aussi sûrement que la nuit succède au jour. C'est ce qui s'est passé quand j'ai poussé jusqu'au terrain de jeux, et lors de la réunion organisée à la mémoire de Willow. Hormis rester seule chez moi, tout me coûte trop d'efforts, me vide, me laisse me débattre avec ce qui m'étreint depuis que ma fille a été tuée. Tuée. Par quelqu'un. Elle n'est pas morte comme ça. Elle ne s'est pas évanouie dans la nature, dissoute dans un nuage de fumée. C'était un être humain complet, elle était ma vie, et quelqu'un est arrivé en voiture et l'a tuée.

C'est alors que j'aperçois une petite enveloppe blanche sur le paillasson. Je la ramasse, je reconnais ce format, l'absence de la mention du destinataire. J'ouvre l'enveloppe vierge et je déplie la feuille de papier A4. Une phrase, une seule, comme la dernière fois, est tapée en utilisant la police de caractères habituelle. Ces jours-ci, elle envoie des messages succincts.

J'ai entendu dire que ça vous avait rendue folle.

Cette nuit-là, je me réveille au bout d'une ou deux heures de sommeil, comme c'est presque toujours le cas. Pendant un certain temps, je reste allongée sur le dos dans le lit de Betty, puis j'allume sa lampe de chevet, une étoile de mer pivotante, et j'attrape ma montre. Il est deux heures trente-quatre.

L'étoile de mer projette des triangles orange dans la chambre. Ils tournent lentement, passent sur le mur d'en face, sur le plafond, et redescendent sur l'autre mur. L'effet hypnotique est voulu – nous possédons cette lampe depuis que Betty était bébé. Couchée dans son berceau, elle donnait des coups de pied jusqu'à ce qu'elle s'endorme pendant que les triangles orange tourbillonnaient autour d'elle. Parfois, nous l'observions du seuil, la scrutions, l'espionnions. Ses petites jambes battaient, battaient. Puis, soudain, elle se calmait, comme si quelqu'un avait appuyé sur un bouton, silhouette immobile dans la pénombre, sous des myriades de formes orange qui tournaient lentement.

Au bout d'un autre long moment, je repousse la couette et je vais aux toilettes. Je relève ma chemise de nuit, je fais pipi dans le noir et je ne me lave pas les mains. À pas feutrés, je descends l'escalier, les bras serrés sur le corps à cause du froid dans la maison non chauffée. Quand j'arrive en bas, je décroche de la patère mon manteau, un manteau lourd, en lainage, vieux, mais confortable. Sur le même crochet, il y a l'écharpe de Betty, son « écharpe de sirène ». Je l'enroule autour de mon cou et cherche des chaussures.

Dehors, l'air est vif, frais comme de l'eau, pur et soyeux. L'air nocturne me réussit mieux que du café ou tout autre stimulant. En avançant d'un bon pas dans la rue, les bras toujours refermés sur mon corps, ma chemise de nuit flottant sous mon manteau, je me sens bien réveillée, impression que je n'ai pas eue depuis plusieurs semaines. Je n'ai pas mis de chaussettes et mes chaussures de marche, la première paire qui m'est tombée sous la main, frottent contre ma peau, ce qui produit le même effet que cet air vivifiant : ça me rend euphorique.

Dans notre rue, les lampadaires sont espacés. La lumière qu'ils diffusent, douce lueur blanche, est si faible qu'on pourrait les croire éteints. Je me demande s'il n'y aurait pas à l'hôtel de ville un énorme bouton qu'on actionnerait la nuit pour atténuer l'éclairage.

Toutes les maisons sont plongées dans l'obscurité. Je trouve intéressant de pouvoir regarder l'envers des rideaux comme on ne le voit jamais quand les pièces sont éclairées. En tournant dans la rue principale, j'aperçois de la lumière à une fenêtre, petit carré à l'étage d'une construction non mitoyenne, au croisement. Quelqu'un est debout et se sert des toilettes – je ne connais pas les occupants de cette maison, mais, l'espace d'un instant, je me sens vexée de ne pas pouvoir profiter de la nuit en toute tranquillité.

La rue principale est déserte. Il me faut dix minutes pour arriver au bout et, pendant ce temps, une seule voiture passe à vive allure – quelqu'un doit se dépêcher de rentrer chez lui. Je traverse juste avant le rond-point et je m'émerveille de la facilité avec laquelle j'arrive de l'autre côté. Que je sois à pied ou en voiture, je suis habituée à ne pas considérer mon droit de circuler comme allant de soi, à négocier avec soin pour occuper n'importe quel espace, à me soumettre à l'autorisation d'autrui. Au contraire, en marchant à cette heure-là, j'ai un peu l'impression de posséder la nuit et ça m'excite, m'enhardit. Pourquoi ne l'ai-je pas fait plus souvent ?

Nous mettions tous trois vingt minutes pour atteindre l'école de Betty – plus si Rees tenait à sortir de sa poussette, ce qui n'était pas rare. Arriver à Fulton Avenue, l'avant-dernière rue, était un soulagement. « On y est presque. On va arriver juste avant la cloche. » Si nous étions du côté gauche – en face du magasin de Ranmali –, je disais au revoir à Betty et la laissais courir toute seule en classe.

À présent, je suis sur le trottoir de gauche, le dos au magasin de Ranmali, face aux terrains de sport, dont les grilles sont fermées avec une lourde chaîne. Attachés aux barreaux, des bouquets de fleurs pourrissantes, avec des pétales flétris qui ne permettent pas de les identifier, pendent à l'oblique. Certains, enveloppés de cellophane, plus fanés que les autres, sont couverts d'une pellicule visqueuse marron. Des petits mots sont attachés à quelques bouquets. Je m'avance et tente d'en lire un, mais la pluie a effacé le message, ne laissant que des lignes penchées bleu pâle. Au pied de la grille, d'autres fleurs sont aussi en putréfaction, y compris celles, encore reconnaissables, qu'on a déposées plus récemment, avec, parmi elles, un bouquet de chrysanthèmes roses. À côté, trois peluches alignées, deux nounours et un canard. Le canard, éclaboussé de boue au passage des véhicules, est couché sur le côté, sa fourrure maculée. L'un des nounours est bleu et porte un T-shirt et un chapeau jaunes.

Je tourne le dos aux fleurs pourrissantes et au nounours bleu. À ma droite, il y a le chemin du retour par la rue principale ; à ma gauche, l'embranchement à angle aigu où Fulton Avenue devient Fulton Road, la rue dans laquelle se trouve l'école de Betty. Je ferme les yeux. L'air froid me fouette le visage. Mentalement, je vois un gros véhicule noir, équipé d'un pare-buffle, qui arrive au croisement. Willow est projetée sur le bas-côté, Betty s'envole. J'entends les freins, le choc.

Quand je rouvre les yeux, je suis agenouillée en plein milieu de la rue. Une pluie fine tombe. Je sens le goudron et les gravillons sous mes jambes nues. Je lâche un hurlement strident. Au-dessus du magasin de Ranmali, un rectangle de lumière jaune apparaît. Un rideau bouge. Le bruit strident ne s'arrête pas. Une petite silhouette accourt. Ranmali se penche pour m'arracher à la chaussée et j'agite les poings devant sa figure. Je crois que j'ai réussi à la toucher, mais mes coups sont tellement désordonnés et elle est tellement petite et souple que j'ai l'impression de frapper dans le vide. J'entends son mari qui braille. Des mains m'agrippent. Je continue à mouliner dans le noir et à hurler. Une voiture approche, lentement me semble-t-il ; son gyrophare bleu, sur le toit, tourne avec élégance, avec la grâce douce de la lampe-étoile de mer que j'ai laissée allumée sur la table de chevet de Betty. Il dessine un motif intéressant sur la tôle ondulée que Ranmali et son mari ont clouée devant leur vitrine brisée. Environ une seconde plus tard, un fourgon s'arrête derrière le premier véhicule. Lorsque les hommes en uniforme s'avancent, j'emplis mes poumons pour me remettre à hurler. J'ai l'impression qu'ils se déplacent lentement, prudemment, pendant que je me débats sur le sol. Lentement, prudemment, l'un d'eux s'agenouille près de moi, puis m'immobilise de ses bras, parodie d'étreinte amoureuse, et me tient avec fermeté contre lui tout en me parlant d'une voix douce. Ranmali et son mari se sont fondus dans l'obscurité. L'autre policier patiente en nous regardant, son collègue et moi. À la main, il a une petite canette fine – du gaz paralysant, je m'en rends compte plus tard. Son collègue ne relâche pas sa prise, il me colle le visage contre son gilet jaune luisant et continue à me parler d'une voix douce : « Allons, calmez-vous. Ça va, maintenant, calmez-vous… » Il a une voix basse, enjôleuse, mais je ne cesse ni de hurler ni de me débattre – perdue en moi-même, je me débats parce qu'ils veulent me ramener, malgré mes coups de pied, dans le long tunnel noir dans lequel je suis toute prête à tomber.

7

BIEN QUE JE SOIS DE TAILLE MOYENNE ET PLUTÔT MINCE, les policiers doivent se mettre à deux pour me faire monter dans le fourgon. Une fois là-dedans, l'un me cloue au sol, couché sur mon flanc, tandis que l'autre glisse la main sous ma tête pour la protéger. Quand nous arrivons aux urgences du service de psychiatrie, ils aident le garçon de salle à me maintenir pendant que le médecin me donne dix milligrammes de diazépam – je vérifie le lendemain, parce que je veux savoir combien de temps ce médicament met à agir et combien de temps dure son effet, environ cinq heures ; c'est là une dose forte, celle de cinq milligrammes serait plus dans la norme.

Le lendemain, je suis fatiguée mais j'ai les idées claires, et la première chose que je dis à la psychiatre qui m'interroge le matin, c'est que je ne veux pas de tranquillisants. Pourquoi ne pas essayer de prendre de la venlafaxine ? me demande, sur ses gardes, la psychiatre, une jeune Asiatique, à l'évidence gênée de s'adresser à un membre d'une profession médicale. Plus tard, je subodore qu'elle a parlé de mon cas avec ses confrères parce que, l'après-midi, quand je reviens dans la salle, une infirmière s'assied à côté de moi et me déclare : « Écoutez, il n'y a pas de honte à reconnaître qu'on a besoin d'un peu d'aide de temps en temps. Pensez à ce que vous vous diriez si vous étiez une de vos patientes. » Comme je ne réponds pas, elle se lève de son tabouret, pivote et marmonne avec un soupir irrité : « Si vous étiez diabétique, vous prendriez de l'insuline, oui ou non ? »

Ils pensent que je refuse les médicaments parce que je veux me vautrer dans mon chagrin, ou par orgueil, ou les deux à la fois. À moins qu'ils ne croient que j'ai envie de leur gâcher la journée en les faisant douter d'eux. Je ne me donne pas la peine de leur expliquer que, quand vous avez vu votre mère se désintégrer pour avoir absorbé de la dopamine pendant des années, tout traitement à long terme déclenche chez vous une haine féroce. D'ailleurs, j'ai une autre solution. Tout le monde s'imagine que, après avoir tenu le coup plusieurs semaines, j'ai fini par exploser, mais je sais que c'est l'inverse qui est vrai.

Finalement, ils m'ont envoyé David.

Lorsqu'il arrive, je suis dans la section hôpital de jour. Dès qu'il franchit la porte, je lui annonce qu'on va me libérer. J'ai été hospitalisée aux urgences, mais maintenant je suis dans le service des patients volontaires. Si les médecins m'ont conseillé de rester, ils ont admis, à contrecœur, que je pouvais partir.

David semble souffrir. Il tire près de moi une chaise en plastique à dossier droit et s'assied. Je suis installée dans un haut fauteuil orthopédique qui permet aux infirmes de s'asseoir et de se relever. J'ai l'impression d'être sur un trône. La salle sent nettement le tabac, même s'il est interdit de fumer. Dans le coin opposé, un homme âgé assis dans un fauteuil semblable au mien parle tout seul. La plupart du temps, il ne fait que marmonner, mais il lui arrive de brailler, et on comprend qu'il s'en prend à une épouse morte depuis longtemps.

Chaque fois que je vois David, je trouve qu'il fait un peu plus vieux – sauf que, si c'était vrai, il finirait par avoir l'air d'une momie. J'oublie peut-être simplement que nous avons tous les deux un certain âge à présent, et me le voir rappeler me cause un choc. En le regardant, je me sens vidée de toute émotion – non, « vidée » n'est pas le mot qui convient, disons que mes sentiments pour lui sont repoussés à l'arrière-plan, la souffrance est sourde, sa pointe émoussée. Je préférerais mille fois m'entretenir avec Toni.

David pose une main sur l'accoudoir de mon fauteuil capitonné. « Écoute, je sais que tu as vraiment envie de rentrer à la maison. Je sais que tu dois être anxieuse de voir Rees… »

En entendant ce prénom, j'éprouve un élancement de douleur. « Comment va-t-il ? » Je ne veux pas que Rees me voie dans une salle d'hôpital psychiatrique. Il serait terrorisé.

À en juger par la moue de David, je comprends qu'il va aussi bien que possible compte tenu de la situation. Rees ne sera pas traumatisé s'il reste chez son père, cela lui est arrivé plus d'une fois. Au moins, il pourra manger à des heures régulières et se distraire.

Soudain, David fait la grimace. Comme je te connais bien ! Je sais que tu as quelque chose derrière la tête, me dis-je.

« Laura, tu as laissé la porte ouverte. »

Je regarde sa main, et j'ai l'impression qu'il s'est rabattu sur l'accoudoir faute de la mettre sur mon bras. Il agrippe le fauteuil, baisse les yeux sur le sol. Dans le coin opposé de la salle, le vieil homme s'écrie : « Jézabel ! Fille de joie ! Salope ! » Un aide soignant apparaît avec un arrosoir, et ajoute de l'eau dans le vase de tulipes plus très fraîches posé sur le rebord de la fenêtre.

« Quand tu es sortie cette nuit, tu as laissé la porte de la maison ouverte, continue David. N'importe qui aurait pu entrer. Rees dormait à l'étage, Laura. Il ne s'est pas réveillé et la police est venue me chercher, si bien que j'étais là à son réveil ce matin, mais imagine qu'il se soit réveillé dans la nuit ? Laura… »

L'élancement de douleur revient dès que je pense à Rees, à mon abandon inexcusable, et pas juste cette nuit, mais depuis que Betty m'a été ravie. Quelque chose en moi se noue, un obscur affolement maternel m'étreint – je ferme un instant les yeux et refoule cette sensation. Je ne peux pas me permettre d'aimer Rees, ni même de penser à lui, sinon notre séparation me deviendra insoutenable. Je pousse un profond soupir, regarde mes mains, et arrache une petite peau qui a durci près de l'ongle de mon pouce droit. Mais personne n'est entré, ai-je envie de répliquer à David. Rees ne s'est pas réveillé. Il va bien. Il est en sécurité avec toi et Chloe.

David inspire et se lance : « J'aimerais que tu nous laisses Rees pendant quelque temps, Laura. Je peux le déposer à la maternelle le matin en partant travailler, et Julie a dit qu'elle voulait bien continuer à aller le chercher. Chloe sera ravie de s'occuper de lui les autres après-midi. De toute façon, elle demande souvent à sa mère de venir l'aider. Si cette solution ne te plaît pas, je partirai plus tôt du travail. En ce moment, ils m'accorderont tout ce que je demanderai. »

Voilà donc ce qui le tracassait. « Bien sûr, dis-je en détournant la tête. Bien sûr que tu peux garder Rees pendant quelque temps. » Je n'ai pas besoin de le regarder pour sentir son soulagement. Il irradie, comme la chaleur d'un corps.

« Et toi ? demande-t-il tendrement en soulevant sa main de l'accoudoir et en la plaçant sur la mienne. Je m'inquiète beaucoup à ton sujet. Nous nous inquiétons tous. »

Qui ça, « nous » ? Pour sa part, il ne me paraît pas vraiment désespéré, plutôt soulagé. Il a obtenu ce qu'il était venu chercher, à savoir la garde de Rees. « Écoute, Toni me surveille de près. »

Il pince les lèvres. « Elle est bien, hein ? Je ne savais pas que la police faisait ce genre de choses.

— On appelle ça "liaison avec la famille".

— N'empêche.

— Bon, il ne doit pas y avoir beaucoup de demandes pour ça dans la région. »

David secoue la tête et répond avec ce qui me paraît une amertume injustifiée : « Seigneur ! Je ne comprends pas comment tu peux faire cette réflexion après tout ce qui s'est passé. »

Tu as obtenu ce que tu voulais. Tu peux partir maintenant... Voilà ce que je pense, mais je me lève et je dis : « Va donc chercher mes affaires. »

Dans le coin, le vieil homme s'est calmé et regarde par la fenêtre. Ses lèvres s'activent avec régularité, mais sans bruit.

Une fois de retour chez moi, je jette au pied de l'escalier mon sac à main et mes vêtements contenus dans une poche en plastique, et je grimpe à l'étage pour me doucher et me changer. David m'a proposé de me raccompagner, mais il a fallu que j'attende qu'on m'examine avant ma sortie et, à la fin, il a dû partir, si bien que je suis revenue en taxi.

Ces derniers temps, je suis souvent restée seule, mais c'est la première fois que je n'ai pas besoin de me préparer au retour imminent de Rees. Jouer un rôle pour lui était lourd pour moi, je m'en rends compte. Encore humide, enveloppée dans une serviette, j'éprouve un pincement de culpabilité en passant devant la porte de sa chambre et en apercevant la collection de camions alignés sur le sol. Rees aime bien que ses camions soient prêts à partir à tout instant. Il les conduit un par un, méthodiquement, les pousse dans la pièce avant de les remettre à leur place. Je l'ai entendu leur expliquer pourquoi ils devaient attendre leur tour. Est-ce que je vais lui manquer ? Sera-t-il désorienté ? Pas encore, je ne crois pas. Il n'est parti que depuis deux jours et, de toute façon, il est solide. Si j'ai appris quelque chose depuis que Betty n'est plus là, c'est bien que Rees est solide. Un jour, je lui revaudrai ça… Cette idée m'effleure l'esprit. Plus tôt que je ne pense, si jamais je suis privée de lui. Pendant que j'enfile des vêtements propres, j'essaie d'analyser ma brusquerie. Est-ce que je ne me soucie vraiment pas de la façon dont mon fils se débrouille sans moi ? Non, en ce moment, je sais que David et Chloe peuvent s'en occuper mieux que moi, et puis j'ai des choses à faire.

Je dégringole l'escalier, lance la poche en plastique en direction de la cuisine, vérifie que mes clés, mon porte-monnaie, mon téléphone portable se trouvent dans mon sac. Je décroche mes clés de voiture suspendues près du miroir et claque la porte derrière moi.

Je me gare sur le parking, derrière High Street, et reste au volant un instant. Je sens que mon énergie et mon courage commencent à céder. Avant d'y aller, j'ai besoin d'un café. J'en prends un à emporter au Gregg's, dans High Street, puis je reviens sur le parking et j'avance dans la cour intérieure de l'immeuble moderne qui abrite les services municipaux. Par le petit trou du couvercle, je bois mon café brûlant au goût de plastique. La bibliothèque se trouve au deuxième étage. Comme je le faisais quand Rees était dans sa poussette, j'emprunte l'ascenseur en acier inoxydable. Les portes s'ouvrent juste en face des portes vitrées de la bibliothèque, et je vais pouvoir savoir tout de suite qui se tient à l'accueil.

Je connais assez bien l'une des bibliothécaires. Naomi a des enfants qui vont dans l'école de Betty et elle travaille ici à temps partiel. Son plus jeune n'était pas dans la classe de Betty, mais il a le même âge. Jusqu'ici, j'ai réussi à éviter les parents des camarades de Betty. Si Naomi travaille aujourd'hui, je ne peux pas entrer – alors, si je l'aperçois, je reste dans l'ascenseur et je me dépêche d'appuyer sur un bouton.

Les portes s'ouvrent. Derrière le bureau, il y a une jeune femme que je ne connais pas. Serrant dans ma main le gobelet en polystyrène, je sors de l'ascenseur. Il est interdit de boire dans la bibliothèque, bien sûr, mais ça me donne une bonne raison pour m'attarder dans le hall pendant que je finis mon café en jetant un coup d'œil par les grandes portes battantes. Aucune trace de Naomi non plus aux emprunts ni aux retours. Parfait. La voie est libre.

Comme il n'y a pas de poubelle, j'écrase mon gobelet vide et je le fourre dans la poche de mon manteau. Au moment où j'entre, un homme en fauteuil roulant électrique approche ; je lui tiens la porte et lui demande : « Voulez-vous que je vous appelle l'ascenseur ?

— Je vais me débrouiller », lâche-t-il d'un ton sec.

Je longe l'accueil. À droite, il y a la section jeunesse. J'y ai passé plus d'une heure au cours des dernières années. La section qui m'intéresse se trouve juste derrière les encyclopédies.

La bibliothèque ne garde pas les anciens numéros des quotidiens nationaux, mais elle conserve ceux des trois journaux régionaux. Le premier, de bonne tenue, est diffusé dans toute la région ; son concurrent populaire flirte avec la presse de caniveau ; et le dernier, gratuit, imprime des nouvelles sur les pages 1 et 3, les autres étant réservées aux publicités pour des restaurants et des magasins du coin. Seul le premier est disponible en ligne, mais même si tous les trois l'étaient, j'aurais eu envie de consulter les exemplaires imprimés pour voir la mise en page, les photos, la taille des colonnes et des titres. Ce qui est arrivé à Betty a mis fin à mon monde, mais le monde n'en a pas pour autant cessé de tourner : les gens continuent à aller à l'école ou au boulot ; ils mangent, dorment, regardent la télévision. Je veux savoir comment les autres ont appréhendé ce qui représente pour moi la fin du monde. Maintenant, j'y suis prête.

Les journaux sont classés à l'ancienne, dans de grands tiroirs en bois, par ordre inversement chronologique, les plus récents dessus. Je m'y mets tout de suite, sachant que, si je réfléchis trop longtemps, je n'en serai plus capable. J'ouvre le tiroir du journal sérieux. L'exemplaire le plus récent classé ici date de la semaine dernière – celui de cette semaine doit traîner sur une table quelque part. La manchette concerne le projet de construction d'une nouvelle école secondaire à la périphérie de la ville. Je soulève les journaux un par un en remontant le temps. En procédant ainsi, j'aperçois la première mention de ma fille dans un titre en petits caractères, en bas et à droite de la une – j'en ai le souffle coupé : « *Le conseil municipal enquête sur la sécurité de nos routes.* » Je sais qu'il s'agit de Betty et de Willow car, dès la première phrase, je lis « *double tragédie* ».

Lorsque je consulte les numéros précédents, les deux petites figurent à la une et gagnent en importance. Je lis bientôt : « *La seconde victime est morte.* » Puis Willow ressuscite. Je passe sur « *Arrestation du chauffard en fuite* », j'y reviendrai plus tard, et j'arrive à la première mention de l'accident. Voilà ma fille. C'est une grande photo d'école, pas la plus récente. Ils ont dû se la procurer auprès de David. Mes yeux s'embuent et ma vision se trouble.

Il me faut un moment pour reprendre les exemplaires un par un. Je sélectionne les six qui m'intéressent et les pose sur le dessus du meuble. Puis j'ouvre les tiroirs des deux autres journaux.

Après avoir retenu certains numéros, je regarde autour de moi. Des chaises sont libres à plusieurs tables installées au centre de la bibliothèque, mais l'endroit est trop en vue. Je pourrais demander la clé de l'un des trois cabinets d'étude placés près d'une fenêtre, mais j'attirerais ainsi l'attention. Finalement, je m'assieds par terre, cachée par les classeurs.

En lisant avec méthode, je découvre qu'une fillette de neuf ans a été tuée sur le coup dans Fulton Avenue le 18 février à seize heures trente-cinq. Après son club de capoeira, elle est sortie de l'école pour se rendre à un cours de claquettes dans une salle de l'église méthodiste, à Holly Road, où sa mère l'attendait. C'était la première fois qu'elle avait la permission d'y aller sans être accompagnée par un adulte. Son amie, qui traversait la rue avec elle, a été blessée et hospitalisée, mais elle devrait se rétablir. Le conducteur du véhicule s'est arrêté après l'accident, puis il est reparti. Plus tard, il s'est présenté à la police et a été arrêté. Un appel à témoins a été lancé.

Ce n'est qu'après la mort de Willow que les journaux régionaux ont laissé libre cours à un point de vue qu'ils devaient pourtant avoir dès le début. Âgé de cinquante-quatre ans, le conducteur, un immigré de fraîche date, habite le village de roulottes perché sur la falaise. Celui-ci a vu le jour il y a cinq ans pour loger des immigrés dont la plupart travaillent dans la zone industrielle, derrière Eastley. Ce site regroupe une usine d'aliments pour animaux domestiques fabriqués à base de déchets de poisson, une usine de canapés et une entreprise d'emballage – donc suffisamment d'activités pour remplacer l'agriculture industrielle qui faisait jadis vivre notre ville. Je ne me rappelle pas qui est arrivé en premier, des entreprises ou des ouvriers immigrés. On a parlé de mésentente entre différents groupes de travailleurs, des Coréens et des Européens de l'Est, si je me souviens bien. Un article fait allusion à une déclaration du centre Upton.

Le journal populaire paraît deux fois par semaine, le gratuit tous les jours de semaine. Leur traitement de l'accident est si lapidaire qu'il en est à peine lisible, mais ils donnent plus d'informations au quotidien. Deux jours après la mort de Willow à l'hôpital général, un groupe de jeunes est monté jusqu'au village des immigrés et a lancé des briques sur les fenêtres des roulottes. Une altercation entre ces jeunes et un groupe d'immigrés adultes a suivi. La nuit d'après, vers l'aube, quelqu'un a brisé la devanture de la friterie de M. Yeung en y jetant une poubelle métallique.

Aussi loin que je me souvienne, cette friterie a été sur l'esplanade. La famille qui la tient maintenant est coréenne, mais ce sont les troisièmes propriétaires en quelques années, et ils n'ont rien à voir avec le M. Yeung qui a ouvert ce magasin il y a plusieurs décennies. La même nuit, quelqu'un a balancé une autre poubelle contre la devanture de Ranmali. La vitrine a été endommagée, mais ne s'est pas brisée. Ce qui explique la tôle ondulée.

Maintenant, je comprends la sollicitude de Toni. Maintenant, je comprends que le reste du monde considère avec un point de vue particulier ce qui est arrivé à ma fille. Les articles laissent entendre que ces actes de vandalisme ont été coordonnés, mais j'en doute. J'ai vu la bande de jeunes qui traîne par là-bas, la même qu'on rencontre dans toutes les villes ; des gamins trop âgés pour qu'on leur fasse la leçon, trop jeunes pour apprendre. Ce sont sans doute ceux qui ont cogné sur le capot de ma voiture.

J'ai beau tout faire pour éviter de voir certaines choses, je finis par y être obligée. Sans idée préconçue, je tourne une page. Il s'agit d'un numéro publié trois semaines après la disparition de Betty. Là, reléguée à la deuxième page, il y a ma fille, avec l'expression tendue qu'elle avait sur les photos de classe. Juste à côté, le voici, l'homme qui a tué ma fille. Dessous, on peut lire : « *Le conducteur en fuite n'est pas en tort* ». Il a un visage lourd, un front large. Le cliché est en noir et blanc, et ses yeux, d'une pâleur curieuse, paraissent délavés. Vêtu d'un blouson porté sur un gros pull, il sourit légèrement. Il s'appelle Aleksander Ahmetaj ; pour moi, il devient aussitôt M. A. Il conduisait un véhicule tout terrain Toyota noir équipé d'un pare-buffle.

Je ferme les yeux. Ce que je ne peux pas supporter, c'est que les deux photos aient la même taille.

En quittant le bâtiment de la bibliothèque, je cherche mon téléphone portable dans mon sac. Dès que mes doigts se referment dessus, je le tourne et le retourne pour m'assurer de sa forme. Je le sors et l'allume. Il diffuse quelques notes joyeuses pendant que je traverse le parking. Mon impatience est telle que je n'attends pas d'ouvrir la portière et de monter dans ma voiture. Je m'assieds sur le muret, derrière la bibliothèque, et je fais défiler ma liste de contacts. Je compose le numéro de Jan H.

Contrairement à ce que je croyais, je ne tombe pas sur sa messagerie vocale : c'est elle-même qui décroche.

« Jan, c'est Laura. »

Après une infime hésitation, elle répond avec chaleur : « Bonjour, comment ça va ? »

Bien sûr. Pauvre Jan. C'est la première fois que je lui parle depuis que c'est arrivé. Ma voix pleine d'entrain, tout à fait normale, doit lui paraître curieuse.

Je m'empresse de dire : « Ça va, ou plutôt non. J'appelais pour te demander un service. Merci pour la carte. Pour toutes les cartes. Excuse-moi de ne pas avoir… Bon, je sais que tu ne vas pas le prendre mal. Comment ça se passe au boulot ?

— Ça se passe… » Elle lâche un petit rire. « Si tu veux savoir la vérité, c'est la merde. » Sa voix se fait grave, simple. « Tu nous manques, mon chou.

— Je sais. » Je baisse les yeux sur le bout de mes chaussures, puis je les lève vers le ciel. « Vous me manquez tous. » Soudain, je me rends compte que c'est vrai. Mes collègues me manquent, et pas seulement parce qu'ils faisaient partie de la vie que je menais avant la disparition de Betty. Ils formaient, ils forment une bonne équipe, une petite bande sympathique. Mon travail m'a soutenue quand j'ai dû surmonter l'histoire de David et de Chloe. Mon mari et son nouvel amour tout neuf : pour Jan H., Jan M., Maurice, Andrew et Sunita, ils n'étaient que les personnages stéréotypés d'un mauvais vaudeville, et il fallait me réconforter de la même façon que si j'avais eu une mauvaise grippe. L'infidélité de mon mari, si destructrice, si douloureuse pour moi, était pour mes collègues source de moqueries, de dérision. Mais maintenant, qu'ont-ils à m'offrir ? Les plaisanteries pouvaient venir à bout de la tragédie que représentait mon mariage, mais la perte de Betty ne peut subir le même traitement sans que je me sente insultée. Ils le savent aussi bien que moi. C'est pour ça que je les ai évités, que j'évite tout le monde.

« Écoute, je pensais revenir… » Ce n'est pas vrai, mais, vu les circonstances, je n'éprouve pas la moindre culpabilité. Jan H. ne me reprocherait pas ce petit mensonge.

« Tu es sûre ? » Dans sa voix, je perçois le froncement de sourcils. « Il me semble que c'est un peu trop tôt. » Je l'imagine à son bureau, en train de tourner un stylo à bille entre ses doigts, une habitude qui nous est commune.

« Je sais, je sais. En fait, je n'en suis pas certaine. Je viens d'y penser, et je me demandais ce que tu dirais si je passais un soir, après la fermeture… D'accord, tu trouves peut-être ça curieux, mais j'aimerais voir comment je me sens dans le service. Je n'ai pas envie de passer quand tout le monde est là…

— Tu voudrais venir faire un tour dans le bâtiment ?

— Oui, une fois les gens partis, juste pour savoir l'impression que ça me fait. Un peu comme une répétition.

— Bien entendu, voyons, ne dis pas de bêtises. Quand voudrais-tu venir ? »

Je feins l'incertitude. « Bon, je ne sais pas au juste. Dans pas longtemps, pour pouvoir y réfléchir pendant le week-end. Ce soir, par exemple ?

— Ce soir ? lâche-t-elle, étonnée. Sincèrement, ce soir n'est pas l'idéal, mon chou. L'équipe B a prévu une réunion, ce soir. Tu les croiserais tous. Tu sais comment ils sont. »

Le service de réadaptation et de rééducation se trouve derrière le bâtiment principal. La plupart des bureaux ferment à cinq heures.

« Et demain ? »

Elle émet un bruit sec. « Demain, c'est parfait. Un vendredi soir, tu n'auras personne dans les jambes. Sauf que ça te paraîtra peut-être un peu sinistre.

— Tu termines à quelle heure ?

— Mon Dieu, si je ne suis pas dehors à six heures, je me tranche la gorge.

— On peut se retrouver à six heures, à l'entrée ? Si ça ne t'ennuie pas, tu pourrais me laisser les clés, je te les rapporterais plus tard ? Et n'en parle à personne, si tu veux bien. Tout ça me paraît un peu bizarre.

— Tu n'auras qu'à laisser les clés à la loge, si ça t'arrange, Laura. Mais tu crois que c'est la meilleure façon de procéder ? Il y a des tas de gens ici qui aimeraient te serrer dans leurs bras lorsque tu franchiras le seuil. »

Sur ce point, autant être franche. « Je sais, mais j'ai besoin de prendre mon courage à deux mains pour affronter ça.

— Comme tu veux. »

Pendant que j'ouvre ma voiture, j'entrevois ma force, je songe au pouvoir sur les autres que me donne ma détresse, à la façon dont leur sollicitude les pousse vers moi.

Au retour, je passe devant l'esplanade. Je veux vérifier si la friterie a réparé sa devanture. Oui, et le magasin a repris son activité. Un instant plus tard, j'aperçois une place payante libre sur le trottoir qui longe la plage. Soudain, j'ai envie d'air froid. Je tente un créneau maladroit, puis je mets un temps infini à manœuvrer pour me garer. Il faut que je marche pour traiter les informations dont je dispose ; le mouvement mécanique de mes mollets me permettra, en partant de ce que je sais, de mettre au point un plan pour en apprendre davantage. La plage est devenue mon lieu de promenade favori, une fois que David m'a eu donné certains détails sur Chloe et lui. Je ne vais plus sur les falaises.

Je ferme ma voiture et je descends les marches en trébuchant un peu sur les galets. Faible, le soleil couleur de thé projette une lueur abricot sur les cailloux mouillés, donne aux vagues lentes un aspect bienveillant. Il y a plus de monde que d'habitude à cette heure-là. Promeneurs de chien, chômeurs, retraités, tous semblent avoir saisi l'occasion de se convaincre que l'hiver reculait. Sans vraiment regarder la mer, j'avance en titubant sur la grève jusqu'au bout de l'esplanade. Là, la plage s'élève en pente raide pour atteindre le niveau du trottoir, et il faut monter de hautes marches de pierre en s'appuyant à une balustrade de fer. Je m'arrête un moment en me demandant si je vais revenir par la plage ou emprunter le trottoir. J'ai froid. Je gravis les marches.

À mi-hauteur, je fouille dans ma poche pour trouver un mouchoir en papier. C'est la poche dans laquelle j'ai froissé mon gobelet de café à la bibliothèque : lorsque je sors le mouchoir, des lambeaux de polystyrène jaillissent, bientôt emportés par le vent. On dirait de la neige. Je les regarde s'envoler, décrire des cercles, puis retomber sur la plage. Derrière, près de l'eau, une famille s'est installée : les parents, un garçonnet et un bébé. Le père tient le bébé dans ses bras et le jeune enfant montre des cailloux à son petit frère, comme s'il voulait qu'il en saisisse un et le lance dans l'eau. La mère rit. Le père prend un caillou à son fils et tend le bébé à la mère avant de tirer un bras très en arrière et de lancer le caillou avec la force d'un joueur de cricket professionnel. Le gamin saute de joie, la bouche ouverte, trébuche sur les galets et atterrit sur le postérieur. Les parents se précipitent tous deux pour l'aider à se relever. Le jeune enfant est mon fils, Rees, qui joue sur la plage, heureux avec sa famille.

Une fois rentrée à la maison, je me prépare du café, même si le précédent m'a laissé une impression de vide et de nerfs à fleur de peau. Depuis quelques semaines, je n'avale que du café avec, de temps à autre, un bout de pain. Si je me sens vraiment forte, j'essaie une soupe instantanée. La perte d'appétit me paraît insignifiante, et je trouve curieux que les gens me posent sans cesse des questions à ce sujet. Je ne me prive pas, j'oublie de manger, voilà tout. Il m'arrive par exemple de me préparer un toast avec de la confiture et de l'abandonner dans une assiette posée sur le plan de travail, sans le faire exprès, juste parce que ça ne compte pas pour moi. Au moment où je sors de la cuisine avec mon café, je repense à mon toast, je retourne mordre dedans, mais, avant même d'avaler ma première bouchée, je perds tout intérêt. Je laisse le reste en sachant qu'il sera encore là, froid, figé, quand je redescendrai plus tard dans la cuisine.

Je monte mon café dans la chambre. Notre ordinateur, un vieux PC bon marché, se trouve sur un petit bureau, dans le coin de la pièce. Au rez-de-chaussée, les affaires des gosses ont toujours pris tant de place que notre chambre était le seul endroit où mettre l'ordinateur. Je ne l'ai pas allumé depuis la disparition de Betty et, d'ailleurs, je ne m'en servais pas beaucoup avant, car j'utilisais surtout celui de mon bureau pour mon courrier et mon accès à Internet. À présent, je vais sur Google et je tape le nom de ma fille.

Les articles des journaux nationaux ne m'apprennent pas grand-chose, bien qu'ils fassent preuve de plus de profondeur et de sensibilité que ce que j'ai lu dans la presse régionale. Deux creusent la question des troubles locaux. Un autre, très long, se sert de l'accident pour s'étendre sur les incidents entre groupes immigrés de différentes cultures installés dans les villes côtières. Avant de perdre Betty, j'aurais pu m'intéresser à un tel débat, mais maintenant je le trouve insultant. Ces articles manquent l'essentiel. L'essentiel est Betty. Enfin, je tombe sur la photo de mon M. A., la même que celle publiée dans le journal régional. Je l'imprime.

Dehors, la lumière commence à pâlir. Le ciel passe rapidement du blanc au gris, au gris teinté de violet… à l'indigo, au noir. Le jour se referme. Le soir hivernal tombe comme de la pluie. Je ne tire pas les rideaux, je n'allume pas la lampe et, bientôt, la pièce n'est éclairée que par le carré lumineux de l'écran d'ordinateur. On pourrait me prendre pour un employé incapable de partir avant d'avoir terminé son travail, ou un étudiant en train de rédiger un devoir – je me souviens de l'époque où j'étais à ce point absorbée, où le monde se réduisait à l'accomplissement d'une tâche avant de refaire surface dès que je m'arrêtais et allumais une lampe.

Je me penche vers l'imprimante pour attraper la feuille de papier A4 sur laquelle on voit la photo de l'homme qui a tué ma fille. Ce geste, me baisser, me relever, est stupide. La caféine a été éliminée de mon organisme, sans rien pour la remplacer. J'ai le vertige. « *Il paraît que ça vous a rendue complètement folle.* » Tapie devant ma fenêtre, dans le noir, la malveillance est prête à me sauter dessus. Betty est partie. Rees est absent. Je l'imagine tel que je l'ai vu sur la plage, en train de trébucher et de s'écrouler sur les galets, pendant que

David et Chloe, en riant, se précipitaient tous les deux pour l'aider à se relever. Sur le bureau, le carré lumineux de l'écran suffit à peine pour que je distingue les traits de M. A. Il me fixe, un demi-sourire aux lèvres ; il a un nez de boxeur et de gros lobes d'oreilles. Ce n'est pas un gamin inexpérimenté, pétrifié d'horreur en voyant ce qu'il vient de faire. C'est un homme.

Je scrute la photo en essayant de décrypter son regard, chacun de ses traits, son léger froncement de sourcils. Il est arrivé ici il y a quatre ans. L'année dernière, il a été poursuivi pour infraction à la législation du travail. Sur la plage, une fois Rees remis en position assise sur les galets, Chloe lui a épousseté le pantalon, en riant toujours, ses boucles en tire-bouchon lui tombant sur le visage. J'examine la photo de la même manière qu'un espion pourrait examiner les traits d'un collègue appartenant à une organisation rivale. Je suis calme, et je me fais une promesse : Je trouverai ce que tu aimes, je finirai par le découvrir et je te l'arracherai.

TROISIÈME PARTIE

Avant

8

C'EST DAVID QUI, LE PREMIER, L'A TENUE DANS SES BRAS. Sheena, la sage-femme, l'a examinée, a affirmé que son score d'Apgar[1] atteignait dix sur dix, l'a langée et tendue à son père. Étourdie, incrédule, j'étais allongée dans le lit surélevé. Sheena et la sage-femme stagiaire étaient assises sur des tabourets au pied du lit. Haute de plafond, la salle de travail résonnait beaucoup. J'ai entendu Sheena dire calmement : « Je n'aime pas trop mettre des agrafes à cet endroit parce qu'il y a de nombreuses terminaisons nerveuses, mais je crois qu'il vaudrait mieux le faire. » Ça ne va pas me plaire non plus, ai-je pensé, et ç'a été le cas.

Quand j'ai été capable de parler, je leur ai lancé : « Vous en avez mis un peu partout, hein ?

— Oui, mais ne vous inquiétez pas, nous allons bientôt arranger ça. » Sheena a levé la tête, l'air rayonnant. « Vous serez rétablie en un rien de temps. »

1. Bilan qui, à la naissance, évalue le rythme cardiaque, la respiration, la tonicité musculaire, la réponse aux excitations et la couleur de peau. *(N.d.T.)*

Sheena et moi avons travaillé trois ans ensemble avant que j'accouche de ma fille et, durant cette période, elle a mis au monde la moitié des bébés de la ville. À mes yeux, elle faisait des miracles.

J'ai tourné la tête vers David, installé dans le fauteuil, à mon chevet, en train de la tenir, elle, notre fille, et de lui sourire pendant qu'on me recousait. Son visage était illuminé, comme s'il était éclairé par un feu de camp. Il en fallait beaucoup pour faire taire David, mais, là, il était silencieux, les lèvres serrées, les yeux rivés sur Betty à tel point que rien n'aurait pu les en détourner.

J'avais absorbé mes cinquante milligrammes de péthidine, mais j'apprenais à mes dépens que ça n'était pas d'un grand secours quand il s'agissait de recoudre des déchirures musculaires – un nouvel élancement de douleur me traversait, si violent que j'ignorais d'où il partait, je savais seulement qu'il pénétrait profondément dans les chairs. J'ai lâché un halètement, mais David a continué à fixer sa fille. Ça m'était égal. Elle était trop emmaillotée pour que je la voie bien, mais observer David en admiration devant son bébé était presque aussi satisfaisant tant son visage était éloquent. Enfin, j'ai été autorisée à me redresser. Sheena a envoyé la stagiaire me préparer du thé et un toast, puis elle s'est penchée pour prendre Betty à son père, qui n'avait pas envie de la lâcher. D'un ton ferme, elle lui a dit : « Allez, au tour de la maman, maintenant ! » Elle m'a tendu ma fille. J'ai soulevé mon T-shirt, celui que j'ai jeté ensuite car il était taché de sang, j'ai relâché un peu les langes et j'ai approché ma petite fille de mon sein. Elle m'a regardée de ses yeux bleu nuit et elle s'est tout de suite mise à téter. Son front avait encore un peu de sang. En l'observant, Sheena a eu un grand sourire. « Ça, vous n'aurez pas de problèmes avec cette petite. »

Sheena avait raison. Nous n'en avons pas eu. J'aurais pu jurer que, pendant les neuf mois passés dans mon ventre, Betty avait feuilleté des manuels expliquant ce qu'on attendait d'un nourrisson. Elle se nourrissait toutes les quatre heures. Dès six semaines, elle souriait sur commande. À trois mois, elle tenait sa tête bien droite. David et moi étions les parents les plus fiers du monde, ce qui n'est pas peu dire, vu que tous les parents sont fiers de leur nouveau-né. Au cours de ces premiers mois, nous n'avons eu que deux sujets de conversation : la supériorité écrasante de notre bébé sur tous ceux qui avaient jamais vu le jour, et notre supériorité écrasante sur tous les autres parents. Dans les réunions de suivi postnatal, j'écoutais avec un petit sourire les autres mères : elles se plaignaient que leur bébé ne fermait pas l'œil de la nuit, qu'il ne tétait pas, que les antibiotiques qu'elles avaient pris à cause de leur mastite avaient donné une mycose au bébé. Une fois revenue à la maison, je racontais en détail ces conversations à David et, pendant le dîner, nous égrenions toutes ces plaintes en secouant la tête. Pourquoi les autres parents faisaient-ils autant d'histoires ? Quel était leur problème ?

Betty avait dix-huit mois lorsque la maison de santé m'a téléphoné. J'attendais cet appel depuis si longtemps que, en fait, je ne l'attendais plus, et, quand il est arrivé, j'ai éprouvé un curieux vertige, comparable à la sensation de faiblesse, de vide, que j'avais eue au moment où David avait fait semblant de me précipiter en bas de la falaise. « Je suis vraiment navré, m'a dit le médecin. J'ai une très mauvaise nouvelle à vous annoncer. » La santé de ma mère était précaire depuis bien longtemps. C'est une infection pulmonaire qui l'a emportée.

Ma mère ne participait pas à ma vie quotidienne – elle ne m'avait jamais aidée à donner son bain à ma fille, elle ne l'avait jamais gardée. Plus que sa présence, c'était son absence qui me manquait. Je portais le deuil d'une mère morte dans son sommeil après des années passées dans une maison de santé, et aussi de la mère que j'aurais eue si sa maladie ne s'était pas déclarée lorsque j'étais très jeune. En ce sens, ma peine trahissait mon apitoiement sur moi-même avec une brutale sincérité. Pendant sa maladie, on avait tant vanté mon courage que j'appréhendais sa mort avec une lâcheté qui me paraissait légitime. On aurait dit que j'ouvrais les vannes à une coupable indulgence longtemps refoulée, ma mère n'étant plus, désormais, l'exemple vivant d'une situation pire que la mienne. Je portais donc le deuil de la personne que j'aurais pu être si j'avais été élevée par une mère en pleine santé.

Trois semaines après l'enterrement de ma mère, David est entré un soir dans la chambre alors que je lisais au lit un ouvrage intitulé *A Good Innings* [1] – ma collègue Sunita m'avait prêté son livre de poche en piteux état. Son père était mort d'une maladie des centres moteurs. « À condition de passer sur le chapitre qui explique comment renaître, on y apprend des choses intéressantes », m'avait-elle affirmé. La dernière phrase que j'avais lue était : « *Vous serez peut-être blessé*

1. « Profiter de l'existence. » *(N.d.T.)*

en vous rendant compte que les gens, autour de vous, considèrent comme excessif ou égocentrique le chagrin que vous éprouvez pour la mort d'un parent âgé. »

Debout près du lit, David faisait des mouvements avec ses deux épaules. « Je crois que je vais devoir demander au service santé et sécurité de jeter un coup d'œil à mon fauteuil. » Il avait essayé divers modèles de siège pour s'asseoir à son bureau, et rien n'y faisait. C'était David, avec son grand corps frêle, qui aurait eu besoin d'être remodelé.

J'ai levé les yeux de l'ovale lumineux projeté sur le livre par la lampe de lecture fixée à la tête de lit. Les lunettes juchées sur le bout de mon nez, j'ai regardé David par-dessus, à l'horizontale. Voyant qu'il avait attiré mon attention, il s'est approché et retourné. « C'est là, plus bas qu'avant, juste là. » Il s'est tapoté les reins, puis, avec une grimace, a arqué le dos vers l'arrière.

« Prends un Nurofen », ai-je suggéré avant de replonger dans mon livre.

Ensuite, il y a eu Betty sous toutes ses formes, plus ravissantes les unes que les autres. Betty qui grimpait dans notre lit le matin, et se glissait entre nous pendant trente secondes avant d'estimer qu'il était temps de se lever, et d'utiliser comme trampoline mon oreiller sur lequel mes cheveux étaient encore répandus ; Betty qui ne voulait rien porter d'autre que sa salopette violette avec un chien cousu sur la bavette. Elle l'appelait « ma salopette chien ». Si je le lui avais permis, elle aurait dormi dedans. Quand je lavais ce vêtement, elle hurlait tant qu'on aurait pu croire qu'on la torturait. Alors qu'elle avait commencé l'école, je suis tombée un jour sur une vidéocassette d'elle à dix-huit mois, et j'ai pris la peine de sortir du bric-à-brac accumulé dans le débarras les vieux magnétoscope et téléviseur pour la regarder. Betty trottait à pas menus dans le salon de tante Lorraine et frappait avec un marteau gonflable les genoux des adultes assis sur des canapés. Même si les gens n'étaient pas dans le champ de la caméra, on devinait, à entendre les hurlements de rire enregistrés sur la bande-son, qu'ils considéraient ce petit jeu comme très malin et amusant. De temps à autre, Betty se tournait vers la caméra et agitait son marteau avec allégresse. Il m'a fallu plusieurs minutes pour mettre le doigt sur ce qui me gênait dans cette scène. Je n'ai compris ce que c'était qu'au moment où elle a montré du doigt la caméra puis quelque chose derrière, qu'on ne voyait pas, et a fait : « *Pfff.* » Elle ne parlait pas. Pourquoi ? me suis-je demandé, déconcertée, l'espace d'un instant. Ah, mais évidemment : elle n'avait que dix-huit mois. Elle ne savait pas encore parler. Que c'était curieux qu'il y ait eu un temps où elle ne parlait pas, où même dire « salopette chien » était un exploit inimaginable. Voilà qui m'émerveillait toujours. Chaque nouvelle Betty effaçait la précédente – et pourtant, elles étaient toutes en elle, comme une poupée russe, ou une de ces séries de figurines découpées dans une bande de papier qu'on a pliée et qu'on déplie ensuite.

C'était le plus souvent chez Lorraine qu'on se réunissait. Sa maison était grande, une construction mitoyenne en briques rouges, de style vaguement 1900, à la lisière d'Eastley, la ville côtière voisine de la nôtre. Je m'y sentais bien en me rappelant que j'avais eu du succès lors de ma première visite, et, en conséquence, j'étais plus proche de Lorraine que de la mère de David, plus réservée. Les parents de David étaient des gens calmes, agréables, qui me donnaient l'impression de ne pas être tout à fait assez bien pour leur fils chéri, le seul garçon qu'ils avaient eu – presque assez bien, mais pas tout à fait. Lorraine, en revanche, était facile à contenter. Elle aimait les gens qui riaient quand elle plaisantait et qui l'aidaient à apporter la vaisselle d'une pièce dans l'autre. Ce n'était pas trop demander, et je m'empressais de m'exécuter. Je voyais en elle une alliée.

Si quelqu'un a su à l'avance quel tour allait prendre mon mariage, ce fut sans doute Lorraine. Un dimanche après-midi, nous étions dans la cuisine en train de faire la vaisselle – ou plutôt je rinçais plats et assiettes, et elle les mettait dans le lave-vaisselle. Ceri, la sœur de David, était entrée, et elle allait ressortir pour demander aux cinq ou six membres de la famille installés dans le salon s'ils voulaient du thé ou du café.

« À ton avis, il y a des chances pour que ton frère me tonde la pelouse pendant qu'il est là ? lui a demandé Lorraine. À moins que les garçons ne décollent pas de leurs fauteuils de toute la journée ?

— Il y a peu de chances, a répondu Ceri avec froideur. Oncle Richard leur montre le décapeur thermique.

— Ah, mince alors ! » a marmonné Lorraine.

Oncle Richard, son mari, avait un rire joyeux et une angine. Tondre la pelouse et bricoler étaient exclus, mais ça ne l'empêchait pas d'acheter des gadgets pour s'épargner du travail au point qu'il aurait pu ouvrir un musée avec ces objets. Chaque fois qu'il venait, David devait les admirer du fait qu'il en dessinait lui-même. Il aurait sûrement préféré tondre la pelouse.

Un peu de solidarité féminine s'imposait. « Je n'arrive pas à lui faire tondre la nôtre, ai-je dit à Lorraine dès que Ceri eut quitté la cuisine. Pendant le week-end, il y a tant de choses à faire, et en semaine il ne rentre pas avant huit heures et demie en ce moment. » En réalité, ça ne m'ennuyait pas qu'il travaille tard et manque le coucher de Betty. J'avais moins de mal à la mettre au lit quand le retour de David ne la survoltait pas, précisément à l'instant où je finissais de lui lire l'album *No Roses for Harry*.

Au lieu de répondre aussitôt, Lorraine a continué à charger le lave-vaisselle avant de lancer : « Il va boire un coup avec les copains, c'est ça ? »

Il y avait dans son ton une sécheresse que je n'avais encore jamais perçue et qui m'a figée, les mains dans l'eau savonneuse – elle n'utilisait pas la même marque de produit que moi et j'en avais trop mis, la mousse débordait de l'évier.

« Non, non… Disons, pas souvent, il me semble… » David allait parfois au pub après son boulot, mais ces derniers temps il avait eu trop de travail. Soudain, je me suis demandé s'il restait au bureau ou s'il allait boire un coup. De lui-même, il ne m'en parlait pas, et je ne lui posais pas la question. D'ailleurs, je ne lui posais jamais de questions, contrairement à lui. C'était l'époque d'avant Chloe : pour ce que j'en savais, David et moi étions heureux ensemble, et la vie que je menais avec Betty m'absorbait assez pour que je ne remette pas nos relations en cause.

Pourtant, là, dans la cuisine, même si je ne disposais d'aucun élément nouveau, j'ai pris conscience de ne rien posséder de précis, et d'être ignorante en la matière.

D'un geste gauche, tante Lorraine a ouvert la porte du lave-vaisselle – sa corpulence donnait de la raideur à ses mouvements quand elle se penchait. Elle a tripoté le tableau de commande, a appuyé de son index dodu sur deux boutons, et, avec un bruit grinçant, le lave-vaisselle s'est mis en route. Ensuite, elle s'est essuyé les mains avec un torchon qu'elle a attrapé sur la paillasse, puis, toujours sans me regarder, elle a lâché d'un air pensif : « Bon, il y a un prix à payer avec un garçon comme notre David, je suppose. » Elle a jeté un coup d'œil vers la porte et le salon où étaient installés son mari et les autres membres de la famille. Son expression était sombre. « Je suis bien placée pour le savoir... », a-t-elle fini par marmonner.

Je ne voyais pas de quoi elle parlait. Un prix à payer ? Quel prix est-ce que je payais pour avoir David ? Quel prix avait-elle payé pour oncle Richard ? C'était là une étrange façon de considérer une relation – y avait-il toujours un prix à payer ? Dans ce cas, je ne me rendais pas compte que j'en payais un.

Après avoir rangé la cuisine, nous nous sommes servi du café, et nous sommes allées dans le salon où oncle Richard jouait à un jeu de société avec l'aîné des fils de Ceri – le plus jeune était à l'étage avec Betty. Toutes les autres personnes avaient pris place dans la pièce. Admiré, puis mis de côté, le décapeur thermique se trouvait sur la table au milieu de verres de vin à moitié vidés. « Ils jouent au mariage », m'a dit David en parlant de notre fille et de son cousin, avant de faire la grimace. Je me suis assise sur l'accoudoir du canapé, penchée vers David, et j'ai lissé en arrière ses cheveux qui se hérissaient et frisottaient. Il a reculé la tête. Je voulais seulement lui témoigner mon affection, mais la brusquerie de son geste trahissait l'irritation, comme s'il estimait que j'essayais de l'infantiliser.

La porte du couloir s'est ouverte et Betty est entrée. Un vieux voilage était posé sur ses épaules et, d'une main, elle le maintenait en place. De l'autre, elle tenait, tel un sceptre, un débouchoir à ventouse. Sur sa tête était posé un T-shirt jaune qu'elle avait repêché dans le panier à linge de Lorraine et qui, je le savais, faisait office de couronne – dans l'esprit de Betty, la ligne de démarcation entre mariée et princesse était floue : toutes deux portaient de beaux habits et étaient vénérées, et ça lui suffisait.

Spontanément, nous avons applaudi. Tous les adultes se sont extasiés à leur manière – dans mon cas un long « Ah ! », un soupir pour tante Lorraine, un grand sourire pour David, un éclat de rire pour oncle Richard qui a attrapé Betty et a fait chanceler le T-shirt jaune. Malgré ces variations dans nos réactions, toutes voulaient dire la même chose pour Betty, qui s'est écartée d'oncle Richard, a remis le T-shirt sur sa tête, et s'est immobilisée au milieu du salon en serrant son déboucheur et en souriant à la ronde. Il me suffit d'entrer dans une pièce, se disait-elle. C'est tout ce que j'ai à faire.

Je me suis penchée pour déposer un baiser sur le crâne de David et, cette fois, il ne s'est pas dégagé, mais a exercé une pression sur mon genou, façon de reconnaître la fierté que nous partagions. À cet égard, rien n'avait changé : nous étions toujours les parents les plus suffisants du monde.

La naissance de Rees nous a fait payer cette époque bénie. Tout d'abord, j'ai eu des difficultés à l'allaiter. Rien ne pouvait le décider à téter, et il en serait d'ailleurs mort si le lait en poudre n'avait pas existé. J'ai eu une mastite qui m'a obligée à prendre des antibiotiques. Et enfin, il hurlait toute la nuit. Je me suis alors rendu compte de mon erreur : je n'aurais pas dû avoir un premier enfant facile à élever.

Un soir, j'ai dit à David : « Seigneur, j'ai pris le café chez Sally ce matin...

— Hum », a-t-il murmuré en baissant le feu sous une marmite pendant que j'étais assise sur un tabouret de cuisine, avec un petit Rees bien réveillé dans mes bras.

Je me suis lancée dans mon récit avec un certain enthousiasme. À ce moment de notre vie, les histoires de ce genre remplissaient ma journée. « J'essayais de l'allaiter, et tu ne vas pas croire à quel point cette bonne femme est suffisante... »

La plus jeune des quatre enfants de Sally, Willow, venait d'entrer au cours préparatoire avec Betty, et Sally broyait du noir d'une façon incroyable. Elle m'avait observée pendant que j'essayais de donner le sein à Rees, assise à sa table de cuisine, et m'avait suggéré une méthode après l'autre. « Avez-vous essayé de vous allonger sur le dos et de le coucher sur votre épaule ? » J'étais prête à hurler. Plus je m'efforçais de faire téter Rees, plus il s'énervait. Je transpirais abondamment – je n'avais bu qu'une boisson chaude, mais la cuisine de Sally était surchauffée. Mes deux seins étaient gorgés de lait, et les compresses de mon soutien-gorge d'allaitement trempées. Finalement, Sally m'avait presque arraché Rees, l'avait juché sur son épaule, et elle s'était promenée dans la cuisine pendant que j'ôtais ma veste polaire à fermeture Éclair, que je prenais de profondes inspirations et m'efforçais de me calmer. Dans l'intervalle, Rees était devenu de plus en plus hystérique. Le temps que Sally me le rende – à contrecœur, car c'était s'avouer vaincue –, il était rouge brique.

« Je t'assure, ai-je marmonné à David qui, le dos tourné, surveillait ce qui cramait sur le feu, quelqu'un devrait expliquer à cette bonne femme qu'élever des enfants n'est pas un sport de compétition. C'est parce qu'elle n'a rien d'autre dans sa vie qu'elle est obsédée par l'idée d'aider les autres. Et quand j'ai enfin réussi à faire téter Rees, elle a essayé de me dire que… »

Je racontais cette histoire à David sur le même ton que je lui racontais tout ce qui se passait dans la journée avec Rees, un ton à la fois désespéré et plein d'entrain auquel il ne semblait jamais sensible. J'aurais voulu recréer la fascination que nous éprouvions pour Betty bébé, la joie que nous partagions à l'époque. Mais, déjà, Chloe avait fait son apparition.

Chloe est arrivée dans notre vie avant la naissance de Rees, avant même sa conception, alors que Betty avait quatre ans. David venait d'avoir une promotion et, de dessinateur industriel, était passé chef de projet. Il ne dessinait pas des stylos – leur forme était gravée dans le marbre ; il dessinait les machines qui les fabriquaient : perceuses, presses, émailleuses. D'après ce que je comprenais, être passé chef de projet voulait dire qu'il dessinait moins qu'avant. Il devait participer à des réunions interminables pour décider du nombre d'hommes et de femmes qui allaient perdre leur boulot à cause du perfectionnement des machines auquel il avait contribué. Mais il était dessinateur dans l'âme. Ce qu'il aimait, c'était rester des heures au-dessus d'énormes tables à dessin avec un tas de crayons bien taillés dans une rainure du haut. Une fois promu, il a passé plus de temps avec des types en costume, et moins avec ses crayons bien taillés. Débauchée d'une entreprise concurrente, Chloe a été recrutée pour occuper son ancien poste.

Je m'en doutais. Bien sûr, tout le monde dit ça après coup, mais j'ai vraiment eu un pressentiment. Quinze jours après sa promotion, David est rentré du travail et, dès qu'il a franchi le seuil, il m'a annoncé : « La personne qui occupe mon poste a commencé aujourd'hui. »

D'un coup de pied, il a ôté ses chaussures dans le couloir. J'étais sortie de la cuisine pour l'accueillir, comme je le faisais toujours à l'époque. En général, Betty se précipitait pour se coller dans ses jambes, mais, ce jour-là, elle regardait un de ses dessins animés préférés à la télévision.

« Ah bon ? » ai-je fait. Même à ce moment-là, même avant de savoir que le successeur en question était une femme, j'ai senti que quelque chose se nouait dans mon ventre.

Il est passé devant moi pour entrer dans la cuisine, et m'a lancé par-dessus son épaule : « Elle s'appelle Chloe. »

Je l'ai suivi. Il est allé droit sur la huche à pain et en a soulevé le couvercle.

« J'ai préparé du poulet… Comment est-elle ? »

Il a hésité un tout petit peu trop longtemps. « Pas mal, bien. Son CV est stupéfiant. J'ai vraiment hâte de lui parler. »

Je suis allée mettre de l'eau dans la bouilloire et pendant que j'avais le dos tourné, il a ajouté :

« Je l'emmènerai peut-être déjeuner demain. »

Ce soir-là, j'aurais pu écrire le reste de l'histoire.

9

MES SOUPÇONS ONT ÉTÉ AUSSI RAPIDES QUE LEUR LIAISON, mais six mois se sont écoulés avant que j'ose en parler à David. Il faut rendre hommage à sa candeur obstinée car, pendant toute cette période, il a continué à recevoir des factures téléphoniques détaillées. Je me rappelle encore la frayeur que j'éprouvais, et le sentiment d'intrusion qui me soulevait le cœur pendant que je sortais ces factures du classeur qu'il rangeait sur une étagère du débarras – fouiller dans les papiers personnels de son époux, c'est un peu, pour une femme qui s'affole, assimilable à de la pornographie. Je me suis rappelé alors une petite mise en garde qu'on nous apprenait en sciences, et je me suis interrompue pour aller fermer la porte du palier alors même que j'étais seule à la maison. « *Le petit Johnny a bu une gorgée / Mais il n'en boira plus / Car ce qu'il croyait être du* H_2O */ Était en fait du* H_2SO_4. » Combien de mensonges peut-on dire en six mois ? À raison d'un par jour, ce qui est une estimation modeste, cela donne près de deux cents, chacun une goutte qui s'ajoute aux précédentes, *toc, toc, toc*.

Quand j'ai composé le numéro qui apparaissait avec une fréquence suspecte sur les factures, je tremblais tellement de fureur que je n'ai pas pris la précaution de masquer le numéro de mon portable. Pourquoi l'aurais-je fait ? Je n'avais rien à cacher. La boîte vocale s'est déclenchée aussitôt. « Vous avez composé le numéro du téléphone portable de Chloe Carter. Veuillez laisser un message après le bip sonore. » D'une certaine manière, le seul fait d'apprendre son nom de famille était douloureux. Ainsi donc, Chloe n'était pas un fantôme, mais Chloe Carter. En épluchant une facture après l'autre, j'ai compris que ce que je soupçonnais était vrai – la liaison de David et Chloe avait commencé presque tout de suite après ce premier déjeuner. Il n'y avait pas eu de longue période de flirt ou de connaissance réciproque prudente, j'en étais certaine. Ce n'était pas le genre de David. Je reconnaissais sa façon de téléphoner : de brèves conversations quand il devait raccrocher pour une raison ou une autre – il avait l'habitude d'appeler en passant d'une réunion à l'autre, et je me souvenais que, au début, j'avais trouvé ça frustrant –, et de longues conversations. La plus longue entre nous avait duré cinquante-six minutes. Comme c'est facile de parler pendant cinquante-six minutes au début d'une relation ! Ça passe à la vitesse de l'éclair. On ne parle de rien de spécial.

Donc, tard ce soir-là, je lui ai tendu une embuscade. Notre chambre à coucher en constitue le décor, avec ses murs beige rosé et les coussins en satin que j'ai imposés et que David a toujours détestés. (Pour se venger, il a accroché une aquarelle de mauvais goût au-dessus de notre lit.) Les protagonistes sont David et moi, avec un petit rôle pour notre fille. La scène s'ouvre sur l'héroïne, donc moi, qui agite une facture de téléphone portable sous le nez de son mari. Ce dernier réplique par une dénégation enflammée.

L'épuisement ajoute encore à l'hystérie partagée d'un couple. L'aveu de David, quand il a fini par arriver, tenait de la provocation, mais, au bout d'une heure, les larmes et les hurlements ont fait sortir Betty de sa chambre. Elle est entrée en titubant dans son pyjama à pois bleus, les cheveux pleins d'électricité statique pour avoir frotté sur son oreiller et, en pleurnichant, elle a demandé pourquoi on criait comme ça. Elle avait besoin de moi, mais à force d'avoir pleuré, j'étais ramollie, trempée. C'est David qui l'a portée jusqu'à son lit, et je me doute que sa douceur, quand il l'a couchée, est ce qui a finalement eu raison de lui. Sans le vouloir, elle et moi avions joué le rôle du gentil et du méchant policier face à David. Lorsqu'il est revenu dans notre chambre, j'ai levé les yeux sur lui. Je savais que mon visage était noyé de chagrin, et que ça n'avantage jamais. Je m'en fichais. Je n'avais plus aucune fierté. « C'est fini ? ai-je demandé entre deux sanglots, en m'étranglant à cause de la menace implicite contenue dans mes paroles. Tu vas arrêter de la voir ? C'est fini ? »

Il était trois heures et demie du matin. Nous nous étions disputés pendant près de quatre heures. Ses épaules se sont voûtées. « Oui, a-t-il répondu en se couvrant le visage à deux mains. Oui, oui, d'accord, c'est fini. Je vais le lui dire. C'est fini. »

À ce moment-là, je lui aurais demandé si la lune était un fromage qu'il aurait mis un genou en terre et m'aurait juré que oui, c'était bien ce qu'elle était, ce qu'elle avait toujours été et serait jusqu'à la fin des temps.

David a toujours été sincère ; cet aspect de sa personnalité m'empêchait de lui en vouloir. Il pensait à quelque chose, éprouvait un sentiment, et hop, ça sortait de sa bouche comme ces friandises colorées enrobées de sucre, sans emballage et donc immédiatement consommables, que crachent les distributeurs dans les bars. « Elle me paraît tellement vulnérable, d'une certaine façon, m'a-t-il dit quand, par pur masochisme, je l'ai sommé de m'expliquer ce qui l'avait attiré en Chloe. Vulnérable mais courageuse, un peu comme toi, je suppose, toi qui t'es occupée de ta mère et qui n'as jamais eu de père. Sa situation a beau être complètement différente de la tienne, elle est comme ça. Elle possède une sorte de fragilité et, en même temps, elle est d'une intelligence pas possible. » J'ai eu l'impression qu'on me lacérait avec une bouteille cassée. « Elle est incroyablement douée pour le dessin, avec un côté beaucoup plus intuitif que moi. On devrait la payer deux fois plus. » Je me suis aperçue qu'il avait complètement oublié à qui il s'adressait, et qu'il me parlait comme si j'étais un copain, comme si j'attendais – à défaut de le vouloir – des réponses franches à ses questions. « Elle en a bavé, en fait : sa famille est odieuse. Je m'étonne d'ailleurs qu'elle ait autant le sens de l'humour. »

Une autre fois, alors que je fulminais contre la perfidie de cette fille, il m'est tombé dessus d'un ton glaçant à force de calme et de logique : « Écoute, si tu rencontrais Chloe dans un pub ou ailleurs, tu l'apprécierais, je t'assure. Vous avez toutes les deux plus de choses en commun que tu ne l'imagines.

— Tu veux dire qu'on baise toutes les deux avec toi.

— En dehors de ça, a-t-il répliqué avec un soupir patient. Vous partagez même… » Sur le point de dire quelque chose, il s'est ravisé, ce qui ne lui ressemblait pas, donc ce devait être une remarque d'un manque de tact impressionnant. « Vous avez toutes les deux perdu votre père lorsque vous étiez enfants. »

Chloe était à moitié irlandaise. Quand David me l'a dit, j'ai eu un coup au cœur. Je n'imaginais que trop leurs conversations moqueuses sur les Anglo-Anglais. Le père de Chloe était mort alors qu'elle était toute petite, mais sa mère habitait le coin, et ses nombreux frères et sœurs s'étaient installés dans le Nord. Au cours des semaines et des mois précédents, j'avais arraché à David plus d'informations qu'il ne m'en aurait fallu. Je savais même qu'elle était allergique aux tomates. Je l'ai fusillé du regard.

« Nous partageons même… disais-tu ?

— Vous aimez toutes les deux les balades sur les falaises… », a-t-il conclu sans grande conviction avant de tourner le dos, considérant qu'il avait dit ce qu'il avait à dire.

Après ça, fini les balades sur les falaises, très peu pour moi.

À l'époque, je ne comprenais pas pourquoi il tenait autant, malgré le dédain que j'étais en droit d'éprouver vis-à-vis de Chloe, à me persuader qu'elle était quelqu'un de bien. À l'époque, je voyais encore en elle une tempête à essuyer plutôt qu'un changement climatique.

Pendant quelques mois, David et Chloe ont cessé de coucher ensemble, me semble-t-il, même si je suis sûre qu'ils tiraient sur la corde à midi et se prenaient la main sous la table au pub. Avec le recul, je crois que c'est à cette période que j'ai été fichue – j'aurais dû fermer les yeux, laisser le feu s'éteindre de lui-même. Mais non, je suis devenue un obstacle, une chose sans plus de personnalité qu'une dalle en béton.

David s'est installé un temps dans un studio au-dessus d'un pub d'Eastley, pour pouvoir « réfléchir à ce qui vaut mieux pour nous tous », mais la stupéfaction et le chagrin de Betty étaient d'une telle évidence qu'il est revenu au bout de quatre mois. Son retour m'a emplie d'optimisme. J'ai commencé à me dire que le pire était derrière nous. Je croyais encore avoir l'avantage, je croyais que c'était seulement une question de temps.

Le premier coup de fil est arrivé un matin. David était au travail, Betty à la crèche. Et moi, j'étais à quatre pattes devant la porte ouverte du congélateur. J'avais retiré les tiroirs et je m'attaquais à la couche de glace du compartiment avec un couteau émoussé, une tâche qui me procurait une satisfaction démesurée. Le téléphone était par terre à côté de moi. Je venais d'arracher un morceau de glace et je m'apprêtais à le lancer dans l'évier. Après avoir lâché mon couteau, j'ai décroché. J'aurais dû me débarrasser du morceau de glace. « Allô ? Allô ? Allô ? » Un silence assourdissant m'a répondu. « Qui est au bout du fil ? » Entre-temps, la glace qui fondait me mouillait et m'engourdissait l'autre main. J'ai raccroché, posé l'appareil sur le sol, envoyé la glace dans l'évier, et je me suis remise au boulot. Cette première fois, j'ai pris l'appel à la légère, j'ai fait comme si je ne savais pas que c'était le début de quelque chose.

Ensuite, les coups de fil ont été irréguliers : tantôt j'en avais plusieurs par jour, tantôt pas un seul pendant une semaine. Lorsque j'ai refusé de prendre sur ma ligne fixe des numéros masqués, on m'a téléphoné sur mon portable. J'étais obligée de les accepter car, au bureau de

David comme à la crèche de Betty, le standard masquait automatiquement les numéros.

Les disputes que j'avais avec David au sujet de ces appels étaient les plus aigres de toutes, et elles ont entraîné l'effritement final de notre relation. Le front plissé, l'air très sérieux, David m'a juré ses grands dieux que ce n'était pas Chloe. « Elle affirme que non, et elle ne mentirait pas à propos d'une chose pareille. Elle n'est pas comme ça. C'est quelqu'un de très franc et de vraiment bien. » Je bouillais de rage. Je n'avais pas besoin qu'il me dise comment elle était, je le savais – c'était une femme qui avait une liaison avec un homme marié père d'un jeune enfant. Voilà comment elle était. La situation s'est envenimée entre David et moi au point qu'il m'a accusée d'imaginer ces appels, voire de les inventer.

Je voyais bien à quoi elle jouait : elle voulait me faire passer pour hystérique, paranoïaque aux yeux de David, et elle y a réussi. Elle rôdait autour de chez moi, grattait à la porte. Elle me disait : « Il t'est peut-être revenu pour un temps, mais je sais où il est et je n'ai pas renoncé. » C'est alors – et seulement alors, je le jure – que je me suis mise à la détester.

Les lettres sont arrivées plus tard, je pense… oui, plus tard.

À ce moment-là, j'ai sorti mon atout – à vrai dire, c'était plutôt la dernière carte qui me restait en main, ma dernière tentative pour garder ma famille intacte. Au cours d'une brève période de réconciliation avec David, un vendredi soir où l'alcool nous avait tous les deux rendus d'un sentimentalisme inhabituel, j'ai réussi à être enceinte de Rees.

Grâce à Rees, j'ai bénéficié d'une année supplémentaire. Pendant ma grossesse, je savais que David voyait Chloe, mais j'ai feint de l'ignorer. Peut-être me disais-je que, si j'essayais assez longtemps, et avec assez de conviction, de nous transformer en couple heureux attendant un second enfant, j'y arriverais. Après la naissance de Rees, David a consenti des efforts. Le fait que Rees ait été aussi difficile à élever m'a donné un peu de répit. Au cours de ces premiers mois, David n'a pas eu le cœur de me planter là alors que le seul moyen de ne pas nous écrouler était de nous relayer pour nous occuper du bébé la nuit.

David n'a jamais été un salaud. S'il l'avait été un peu plus, notre couple aurait pu survivre – j'aurais pu fermer les yeux sur ses infidélités. Mais non, il ne couchait pas avec une femme à moins de se persuader qu'il était amoureux d'elle, je le savais. Il aimait d'autant plus Chloe qu'il ne pouvait pas l'avoir. Il ne pouvait pas l'avoir à cause de moi. La logique de tout cela était tellement simple, tellement banale que j'en pleurais.

« Les familles malheureuses sont malheureuses chacune à leur façon. Les familles heureuses se ressemblent toutes. Un truc comme ça.

— Quoi ?

— Je crois que c'est tiré d'un roman russe, *Guerre et paix*. À moins qu'il ne s'agisse de Jane Austen.

— Mon Dieu, Jane, ce que tu peux être prétentieuse. »

Jane prit un air malheureux.

Je faisais la queue au supermarché quand j'ai surpris cette conversation. Jane, une femme que je ne connaissais pas, était devant moi avec une amie qui avait un bébé dans les bras. Un différend retardait le passage à la caisse.

Un client n'était pas d'accord sur la somme à payer : selon l'étiquette, les deux articles coûtaient quatre livres, et non pas deux livres soixante-neuf l'un comme l'indiquait le ticket de caisse. Ceux qui étaient juste derrière le client insatisfait se regardaient en soupirant. Pour ma part, je n'étais pas particulièrement pressée ce jour-là, et j'écoutais avec attention l'échange entre les deux femmes se trouvant devant moi. Celle qui portait le bébé devait être l'amie intime de Jane, ou peut-être sa sœur aînée, car elle la critiquait avec force. « Tu fais toujours ça…, lui reprochait-elle d'un ton irrité en secouant le bébé pour le calmer.

— Qu'est-ce que je fais toujours ? a répliqué Jane avec lassitude.

— Tu le sais parfaitement. Ton histoire de livres.

— Bon, il me plaît, mais qu'est-ce que tu veux que je fasse ?

— Je vois bien qu'il te plaît. Bon Dieu, c'est évident. Simplement, je crois qu'il faut que tu le connaisses mieux. Toute cette histoire de passion et de regards embrasés, ça ne te mènera à rien. Tu es folle, redescends sur terre.

— Sauf que tu as oublié une chose… »

Sœur aînée a pris la mouche. Par-dessus leur chariot partagé, elle s'est penchée vers Jane. « Je n'ai rien oublié du tout, d'accord ? Je suis simplement réaliste. Je connais tout ça par cœur : on se serre l'un contre l'autre sur le canapé devant la télé. Moi aussi, je l'ai fait, d'accord ? Je ne suis pas si vieille que ça. Tout le monde passe par cette phase. Mais elle dure combien de temps ? Trois mois au maximum ? »

La queue a recommencé à avancer. Visiblement vexée, Jane n'a pas répondu et a poussé de quelques centimètres leur chariot. Lorsqu'elle s'est détournée, j'ai lu dans ses yeux qu'elle s'efforçait de ne pas exploser de colère – ou peut-être de ne pas pleurer.

Tolstoï. « *Les familles heureuses se ressemblent toutes ; les familles malheureuses…* » D'où est-ce que je le savais ? Je n'avais jamais lu un seul livre de Tolstoï. Et puis, ça m'est revenu : cette citation figurait dans le jeu-concours d'un pub auquel j'avais participé quelques années plus tôt, je m'en souvenais à présent. J'ai voulu m'approcher pour le leur dire, mais je me doutais que la grande sœur m'aurait rabrouée. Elle n'avait pas l'air de quelqu'un qu'on peut embêter dans une queue au supermarché.

Une fois sur le parking, j'étais en train de charger le dernier sac de provisions dans le coffre lorsque j'ai repensé à ces « trois mois », la durée maximale durant laquelle, selon cette femme, on jouait aux tourtereaux, attitude peu réaliste. Une décision qui engage une vie entière ne devrait pas se fonder là-dessus. Je sortais avec David depuis trois mois lorsqu'il y avait eu la scène sur la falaise. Voilà, c'était peut-être l'explication. D'un geste brusque, j'ai refermé le coffre, puis je me suis immobilisée, appuyée sur les mains, la tête baissée, concentrée sur ma respiration. J'ai repensé à la façon dont, ce jour-là, David m'avait fait perdre l'équilibre au bord de la falaise. Sous le jeu, il y avait une colère véritable, une certaine désorientation. En les percevant, j'avais cru y lire la résistance d'un homme qui ne voulait pas reconnaître ses sentiments – il m'aimait et ça l'effrayait. Quand il m'avait forcée à regarder les vagues qui déferlaient en bas, j'avais pensé qu'il me montrait, et considérait lui-même, ce que serait notre vie l'un sans l'autre, la tristesse qui nous attendait si nous ne saisissions pas l'instant présent. Comme je me trompais ! Il était furieux contre lui-même parce qu'il prenait la mauvaise décision et s'en rendait compte – et furieux contre moi parce que je l'y poussais.

C'était là une des conséquences les plus terribles de sa liaison avec Chloe : elle m'obligeait à réviser entièrement la relation que j'avais eue avec David, à réinterpréter les plus petits faits et gestes, même ceux qui s'étaient produits bien avant son irruption dans notre vie. Là, sur le parking du supermarché, je me suis dit que, pendant qu'il me maintenait au bord de la falaise et m'obligeait à regarder les vagues, il ne me montrait pas la vie que nous mènerions séparés, mais ensemble. Il me montrait ce qui allait nous arriver – l'eau froide, brune, qui m'engloutirait dès que je ne serais plus son précieux objet d'amour, dès qu'il serait prêt à me lâcher, à me précipiter en bas.

À présent, je comprenais mieux ce qu'avait dit tante Lorraine en parlant de prix à payer. David aimait les gestes symboliques. Il s'épanouissait dans les drames. Avec ce genre d'hommes, il fallait seulement avoir une liaison et surtout ne jamais se marier. Pourtant, de tels hommes doivent bien se marier, et David m'avait épousée au moment précis où nous aurions dû nous séparer. Puis Betty était arrivée et nous avions connu l'exaltation, la nouveauté qu'apporte un bébé. Une fois ces sentiments retombés, nous n'étions plus qu'un couple banal avec un enfant...

Ma réévaluation du passé ne s'est pas arrêtée là.

Pendant que je faisais les courses, David avait emmené les enfants au terrain de jeux. Quand ils sont revenus, j'étais assise dans la cuisine. Des sacs de provisions étaient entassés sur la table et le sol. C'était un après-midi d'hiver, le temps était gris et notre cuisine au plafond bas était sombre, mais je n'avais pas allumé la lumière. Pourtant, le chauffage central marchait à fond, et les légumes surgelés commençaient à se décongeler ; une flaque d'eau s'était déjà formée sous un des sacs. Un carton de lait de deux litres, trop lourd, avait fait pencher un autre sac, qui lâchait des yaourts et du beurre. On aurait dit que ces provisions avaient décidé de se glisser dehors et d'observer, hésitantes, leur nouvel environnement. Assise à la table dans la pénombre, je sanglotais copieusement. David est entré le premier, Rees endormi sur son épaule, et il ne m'a pas vue. Dans le couloir, Betty envoyait dinguer ses chaussures. Quand il a allumé la lumière, David m'a aperçue et, après avoir considéré mon visage, il l'a éteinte de nouveau et s'est tourné vers le couloir pour lancer à Betty d'un ton gai : « Bon, je t'ai promis que tu regarderais la télé si tu étais sage, et tu as été très, très sage ! »

Après avoir installé les enfants dans le salon, il est revenu dans la cuisine. Je n'avais pas bougé. Sans me regarder, il a rallumé, a rempli la bouilloire et l'a mise sur le feu ; après quoi, il a entrepris de ramasser les sacs de provisions posés par terre et de les déposer sur le plan de travail. Le regard fixe, je l'ai observé, un morceau d'essuie-tout froissé entre mes doigts. Je me suis mouchée. Il attrapait les sacs deux par deux. Ensuite, il a ouvert la porte d'un placard et a rangé les courses de façon méthodique, comme toujours, en commençant par les conserves, puis en empilant avec soin les produits frais, œufs, fromage, poisson, à côté du réfrigérateur. Il a hésité en examinant un paquet de gnocchis. À mon avis, il se demandait s'il avait été conservé dans un rayon réfrigéré ou non.

« Est-ce que t'as baisé Abbie ? »

Il s'est immobilisé, a posé les gnocchis et, toujours sans me regarder, a demandé d'une voix douce : « Allons, Laura, qu'est-ce qui te prend ? »

Les jambes tremblantes, je me suis levée et j'ai répété plus fort : « Je t'ai demandé si tu avais baisé Abbie. Qu'est-ce que tu veux qui me prenne ?

— Bon. » Il a ouvert le placard voisin et y a posé le paquet de gnocchis. « Qui est Abbie ? Une de tes amies que je n'ai jamais rencontrée ? La fille que je suis censé avoir regardée au café il y a trois ans ?

— Abbie ! Enfin, ne me dis pas que tu ne te souviens pas d'elle ! Des gros seins, juste comme tu les aimes. L'amie de Carole. »

Il a cessé de ranger les provisions et s'est tourné vers moi. Quand il a pris la parole, son ton trahissait un calme désespéré. « Tu me demandes de me rappeler une fille qui connaissait une autre fille avec laquelle j'ai eu une relation insignifiante à l'université il y a dix ans ?

— Pour Carole, elle n'était pas insignifiante ! »

Il est allé fermer la porte de la cuisine même si le son de la télévision était assez fort pour empêcher les enfants de nous entendre et il a pivoté vers moi. « Tu es folle ou quoi ? »

Avec une fureur glacée, j'ai répété en détachant chaque syllabe : « Est-ce… que… tu… as… baisé… Abbie ? Je te pose une simple question. Oui ou non ? »

Il a explosé. « Bien sûr que j'ai baisé cette fichue Abbie ! La moitié de notre putain d'école d'ingénieurs a baisé Abbie ! T'es contente, maintenant ? » Il a ouvert la porte du frigo, puis l'a claquée.

« Pendant que tu sortais avec Carole ? »

Tapotant son front avec ses poings, il a lâché une exclamation exaspérée. Les yeux fermés, il crispait les paupières.

« C'est là une question toute simple, chéri ! ai-je craché par-dessus la table de cuisine. À moins que tu ne fasses même pas la différence entre deux filles ? Est-ce que tu sortais avec Carole quand tu as baisé Abbie, ou tu n'arrives plus à t'en souvenir ? »

Il s'est retourné pour ouvrir la porte de la cuisine.

Je tremblais de triomphe. « C'est ça ! Continue ! » ai-je hurlé dans son dos. Puis, dans un sac resté sur la table, j'ai attrapé un petit bocal de mayonnaise allégée et je l'ai envoyé dans sa direction. La porte s'est refermée derrière David, et le bocal a traversé le panneau vitré sans être aucunement ralenti dans sa trajectoire.

Plus tard, à quatre pattes, j'ai ramassé le verre brisé et la mayonnaise avec une pelle et un balai. À l'étage, David couchait les enfants. « Cette fofolle de maman a lancé quelque chose pour rire ! Tu te rends compte ! » J'ai nettoyé avec soin le parquet. Le bocal s'était cassé en gros morceaux, et il y avait donc deux types de verre mêlés à une pâte visqueuse couleur crème. Même ce détail me semblait symbolique. Quel verre étais-je ? Les gros tessons dentelés du bocal, ou les petits débris friables du panneau vitré de la porte ? Et elle, l'autre ? Nous étions à coup sûr incompatibles, et cependant liées par le même magma oléagineux. Merde, me suis-je dit, épuisée, voilà que les métaphores me harcèlent. Elles avaient infesté ma maison comme les lentes que Betty avait rapportées de la crèche – vous aviez l'impression de vous être débarrassé de ces petites cochonneries, mais non, vous en découvriez encore et toujours. Pourquoi la mayonnaise devient-elle translucide en se réchauffant ? Suis-je la seule à trouver ça sinistre ?

Là, à quatre pattes, je me suis mise à rire de ma propre stupidité et de ses probables conséquences. C'est à ce moment-là que David a lentement descendu l'escalier. Accroupie, j'ai levé les yeux sur lui, un faible sourire aux lèvres, en espérant un peu que, lui aussi, il jugerait stupide ce qui nous arrivait. Il a jeté sur moi un regard inexpressif. J'étais fatiguée, contrite, et je voyais le côté amusant de la situation. Pour sa part, il était seulement fatigué.

Et puis il y avait Betty, Betty et son amour dénué de toute complication. Quelle que soit la manière dont je récrivais ma relation avec David, Betty, elle, ne pouvait pas être récrite. Elle était sa propre histoire. Chloe n'avait aucune prise sur elle.

J'avais été l'épouse de David pendant une partie de mon existence. Mais j'étais la mère de Betty, voilà ce qui constituait le tissu, la chair de ma vie. Toutes les deux, nous nous étions attaquées à des milliers de choses que je me rappelais ; des boîtes chinoises en papier, des dessins d'arcs-en-ciel ; sur le plan de la morale, elle était d'un strict conservatisme, auquel s'ajoutait la conviction que les policiers arrêtaient les enfants désobéissants et les méchants adultes. Un après-midi, alors que nous allions faire des courses, Rees dans sa poussette et Betty cheminant à côté de moi, nous sommes passés devant un agent de police qui nous a fait un signe de tête. J'ai répondu par un sourire. Lorsqu'il n'a plus été en mesure de nous entendre, Betty a jeté un coup d'œil derrière elle, a baissé les yeux sur son petit frère et a affirmé : « Il est tout honteux. »

J'étais tellement surprise que je me suis arrêtée pour observer Rees. Il regardait autour de lui avec l'expression méditative, impénétrable, qu'il avait toujours. Je me suis remise à avancer tout en jetant un coup d'œil à Betty. Elle semblait contente d'elle, et j'ai compris qu'elle était fière d'avoir employé un mot nouveau. Peu importait qu'il soit approprié ou non. Elle avait dû tomber dessus dans un livre, ou bien, à l'école, on lui avait expliqué qu'il s'appliquait à quelqu'un qui s'était mal comporté, et elle l'essayait pour voir quelle impression ça faisait de l'utiliser.

Une autre fois, un dimanche après-midi, chez nous, pendant que nous attendions que Rees se réveille de sa sieste, elle a lâché : « Maman, si on perdait Rees, on n'arrêterait pas de sangloter. »

Sidérée, j'ai répliqué : « Allons, ne dis pas des choses pareilles ! » Elle n'a pas répondu et a continué à colorier son album. L'idée qu'un malheur arrive à Rees ne l'effleurait pas, elle faisait simplement là une expérience sur le plan du vocabulaire. Le mot « pleurer » étant déjà bien assimilé, à présent elle testait « sangloter ». Perdre quelqu'un n'était pour elle qu'une notion abstraite, en revanche, les mots nouveaux ressemblaient à des doigts supplémentaires qui auraient poussé tous les jours. Il fallait qu'elle les agite pour voir comment ils se comportaient.

Un matin, avant l'école, alors que nous étions au bas de l'escalier et que je boutonnais son manteau, elle m'a passé les bras autour du cou, m'a attirée maladroitement à elle et m'a murmuré à l'oreille d'un ton passionné : « Je t'aime trop.

— Moi aussi, je t'aime trop », ai-je répondu en enlaçant son petit corps douillet et content.

Même quand j'étais au trente-sixième dessous à cause de David, surtout dans ces moments-là d'ailleurs, je puisais un grand réconfort dans la présence physique de Betty, dans sa forme compacte qui se collait à moi ; quel petit paquet bien ficelé ! Voilà ce que j'aimais pardessus tout, et on ne pourrait jamais me l'enlever. Alors, quelle importance si je n'avais réussi qu'à emprunter David un instant ? Il m'avait laissé ces étreintes avec ma fille, et elles dureraient des années et des années.

Rees, gros bambin qui se cognait partout avec un grand sourire, tel un minuscule pitre de la vieille école, avait quatorze mois quand David s'est approché de moi un soir pendant que je regardais la télévision. Notre fille, notre petite Betty pleine de solennité, était entrée à la grande école. Willow et elle étaient déjà amies intimes. Une certaine Ariana leur créait des problèmes en essayant de s'immiscer entre elles. Nous venions de faire repeindre l'entrée, de l'égayer. Nous voulions remplacer le verre dépoli de la porte, dont la qualité laissait à désirer, mais nous n'en avions pas les moyens.

Les enfants dormaient à l'étage. Pour une fois, ils s'étaient couchés sans difficulté. Notre dîner cuisait dans le four. J'avais débouché une bouteille de vin. On était vendredi soir, le moment que nous préférions depuis des années. J'attendais que David se soit changé pour servir le repas.

Il est venu s'asseoir sur le canapé du salon à côté de moi et a pris ma main dans les siennes. Les yeux baissés sur nos doigts entrelacés, il m'a dit : « Je sais que les choses n'ont pas été très faciles pour toi depuis deux ans. Je sais que tu m'as trouvé d'un égoïsme incroyable, mais, je t'assure, je vois bien que tu as eu toi aussi la vie dure. »

Je me suis tournée vers lui, je lui ai souri et j'ai senti monter en moi une bouffée d'amour. Après coup, ça m'a fait mal de constater que, pendant une ou deux secondes, j'avais cru que c'était par amour, et non à cause d'un sentiment de culpabilité, qu'il me prenait aussi tendrement la main. Je pensais qu'il allait me dire qu'il regrettait la peine qu'il m'avait causée. Peut-être allait-il suggérer que nous partions passer le week-end quelque part, juste tous les deux, après en avoir touché deux mots à sa sœur qui nous proposait parfois de garder les enfants la nuit… Y a-t-il une limite aux illusions que nourrit un être humain ? On dirait un désert qui s'étendrait à perte de vue.

Je lui ai caressé les cheveux – encore très fournis, quoique déjà grisonnants. À moins d'être correctement peignés, ils étaient toujours un peu secs et trop bouffants. Le matin, c'était une vraie tignasse. Mais ça lui allait bien, ça lui donnait l'air d'un savant fou, même quand il portait un costume. Ce jour-là, il s'était décoiffé en enfilant un vieux T-shirt marron, si bien que j'ai tendu la main et, avec douceur, j'ai repoussé ses cheveux en arrière en disant : « Je sais, mon amour, je sais que tu le sais. Je sais que tu n'as jamais eu l'intention de me blesser. » N'appelons pas ça naïveté, non, le mot « idiotie » convient mieux. Sinon, pourquoi aurais-je repris textuellement une chanson country ? J'étais aveugle – stupide et aveugle, mais surtout stupide.

Sa tête était toujours baissée. J'ai légèrement penché la mienne pour l'obliger à me regarder dans les yeux. « Allons ! Il n'y a pas de problème. J'ai cuisiné de l'agneau à la marocaine. » C'était une remarque idiote. Je crois que, dans un coin de mon cerveau, je commençais à appréhender le sérieux de ce préambule et que j'essayais de ramener la conversation sur un terrain domestique, banal. J'ai toujours utilisé les repas comme un code, un signal envoyé à ceux que j'aimais. Pour ça, je me débrouille bien : ils comprennent le message. Je baissais le son du téléviseur jusqu'au moment où j'étais sûre que les enfants s'étaient endormis. En fond sonore, j'ai soudain entendu le public du jeu télévisé applaudir avec frénésie.

Je me suis redressée car je voulais aller nous chercher à la cuisine un verre de vin rouge, mais David a emprisonné ma main entre les siennes pour m'empêcher de me lever.

Nous avons gardé le silence, puis le pressentiment de ce qu'il allait dire m'est soudain tombé dessus, avec la brutalité d'un plafond qui s'effondre lors d'un tremblement de terre. J'avais d'ailleurs l'impression que toute la maison s'effondrait, et c'était bien le cas. Malgré la résistance qu'exerçait David, j'ai retiré ma main, je me suis mise debout et écartée de lui. Il a tourné les yeux vers moi, le visage ouvert, le regard dégoulinant de pitié.

Je crois vraiment que, à ce moment-là, la rage m'a submergée. J'étais folle d'humiliation en sachant que, après plusieurs années de lutte et, alors que j'utilisais mes enfants innocents comme fantassins, j'avais perdu la bataille.

Notre séparation ne pouvait pas se passer de façon civilisée. Je ne fonctionne pas comme ça. Ce qui a suivi était affreux. Si, auparavant, quelqu'un m'avait décrit toute l'horreur de la situation, je ne l'aurais pas cru.

10

QUAND LA PREMIÈRE LETTRE ANONYME EST ARRIVÉE, il y avait deux mois que David avait quitté le domicile conjugal, selon l'expression juridique, et s'était installé avec Chloe. « *Chère Laura* » – un début bien familier. Ça m'a fait réfléchir au sens du mot « chère ». Vous m'êtes chère. Ma chère petite. Oh ! très chère ! Son emploi me paraissait beaucoup plus inquiétant qu'un simple « *Laura* ». « *Chère Laura, Je me demande vraiment ce que vous espérez gagner en faisant toutes ces histoires* »…

À l'époque, David et moi ne nous parlions pas : nous communiquions par courrier électronique ou par SMS en utilisant le moins de mots possible, le strict minimum qui nous permettait de nous organiser pour qu'il voie les enfants. Il savait qu'il ne pourrait pas me rouler sur ce point, même si ça ne l'empêchait pas d'essayer quand il était en colère.

La lettre est arrivée un mardi matin. Betty était à l'école, Rees à la crèche – il y allait depuis peu trois matins par semaine, car je devais bientôt reprendre le travail à temps partiel. Après l'avoir déposé ce jour-là en m'attardant quelques minutes pour m'assurer que tout se passait bien, je me suis rendue au supermarché puis j'ai fait la queue chez le cordonnier ; le temps que je rentre, ce serait presque l'heure d'aller rechercher Rees. De retour à la maison, trois sacs en plastique dans chaque main, j'ai refermé d'un coup de pied la porte derrière moi, ramassé le courrier, et remarqué une simple enveloppe blanche avec mon prénom écrit à la main. Ni nom de famille, ni adresse, ni timbre. Elle devait donc avoir été déposée. La seule autre lettre était une note dans une enveloppe marron, envoyée par le centre médico-social au sujet des vaccinations de Rees.

J'ai lâché ces deux courriers dans le sac qui contenait les chaussures aux talons refaits et je suis entrée dans la cuisine pour déposer mes courses sur la table. J'ai tout de suite branché la bouilloire. Après avoir ôté ma barrette parce qu'une mèche qui me tombait sur le front m'agaçait, je me suis postée devant le four à chaleur tournante pour la remettre en place, la vitre me servant de miroir. Pendant que j'effectuais maladroitement cette tâche banale, l'enveloppe blanche avec mon prénom écrit à la main brûlait dans le sac tels des charbons ardents. Tout comme un sixième sens m'avait avertie lorsque Chloe avait commencé à travailler dans le bureau de David ou lorsque j'avais répondu à ce premier coup de fil anonyme, je savais. Il y a des choses qui nous sont communiquées par notre cerveau et d'autres par notre intuition. J'ai appris à me fier à mon intuition.

Finalement, habitée par ce pressentiment, je me suis assise à la table de cuisine et, d'un geste aussi délicat que s'il s'agissait d'attraper une boîte de chocolats réservée à une grande occasion, j'ai approché le sac qui contenait mes chaussures et mon courrier. Tout d'abord, j'ai sorti mes chaussures, des escarpins élégants avec des petits talons et des nœuds argentés, que je porte seulement pour des entretiens d'embauche. Mes souliers argent. Je ne les porterai plus jamais, avais-je pensé en les passant au cordonnier par-dessus le comptoir. En effet, je traversais la phase où je transformais ma garde-robe à la manière triste, courageuse d'une femme que son mari a quittée. Une demi-douzaine de pulls avachis ou feutrés étaient partis chez Oxfam. Mes souliers argent, ceux que je ne portais jamais, avaient été remis en état.

Pour me prouver que je n'étais pas superstitieuse, j'ai posé les chaussures sur la table. Ensuite, j'ai sorti l'enveloppe du sac en plastique et je l'ai gardée à la main un instant ; puis je l'ai retournée, comme si j'espérais lire au dos la réponse à mes interrogations. En constatant qu'il était vierge, j'ai fait la grimace. J'ai remarqué que mon prénom était tracé d'une belle écriture soignée, penchée, mais c'était tout. L'enveloppe autocollante était bien fermée. La lettre qu'elle contenait n'était pas rédigée à la main.

Chère Laura,

Je me demande vraiment ce que vous espérez gagner en faisant toutes ces histoires. Est-ce que vous vous imaginez que vous allez récupérer votre mari ? Laissez-moi vous dire que vous vous trompez. Il vous a quittée pour de bon. Et pourquoi ? Est-ce que vous vous êtes posé la question ? Si vous l'aimez autant que vous le prétendez, pourquoi ne pouvez-vous pas le laisser être heureux avec quelqu'un qui éprouve une réelle affection pour lui ?

Vous me faites de la peine. Ça doit être difficile d'être quelqu'un d'aussi aigri, d'autant plus que vous avez deux enfants dont vous devez vous occuper. Avez-vous pensé à eux dans cette histoire ? À ce que cette situation implique pour eux ? Ils ont le droit de voir leur père. Vous croyez peut-être que vous allez récupérer votre mari, en réalité vous faites seulement du mal aux enfants.

Il vous a quittée pour de bon, alors autant vous habituer à cette idée. Sinon, à la fin, les enfants souffriront et vous souffrirez. Je sais que c'est dur, mais je vous dis là une vérité que votre mari n'est pas prêt à vous jeter à la face parce qu'il est un peu lâche (et qui irait le lui reprocher ?). Il vaudrait sans doute mieux qu'il vous parle franchement. Quand vous lirez ces lignes, vous y réfléchirez peut-être. Déjà, si vous n'étiez pas comme ça, il ne vous aurait peut-être pas quittée.

Avec mes meilleures salutations,

Une amie

J'avais du mal à en croire mes yeux, si bien que j'ai tout relu et, une fois le choc initial surmonté, j'ai lâché une exclamation de satisfaction étonnée, basse et néanmoins véhémente. C'était le côté babillage qui me faisait vraiment plaisir. Presque chaque phrase se voulait raisonnable, mais trahissait une malveillance tout à fait incontrôlée. J'ai relu cette lettre une troisième fois. « *Une amie* » ? Sans blague ? « *Vous me faites de la peine* » ? Quelles attaques puériles ! Et une menace voilée : « *les enfants souffriront et vous souffrirez* », sans parler de la déloyauté vis-à-vis de David : « *Il est un peu lâche* ». Voilà donc la femme que David avait plus d'une fois qualifiée de dessinatrice aux dons exceptionnels ! Bien sûr, elle pouvait avoir pris délibérément ce ton de cinglée afin de rendre toute identification difficile. J'imaginais déjà David, la lettre à la main, en train de dire : « Chloe n'aurait jamais écrit ce genre de choses. Elle n'est pas comme ça. » Dans ce cas, elle était moins folle qu'elle ne le semblait, et plus manipulatrice que je ne l'en aurais crue capable. Mon Dieu, elle me détestait à un point inimaginable ! J'ai sorti une bière du frigo et je l'ai ouverte alors que je ne bois jamais pendant la journée, sans compter que je devais aller chercher Rees vingt minutes plus tard – c'était une bière symbolique. Cette femme me déteste. J'éprouvais un violent désir de célébration. Ça, elle était vraiment obnubilée par ma personne ! Alors que je la croyais heureuse avec mon mari et triomphante, je l'avais obsédée d'une manière démente depuis le début, tout comme elle m'avait obsédée. J'aurais dû m'en douter quand les coups de fil avaient commencé. J'y avais vu un moyen de m'attaquer, et non un symptôme de sa propre détresse – mais, par son amertume, son incohérence, cette lettre révélait un désespoir certain. J'ai failli battre des mains.

Ce qui me surprenait le plus, je crois, c'est qu'elle ne signait pas de son nom. « *Une amie* ». Vu ce que David m'avait raconté sur elle, cet anonymat ne me paraissait pas être le genre de Chloe, mais David refusait de me croire quand je lui parlais des coups de fil. Le jugement qu'il portait sur elle ne m'inspirait donc pas confiance. Si elle était aussi calme et agréable qu'il voulait bien le dire – contrairement à sa cinglée de femme –, elle aurait dû construire de longues phrases rédigées avec soin pour me démontrer point par point pourquoi j'étais déraisonnable. Alors que ce que j'avais en mains était bien peu cohérent.

« *Une amie* ». Était-ce là du sarcasme ou du mélodrame ?

Peut-être, peut-être seulement, cet épisode m'a-t-il permis de surmonter la rupture avec David.

« *Chère Laura* ». La lettre suivante était signée, mais d'une seule initiale. Comme la première, elle avait été déposée, mais cette fois je me trouvais à la maison. C'était à peu près à la même heure, une semaine plus tard. Chloe devait avoir deviné que j'étais là car ma voiture était garée dans la rue et, comme il faisait très gris, la lumière de l'entrée était encore allumée. En jetant un coup d'œil par la fenêtre, j'aurais pu la voir grimper les marches du perron si je n'étais pas montée dans la chambre de Betty, à l'étage, pour trier les vêtements de sa commode, et ôter ceux qu'elle ne portait jamais et qui étaient tout entortillés et déchirés. J'ai entendu cliqueter le rabat de la boîte aux lettres.

Comme je n'étais pas sortie de la matinée, j'avais déjà pris mon courrier. En descendant, j'ai aussitôt remarqué l'enveloppe blanche. Sur le paillasson, il n'y avait qu'elle, et deux prospectus pour des pizzerias déposés plus tôt. J'ai ramassé l'enveloppe, je l'ai retournée et j'ai vu mon prénom écrit de la même écriture soignée. Je me suis tout de suite approchée de la fenêtre du salon. J'ai regardé des deux côtés de la rue, mais il n'y avait personne. Nous habitons une petite rue tranquille et je n'ai pas entendu de voiture qui se serait éloignée. Cette fille était donc venue à pied. Je me suis dit que j'avais une chance sur deux de deviner de quel côté elle était repartie, et que si je me mettais à courir je pourrais la rattraper. Pourtant, je suis retournée lentement dans l'entrée et je me suis assise au bas de l'escalier. Cette deuxième lettre ne me causait pas un choc aussi vif que la première, mais, à l'idée que cette inconnue, qui était l'artisan de mon récent malheur, s'était trouvée à ma porte, j'éprouvais un malaise.

Chère Laura,

Je suppose que vous vous sentez un peu mieux maintenant que vous avez obligé votre mari à vous verser presque tout son salaire. Je suppose que vous croyez mériter d'habiter seule cette grande maison. Bon, tout ce que je peux dire, c'est : Profitez bien de ce prix de consolation. Vous vous imaginez peut-être que votre mari vous aime encore un peu puisqu'il s'est montré aussi gentil et prévenant, mais, en fait, c'est un mollasson qui préfère baisser les bras. Et puis, il faut qu'il prenne ces pauvres enfants en considération. De toute façon, vous vous apercevrez très vite qu'il est parti pour de bon. Je ne dis pas ça uniquement pour être désagréable, mais parce que c'est la vérité et qu'il faut bien que quelqu'un vous la dise.

Avec mes meilleures salutations,

E.

Contrairement à la première, cette lettre ne m'a pas laissé une impression de triomphe. Je me suis inquiétée en y retrouvant ce ton de cinglée qui n'était donc sans doute pas feint. Même si c'était dur à avaler, je ne pouvais exclure la possibilité que cette femme fasse un jour partie de la vie de mes enfants. Mais pourquoi avait-elle signé « *E.* » ? Jusque-là, j'avais refusé que Betty et Rees rencontrent Chloe, mais, si David ne se ravisait pas, ils devraient le faire un jour ou l'autre. Au boulot, les commentaires de Sunita et de Maurice m'avaient réconfortée. « Écoute, mon chou... », m'avait lancé Maurice un soir où nous prenions un verre au pub. Maurice était ravi d'être le seul homme du service. Il adorait nous dispenser sa sagesse masculine, et nous entrions à fond dans son jeu. Après avoir avalé une gorgée de cidre et plié lentement le rond en carton placé sous son verre, il avait repris : « Il n'y a aucune chance pour que son nouveau béguin tienne la distance. » Sunita était d'accord. « Il a raison, avait-elle dit avec un hochement de tête vers Maurice, puis vers moi. Une liaison qui brise un mariage ne dure jamais, crois-moi. Toute cette culpabilité, cette tension, ce n'est vraiment pas idéal comme point de départ. Tôt ou tard, il la larguera et partira avec quelqu'un de totalement différent. »

Un silence s'était alors installé, durant lequel Maurice et Sunita étaient convenus d'un regard que je pouvais ne pas trouver cette idée des plus réconfortantes.

Pourtant, j'étais d'accord avec eux, même si c'était terriblement arrogant de ma part. Je n'arrivais pas à croire que David poursuivrait une liaison en sachant à quel point elle m'avait causé du chagrin. Dans ma tête, j'avais déjà écrit l'histoire de leur relation en réussissant à gommer mes propres désirs et à me concentrer sur eux. Après une longue période de culpabilité et de regret du fait que notre couple avait été détruit, David laisserait tomber Chloe pour partir avec quelqu'un d'autre, avais-je décidé. À ce moment-là, il serait bien sûr trop tard. Quand il me demanderait si nous ne pouvions pas réessayer tous les deux – et ce serait avant de lâcher Chloe –, je lui expliquerais très gentiment que je ne l'aimais plus. Il serait effondré.

J'avais déjà imaginé la courtoisie avec laquelle je traiterais un jour celle qui succéderait à Chloe. Peut-être même pourrions-nous débiner ensemble Chloe. « Seigneur, Chloe était une horreur ! me dirait cette inconnue des années plus tard. Elle était manipulatrice à un point incroyable. Je ne comprends pas comment David a pu te quitter pour elle. Il devait être fou. »

Mais – et, dans mon esprit, ce n'était qu'un mais – si les choses n'en arrivaient pas là, ou si elles ne le faisaient pas assez vite, à un moment donné il faudrait bien que je glisse un mot à David au sujet de ces lettres. Je devrais établir les principes d'une relation de Chloe avec mes enfants.

Ce « *E.* » m'avait tant intriguée, déroutée, que je n'avais pas fait attention à ce qu'impliquait l'avant-dernière phrase.

David et moi ne nous sommes pas parlé durant quelques semaines de plus. Lorsqu'il venait chercher les enfants, je me postais à la porte d'entrée pour surveiller Betty et Rees pendant qu'ils descendaient les marches et couraient vers lui dans l'allée. Il ne dépassait pas le portail. Puis, un dimanche, il s'est produit l'inévitable. Rees, encore assez petit pour être collant, a refusé d'aller avec son père et il est revenu se fourrer dans mes jambes. Il tentait d'y grimper comme un singe, si bien que je me suis penchée pour le prendre dans mes bras. David tenait Betty par la main et patientait. J'étais sur le point de lui dire : « Bon, Rees peut rester avec moi » quand j'ai surpris l'expression de Betty. Sa lèvre inférieure s'abaissait dangereusement. Si les deux enfants refusaient de partir avec leur père, je savais que c'était à moi qu'on le reprocherait.

David est resté impassible pendant que je descendais les marches et que je m'avançais dans l'allée, Rees collé à mon épaule. Une fois à côté de lui, je lui ai demandé : « Alors, qu'est-ce que tu as prévu pour cet après-midi ? »

Il a eu l'intelligence de comprendre aussitôt. « Tante Lorraine a dit qu'ils pourraient l'aider à préparer un gâteau au chocolat. Et oncle Richard a un nouveau DVD sur les dinosaures. »

J'ai jeté un coup d'œil à Betty. « Beau programme, hein ? » lui ai-je lancé avec entrain. D'un signe de tête, elle l'a reconnu.

En pleurnichant toujours, mais sans faire de scène, Rees s'est laissé arracher à mes bras.

David a formé un « merci » avec ses lèvres avant de se retourner.

Quand les enfants sont revenus après ce dimanche passé avec leur père, je les ai interrogés avec soin sur leurs activités. David m'avait promis qu'ils ne verraient pas Chloe sans mon autorisation, donc il ne pouvait pas les emmener à l'endroit où il habitait avec elle. Si le temps était trop froid pour aller à la plage ou à l'aire de jeux, ils faisaient des balades en voiture ou des visites à tante Lorraine, dont la maison était devenue une sorte de no man's land ou de terrain neutre entre nous.

« Eh bien, est-ce que tu as aidé tante Lorraine à préparer le gâteau au chocolat ? ai-je demandé d'un ton dégagé à Betty en lui lavant les cheveux ce soir-là.

— Moi, j'ai remué ! » a glapi Rees. Assis sur un tapis de bain trempé, enveloppé dans une serviette, il faisait des bruits de navette spatiale et agitait les doigts.

« Non, c'est moi qui ai remué, tu m'as aidée, c'est tout ! » a lâché Betty.

Avant que Rees ait eu le temps d'ouvrir la bouche pour s'en prendre à sa sœur, je suis intervenue. « Je suis sûre que vous avez tous les deux beaucoup, beaucoup aidé tatie Lorraine.

— Et la dame aussi ! » s'est exclamé Rees.

J'étais en train de peigner les longs cheveux de Betty avec un baume démêlant. Le peigne s'est pris dans un nœud.

« Aïe ! maman. Tu me fais mal !

— Pardon, ma chérie, pardon… » Pendant quelques minutes, je me suis concentrée sur ma tâche. Betty gardait un silence suspect. « Quelle dame ? ai-je fini par dire.

— L'amie de papa, a confirmé Rees, plein de bonne volonté.

— Elle est arrivée plus tard », s'est empressée de préciser Betty. Je ne savais pas au juste si elle était nerveuse parce que David l'avait incitée à mentir ou si elle se pliait seulement à mon humeur.

« Elle s'appelle Eddy, a expliqué Rees en posant la serviette sur sa tête et en se roulant par terre.

— Eddy est un nom de garçon », a lâché Betty. D'après son ton, il était manifeste qu'elle se retenait de traiter son frère d'imbécile. « Pour les filles, Eedy se prononce i-dy ! »

Une fois les enfants endormis, j'ai envoyé un SMS à David. *« Qui est cette fichue Eedy ? »*

Sa réponse a dû être rédigée avec soin, peut-être montrée à Chloe avant d'être envoyée, car elle a mis une demi-heure à me parvenir. *« Edie est le diminutif de*

Chloe. Batterie à plat. Richard n'a pas trouvé câbles pour la recharger alors elle est venue me chercher. Lorraine l'a invitée à entrer. Ce n'était pas prévu. Désolé. »

Je ne me faisais pas confiance pour répondre de façon mesurée, donc, pour une fois dans ma vie, j'ai eu assez de jugeote pour m'abstenir.

Edie. E. Je me demandais s'il l'appelait aussi par son nom de famille ou par ses initiales. Je me demandais s'il lui jouait ce tour qui consiste à vous faire baisser les yeux en vous montrant quelque chose sur votre corsage, et à en profiter pour vous pincer le nez.

Une semaine plus tard, David m'a téléphoné. Je l'ai écouté en silence m'expliquer en détail qu'il avait dû appeler Chloe pour qu'elle l'aide à faire démarrer la voiture ce dimanche-là, que Lorraine l'avait invitée à entrer, et qu'il pensait préférable que les enfants rencontrent Chloe à l'improviste, sans que les choses tournent au drame. Il a ajouté qu'il regrettait de ne pas avoir pu me consulter auparavant, que ce n'était vraiment pas prévu, parole d'honneur. Puis il a changé de ton et, avec une douceur insultante, il m'a appris que Chloe et lui allaient avoir un bébé.

11

LE LENDEMAIN MATIN, aussitôt après avoir déposé les enfants, je suis montée sur la falaise. Je me disais que ça me ferait du bien de revoir l'endroit où David avait menacé de me jeter en bas, que ça m'aiderait à mettre un point final à mon mariage. Pourquoi cette idée me paraissait-elle judicieuse ? Ça, je l'ignore – peut-être pour la même raison que les médecins pratiquaient des saignées au XVIIIe siècle. Si je me donnais une émotion forte, je me sentirais ensuite vidée – pas forcément mieux, mais trop épuisée pour m'en soucier.

Tout est réversible sauf un enfant. Un enfant sera toujours là, me disais-je, quoi qu'il arrive.

J'ai fait ce qui, je le savais, me causerait le plus de souffrance. J'ai marché lentement, à longues enjambées, et j'ai grimpé à l'endroit où David m'avait attrapée avec cet étrange mélange de passion et d'agressivité près de dix ans plus tôt. En montant, je nous revoyais tous les deux, main dans la main, prêts à passer le reste de notre vie ensemble. Je le revoyais se tourner vers moi, peut-être sans savoir ce qu'il était sur le point de faire. En avançant, je me frottais les avant-bras et me rappelais ses mains qui m'agrippaient avec fermeté. Brusquement, j'avais compris qu'il y avait là autre chose que ses petits jeux habituels. Je me suis souvenue du venin et de la passion inattendus que je lisais dans son regard. Immanquablement, je me suis dirigée vers le surplomb de la falaise. Dix ans s'étaient écoulés et il n'avait toujours pas basculé dans la mer. Il est temps qu'il s'écroule, ai-je pensé.

Tout en approchant peu à peu du bord, je me voyais déjà baisser les yeux sur les énormes blocs de béton dentelés, les galets marron, et le gris et blanc de la Manche. J'ai bientôt été secouée de violents frissons, et pas seulement à cause du froid. Que ce serait facile ! Je voulais regarder en bas comme je l'avais fait ce jour-là, mais sans les bras de David pour me retenir. Je m'imaginais en train de basculer en avant, lentement tout d'abord, emportée par mon centre de gravité, les bras écartés comme si je volais. Je me demandais si, en tombant de cette hauteur, on avait le souffle coupé, si on avait déjà perdu connaissance en s'écrasant sur le sol, ou si on hurlait mentalement contre l'irréversibilité de cette décision. Un moment de courage, il n'en fallait pas plus. Ensuite, on n'avait plus le choix.

J'aimerais pouvoir dire qu'en avançant vers le surplomb j'envisageais de me jeter à la mer, de me tenir tout simplement au bord, puis de basculer, peut-être même sans regarder en bas. J'aimerais pouvoir dire que je sentais l'appel du vide, la force magnétique des blocs de béton. Avant d'être assez près pour regarder en bas, j'ai pourtant reculé, effrayée, tremblante, ayant en horreur ma lâcheté, convaincue qu'une vie de détresse post-David était ce qui m'attendait, que je ne méritais rien de mieux.

Lorsque j'ai pivoté pour repartir, j'ai aperçu le camp, un rassemblement de roulottes, quatre ou cinq bien alignées et les autres regroupées au hasard. La première rangée, celles des roulottes bien alignées, n'avait pas prêté à controverse : elles avaient été placées là par le propriétaire du terrain, qui les avait déclarées village de vacances. Les autres avaient été ajoutées à la hâte, et des ouvriers immigrés du coin les avaient occupées à la demande du propriétaire – il avait passé un accord avec les chefs de leur groupe. On en avait parlé dans les journaux régionaux en raison des problèmes d'aménagement du territoire.

D'où je me trouvais, j'apercevais un bout de terrain avec les roulottes regroupées autour. Deux voitures étaient garées l'une près de l'autre, toutes deux avec le capot redressé. Des hommes formaient cercle autour et levaient parfois les bras. De l'autre côté des roulottes, il y avait quatre véhicules ; trois étaient des berlines d'occasion, mais la quatrième, un 4 × 4, avait l'air récent et tranchait assez pour que je me demande s'il ne faisait pas l'objet d'une mise en commun des ressources – une belle bagnole servant de vitrine au groupe tout entier, le reste de leur parc automobile étant en piètre état. Pendant que je regardais, une femme est sortie d'une roulotte avec un paquet dans les bras, a traversé le terrain sans que les hommes la remarquent, et a disparu derrière une autre roulotte. J'avais là un bref aperçu de vies très différentes de la mienne. Ça me rappelait que mes soucis étaient devenus bien étriqués. En redescendant la pente, je me suis réprimandée.

Tout ce que j'ai réussi à prouver, ai-je pensé en retournant sur le parking, c'est que le suicide n'est pas une solution – d'ailleurs, je crois que je le savais déjà. Je n'avais pas fermé ma voiture à clé, mais personne ne s'en était approché. Un lundi matin à cette heure-là, le coin était désert.

Je suis allée faire des courses. Je me suis acheté des sous-vêtements dans la boutique tapageuse qui avait ouvert quand le bureau de jeux et paris avait fermé et, pendant que je payais, je me suis longuement entretenue avec la vendeuse. Nous avons constaté que le marron tranchait joliment sur une peau claire. Ensuite, j'ai commandé à l'unique établissement italien correct de l'esplanade un café additionné d'un trait de liqueur d'amande et servi dans une grosse tasse blanche, puis je me suis installée près de la vitre, bien en vue, pour lire les journaux pendant le reste de la matinée.

Il y a pourtant eu un moment où j'ai failli le faire. C'était trois semaines plus tard et ça m'est tombé dessus sans crier gare. Julie s'occupait des enfants. Il y avait une réunion à l'école sur les nouveaux programmes d'apprentissage du calcul, de la lecture et de l'écriture. En général, je n'assiste pas à ce genre de réunions – Betty s'en sortait bien en classe et Rees n'était pas encore concerné –, mais je passais par une phase où je m'obligeais à sortir. J'espérais que d'autres mères que j'aimais bien seraient là et que nous irions ensuite au pub. En réalité, aucune de celles que j'aimais ne s'est montrée, pas même Sally, et, aussitôt après, tout le monde a filé.

Il était environ vingt heures trente et il faisait déjà noir. Une brume épaisse était tombée sur la ville, comme souvent les soirs d'hiver humides. J'avais laissé la voiture à la maison au cas où nous boirions un coup et, puisque Julie ne m'attendait pas tout de suite, j'ai tourné à gauche au rond-point pour me diriger vers le centre. Je ne pouvais pas aller seule dans un pub, il ne me restait donc plus que la friterie. Au bout de l'esplanade, j'ai descendu les marches en pierre et j'ai avancé dans le noir sur la plage de galets, non pas parce que j'étais particulièrement déprimée ou d'humeur contemplative, juste parce que j'étais libre de le faire alors que, les autres soirs, j'étais bloquée à la maison.

Je n'ai vu personne. La brume épaisse cachait la mer. Je m'y suis engouffrée jusqu'au bord de l'eau, puis je me suis arrêtée pour écouter.

C'est alors que j'ai senti une force d'attraction dans le profond silence du brouillard qui m'enveloppait et dans le rythme régulier des vagues. Le haut de la falaise n'y avait pas réussi, mais la brume glaciale et l'invite que représentait le chuintement de l'eau me parlaient mieux que le vertige, trop dramatique à mon goût. Peut-être n'es-tu pas lâche, après tout, semblaient-elles me murmurer, peut-être as-tu seulement besoin qu'on te le demande gentiment. Que ce serait facile ! me suis-je dit. Retire tes chaussures, ton manteau – tu n'as pas besoin de te déshabiller entièrement. Ou bien tu pourrais tout garder sur toi et alourdir tes poches avec des cailloux pour hâter la fin. Tu n'as jamais été bonne nageuse et l'eau est très froide. Il te suffit d'avancer le plus possible et tu ne pourras pas rebrousser chemin, même si la peur s'empare de toi. Quelques brasses énergiques et tu seras trop loin avant même de t'en apercevoir. Les vagues roulaient doucement sur les galets, chuintaient, se retiraient, chuintaient, se retiraient. Au-delà de la brume, on ne voyait rien – là-bas, il y avait de l'eau glacée et encore de la brume. Sa densité était une illusion. Si je m'y engageais, elle se fendrait pour reculer toujours un peu plus, son apparente solidité restant hors de portée. L'eau est glaciale. Tu seras engourdie sans seulement t'en rendre compte.

J'aimerais pouvoir dire que la pensée de mes deux enfants m'a empêchée de pénétrer dans cette brume – dans un sens, ç'a été le cas, mais d'une façon qui ne m'honore pas. J'ai pensé à la grossesse de Chloe, et à la joie qu'éprouveraient Betty et Rees en apprenant qu'ils allaient avoir un petit frère ou une petite sœur. Puis j'ai pensé que, si je mourais, ils seraient élevés dans cette nouvelle famille, entière, logique ; et que Rees, qui n'était guère plus qu'un nourrisson, considérerait Chloe comme sa mère sans se poser de questions. Je l'imaginais en train d'expliquer à un ami : « Ma vraie mère est morte quand j'étais tout petit, alors je ne me souviens pas vraiment d'elle. » Peu importait qu'il s'entende ou non avec sa belle-mère : pour le meilleur ou pour le pire, elle serait la figure dominante dans sa vie. Donc, si, ce soir de brume, je faisais ce que j'avais envie de faire, Chloe s'approprierait tout ce que j'avais aimé, choyé. Ce n'est pas l'amour de mes enfants qui m'a retenue, c'est la haine que j'éprouvais pour Chloe.

Des petites choses peuvent parfois vous agacer à un point étonnant. Elles plongent en vous comme des aiguilles d'acupuncture et ont également des effets sans commune mesure avec leur taille. J'avais appris depuis quelques mois que Chloe était enceinte, mais Harry n'était pas encore né quand, un soir, tante Lorraine m'a téléphoné pour me demander ce que voulait Rees pour son anniversaire. Nous avons discuté avec le plus grand sérieux pour savoir combien de voitures de la marque

Hot Wheels il faut à un bambin de trois ans. Il voulait absolument avoir des rails en plastique supplémentaires pour fabriquer un vrai circuit, et il avait aussi explicitement demandé un hamster. Je m'inquiétais un peu à l'idée qu'il puisse combiner les deux.

« Encore et toujours des voitures, ai-je dit à tante Lorraine. Des véhicules utilitaires, vous voyez ça d'ici, dépanneuses, voitures de pompiers et de police.

— Est-ce qu'il a une ambulance ? »

J'ai réfléchi un instant. « Je crois qu'il en a trois.

— Bon, au moins, elles ne se perdent pas tout le temps comme ces poupées miniatures que Betty aime tant. »

Ce n'étaient pas les poupées elles-mêmes qui se perdaient, mais les minuscules vêtements en plastique, maillots de bain roses riquiqui, minijupes élastiques orange, bottes en caoutchouc turquoise. Toutes les poupées qu'adorait Betty étaient fournies avec une garde-robe d'entraîneuse, et pourtant elles semblaient avoir un fond très popote. Il y avait aussi des chiens minuscules et des lave-vaisselle minuscules.

« Ce yucca que vous m'avez offert pour mon anniversaire est encore magnifique. J'ai laissé le ruban autour. »

Je n'avais pas vu tante Lorraine pour son anniversaire – c'était au moment où David et moi ne nous parlions plus. Je m'étais néanmoins rappelé la date et j'avais acheté une carte ; mais, paralysée par l'indécision, je ne savais pas quoi écrire. J'ignorais si la famille de David était au courant de notre situation. J'aurais pu écrire simplement : « *Avec affection, Laura* », mais mon prénom tout seul me donnait une drôle d'impression. Alors : « *Avec affection, Laura, Betty et Rees* » ? Tout aussi étrange. Je n'avais pas encore accepté l'idée que nous formions un trio, qu'un aspect de notre vie avait disparu à jamais. En désespoir de cause, j'ai signé « *Laura & C*ie », j'ai glissé la carte dans une enveloppe que j'ai fermée, puis déchirée en deux et glissée dans la poubelle réservée aux déchets recyclables.

Donc, je n'avais pas envoyé de carte à tante Lorraine. Et j'avais eu mauvaise conscience, parce que c'était toujours moi qui me chargeais des cartes et cadeaux pour la famille de David. Si tante Lorraine ne recevait rien, elle se demanderait sans doute pourquoi.

Pourtant, David avait dû se rappeler l'anniversaire de tante Lorraine. Ou alors, c'était quelqu'un d'autre, qu'elle avait pris pour moi dans un moment d'inattention. D'ailleurs, David détestait les plantes. Il n'en aurait jamais offert, et il aurait encore moins noué un ruban autour.

Il n'y avait que deux personnes au monde à qui je faisais confiance pour m'aimer : mes enfants.

Lorsque j'ai enfin fait la connaissance de Chloe, la tension était bien sûr énormément retombée. David avait organisé les choses avec son efficacité habituelle, s'assurant que la rencontre se déroulerait dans un lieu public et que les enfants constitueraient une distraction. Un samedi matin, donc, il m'a appelée et, de but en blanc, il m'a annoncé qu'il voulait emmener Betty et Rees faire du roller dans le parc qui venait d'ouvrir au centre de loisirs de Lower Banton. (Plus tard, j'ai appris qu'ils avaient été déçus. La piste était minuscule, on passait du hard rock à fond et il n'y avait rien à manger, juste des trucs à grignoter et des boissons gazeuses dans un distributeur.) Je lui ai dit que j'avais promis à Betty d'aller avec elle chez Wellingtons, le magasin de vêtements à prix réduits, dans High Street, pour qu'elle essaie des survêtements. Il a reconnu qu'elle avait besoin de survêtements neufs, puis a ajouté d'un ton tout ce qu'il y a de détaché : « Bon, pourquoi ne pas y passer et ensuite venir nous retrouver au café de la plage ? Nous nous chargerons alors des enfants. » Nous. Lui, Chloe et le têtard qu'elle avait dans le ventre, conçu à une date inconnue.

À l'inverse de nombreux établissements, notre café de la plage se trouvait effectivement sur la plage, abrité par le mur de l'esplanade. On se donnait rendez-vous devant, et non dedans, car ce n'était qu'un kiosque protégé par deux panneaux bien arrimés au sol de part et d'autre de quatre ou cinq modestes tables. On n'y servait rien de très appétissant – boissons sucrées dans des gobelets en carton et sandwichs de pain de mie au fromage fondu. Dans High Street, il n'aurait pas tenu deux minutes, mais sa situation lui conférait un charme usurpé. Après une promenade sur une plage balayée par un vent glacial, tout paraît étonnamment bon tant qu'on ne prend pas trop le temps de réfléchir. David avait choisi avec un soin extrême le lieu où les enfants lui seraient confiés. Nous aurions tous froid et nous voudrions donc en terminer au plus tôt.

Les gosses et moi sommes arrivés les premiers, j'y ai veillé. Je suis allée leur chercher un chocolat chaud sorti d'un distributeur de boissons, avec au-dessus de la mousse créée chimiquement en mélangeant de l'eau chaude au sucre et aux additifs contenus dans la poudre. J'ai pris un café noir. Nous nous sommes serrés tous les trois à une table en métal vert, les mains refermées sur nos gobelets. Rees et Betty étaient grognons parce que l'heure du déjeuner approchait. Le ciel avait l'air aussi chimique que nos boissons, avec des tourbillons gris et jaunes immobiles, suspendus très haut.

Au bout de cinq minutes, j'ai aperçu David et Chloe. Ils marchaient prudemment l'un à côté de l'autre, les mains enfoncées dans les poches, comme un couple qui se tient d'ordinaire par la main mais qui, cette fois, a décidé de ne pas le faire. À notre vue, David a levé un bras. Ce geste a forcé Chloe à dresser la tête pendant qu'elle avançait à petits pas sur les galets et elle a trébuché. Plus petite que moi, elle paraissait minuscule à côté de David. Elle portait un duffel-coat violet sur un jean, et un bonnet violet et marron qui avait la forme d'un couvre-théière. Dès qu'elle nous a repérés, elle a de nouveau baissé les yeux, ce qui m'a permis de l'observer comme j'en avais bien l'intention. J'ai été surprise. Je m'attendais à un physique un peu plus frappant. À la fois soulagée et vexée, je l'ai détaillée en espérant qu'elle croiserait mon regard, mais elle ne l'a pas fait.

« C'est elle, maman, a lâché Betty, et son ton dédaigneux m'a remonté le moral.

— Papa ! Papa ! Papa ! s'est écrié Rees.

— N'oubliez pas ce que je vous ai dit sur la politesse », leur ai-je recommandé en me penchant vers eux. Betty a fait la grimace. La bouche dans ses cheveux, je lui ai murmuré : « Je t'aime, ma chérie. »

Elle m'a souri. En arrivant tout près, Chloe et David ont dû remarquer nos têtes rapprochées de conspirateurs.

Rees a sauté de sa chaise et la table a bougé. Les gobelets en polystyrène ont dangereusement vacillé, et un peu du chocolat tiède de Betty s'est renversé. « Rees ! a-t-elle lancé d'une voix furieuse.

— Coucou ! » a dit David en prenant Rees dans ses bras.

Chloe s'est immobilisée devant nous en faisant crisser le gravier. « Bonjour, je m'appelle Chloe, a-t-elle lancé avec entrain en gardant les mains dans ses poches.

— Bonjour », ai-je répondu avec tout autant d'entrain.

Betty a tourné la tête.

David est allé au kiosque chercher un café pour Chloe et pour lui. Chloe s'est assise sur la chaise métallique voisine de la mienne. De près, j'ai noté qu'elle était en réalité incroyablement jolie, et qu'avec son visage aux os délicats et aux grands yeux clairs elle ressemblait à un petit animal. À cause de son manteau lâche, on ne pouvait pas deviner où elle en était de sa grossesse, mais elle n'était pas bouffie comme certaines femmes qui approchent du terme. Sa peau avait un reflet rosé et son regard était vif. Son bonnet en laine enfoncé jusqu'aux oreilles lui donnait un air curieux, un peu cinglé, mais j'ai constaté que, dessous, elle avait des cheveux de la couleur d'une enveloppe marron, tout frisés. Ses boucles d'oreilles en argent avaient la forme de gouttelettes. J'avais l'impression qu'elle s'était habillée avec plus de discrétion que d'habitude.

Je ne pouvais que la regarder à la dérobée, mais cela m'a suffi pour la voir telle que David l'avait vue quand il l'avait rencontrée – beauté et fragilité auxquelles s'ajoutait un petit sourire prompt, courageux. Rien d'étonnant s'il ne la croyait pas capable de passer des coups de fil anonymes ni d'écrire des lettres malveillantes. D'ailleurs, en observant sa normalité, sa gaieté, j'avais moi-même du mal à le croire. J'étais profondément déçue. J'avais espéré voir quelqu'un qui ne convenait pas du tout à David pour pouvoir me dire que leur relation, bébé en route ou non, tournerait à la catastrophe, mais non, ils s'accordaient bien, je m'en rendais compte. Cette femme réussirait à faire ressortir le côté protecteur et possessif de David.

J'avais toujours pensé que David et moi étions bien assortis, mais je constatais à présent qu'il existait une échelle mobile pour ce genre de choses. Nous avions peut-être, lui et moi, constitué deux pièces d'un de ces puzzles d'une difficulté ridicule où le tableau à reconstituer est uniquement fait de feuilles d'automne. Vous ne cessez de choisir des pièces qui semblent convenir, mais, quand vous essayez de les mettre en place, vous vous apercevez qu'elles ne remplissent pas l'espace comme il le faudrait. On trouvait ce genre de puzzles dans la maison de santé où ma mère a passé les dernières années de sa vie.

Il n'y avait pas la queue au kiosque, et David est revenu presque aussitôt. Lorsque Chloe a refermé les mains sur son café au lait, j'ai noté que ses ongles étaient soignés, avec du vernis nacré translucide. Ce sont les mains d'une femme qui n'a pas d'enfant, ai-je pensé. En tout cas, pas encore.

« Au moins, il n'y a pas de vent », ai-je tenté.

Tous deux se sont empressés d'approuver.

Nous avons réussi à mener une conversation prudente pendant environ dix minutes. Rees est resté sur les genoux de David. Refusant toute participation, Betty se balançait dangereusement sur sa chaise et me jetait des regards en coin qui voulaient dire : Pourquoi est-ce que tu m'obliges à faire ça ? Elle portait une doudoune rose et un jean – elle préférait alors les jeans aux robes et aux collants qu'elle avait tant aimés l'année précédente. Le rose était encore à la mode, plus pour longtemps, et les autres mères m'avaient prévenue que ma fille n'allait pas tarder à supprimer tout vêtement rose de sa garde-robe en affirmant que c'était une couleur de bébé. Chaque fois qu'elle tournait la tête de mon côté, ses longs cheveux fins lui balayaient le visage. Ce matin-là, j'avais voulu qu'elle se coiffe avec une queue-de-cheval, mais elle avait refusé. Elle faisait comme si Chloe n'était pas là, ce qui était d'une grossièreté inhabituelle chez elle.

Au bout d'un moment, David a consulté sa montre, avec une certaine maladresse me semble-t-il, et a dit : « Bon, il vaudrait mieux y aller. Le trajet va nous prendre quarante minutes.

— Quels sont vos projets ? » m'a demandé Chloe.

Je l'ai dévisagée sans comprendre. Des projets ? Ah, mais oui, j'avais l'après-midi à moi. Je n'avais rien envisagé au-delà de cette rencontre. Diverses réponses me sont venues à l'esprit. « Bon, espèces de sales menteurs, comme vous partez avec mes enfants, je vais peut-être entrer dans l'eau et me noyer » ; ou encore : « J'assouvis mes fantasmes sexuels avec un type qui travaille à la friterie. Je me disais que j'allais le baiser pendant deux, trois heures. »

J'ai regardé la plage. Deux couples d'un certain âge marchaient au loin, quelques personnes promenaient leur chien. Un chien serait pratique dans des moments pareils, me suis-je dit.

« Je vais sans doute aller me balader, ai-je répondu sans conviction. Faire un peu d'exercice. »

Nous nous sommes tous levés. C'est alors qu'une soudaine rafale a soufflé. Nos gobelets en polystyrène presque vides ont valsé en lâchant quelques gouttes de liquide brun, chacun d'une teinte différente. Avec un petit rire gêné, Chloe a agrippé le sien, puis a descendu en courant les marches qui menaient à la plage pour rattraper le mien.

Pendant qu'elle avait le dos tourné, David m'a lancé un regard appuyé, reconnaissant. Je me suis demandé s'il s'était attendu à une scène.

Lorsque Chloe est revenue, j'étais en train de nouer une écharpe autour du cou d'un Rees récalcitrant. À peine en avais-je glissé les extrémités dans son blouson qu'il les a sorties et a dénoué l'écharpe. « Il ne veut pas porter de bonnet, ai-je précisé.

— Est-ce qu'il faut un casque pour faire du roller ? » a demandé Chloe à David.

Il a haussé les épaules.

« Ben, moi, j'en veux pas, a marmonné Betty.

— Il vaudrait mieux leur faire manger quelque chose dès que vous serez arrivés là-bas, ai-je suggéré en prenant soin de m'adresser uniquement à David. Pour éviter l'hypoglycémie. N'oublie pas de les faire manger avant.

— Je suis sûr qu'il y aura de quoi manger. »

Je me suis penchée pour embrasser mes enfants. Betty s'est collée à moi, ce n'était plus une préado maussade, mais une gamine timide de huit ans qui disait au revoir à sa mère. « J'veux pas te laisser ! » a-t-elle protesté dans les plis de mon manteau, la voix étranglée.

Un mélange de culpabilité et de sentiment protecteur m'a envahie. Voilà que je me souciais seulement du drame que je vivais, alors que ma fille était la personne qui, avec son frère, comptait le plus dans toute cette histoire. « Je vais très bien, ai-je soufflé tendrement. Passe un bon moment. Je te promets que ça ira pour moi. Allez, vas-y.

— Au revoir, maman. Je t'aime, a-t-elle murmuré.

— Moi aussi, je t'aime. »

Je les ai suivis tous les quatre du regard lorsqu'ils sont descendus sur la plage, Rees tenant la main de son père, Betty un peu à l'écart. Je me suis rassise un instant, puis j'ai pensé que je n'étais pas d'humeur à rester attablée toute seule. Dorénavant, les occasions de le faire ne manqueraient pas pendant le week-end. Je me suis donc levée, le visage tourné vers le vent et la grande courbe de la baie, et j'ai avancé sur les galets. Des algues noires éparses couraient jusqu'à la mer qui, brune, mousseuse, grondait. Le crissement de mes bottes sur les galets me résonnait aux oreilles.

Un dimanche matin, peu après son neuvième anniversaire, Betty était assise à la table de cuisine avec moi. Rees était allé s'entraîner au football. Il n'y avait que ma fille et moi à la maison. On était en automne, et de pâles rayons dorés baignaient la pièce. Penchée sur son cahier depuis un moment, Betty travaillait à une rédaction. Sa maîtresse, une certaine Mme Cavanagh, était stricte. Betty l'aimait bien. Elle tenait à donner satisfaction aux personnes qui avaient de l'autorité.

Je feuilletais des catalogues de vêtements. Je ne commandais jamais rien, mais je les parcourais avant de les jeter, juste pour me convaincre, s'il en était besoin, que je n'achèterais jamais rien par correspondance. Sans savoir comment, je m'étais retrouvée dans le fichier des femmes très mûres, et je recevais un nombre impressionnant de catalogues proposant des pantalons avec un élastique à la taille. J'aimais bien y jeter un coup d'œil, parce que j'avais ensuite une meilleure image de moi. Les modèles étaient des jeunes filles minces, mais avec une coiffure et un maquillage de femmes beaucoup plus âgées. Malgré leur sourire, elles avaient l'air tendues, comme si elles se demandaient : Comment ai-je fait pour me retrouver là ? Je me suis égarée dans le mauvais catalogue. Et regardez un peu ce que je porte ! Berk !

J'étais en train de considérer un affreux ensemble composé d'un chemisier et d'un cardigan quand Betty a dit : « Maman… »

Je l'ai regardée. « Oui ? »

Elle s'est interrompue dans sa tâche et a levé les yeux vers un coin du plafond en fronçant les sourcils, comme si elle venait de remarquer une toile d'araignée. Chaque fois qu'elle avait une question importante à formuler, elle prenait cette pose.

Je me suis préparée au pire. « Pourquoi est-ce que papa ne t'aime plus ? » Ces derniers temps, j'avais eu droit à ce genre de questions. « Comment est-ce que la petite graine entre dans le ventre de la maman ? » Nous y avions déjà répondu. « Willow dit que la maman a un nid d'oiseau à l'intérieur, et que nous devons toutes en avoir un pour être des dames. » Là, il avait fallu décrypter. Je n'avais compris qu'après avoir interrogé Sally : elle avait expliqué à Willow le phénomène des règles en dessinant le corps d'une femme et en disant que son ventre était tout le temps prêt à faire pousser un bébé, et qu'il construisait un nid, comme un oiseau, sauf que ce nid était fait d'un liquide qui formait un coussin protecteur autour du bébé. Une fois par mois, le ventre de la maman comprenait que le bébé n'allait pas encore venir, alors il lâchait le liquide et se mettait à construire un nouveau nid. J'ai trouvé que la comparaison n'était pas si mauvaise – en tout cas beaucoup plus judicieuse que celle de ma mère : « Le ventre est triste de ne pas avoir de bébé et il pleure ! » Willow avait néanmoins raconté une version moins cohérente à ses camarades de classe, et toutes pensaient qu'en grandissant elles auraient des branches qui leur pousseraient à l'intérieur. Betty avait voulu savoir si ça lui ferait mal.

Ma Betty avait toujours eu un esprit orienté vers la philosophie. L'une des premières phrases qu'elle avait prononcées à l'âge de deux ou trois ans était : « Je ne vois pas mes yeux. » Son ton était à la fois songeur et affirmatif. Ce n'était pas une question.

Donc, quand elle a dit : « Maman » d'une voix traînante, je m'attendais à quelque chose de similaire. « De quoi est fait l'univers ? » ou bien : « Où est-ce que j'étais avant de naître ? »

Mais non, elle m'a demandé d'un air solennel : « Si une pieuvre se faisait piquer par une méduse, ça serait bien ? »

Betty, tu n'avais que neuf ans. Tu n'étais ni mon alliée, ni mon ange, ni mon amie. Tu étais une enfant. Mon boulot était de veiller sur ta sécurité. J'ai échoué.

12

NORMALEMENT, CE MOMENT-LÀ – celui où j'avais fait la connaissance de Chloe et où je m'étais rendu compte qu'elle n'était pas un monstre – aurait pu me permettre de changer de vie, ou du moins de coiffure. J'irais au pub avec des amis, je m'inscrirais à un cours de danse, autant de choses que ma relation avec David m'avait empêchée de faire durant toutes ces années. Au bout de quelques mois, je rencontrerais un homme qui serait dans la même situation que moi, récemment séparé de sa femme et encore secoué. Il habiterait un appartement en ville et, la première fois que je lui cuisinerais un bon dîner chez moi, il aurait les yeux humides et m'expliquerait longuement à quel point il trouvait difficile d'être séparé de ses enfants. Plus tard, je lui ferais monter avec précaution l'escalier qui craquait pour lui montrer mes deux enfants endormis dans leurs lits, et, sur le seuil de leurs chambres, il sourirait et dirait en parlant de Betty : « Elle te ressemble. » Avant de redescendre, il m'arrêterait sur le palier et, hésitant, m'enlacerait, puis m'embrasserait sur la bouche doucement, gentiment, en me donnant l'impression de picorer. L'acte sexuel qui suivrait – pas le soir même, mais quelques semaines plus tard – serait satisfaisant plutôt que spectaculaire. Nous deviendrions de grands amis. Des mois après, avec une extrême prudence, nous nous demanderions si nous ferions bien de vivre ensemble, et ensuite, peut-être, d'avoir un bébé pour nous retrouver avec deux enfants chacun issus d'une première union, et un enfant que nous aurions en commun. Nos proches pousseraient tous un soupir de soulagement.

Je percevais le raisonnement logique de ce scénario – j'en admirais la belle ordonnance. C'est d'ailleurs pourquoi j'aurais préféré brûler en enfer plutôt que de participer à son élaboration. Pourtant, je voyais aussi qu'il y avait plus à gagner en étant magnanime qu'en jouant à la victime.

À titre d'expérience, j'ai essayé de ne pas me montrer rabat-joie avec Chloe la deuxième fois que je l'ai vue. C'est elle qui m'a ouvert la porte quand je suis passée chercher les gosses.

« Bonjour, vous allez bien ? » ai-je dit. Comme je m'attendais à voir David, je me suis adressée à elle sur un ton poli et décidé. Je me suis demandé si c'était David qui l'avait persuadée de venir ouvrir ou si elle avait insisté pour s'en charger.

Lorsqu'elle m'a regardée d'un air hésitant, j'ai bien vu qu'elle s'était faite à l'idée d'avoir à la fois peur et pitié de moi. Elle essayait de deviner ce que cachait mon ton amical. « Oui, très bien », a-t-elle répondu en jetant un coup d'œil derrière elle pour vérifier si les gosses arrivaient.

Au bout du couloir, David était agenouillé devant Rees pour lui boutonner son manteau. Il lui parlait d'une voix douce dans le jargon qu'il adoptait avec lui, un anglais fortement accentué auquel se mêlaient quelques mots gallois. Rees adorait ça et se débrouillait très bien pour lui donner la réplique. Quand il a tourné la tête et m'a vue, il s'est écrié : « Maman ! » et s'est libéré. Son père m'a saluée d'un geste de la main. Rees et Betty se sont jetés sur moi en passant sans un mot devant Chloe.

« Alors, qu'est-ce qu'on dit à Chloe ? » leur ai-je demandé en refermant les bras sur eux. J'ai remarqué le petit sourire déconcerté qu'elle a eu.

Trois jours plus tard, j'ai eu une autre lettre. Elle se trouvait dans une de ces enveloppes ocre bon marché que les papeteries qui vendent aussi des ballons et d'énormes nounours utilisent pour y glisser petits blocs et cartes postales. Il n'y avait rien d'écrit dessus, même pas mes initiales, et ça m'a rendue furieuse parce que les enfants étaient tous les deux à la maison quand elle est arrivée, et qu'ils auraient très bien pu la ramasser et l'ouvrir. Elle ressemblait en effet au genre de messages qu'un de leurs amis aurait pu leur adresser. Par chance, ils s'amusaient dans la chambre de Rees et s'apostrophaient en hurlant. Je crois qu'ils jouaient au directeur d'école.

L'enveloppe n'était que partiellement scellée, on avait l'impression que le rabat avait été collé à la hâte. À l'intérieur, il y avait un morceau de papier ligné arraché à un bloc et plié. C'était le premier message écrit à la main que je recevais. Je l'ai déplié. Il ne contenait qu'un seul mot tracé avec soin en majuscules penchées : *BRAVO*.

À l'étage, des pas précipités se sont fait entendre. J'ai glissé l'enveloppe et le bout de papier dans la poche de mon cardigan.

« Qu'est-ce que c'est, maman ? » m'a demandé une Betty au regard d'aigle en arrivant en bas de l'escalier.

Quand je me suis tournée vers elle, je n'avais aucune explication toute prête, mais Rees m'a sauvée : il a sauté les trois dernières marches et a beuglé : « À l'assaut ! » en heurtant Betty dans le dos. Une fois que j'ai eu calmé les protagonistes de la dispute qui n'a pas manqué de suivre, Betty ne pensait plus au papier ocre qu'elle avait entrevu.

Tout le reste de l'après-midi, le mot a diffusé son venin dans la poche de mon cardigan. Il a produit un léger bruissement lorsque je me suis déplacée dans la cuisine pour préparer le repas des enfants. Pendant qu'ils mangeaient, je n'y ai plus pensé, jusqu'à ce que mes doigts le frôlent en cherchant distraitement un mouchoir.

Une fois les enfants couchés, je suis redescendue m'installer à la table de la cuisine, j'ai sorti de ma poche le message et je l'ai examiné. « *BRAVO* ». Qu'est-ce que ça voulait dire ? Pourquoi bravo ? Parce que je lui avais paru moins hystérique que ce qu'elle croyait au début ? Parce que j'avais permis que les enfants retournent dans le pavillon où elle habitait avec David ? Je n'avais pas cherché à obtenir des félicitations, que je sache. Et d'ailleurs, est-ce que je lui avais demandé son avis ?

Cette lettre m'a fait un peu peur. Elle avait été rédigée et déposée à la hâte à un moment où Chloe devait savoir que les enfants étaient revenus de l'école. J'y voyais un geste d'humeur, une escalade. Bientôt, David allait me demander de laisser coucher les enfants chez Chloe. Il fallait que je règle ça.

En débarrassant la table et en rangeant les jouets des gosses, puis en m'installant devant le téléviseur avec une tasse de thé comme presque tous les soirs, j'ai bien réfléchi. Et j'ai continué à réfléchir dans la nuit, car je me suis réveillée vers les premières heures de l'aube. Il faisait froid et j'avais ajouté une couverture sur ma couette. Après environ une demi-heure sans dormir, j'ai décidé de me lever, d'aller aux toilettes, de jeter un coup d'œil aux enfants.

Betty respirait avec sa douce lourdeur habituelle. Elle dormait toujours avec ses longs membres écartés, étirés dans des positions invraisemblables, et, d'après ses amies, elle gigotait beaucoup. Quand Betty couchait chez elles, pas une ne voulait dormir dans le même lit qu'elle. Je l'appelais « mon origami humain ». J'ai souri en la voyant étalée sur le lit dans un méli-mélo de cheveux, de bras et de jambes. Après avoir extrait sa couette de ses jambes, je l'ai remontée doucement sur ses épaules. Tout en murmurant quelque chose, Betty s'est retournée. J'imaginais sans mal que Chloe afficherait son affection pour Rees, un Rees encore très jeune, facile à vivre, ouvert, et surtout un garçon. Mais ma fille ? Quels seraient les sentiments de Chloe à son égard ? Tout le monde disait que Betty me ressemblait, mais on trouve toujours une ressemblance entre une mère et sa fille. Chloe s'efforcerait au moins de se surveiller. David était aussi férocement protecteur envers sa fille que n'importe quel père. Chloe savait sans doute que, s'il devait choisir entre elle et Betty, ce serait à coup sûr sa fille qui l'emporterait ; dans ces conditions, Betty deviendrait pour elle une menace.

Un malaise s'est emparé de moi pendant que je regardais Betty. Je ne croyais pas Chloe capable de lui faire le moindre mal, mais un peu de la malveillance qu'elle me réservait pouvait d'une manière ou d'une autre se déverser sur ma fille, comme une sorte de fange qui se glisserait sous la porte de sa chambre. Que faire ? Si j'abordais le sujet avec David, me croirait-il seulement ? Il ne m'avait pas crue quand je lui avais parlé des coups de téléphone. Il est vrai que je ne lui avais pas montré les lettres. S'il m'accusait de les envoyer moi-même, je ne le lui pardonnerais jamais, et tous les efforts que nous avions consentis en nous rapprochant pour le bien des enfants seraient rayés d'un trait de plume. Vu la tournure des événements, comment pouvais-je avoir confiance en David et être aimable avec Chloe ? D'un autre côté, comment ne pas faire confiance à David et ne pas me montrer aimable avec Chloe alors que le sort de mes enfants était en jeu ?

Je me suis penchée pour déposer un baiser sur la tête moelleuse de Betty. Ensuite, je suis allée aux toilettes. En me lavant les mains, j'ai regardé dans le miroir de l'armoire de toilette. La lumière n'était pas flatteuse pour mon teint. Non, je ne pouvais pas me fier à David pour servir d'intermédiaire. S'il s'agissait de s'en prendre à Chloe, il n'en serait pas capable, et il ne serait pas fiable.

L'occasion s'est présentée quinze jours plus tard. J'avais donné mon accord pour que David vienne chercher les enfants et les emmène dans leur pavillon. « Nous allons faire ensemble de l'artisanat d'art », a-t-il annoncé, tout fier, en les faisant monter dans sa voiture. Je percevais une nouvelle résolution dans sa voix, une détermination à me prouver que, lorsqu'il prenait les enfants, c'était autant dans leur intérêt que dans le sien. Pour ma part, j'avais prévu un après-midi passionnant : rangement du placard ménagé sous l'escalier. Bravo, ai-je murmuré tout bas lorsque la voiture a démarré, et que Betty et Rees, sur la banquette arrière, ont agité la main avec frénésie. Bravo à tous les deux.

J'avais accepté d'aller rechercher les enfants à cinq heures de l'après-midi. Le pavillon neuf qu'habitaient David et Chloe se trouvait au bout d'une longue route sinueuse, du côté des falaises. Il s'agissait d'un de ces curieux lotissements où les maisons ne sont pas clôturées, avec devant un beau petit carré de pelouse. Pas moyen d'aller de votre porte d'entrée au panneau vitré ondulé jusqu'à votre voiture garée dans l'allée goudronnée sans être repéré par au moins une demi-douzaine de voisins. Une telle transparence implique une vision idéalisée de la vie familiale, je suppose : la petite madame dit au revoir à son petit mari quand il va tous les matins au travail, pendant que les gosses sourient à la fenêtre. Le bonheur s'affiche donc. Peut-être les gens achètent-ils ces maisons pour cette raison, en se disant qu'ils devront se disputer moins. Très peu pour moi, je préfère ma maison attenante étroite avec la haute haie qui la protège et des murs épais qui m'isolent des voisins. Si je dois hurler, que ce soit en paix et dans l'intimité.

Je me suis garée devant leur pavillon, au bord du trottoir impeccable, et, en voyant leur allée goudronnée impeccable, je me suis dégonflée. J'avais prévu de déclarer à Chloe que je voulais lui parler seule à seule, mais comment empêcher David de me demander pourquoi ? Peut-être faudrait-il que j'écrive moi aussi quelques lettres de menaces.

C'est David qui est venu ouvrir. « Bonjour, a-t-il lancé d'un ton distrait en se passant une main dans des cheveux collants.

— En plein boum ? ai-je demandé en désignant sa tête d'un coup de menton.

— Oh ! que oui. » Ses doigts ont rencontré un nœud visqueux. Il a tiré dessus et fait la grimace. « Ils ont préparé un truc. » Après un coup d'œil jeté sur sa main, il a plissé le front. « Tu veux entrer ? »

J'ai secoué la tête. « Va plutôt les chercher. »

Rees venait de s'inscrire à un club de football réservé aux enfants qui n'allaient pas encore à la grande école. L'entraînement avait lieu le dimanche matin à neuf heures.

David s'est éloigné et j'ai entendu des bruits de lutte au fond du couloir, où je distinguais une cuisine blanche à la lumière vive. Je suis restée sur le seuil alors qu'il aurait été plus raisonnable d'avancer d'un pas et de refermer la porte derrière moi. Enfin, les enfants sont apparus dans le couloir, suivis par une Chloe souriante qui les poussait vers moi. Ils avaient déjà enfilé leur manteau et leurs chaussures, et serraient tous deux plusieurs dessins visqueux exécutés sur de grandes feuilles de papier kraft noir. Du papier rugueux et des crayons, il faut vraiment ne pas avoir d'enfant pour croire que c'est là ce que les gosses aiment. De nos jours, l'artisanat d'art est beaucoup plus sophistiqué. Une image dérangeante m'est venue à l'esprit : Chloe dans une papeterie, en train d'acheter des pastels démodés en croyant que mes enfants les aimeraient… et aussi un petit bloc-notes dans une enveloppe ocre.

Chloe et moi avions déjà échangé un signe de tête neutre, les enfants et moi étions déjà en train d'avancer dans l'allée quand Betty a soudain hurlé : « Mon ange ! » et est retournée dans la maison en courant.

« Betty ! » lui ai-je lancé.

Rees s'est immobilisé un instant, puis s'est précipité sur les traces de sa sœur.

Ils sont passés à toute vitesse devant Chloe pour gagner le couloir et la cuisine. J'ai entendu Betty brailler à l'adresse de son père : « Où il est ? Où il est ? », David demander : « Quoi donc ? », et elle répondre : « Mon ange ! »

Chloe et moi étions sur le seuil. Un demi-sourire aux lèvres, elle a haussé les épaules, et j'ai compris qu'il fallait sauter sur l'occasion.

« Chloe, ai-je dit d'une voix calme et monocorde. Je crois que ça devrait cesser. »

Elle m'a dévisagée et je l'ai regardée à mon tour. Je voulais qu'elle comprenne que je ne cherchais pas la bagarre, que je lui laissais une chance de m'avouer ce qu'elle avait fait, peut-être même de s'excuser, ou du moins de me promettre que ça ne se reproduirait pas.

Elle n'a pas pu soutenir mon regard. « Quoi ? » Elle jetait des coups d'œil anxieux au fond du couloir avec l'espoir que David ou l'un des enfants viendrait à son secours. Son pantalon et son pull à col roulé moulant révélaient le petit renflement de sa grossesse. Ses cheveux aux boucles serrées s'agitaient quand elle bougeait la tête. Avec mon manteau, mon bonnet et mon écharpe, je trouvais son couloir surchauffé.

Si je me montrais trop brusque ou trop indignée, je perdrais cette manche, je le savais. Face à la conduite de Chloe, ma force devait être la rationalité. Toujours calmement, à voix basse, j'ai poursuivi : « Je peux comprendre les coups de fil. David les comprend sans doute lui aussi. Pour l'instant, je ne lui ai pas parlé des lettres anonymes, mais, si j'en reçois une de plus, je serai obligée de les lui montrer. » J'ai fait une pause théâtrale. « Une autre solution serait de prévenir la police. »

Elle m'a regardée avec de grands yeux, en ayant du mal à conserver une expression sereine.

« Écoutez, vous avez de la chance que je ne sois pas déjà allée trouver la police. Il s'agit là d'un délit. Je ne vais pas en faire tout un plat, mais je veux que ça cesse. Quelle que soit l'opinion que vous avez de moi, je suis et je resterai la mère des enfants de David. »

Après avoir fermé les yeux, elle a lentement relâché son souffle. « Oh, mon Dieu ! »

Quand elle a rouvert les yeux, elle n'a pas pu croiser mon regard. Derrière elle, dans la cuisine, on entendait encore un peu de raffut, mais nous n'avions plus beaucoup de temps.

Malgré moi, j'ai senti une bouffée de sympathie pour elle. Je me rappelais mes grossesses difficiles, à quel point la vie me semblait alors aller de travers. J'avais autant obsédé Chloe qu'elle m'avait obsédée, et la vérité était toute simple : un jour, je passerais à une autre vie. Même si je ne nouais pas une relation avec le divorcé qui me convenait, une autre sorte d'amour m'attendrait peut-être, et en tout cas, ce serait une vie et un amour dans lesquels David et elle ne joueraient aucun rôle, tandis que moi je ferais toujours partie de leur vie. Ils ne pourraient jamais me fuir. Cette idée lui était-elle déjà venue à l'esprit ? Était-ce là l'explication des lettres ?

« Chloe, il est temps d'y mettre un terme », ai-je repris, avec toujours de la douceur, mais plus d'insistance.

À ce moment-là, Rees a déboulé dans mes jambes en hurlant : « Je déteste le violet ! »

J'ai cru deviner que l'ange de Betty, quel que soit son matériau, était violet. Agenouillé à l'entrée de la cuisine, David consolait Betty qui avançait dans le couloir. Nous n'avions plus que quelques secondes. J'ai fixé durement Chloe.

Ses joues étaient cramoisies, ses yeux humides. D'un geste instinctif, elle a posé une main sur son petit ventre proéminent. Elle devait être enceinte de cinq mois environ. Après s'être mordu la lèvre, elle a regardé au loin, derrière moi. « Ça va cesser. » Elle parlait si bas que je l'entendais à peine. Elle a répété légèrement plus fort : « Ça va cesser », puis son regard s'est reporté sur moi et elle a hoché la tête. Dans ses yeux, il y avait de la détermination plutôt que du regret.

« Parfait », ai-je conclu en veillant à garder un ton neutre.

En descendant l'allée goudronnée impeccable, j'ai pris Rees dans mes bras. Betty sautillait à côté de moi en agitant son ange – un rouleau de papier hygiénique peint en violet.

« On va manger des pommes de terre au four ! » ai-je annoncé avec entrain. Je les avais mises à cuire avant de partir. Betty adorait y ajouter des petites flaques dorées de beurre fondu et une giclée de mayonnaise, et enfin parsemer le tout de fromage râpé tiède.

« Miam-miam ! s'est-elle écriée.

— Je déteste les pommes de terre », a affirmé Rees, tout heureux, histoire de mettre son grain de sel. En fait, il les adorait lui aussi.

Au portail, je me suis retournée pour agiter la main vers David et Chloe, mais ils avaient déjà refermé la porte de leur pavillon derrière eux.

Quant aux lettres, elles ont bel et bien cessé d'arriver.

Plus tard, je me suis demandé laquelle des deux menaces s'était révélée efficace – montrer les lettres à David ou prévenir la police. Peut-être la combinaison des deux. Car il n'y avait aucun doute dans mon esprit : c'était bien la menace, et non un sentiment de culpabilité, qui avait mis un terme aux agissements de Chloe. Sans doute la peur de la police l'avait-elle emporté. Chloe ne devait pas redouter que je montre les lettres à David, sinon elle s'en serait tenue aux coups de téléphone, puisque je ne pouvais pas prouver que c'était elle qui appelait. Elle devait estimer qu'elle n'aurait aucun mal à persuader David de son innocence. Après tout, il me trouvait un peu parano, et l'avait sûrement dit à son nouvel amour. En revanche, la police, elle, serait obligée de considérer l'affaire avec plus d'objectivité. Des lettres malveillantes... Je m'étais renseignée : il s'agissait d'un délit. Les policiers devraient pour le moins examiner les faits.

Au bout du compte, la police s'est bien occupée du cas de Chloe, et du mien aussi, mais d'une manière que ni l'une ni l'autre n'aurait pu prévoir. Nous menons tous une vie ordinaire occupée par des choses ordinaires : courses, repas, discussions pour savoir quel film aller voir. Nous nous demandons si nous trouverons le temps de recoudre l'ourlet qui pendouille au bas de notre jupe préférée et si nous ne devrions pas nettoyer le frigo. Nous essayons pendant un moment de remplacer le beurre par de la margarine à l'huile d'olive. Nous dormons. Nous faisons l'amour. Nous remplissons notre vie à ras bord de train-train quotidien, si bien qu'il en devient le composant essentiel, la chair. Nous ne nous doutons pas qu'un événement important nous attend, qu'il se profile à l'horizon, masqué par nos activités routinières, jusqu'à l'instant précis où il fond sur nous tel un paquebot apparaissant soudain, énorme, à travers la brume. Cet événement sera fondateur et, une fois qu'il se sera produit, nous comprendrons qu'il était là depuis le début et que tous nos choix y menaient.

13

MON PROBLÈME AVEC SALLY, c'était que je ne l'aimais pas et que je ne l'aimerais jamais, je le savais fort bien. Mais, pour des tas de raisons, je ne la détestais pas franchement non plus, ce qui me laissait dans une étrange zone grise où régnait le faux-semblant. Comme elle était la mère de la meilleure amie de ma fille, nous nous rencontrions plus que nous ne l'aurions souhaité. Son amitié pour moi semblait souvent aussi contrainte que celle que je m'efforçais d'afficher. Ce seul élément n'aurait pas suffi à m'empêcher de la détester car – et c'est le cas de nombreux parents – j'avais fait de l'hypocrisie un art véritable. Ce qui me gênait, c'était que cette femme agaçante au plus haut point, intimement convaincue de savoir toujours ce qui était le mieux pour tout le monde, était aussi capable d'une gentillesse qu'on ne pouvait ignorer. Trois mois après le départ de David, au moment où j'avais le moral à zéro, elle est venue chez moi un jour pour récupérer Willow après l'école et, quand j'ai ouvert la porte, j'ai remarqué qu'elle portait quatre sacs de courses. En me voyant y jeter un coup d'œil, elle est passée à grands pas devant moi pour foncer vers la cuisine.

Je l'ai suivie. « Les filles sont là-haut… Voulez-vous du thé ?

— Est-ce que vous avez du citron et du gingembre ? m'a-t-elle demandé en lâchant ses sacs sur le plan de travail et en ouvrant mon frigo.

— Je n'en suis pas sûre. » J'ai ouvert la porte d'un placard en sachant pertinemment que je n'en avais pas. Quand je me suis retournée, j'ai vu qu'elle mettait dans le réfrigérateur les produits qu'elle avait achetés.

« Les œufs de caille étaient en promotion, il faudra donc les manger dans les deux jours qui viennent, a-t-elle expliqué sans me regarder. Je voulais un sel particulier, brun, mais j'ignore comment il s'appelle. Vous le savez, vous ? »

J'ai pensé qu'elle n'avait plus toute sa tête, mais avec Sally on ne pouvait jamais rien affirmer. « Non. Il est vraiment particulier ?

— Je crois. »

Il y avait du chocolat bio, de la moussaka végétarienne, un unique steak dans une barquette en plastique, des yaourts à la grecque aux différents parfums, des olives assorties, du salami… Après avoir tout rangé, elle m'a fait face et, avec un petit sourire, a déclaré : « J'ai vu une bouteille de Baileys, mais je me suis dit qu'il valait mieux éviter l'alcool. Je sais que vous ne crachez pas sur un petit verre ou deux de temps en temps, mais, en ce moment, ça ne serait vraiment pas une bonne idée… Bon. Voilà. Est-ce que vous mettez vos sacs en plastique dans la poubelle des déchets recyclables ? »

J'avais déjà du mal à y mettre les journaux, et encore, ce n'était que par périodes. « Oui, bien sûr. Mais laissez-moi faire, elle est pleine. » Je lui ai pris les sacs des mains et je les ai fourrés dans l'espace compris entre le toaster et le mur, puis je suis revenue à mon choix de thés.

« À la menthe, ça ira, ou au fenouil. » Pendant que je versais l'eau dans les tasses, elle s'est assise à la table et a ajouté : « J'ai pensé que vous auriez peut-être besoin qu'on vous achète des trucs, vous comprenez ce que je veux dire. De bonnes petites choses. J'ai pensé que personne ne vous en achetait en ce moment. »

Je ne savais pas quoi répondre. Je n'aime pas la moussaka, et le chocolat reviendrait probablement aux enfants. Cependant, j'avalerais au moins un yaourt avant que Sally soit rentrée chez elle, et les olives et le salami seraient parfaits pour accompagner un verre de vin devant le magnifique programme que me réservait la télé ce soir-là. Un sourire déconcerté aux lèvres, je me suis assise en face d'elle, et je m'apprêtais à la remercier avec une sincère cordialité quand elle a lancé :

« Vous pourriez vraiment égayer un peu cette cuisine en repeignant les éléments et en changeant les poignées. En jaune... Oui, pourquoi ne pas essayer le jaune ? Vous trouverez de la peinture qui adhère à ces surfaces, même s'il faut d'abord les lessiver pour ôter la graisse. Ça ne vous ruinera pas et vous aurez une nouvelle cuisine en un rien de temps. »

Je me suis rappelé pourquoi David et moi ne l'avions jamais aimée, et pourquoi nous nous moquions d'elle derrière son dos. Cette Sally grassouillette parfaite, avec son mari grassouillet parfait et ses gosses parfaits aux prénoms curieux. Sa cuisine venait d'être refaite : hublots en verre découpés dans des murs en brique nue, sol en ardoise, et légère odeur de vanille même quand elle ne préparait pas un gâteau.

Willow et Betty sont arrivées, l'air de s'ennuyer ensemble, en gamines s'exerçant à être des adolescentes. Willow s'est approchée de sa mère, qui lui a passé un bras costaud autour de la taille pour l'attirer à elle.

« Celle-ci va nous annoncer qu'elle veut aller toute seule à son cours de danse mardi prochain. » Sally rayonnait, très fière, en me regardant, puis elle a bu une gorgée de thé.

« Betty, ai-je dit pendant que ma fille ouvrait le frigo pour jeter un coup d'œil à l'intérieur. Est-ce que Willow a laissé sa doudoune dans ta chambre ? Il fait froid dehors. »

Pendant tout l'hiver, la discussion est allée bon train pour savoir si les filles avaient le droit d'aller seules à leur cours de danse. Sally et moi faisions front commun. Nous les y autoriserions peut-être quand le temps serait plus clément. Elles restaient à l'école une heure de plus pour les activités de capoeira le mardi, si bien qu'il faisait déjà sombre quand elles sortaient. Une fois le principe acquis, suivit une période d'intenses négociations au sujet du trajet. Si elles prenaient le plus court, par Fulton Road et Fulton Avenue, il leur fallait traverser trois rues, dont une seule avait un passage protégé au bon endroit. L'autre itinéraire, plus long, ne les obligeait à traverser qu'une fois à un feu.

« Maman ! J'suis pas un bébé ! »

Sally tenait à leur faire prendre le chemin le plus long. Par principe, je n'étais pas d'accord. « Il y a peut-être moins de rues à traverser, mais plus de pédophiles, ai-je marmonné un après-midi pendant que nous en discutions dans la cour de récréation.

— Quoi ? » a-t-elle répliqué, stupéfaite, en coinçant derrière une oreille une mèche de ses cheveux épais. Sally n'était pas du genre à blaguer sur un tel sujet. Ses yeux lançaient des éclairs.

« Je plaisantais », ai-je murmuré sans conviction, mais elle avait déjà tourné les talons.

Quinze jours plus tard, nous avons décidé de leur accorder la permission. Elles pouvaient se rendre à la salle paroissiale de l'église méthodiste toutes seules, tant qu'elles empruntaient le chemin le plus long et traversaient la rue au feu.

À cette époque, Rees s'était entiché d'une nouvelle camarade à la crèche, une maigrichonne prénommée Rebecca. Elle portait des lunettes à verres très épais, n'arrivait pas à prononcer les « r » et appelait Rees « Ouisse ». « On joue au cheval, maintenant, Ouisse ? » Ça, j'avais du mal à l'imaginer. La gamine binoclarde faisait de la danse juste avant le cours de claquettes que suivaient Betty et Willow, si bien que j'avais promis à Miriam, sa mère, d'aller la chercher en même temps que Rees à la crèche, de les faire manger, et de les amener à la salle paroissiale de l'église méthodiste. J'avais dit à Sally que ça ne me dérangeait pas de raccompagner Willow après leur cours de claquettes, mais elle s'est pointée quand même en serrant un sac en ficelle exécuté au crochet, et contenant la tenue de danse que Willow avait oublié d'emporter le matin. Sally traînait une gamine que je ne connaissais pas, la fille d'une voisine qui voulait essayer le cours de Rebecca. Je l'ai soupçonnée d'avoir inventé ce prétexte pour attendre Willow devant l'église.

Je n'ai pas commencé à me faire du souci à un moment précis. L'inquiétude est montée peu à peu, tout comme le ciel s'assombrit au crépuscule. Le club de capoeira se terminait à seize heures trente et le trajet de l'école à l'église aurait pris dix minutes à un adulte, mais, avant de sortir de l'école, les filles devaient rassembler leurs affaires, et, sur le chemin, elles bavardaient sans doute et marchaient donc lentement, bref, je ne les attendais pas avant seize heures cinquante. Leur cours commençait à dix-sept heures. Je m'étais préparée à l'idée qu'elles arriveraient en retard, puisque c'était la première fois qu'elles faisaient le trajet toutes seules, ça n'avait rien de bien grave. Avec l'expérience, elles s'en sortiraient mieux.

À dix-sept heures passées, j'ai éprouvé un léger malaise, un peu comme si j'avais une indigestion. Je n'en ai pris conscience qu'en regardant Sally. Les petites avaient fini leur cours de danse au moment où commençaient les claquettes des plus grandes, et elles étaient déjà sorties de la salle pour se changer. Sally, à genoux, aidait la fille de sa voisine à ôter son cache-cœur bleu. À l'instant précis où je lui ai jeté un coup d'œil, Sally a croisé mon regard, et j'y ai vu se refléter les pensées que je m'interdisais encore de formuler. Même alors, nous n'avons pas laissé notre expression trahir notre inquiétude. Elle a détourné les yeux la première pour continuer à s'occuper de la petite fille qui n'avait pas l'air contente. Pour ma part, j'avais fait du coloriage avec Rees, et il m'avait tellement accaparée que j'avais laissé Rebecca se rhabiller toute seule. Agenouillée devant moi avec son sac de sport, elle repliait avec soin son justaucorps sans se montrer perturbée par mon inattention. Après avoir fini de rhabiller la fille de sa voisine, Sally s'est approchée de moi et a lâché d'un ton léger : « Elles tardent un peu et vont manquer l'échauffement. Si je faisais un tour dans la rue ? »

Je ne voulais pas admettre que c'était nécessaire. « La semaine dernière, elles sont sorties très en retard. » C'était vrai. Je les avais attendues sous la pluie devant l'école pendant vingt minutes. Quand elles étaient enfin apparues en courant, les joues cramoisies, elles m'avaient expliqué que déjà la séance s'était terminée plus tard que d'habitude, et qu'ensuite Willow ne trouvait plus son manteau.

Sally a hoché la tête, même si je voyais bien qu'elle n'était pas d'accord. « Bon, on leur accorde encore un petit délai. » Elle a aidé la fille de sa voisine à ranger ses affaires de danse dans son sac. La lèvre inférieure de la petite tremblait, et je me suis dit que c'était Sally qui avait dû proposer de l'accompagner et que la gamine – et peut-être également sa mère – n'était pas ravie à cette idée. En comparaison, Rebecca semblait dotée d'une admirable maîtrise de soi. Une fois ses affaires rangées dans son sac, elle a mis son manteau et ses chaussures sans qu'on ait besoin de le lui demander et s'est juchée sagement sur une chaise en attendant le signal du départ. Entre-temps, Rees s'était lassé du coloriage et, pendant que je rassemblais les feutres, il s'est mis à courir dans le vestiaire avec autant de légèreté qu'un hippopotame, en faisant fuir en tous sens les petites danseuses. Comme je n'intervenais pas, les autres mères m'ont lancé des regards furieux. Il ne manquerait pas d'y avoir des pleurs bientôt.

Après avoir réconforté la fille de sa voisine et rassemblé ses affaires, Sally s'est approchée de moi pour me glisser : « Je pourrais aller jeter un coup d'œil en bas de la rue pour vérifier si elles arrivent ? » Ce n'était pas vraiment une question. Avant que j'aie pu l'en dissuader, elle s'est tournée vers l'enfant et a annoncé : « Je vais juste voir si Willow et son amie sont sur le chemin. Reste ici avec la maman de Rees, Rees et Rebecca. »

Je me suis donc retrouvée avec trois gamins à surveiller. À cet instant, la maman de Rebecca m'a envoyé un SMS. *« Réunion continue, pouvez-vous emmener Rebecca chez vous ? Désolée, Miriam. »* J'aimais bien Miriam. Elle était aussi bordélique que moi. Je lui ai répondu : *« sans pb »*. Je ne me rappelais plus si Miriam savait que je devais attendre la fin du cours de Betty. De toute façon, il faudra tous les faire manger en arrivant, ai-je pensé. Je vais leur préparer du riz aux petits pois, c'est facile et ça va vite. J'ai envoyé un nouveau SMS à Miriam : *« Ne vous pressez pas. Suis bloquée ici alors passez chercher R quand vous voulez. La ferai manger. »* Elle m'a répondu : *« Merci ! »*

C'est alors que Rees a tenté de faire la roue dans la pièce bondée. En tant que prouesse sportive, ç'a été un échec lamentable, mais Rees a réussi à attraper au passage des tutus qui lui sont tombés dessus avec une férocité digne de pit-bulls. Il a poussé un hurlement et s'est jeté sur le canapé installé contre le mur, derrière lui, ce qui a renversé un carton de jus de fruits posé en équilibre sur l'accoudoir. Une fillette est elle aussi tombée dessus à reculons. Le carton a explosé, et du jus de mangue et de noix de coco a jailli partout telle une averse tropicale. Du regard, j'ai cherché quelle mère avait eu la bêtise de laisser ce carton en équilibre, et j'ai alors vu que la fille de la voisine de Sally sanglotait doucement à côté de moi. Je ne savais même pas comment elle s'appelait. Mon portable s'est mis à sonner. J'ai fouillé dans mon sac.

« Coucou, c'est moi. Écoutez, j'ai fait tout le chemin jusqu'à l'école... » La voix de Sally était haletante. Son inquiétude me permettait de rester calme, je m'en rendais compte. Nous avions choisi l'opposition systématique.

« Pourquoi ne pas aller au secrétariat ?

— Il n'y a plus personne. Je suis sûre que les activités sportives sont terminées.

— Allez donc vérifier sur place. »

Je refusais de céder à l'affolement tant que rien ne le justifiait. Betty et Willow attendaient sans doute devant l'école. Elles avaient peut-être oublié qu'elles devaient se rendre toutes seules à la salle de l'église. L'une des deux ne se sentait pas bien, avait perdu quelque chose, s'était tordu la cheville. Sue, la secrétaire, leur avait dit : « Attendez ici. Si vos mamans n'arrivent pas, je les appellerai » ; puis une tâche l'avait absorbée et elle avait oublié de téléphoner, oublié les deux gamines de neuf ans en train de gémir sur les chaises en plastique devant son bureau. Les secrétaires qui travaillent dans des écoles sont censées être des modèles d'efficacité, mais Sue était un peu écervelée.

« Très bien, a répondu Sally. Prévenez-moi si elles arrivent. »

Comme si je ne l'aurais pas fait de moi-même.

Ma première sensation de nausée s'est manifestée quand Sally est revenue à l'église méthodiste. Au lieu de me rappeler, elle a refait tout le chemin. C'était mauvais signe.

« Aucune trace des deux filles », a-t-elle lancé d'une voix forte en me fixant des yeux. Sa peur la rendait agressive. « Je suis allée au secrétariat. Les animations se sont terminées à l'heure. J'ai fait un tour jusque-là-bas.

— Quel chemin avez-vous pris ?

— Le plus long, celui que nous leur avons demandé de prendre. C'est ce qu'on leur avait dit toutes les deux, hein ? J'ai fait l'aller-retour. »

Mentalement, je me suis représenté ce trajet, les rues qui en partaient, les maisons de leurs camarades, devant lesquelles elles avaient dû passer. Celle de Jason Wellington, un gamin de leur classe, qui avait un problème de concentration et qui exerçait une immense fascination sur les filles à cause de sa dissipation et de son charme. « Jason a un nouveau lapin ! » ai-je lâché d'un ton triomphant, et Sally m'a regardée comme si j'étais devenue folle. Sans prendre la peine de lui expliquer, j'ai téléphoné à la maman de Jason. Non, Betty et Willow n'étaient pas chez elle.

Depuis un moment, les autres mères présentes dans le vestiaire s'étaient tues pour écouter notre conversation. Notre anxiété était contagieuse. Deux d'entre elles nous ont demandé si nous voulions nous servir de leur portable, et pourtant Sally et moi avions notre appareil à la main, bien visible. Une autre a dit qu'elle connaissait un petit garçon qui était en dernière année de maternelle et allait au club de capoeira. Nous ne le connaissions pas. Elle a proposé de téléphoner à sa mère pour voir s'il était rentré. Nous savions déjà que la séance ne s'était pas terminée avec du retard, mais Sally et moi avons sauté sur cette source d'informations qui nous a soudain paru très importante. Le coup de fil a été passé. La maman n'était pas au courant. Son fils devait se rendre chez un camarade après la capoeira, mais elle allait vérifier auprès de la mère de l'enfant. Au bout de quelques minutes, elle a appelé pour dire que cette dame était allée chercher son fils comme prévu. J'étais agacée. À quoi pouvait bien nous servir ce renseignement ? Je me suis rendu compte que ce qui m'avait paru un boulevard à explorer n'était qu'une impasse, une diversion sans objet.

La pièce bourdonnait d'informations inutiles. Toutes les mamans, que nous les connaissions ou qu'elles nous soient parfaitement étrangères, voulaient participer. D'autres coups de téléphone ont été donnés, une toile se tissait autour de nous. Les nouvelles nous arrivaient au compte-gouttes, mais aucune ne répondait à notre attente. Je ne voulais savoir qu'une chose : où était ma fille ? Pourquoi les autres mères m'obscurcissaient-elles les idées avec des bribes d'informations qu'on venait de leur communiquer ? Le club d'échecs auquel va Ferhal se termine à la même heure que la capoeira, Shelly joue avant-centre au foot le mardi, il a commencé à pleuvoir… Toutes ces informations venaient se mettre en travers du chemin.

Il fallait que je sorte de ce vestiaire. Je me suis levée. « Je vais aller jeter un coup d'œil », ai-je annoncé à Sally. Rees s'est précipité dans mes jupes. Calme et indifférente, Rebecca était toujours assise sur sa chaise et balançait doucement les jambes. Dans son coin, la fille de la voisine continuait à sangloter. « Par quelle rue êtes-vous passée ?

— J'ai pris le chemin le plus long, a répété Sally, à présent ouvertement fâchée contre moi. Je vous l'ai dit. Le chemin que nous leur avions demandé de prendre. »

Mon Dieu ! La nausée était à présent presque intolérable. J'avais l'estomac rempli d'air. « Elles doivent être passées par l'autre côté », ai-je répliqué sans conviction en essayant d'oublier que, dans ce cas, elles seraient arrivées depuis longtemps. Soudain, il fallait que le chemin le plus court prenne dix fois plus de temps que l'autre. Mon cerveau refusait toute autre explication.

Court, long, les mots étaient devenus élastiques, presque dénués de signification. « Je vais essayer l'autre côté pour vérifier. »

Sally a rétorqué d'une voix ferme : « Non, écoutez. Voilà ce que nous allons faire : j'y retourne en voiture, comme ça je pourrai faire un tour dans le quartier. Je prendrai toutes les petites rues… Amenez les trois enfants chez vous. Moi, je suis en voiture. La circulation était épouvantable dans la rue principale, des bouchons tout le long, mais une fois sortie de là, ça ira.

— Mais ne vaudrait-il pas mieux… ?

— Non. »

Ce n'était pas idiot. Elle était en voiture, j'étais à pied. Elle couvrirait une zone plus grande. Quant à moi, j'emmènerais les trois gamins – Rees, Rebecca et l'enfant en pleurs dont j'ignorais toujours le nom – et je les ferais manger. Sally retrouverait Willow et Betty, et elle leur passerait un bon savon. Je n'avais jamais vu Sally en colère, mais j'avais l'impression que le spectacle devait être terrifiant. Ensuite, elle conduirait Betty à la maison et reprendrait la gosse pleurnicharde pour la raccompagner chez sa voisine. Quand Miriam viendrait récupérer Rebecca, j'insisterais pour lui servir un verre et pour lui raconter toute l'histoire, et elle s'écrierait : « Oh, mon Dieu ! » ; après quoi elle repartirait avec Rebecca et, enfin, ma vie reprendrait son cours normal. Je coucherais les enfants et boirais un autre verre. Voilà comment les choses allaient se dérouler, tout irait bien.

Il était alors dix-sept heures trente passées et le cours de claquettes allait bientôt se terminer. Je voulais quitter la salle paroissiale avant que les gamines débarquent et me tombent dessus en demandant : « Où est Betty ? Où est Willow ? Pourquoi est-ce qu'elles ne sont pas venues ? » Elles sauraient bien, elles, que toutes deux avaient un retard considérable. Trois quarts d'heure... Pour un adulte, ce n'est pas grand-chose ; pour un enfant, c'est une éternité. Betty et Willow ne sont pas désobéissantes. L'expression « Ça ne leur ressemble pas » m'est venue à l'esprit et je l'ai refoulée. Je l'avais entendue à la télévision, dans des conférences de presse. Je n'étais pas encore prête pour ça.

Je me suis rendu compte que mon affolement grandissant était exacerbé par le calme de Sally, dont la voix ne haletait plus.

« Je vais donner mon numéro à Susie pour qu'elle puisse me rappeler si elle aperçoit les filles. Et je vais sillonner le quartier en voiture », a-t-elle dit.

Elle se montrait à la hauteur de l'événement, tandis que moi je m'écroulais, comme si je tombais d'une hauteur énorme. Je ne cessais de hocher la tête. Pourtant, je n'avais aucune envie de rentrer à la maison avec les trois gosses. J'aurais préféré faire le tour du quartier avec Sally pour chercher ma fille, mais je savais que, si j'insistais pour l'accompagner ou pour attendre ici, ce serait contraire à la raison dans un petit contretemps de ce genre. Ce serait admettre que quelque chose de grave s'était produit. Je m'accrochais jusqu'au bout à la normalité. J'essayais de me conformer au scénario qui m'arrangeait.

« Je vais appeler la maman de Katie et lui dire que sa fille est chez vous, a ajouté Sally. Quand je ramènerai Betty, je la déposerai. »

Katie. Voilà comment s'appelait la petite chialeuse. « Allez, venez, ai-je lancé avec entrain aux trois gamins. Rees, Rebecca, Katie, mettez votre manteau. »

En se levant de sa chaise, Rebecca m'a jeté un regard méprisant. J'ai ignoré l'expression inquiète des autres mamans lorsque j'ai poussé mon trio vers la sortie. Nous avions une marche de douze minutes jusqu'à la maison. Pendant tout le trajet, j'ai parlé à cette pleurnicheuse de Katie avec calme et vivacité, du ton énergique que les adultes emploient avec les enfants qui réclament une réponse. « Dès que nous serons arrivés, je vous préparerai à tous du riz aux petits pois. Tu aimes le riz et les petits pois ?

— Non ! a-t-elle lâché dans un sanglot.

— C'est pas grave. Je vais en faire beaucoup parce que la grande sœur de Rees sera bientôt à la maison. Est-ce que tu as une grande sœur ?

— Non.

— Moi oui, a glissé Rebecca d'un ton laconique. J'en ai deux. »

Rees adorait diriger son monde. Je lui ai dit qu'il pouvait emmener les filles dans ma chambre et leur montrer un jeu sur l'ordinateur. Avec autorité, il les a conduites à l'étage en martelant les marches. Pendant que je préparais le repas, j'ai posé mon portable sur le plan de travail, à côté de la plaque chauffante, pour pouvoir l'attraper sans perdre une seconde quand Sally appellerait. Cette activité routinière me calmait. J'ai fait cuire une quantité incroyable de riz aux petits pois, assez pour nourrir tous ceux qui habitaient entre chez moi et l'église méthodiste.

Miriam est arrivée au moment où les enfants se fourraient du riz dans la bouche. Même la petite Katie pleurnicheuse s'y était mise. J'avalais moi-même une demi-portion dans un bol, debout, en les surveillant, appuyée au plan de travail. Je mangeais souvent les mêmes plats que les gosses et, en servant tout le monde, je m'étais dit que ne pas manger serait reconnaître que quelque chose n'allait pas.

Miriam m'avait envoyé un SMS pour me prévenir qu'elle était en chemin. Quand je l'ai entendue frapper, j'ai couru à la porte d'entrée. Je savais que ce n'était qu'elle, n'empêche que j'ai failli arracher la porte et lui tomber dessus – mais, en fait, c'est elle qui a failli me tomber dessus.

« Oh, mon Dieu ! s'est-elle écriée en manquant de s'écrouler. Vous ne devinerez jamais l'après-midi que je viens de passer… J'ai menacé de dénoncer mon patron, c'est un fichu psychopathe… Rebecca, Rebecca, Becky chérie, il faut qu'on y aille tout de suite, je nage dans les problèmes… » Elle a foncé dans le couloir.

« Vous ne voulez pas… ? » Je l'ai suivie.

« J'aimerais bien… Excusez-moi, vraiment, vous avez été formidable, mais il faut que j'attrape cette gosse et que je file », a-t-elle répondu en soupirant.

Une vague de désespoir m'a submergée. Je comptais que Miriam resterait, pour pouvoir lui raconter, en étant impressionnée par mon propre calme, le petit contretemps de l'après-midi. Comme je l'avais laissée entrer sans commentaire, je ne pouvais pas lui annoncer tout de go que, oui, j'allais très bien, si ce n'était un petit souci parce que ma fille avait disparu. J'avais envie de l'attraper par les revers de son manteau et de lui hurler : « Betty a disparu ! », mais je n'ai rien dit. Pendant que nous nous précipitions dans la cuisine, je me suis surprise, incrédule, à faire comme si tout allait bien. Soudain, après avoir souhaité que Miriam reste un moment, je voulais qu'elle parte le plus vite possible.

« Oh, coucou, Katie ! » a lancé Miriam.

Rebecca a sauté de sa chaise, abandonné riz et petits pois, et s'est écriée : « Maman ! » Elle a sauté au cou de sa mère. Je me suis sentie faible et nauséeuse.

« Va chercher tout de suite tes chaussures, ma chérie, d'accord ?… J'ignorais que vous connaissiez les Wilton. » Miriam montrait Katie, mais c'était à moi qu'elle parlait.

« Je ne les connais pas. » J'ai pris une profonde inspiration. « Mon Dieu, Katie, j'espère que Sally a téléphoné à ta maman. Sinon, elle doit se demander où tu es. »

Katie a baissé les yeux sur son assiette.

« Je peux la ramener, si vous voulez, c'est sur mon chemin, ça ne me prendra qu'une minute, a proposé Miriam qui, si elle ignorait de quoi il retournait, a compris que certaines dispositions avaient été prises à l'improviste.

— Oui, merci. Je n'ai même pas son numéro de téléphone. »

Katie a bondi de sa chaise, couru vers Miriam et s'est collée à elle. L'air amusé, Miriam m'a jeté un coup d'œil et a entraîné les deux filles vers la porte.

Sans se laisser émouvoir, Rees a continué à manger son riz aux petits pois.

Après avoir refermé la porte derrière elles, j'ai appuyé ma tête contre la vitre. Pourquoi n'avais-je pas empêché Miriam de partir ? Pourquoi n'avais-je pas dit : « S'il vous plaît, je ne sais pas où est ma fille, je vous en prie, restez avec moi ? » J'ai repris ma respiration et j'ai avancé dans le couloir.

« Je peux regarder la télé ? a demandé Rees tout en connaissant à l'avance ma réponse.

— Non, tu as déjà joué avec l'ordinateur.

— Je peux avoir une sucette glacée ?

— Oui.

— Je peux avoir la dernière à la framboise ?

— Oui. »

Même si c'était peu judicieux, je voulais sincèrement essayer de me comporter comme d'habitude, et j'ai donc attrapé l'assiette de Katie. Mais, avant que j'aie pu m'éloigner de la table, mon bras s'est mis à trembler. J'ai reposé l'assiette, et mis mes poings fermés sur la nappe en plastique en me concentrant sur ma respiration. Puis mes jambes se sont mises elles aussi à trembler. Je me suis assise. Le dos tourné, Rees avait ouvert le congélateur. Je me suis dit : Tâche de redevenir normale avant qu'il ne te voie. Lorsqu'il a pivoté, j'ai forcé un sourire sur mes lèvres et j'ai déclaré : « C'est bientôt l'heure du bain, hein, juste après ta sucette.

— Est-ce que je pourrai dessiner ?

— Nous verrons. »

J'ai regardé la pendule derrière moi. Il était plus de dix-huit heures. Pourquoi est-ce que Sally ne m'a pas appelée ? Quelle raison plausible pourrait bien expliquer qu'elle n'ait pas téléphoné, ne serait-ce que pour me tenir au courant, pour me prévenir qu'il n'y a rien de nouveau ? Bon, je lui accorde encore cinq minutes, pas plus, et je l'appelle. Si elle ne répond pas, j'attrape Rees, je le mets dans la voiture et je pars moi-même à la recherche de Betty. Qu'est-ce que je fabrique, coincée à la maison, à attendre ? Je suis folle ou quoi ?

Quatre minutes plus tard, on a frappé énergiquement à ma porte. Je me suis raidie, figée. Vite, je me suis levée en laissant Rees en train de colorier à la table de cuisine au milieu des assiettes à moitié pleines, la sucette abandonnée dans un bol en plastique à côté de lui... Je revois encore la table – les assiettes, un peu partout les feutres fluo que je n'aurais pas dû lui permettre d'utiliser, la sucette en travers dans le bol, une traînée couleur framboise jusqu'à mi-hauteur.

Je m'attendais à voir la carrure de Sally, floue derrière le verre, et flanquée plus bas par la tête de Betty et celle de Willow. Colère et soulagement déferlaient sur moi, et, de façon prématurée, j'étais prête à verser des larmes de fureur et de gratitude. Même quand j'ai vu qu'il n'y avait pas un adulte et deux enfants sur le seuil, mes pieds ont continué à avancer dans le couloir, vers la porte, mes yeux et mon cerveau ont noté deux silhouettes d'adultes derrière le verre, deux uniformes foncés. Par automatisme, ma main s'est tendue pour agripper la poignée de cette porte qui, dans mon souvenir, ne cesse de s'ouvrir et, dans ma tête, ne se refermera jamais complètement. Mémoire des muscles, instinct, appelez ça comme vous voudrez : je savais, oui, bien sûr, je savais. Mon corps se rappelait cette sensation de catastrophe, la redoutait au moment même où mon esprit se fermait pour s'en prémunir, tournait en rond tel un rat en cage. La porte s'est ouverte. Deux officiers de police – il y avait deux officiers de police sur le seuil, un homme et une femme. Je suis restée debout, mais je commençais à m'écrouler. Le visage des policiers était ouvert. Tous deux me regardaient avec de grands yeux. Quand la femme a pris la parole, j'ai vu bouger ses lèvres, mais c'est dans ma tête et non dans mes oreilles que j'ai entendu l'écho de sa voix.

« Madame Needham ? »

QUATRIÈME PARTIE

Après

14

VENDREDI SOIR. Il fait sombre et il pleut lorsque je quitte la maison. Une obscurité qui vous enveloppe, un vent qui vous glace : je suis dans mon élément naturel. Adolescente, je grimpais là-haut pour déverser dans la mer vorace la rage que l'injustice de la vie faisait naître en moi. On peut pardonner à un adolescent son goût du mélodrame, mais on tolère moins ce penchant chez un adulte. Quelle aurait été ma réaction si, à quinze ans, on m'avait dit que je reviendrais sur ces falaises hurler mon désespoir encore et encore ? En montant dans ma voiture, j'imagine les vagues noires qui battent et claquent. Je descends ma rue et je croise plusieurs voisins en train de se hâter, tête baissée sous la pluie mordante, glacée. Par un temps pareil, tout le monde veut être chez soi au plus tôt.

C'est la première fois que je retourne à l'hôpital depuis qu'on m'a emmenée voir Betty. Incapable de retrouver l'itinéraire emprunté ce jour-là, je prends le chemin habituel. Une fois à l'hôpital, je me dirige vers la petite cour, derrière notre service. Le personnel féminin râle parce qu'elle n'est pas bien éclairée et que, l'hiver, nous quittons souvent le travail après la tombée de la nuit. Je me gare dans un coin, sous les arbres, dans l'obscurité la plus totale, puis je m'agrippe au volant et je respire un grand coup. Si j'ai l'air bouleversée, Jan H. risque d'insister pour rester avec moi, ce qui serait une catastrophe.

Avec cinq minutes de retard, je descends de voiture et je traverse la cour. En contournant le bâtiment, je vois Jan qui m'attend à la porte de notre service, un bâtiment à un seul étage, qui donne une impression d'affreux préfabriqué alors qu'il est en brique. Vêtue de son imper bleu clair à la ceinture bien serrée, elle regarde l'entrée principale de l'hôpital. Quand je m'approche, elle se tourne vers moi et ses cheveux impeccables virevoltent. L'attente a crispé son beau visage.

« Désolée », lui dis-je en me dépêchant de la rejoindre.

Elle me prend dans ses bras. Je ne l'ai pas revue depuis l'enterrement – et encore, elle a eu à peine le temps d'exercer une pression sur ma main dans mon salon, au milieu d'un tas de gens. J'ai été tellement absorbée par la tâche que je vais accomplir que je ne me suis pas préparée à cette rencontre. Nous restons longtemps enlacées.

Lorsque je m'écarte, elle me tend les clés. « J'ai laissé la lumière allumée dans ton bureau et dans la cuisine, explique-t-elle en s'essuyant les yeux d'une main gantée. Tu les éteindras en partant. »

Les yeux humides, je hoche la tête. Cette précision était inutile, Jan voulait seulement me dire quelque chose.

Elle m'agrippe le bras et le secoue un peu. « Tu es vraiment décidée ? Le temps est si horrible... Ça me fait tout drôle de te laisser ici.

— Rentre chez toi et bois un verre de vin avec Don. » Je l'enlace de nouveau, mais brièvement, pour prendre congé. « Bois-en un pour moi.

— Comment va Rees ?

— Bien. Il reste avec David pendant quelque temps.

— Bon, si c'est vraiment ce que tu veux... »

J'agite les clés pendues à un de mes doigts et je hausse les sourcils. « Le nouveau a été embauché ? » Je veux parler du gardien. Un jeune est arrivé juste avant que je m'arrête de travailler. Nous avions tous estimé que c'était une amélioration considérable par rapport à l'ancien, plus âgé et coléreux. En outre, Jan l'avait trouvé « bien balancé ».

Jan secoue la tête. « Non, malheureusement. » Elle se dirige déjà vers le bâtiment principal. « Téléphone-moi à la maison tout à l'heure, si tu veux. Je dois faire quelques courses, mais je serai rentrée dans une heure.

— Je t'appellerai lundi, ne t'inquiète pas. » Comme elle me regarde toujours, je m'empresse de me retourner. Je veux lui paraître assurée pour éviter qu'elle ne revienne voir si tout va bien.

Jan n'a pas fermé la porte à clé. Je pénètre dans le couloir obscur, instinctivement rassurée par la moquette bon marché, l'extincteur fixé au mur, l'affiche épinglée au tableau pour conseiller aux personnes âgées de se faire vacciner contre la grippe – tout cela appartient à mon ancienne vie, à ma vie d'avant, normale. À ma gauche, il y a l'accueil, dont s'occupe Maurice. Derrière la courbe de son bureau, toujours à gauche, le couloir non éclairé mène à nos salles de consultation. À droite, il y a un carré de sièges en plastique sur lesquels les patients attendent et, derrière, la cuisine. J'y entre et je regarde autour de moi. Dans notre service, les gens veillent tous à laver leur tasse. La cuisine est bien rangée, seul un bocal de café instantané décaféiné a été abandonné à côté du four à micro-ondes. Je m'approche, je l'attrape, j'ouvre un placard pour le mettre à sa place… et je suis terrassée.

Les bocaux de café et les sachets de thé se trouvent dans ce placard, sur l'étagère du bas. Au-dessus, il y a les grandes tasses. Chacun a la sienne, notre service est assez petit pour que nous sachions à qui elles appartiennent. C'est Betty qui a peint la mienne il y a deux ans ; le matériel nécessaire était fourni avec la tasse. Sur l'émail blanc, il y a une fleur – tige verte, feuilles pointues, centre jaune, pétales rouges ronds et pleins, disproportionnés par rapport au reste. Une fleur comme il n'en existe pas, façon pour une enfant de dire : « Je t'aime. J'ai fait ça pour toi. »

Même si j'avais un autre motif, j'ai eu raison de venir ici toute seule. Comment ai-je pu oublier cette tasse ? Je referme le placard, je me dirige avec précaution et détermination vers la porte de la cuisine, j'éteins la lumière et, haletante, je reste plusieurs minutes sur le seuil. Ce souvenir ne doit pas me distraire de mon objectif, mais au contraire me soutenir.

Vite, je retourne à l'accueil et je m'assieds à la place de Maurice. Pendant un instant, je regarde son ordinateur, éteint pour le week-end, impassible, endormi. Mon visage emplit l'écran, un visage décharné aux yeux noirs. Est-ce réellement ce à quoi je ressemble maintenant, ou s'agit-il d'une illusion due à la légère courbe noire qui déforme mon reflet ? J'allume le moniteur sur le côté et il gargouille comme un petit animal familier.

J'ouvre le dossier « centre Upton », qui contient la liste, par ordre alphabétique, des patients que cet organisme nous adresse. J'y jette rapidement un coup d'œil. J'avais raison. Une fois que j'ai trouvé ce que je voulais, je l'imprime, puis j'éteins tout et je vérifie que je n'ai rien dérangé sur le bureau de Maurice. C'est un employé très ordonné et efficace, et il ne faut pas qu'il s'aperçoive de ma visite.

Avant de partir, j'avance dans le couloir sombre. Je n'ai pas besoin d'aller dans mon bureau, mais je veux éteindre la lumière que Jan a laissée allumée. Quelques pas à peine m'en séparent, mais le sentiment d'étrangeté lié au fait d'être ici après la fermeture semble allonger considérablement le parcours sur cette fine moquette – fine et bon marché, nos locaux ayant été aménagés à peu de frais. La porte de mon bureau est en contreplaqué orangé. La poignée métallique couine quand j'appuie dessus, la porte s'ouvre sur un espace carré, vivement éclairé par le tube fluorescent installé au-dessus de ma table de travail. Le classeur dans le coin, avec un vase vide posé dessus, le tableau d'affichage en liège, derrière mon fauteuil, avec d'anciennes circulaires épinglées – rien n'a été touché, rien n'est poussiéreux, on dirait que je suis venue aujourd'hui pour mener mes activités habituelles. Je n'ai jamais été très forte pour personnaliser mon lieu de travail – pas de photos de David ni des gosses. La seule chose non professionnelle est une carte d'anniversaire que mes collègues m'ont adressée l'été dernier, épinglée en bas à droite du tableau d'affichage. En face, il y a le fauteuil sur lequel s'assoient mes patients et, contre le mur, la table d'examen avec, au-dessus, un placard. Derrière mon bureau, dans le coin, se trouvent la déchiqueteuse et la corbeille à papier. Ce n'est pas là que David est venu me voir pour la première fois, il y a des années – c'était dans le bâtiment principal –, mais ça pourrait l'être tant les lieux sont fonctionnels et anonymes. Voilà bien un élément qui n'a pas changé dans ma vie, et, malgré tout ce qui m'est arrivé, il est toujours là et, neutre, il attend. De nouveau, j'éprouve la sensation que j'ai eue sur les falaises : le temps se dilate et se rétracte, comme ces jeux que fabriquent les enfants avec du papier. « Dis un chiffre... un autre... » Le hasard choisit l'animal que vous serez, ou la tâche que vous aurez à accomplir, c'est simple, fortuit, on glisse de ce que nous sommes à ce que nous aurions pu être.

Et puis il y a la fenêtre, parfait miroir noir dans lequel s'encadre mon reflet, et rien derrière ni dehors.

J'appuie sur l'interrupteur. Le tube fluorescent bourdonne puis se tait, et je me retrouve dans l'obscurité. Après avoir refermé la porte derrière moi, je me tourne pour regagner le couloir. La seule source de lumière provient de l'accueil et, en avançant, je vois une ombre vaciller, une forme grise menue qui se déplace avec vivacité et légèreté dans la lueur jaune, comme si elle voulait se cacher au bout du couloir. Je presse le pas sur la moquette fine, celle qui rend toujours mes cheveux électriques, et provoque une petite décharge dès que je touche un objet métallique. L'accueil est vide. L'ombre a dû s'engouffrer dans la cuisine. Je me rue sur la porte et la pousse. Elle se rabat. La cuisine est vide. « Betty ? » dis-je, pleine d'espoir, dans le noir.

Le temps de rentrer à la maison, je tremble de froid. Je branche aussitôt la bouilloire. Pendant que l'eau chauffe, un souvenir me revient en mémoire. Nous étions déjà mariés mais n'avions pas encore d'enfant quand j'ai eu un gros rhume que j'ai qualifié de grippe pour que David s'intéresse à moi. Lorsqu'il était distrait, attirer son attention se révélait difficile et, parfois, un peu d'exagération s'imposait pour déclencher un réflexe chevaleresque. Confronté à un problème, David essayait toujours de le résoudre. En apprenant que j'avais la grippe, il m'avait préparé un grog. Avec quoi ? J'ai tenté de m'en souvenir : du jus de citron, du miel, du whisky. Je tire une chaise de cuisine devant le placard, au-dessus du congélateur. Nous rangions toujours les bouteilles d'alcool là-haut pour ne pas les laisser à la portée des enfants. « Pour ne pas les laisser à ma portée », prétendait David, mais ni lui ni moi ne buvions beaucoup. Un verre à l'occasion, jamais davantage, une bière et des chips au pub, un peu de vin pour ajouter une note raffinée au dîner du vendredi soir. Nous n'avons jamais augmenté notre consommation d'alcool.

Je descends la bouteille de whisky, poussiéreuse bien qu'elle soit rangée dans le placard, et je déniche une grande tasse blanche. Naturellement, je n'ai pas de citron au frigo – il y a des semaines que je n'ai pas acheté de produits frais –, mais derrière les herbes et épices je sais qu'il y a un flacon vert d'un liquide jaunâtre bourré d'additifs e quelque chose qui se présente comme un succédané.

Notre bouilloire est lente. En attendant, je vérifie le répondeur. Il y a un message de tante Lorraine, qui s'efforce de prendre un ton gai et se demande pourquoi nous ne nous sommes pas parlé depuis quelque temps.

Je me souviens d'avoir éteint mon portable. Je le sors de mon sac et, en l'allumant, je constate que David a essayé de me joindre trois fois. La troisième fois, il a laissé un message bref : « Bonsoir, c'est moi. Tu peux me rappeler ? Sur mon portable ? » En fond sonore, j'entends alors un bruit que je ne parviens pas à identifier.

Voilà qui est inhabituel. Après nos moments difficiles, David a insisté pour que je lui téléphone à la maison le soir plutôt qu'à son travail ou sur son portable – par loyauté envers Chloe, je suppose. Mais si c'était le cas, elle ne semblait pas apprécier son geste. Quand c'était elle qui décrochait, elle tendait aussitôt l'appareil à David ; et même quand c'était lui qui répondait, je sentais qu'elle était présente à la façon dont il parlait, aux silences qu'il mettait entre ses phrases. Elle ne pouvait pas nous laisser tranquilles. Il m'a fallu un moment pour que ce comportement m'apporte une certaine satisfaction – et encore, même alors, le petit sentiment de victoire que j'aurais pu éprouver a été gâché par le fait que David ne la voyait pas telle qu'elle était. Peut-être ne la verrait-il jamais telle qu'elle était, mais moi, je n'étais pas dupe, et elle le savait.

Pourquoi les lettres avaient-elles recommencé à arriver une fois Betty partie ? Parce que Chloe me croyait vulnérable ? Ne se rendait-elle pas compte que, maintenant que j'avais perdu Betty, plus rien ne pouvait m'atteindre, j'étais forte comme un bœuf ?

J'appelle David sur son portable. Il répond tout de suite. Derrière lui j'entends un brouhaha.

« C'est moi. Où es-tu ?

— Au Stag's Head. Je suis allé boire un demi en vitesse. » Ça aussi, c'est nouveau. « Comment vas-tu ? »

Je réponds avec entrain : « Très bien. J'ai cru que Rees avait un problème.

— Oh ! mon Dieu, non, excuse-moi. Il dort. Comme il a eu une journée bien remplie, je lui ai donné un bain et je l'ai couché tôt. La mère de Chloe est ici, alors je me suis éclipsé un instant. » Il emploie un ton de camaraderie. « Écoute, je pense que nous devrions manger ensemble très bientôt. Je ne pense pas m'y être très bien pris quand je t'ai vue à l'hôpital. »

Pour lui, je suis donc quelque chose qu'il convient de bien prendre. Suit un étrange silence au bout du fil. Même si David se tait, je sens que sa voix s'est fêlée. Je ne sais pas quoi dire, aussi je me contente d'écouter. Il déglutit.

Je m'assieds sur une chaise de cuisine en oubliant mon grog et je tends l'oreille. Bientôt, je demande gentiment : « Ça va ?

— Non, répond-il dans un souffle, puis sa voix le lâche. Elle me manque tous les jours, Laura. Elle me manque tellement que je ne pense pas... » De nouveau, il ne peut continuer. Je l'imagine, la tête penchée sur un journal pour essayer de cacher sa détresse aux gens assis à proximité. Quand il reprend la parole tout bas, il semble tout aussi désemparé. « Je voulais juste parler d'elle. S'il te plaît, est-ce qu'on pourrait dîner ensemble, juste tous les deux ? » Puis il prononce mon nom à sa façon particulière, directe : « Laura...

— Bien sûr, voyons. » Je me rends compte que c'était ce que j'attendais depuis que Betty nous a été enlevée, et que David est la seule personne que j'ai envie, besoin de voir.

« Quand ? Quand es-tu libre ? »

Je me retiens de répliquer : Quand ne le suis-je pas ? Qui, ou qu'est-ce qui pourrait bien restreindre ma liberté de mouvement, à son avis ? « Bon, je peux venir tout de suite, si tu veux. » Je sens qu'une porte s'entrouvre. « Ou tu peux venir ici, si tu préfères. » En disant ces mots, il me vient à l'esprit que nous pourrions coucher ensemble, et c'est une pensée choquante, transgressive.

Je l'entends réfléchir à cette proposition. « Je crois qu'il vaudrait mieux que je ne vienne pas. » Je me demande s'il a pensé à la même chose que moi.

« Parce que ça te semblerait trop dur, ou parce qu'il faudrait que tu t'expliques ensuite avec Chloe ? »

Il ne répond pas tout de suite. « Les deux.

— D'accord. Alors où veux-tu qu'on se rencontre ?

— Il y a un nouveau bar à tapas au bout de la rue, ici. Quand je suis passé devant tout à l'heure, c'était calme.

— Je sais, je le connais. Apparemment, les affaires ne marchent pas très fort. »

Il parle de nouveau normalement, mais je sens qu'il se force. « Seigneur, je meurs de faim, en fait.

— Moi aussi. »

Ce n'est pas vrai, mais nous avons besoin de ces phrases anodines pour alléger l'atmosphère et faciliter cette rencontre inopinée. Dans le même esprit, je regarde ma montre, un geste vide de sens. « Si tu veux, je peux venir maintenant. Laisse-moi juste le temps d'avaler une tasse de thé et d'enfiler mon manteau. »

Il est huit heures moins le quart. Si c'est David qui a couché Rees, il ne doit pas être arrivé depuis longtemps au pub – le Stag's Head n'est qu'à quelques minutes en voiture de chez lui. Je me demande de combien de temps il dispose avant de devoir expliquer à Chloe où il était et avec qui. Vu les circonstances, c'est ridicule, n'empêche que son besoin de recourir à un subterfuge me fait plaisir.

Il est arrivé le premier et m'attend. Le restaurant est joli, à la façon des établissements modernes : nappes propres et verres étincelants, décor regorgeant de rouge, et directeur chaleureux accueillant les rares clients assez courageux pour sortir par ce mauvais temps. Il est situé dans une longue succession de laveries automatiques et d'échoppes qui proposent des plats à emporter, au sein du nouveau quartier de la ville où l'on ne trouve que lotissements de maisonnettes carrées et ronds-points. David s'est installé dans un box, tout au fond, face à la porte, comme un policier qui voudrait surveiller les entrées et les sorties. En me voyant approcher, il s'efforce de sourire. Soudain, je réalise que je le méprise plus que les mots ne sauraient le dire. Je tends mon manteau au directeur qui m'a suivie dans la salle et patiente, puis je me glisse sur la banquette, face à David. En le regardant, je me sens calme, forte, sur la réserve. J'ai peine à croire que c'est là l'homme pour lequel j'ai pleuré, que j'ai supplié, qui m'a mise à genoux. Quand il est venu me voir à l'hôpital, je me suis dit que je n'éprouvais plus grand-chose pour lui, mais, depuis, j'ai fait un pas de plus. Pour la première fois, j'ai l'intention de ne pas lui révéler un secret. Je viens de découvrir quelque chose qu'il aurait pu m'apprendre il y a des années : il est très facile de mépriser quelqu'un qu'on trompe.

Il m'adresse un demi-sourire.

« Alors, Chloe garde les enfants pendant que nous dînons », dis-je d'un ton léger pendant qu'il me tend la carte.

Il me corrige. « Chloe et sa mère.

— Commande ce que tu veux. » Je lui rends la carte. Nous nous retrouvons parce que son chagrin n'est pas à la hauteur, me dis-je. Il a besoin de s'approprier un peu du mien.

« Qu'est-ce que tu veux boire ? » me demande-t-il. Si ça se trouve, Chloe ne supporte plus son deuil – même si elle aime beaucoup David, elle doit se sentir exclue. Il se rend peut-être compte que ce serait une bonne idée de lui accorder une soirée où elle pourrait regarder la télé, rire en voyant des idioties sans être confrontée à quelqu'un qui est incapable de s'amuser avec des bêtises.

« Une bière. » Non, elle ne va pas regarder la télévision puisque sa mère est là. J'ai l'impression que toutes deux sont proches et que ça crée des difficultés à David. Pourtant, je ne me rappelle rien qui pourrait le suggérer. Il n'a pas eu l'habitude d'avoir des beaux-parents, je suppose. Avec moi, au moins sur ce point, il était verni.

« Moi aussi », dit-il.

Je ne fais que me livrer à des suppositions, mais je n'aime pas l'idée qu'on puisse m'utiliser comme roue de secours. S'il a des problèmes avec Chloe, ou si elle en a avec lui, ils devraient régler la situation tous les deux.

Le serveur arrive. David baisse les yeux sur la carte et débite à toute allure une série de tapas choisies au hasard, avant de conclure par : « Et deux bières. »

Après un soupir, le serveur énumère sa propre liste, un choix de sept ou huit bières en bouteille. David me regarde, je hausse les épaules. Il commande. Une fois le serveur parti, nous gardons le silence jusqu'à son retour avec les bouteilles. C'est un silence long et rassurant. Je sens que nous l'apprécions tous les deux et je m'adoucis un tout petit peu.

Le charme est rompu lorsque le serveur pose les bouteilles sur la table et sert la mienne, puis celle de David.

David me questionne sur ma brève hospitalisation en psychiatrie. « Est-ce qu'il y aura des suites ?

— Pas de mon fait. » Je hausse les épaules. Nous ne sommes pas venus pour parler de moi. David doit cependant aborder ce sujet pour pouvoir passer à autre chose.

À mon tour, je lui pose quelques petites questions sur son travail. Il y est retourné il y a quinze jours, me dit-il, mais il s'est aperçu que c'était trop tôt et a dû rester quelque temps à la maison. Maintenant, il fait des journées courtes. Ses collègues se sont montrés très compréhensifs. Je lui parle des petits mots et des cartes envoyés par les miens, mais je ne dis pas que je me suis entretenue avec Jan H. ni que je suis allée dans mon bureau à peine une heure plus tôt. Il n'a pas le droit de connaître mon plan. Nos efforts pour entretenir une conversation normale tournent court et nous nous réfugions dans le silence. Les seuls autres clients du restaurant sont un couple installé à l'autre bout de la salle. Eux aussi mangent en silence.

Le serveur apporte un plat en métal ovale de haricots verts luisants d'huile d'olive et parsemés de cubes roses de jambon. Il le dépose entre nous et s'éloigne. David pousse le plat vers moi.

Avec un mouvement de tête dans sa direction, je remarque : « Je croyais que tu avais faim. »

Il secoue la tête. « Tu te rappelles la fois où on a dû l'amener à l'hôpital ?

— Pour son infection urinaire ?

— Elle était blanche comme un linge. »

À trois ans, Betty a eu une de ces infections urinaires auxquelles les petites filles sont sujettes. Nous avons commencé par remarquer sa rigidité corporelle, le stade qui précède une convulsion fébrile. Un samedi matin, elle jouait à la maison et, quand David l'a prise dans ses bras pour venir me la montrer dans la cuisine, elle était blanche comme un linge, elle avait la chair de poule et, la bouche et les yeux entrouverts, elle tremblait de la tête aux pieds. Je lui ai pris la température : 39,4, mais pas d'autre symptôme de rhume ou de grippe. J'ai dit à David : « Va chercher la voiture », quoique nous sachions tous les deux qu'elle était garée devant la maison. Une fois à l'hôpital, j'ai amené Betty aux urgences et j'ai demandé qu'on lui fasse tout de suite une ponction lombaire. Le médecin a répliqué : « Essayons d'abord une analyse de sang. » David et moi l'avons maintenue, mais elle a quand même réussi, d'un coup de pied, à arracher ses lunettes au médecin.

« Elle n'aimait pas ce toubib, hein ? »

David sourit. « Ça, c'est sûr. Moi non plus.

— Il était jeune.

— Les infirmières ne l'aimaient pas davantage.

— C'est vrai. »

L'arrivée d'une tortilla dissipe ce souvenir, et David retombe dans le silence. Soudain, un autre souvenir me vient à l'esprit : au début de notre relation, quand je savais qu'il viendrait chez moi le soir, je me déshabillais et j'enfilais mon kimono en soie, sans rien en dessous. C'était un vêtement ridicule, rose, avec d'énormes fleurs d'un rose plus soutenu. La ceinture, verte, ne restait jamais nouée sauf si on serrait bien le nœud. J'aimais ouvrir la porte dans cette tenue, comme une ménagère dans les vidéos porno des années soixante-dix. Je l'attirais à l'intérieur en l'attrapant par son manteau rugueux encore imprégné du froid qu'il faisait dehors. Parfois, il écartait le kimono de mes épaules avant même que nous nous soyons dit bonjour. Un jour, nous avons fait l'amour dans l'escalier des parties communes, sur le tapis boueux, moi avec le kimono serré à la taille par la ceinture au nœud chichiteux, lui toujours dans son énorme manteau, chaussures aux pieds – nous n'avions pas lésiné.

Puis, avec une bouffée d'amertume, je pense qu'il a connu la même chose avec Chloe. Les premières fois ont dû être encore meilleures, comme tout fruit défendu. Qu'étais-je, moi, au début ? Une nouvelle petite amie, tandis qu'elle, elle était quelque chose qu'il n'était pas censé avoir. Puis, comme si ça ne suffisait pas, il a fallu qu'il ait un bébé avec elle aussi, un petit être qui rachèterait leur faute. J'imagine tout ce que je déteste imaginer : elle et lui penchés sur leur nouveau-né. Je ne me les représente que trop clairement. Jusqu'à présent, tout ce qu'il a fait avec moi, il l'a fait avec elle.

Pourquoi est-il ici, dans ce restaurant, à partager ses souvenirs et à prétendre que nous en sommes au même point ? Il a Chloe et un autre bébé – et maintenant, par-dessus le marché, il a Rees.

Avec un soupir, je m'appuie à mon dossier. J'ai essayé de grignoter un morceau de tortilla, mais le peu d'appétit que j'avais s'est évaporé. Nous restons silencieux et, pendant ce temps, le serveur ne cesse d'apporter des tapas qu'il dispose près des haricots verts auxquels nous n'avons pas touché.

David me fouille du regard et demande : « Tu me détestes encore, après ça ? » Il a toujours été doué à un point gênant pour deviner mes pensées.

Je détourne les yeux et lâche un petit bruit de gorge méprisant. « Seigneur, même maintenant, tu ne t'intéresses qu'à toi, c'est ça ?

— Ce n'est pas ce que je voulais dire.

— Qu'est-ce que tu voulais dire ? » Mon ton indique clairement que je n'attends pas de réponse et, sans tenter d'en donner une, il attrape une fourchette et pique un gros morceau de chorizo. La fourchette part en arrière.

Il la jette sur la nappe et lance d'une voix dure : « Écoute, ce n'est pas aussi simple que tu le crois. Ça n'a jamais été simple, mais en ce moment ça l'est encore moins, d'accord ?

— Qu'est-ce qui n'est pas simple ?

— Chloe et moi. Ça n'a jamais été aussi peinard que tu l'imagines.

— Je n'ai jamais dit que ça l'était. » Je n'en reviens pas que nous ayons cette conversation. Je détourne les yeux, les ramène sur lui, puis marmonne : « Bon Dieu, je n'arrive pas à croire que…

— C'est pour ça que tu nous appelais tout le temps à quatre heures du matin ? »

Le coup est bas. Ces appels à quatre heures du matin, ce n'était qu'une phase transitoire. J'étais hors de moi. Les gosses étaient perturbés. Ils se réveillaient la nuit à n'importe quelle heure et, parfois, je ne pouvais pas supporter l'idée que Chloe et lui dorment alors que moi j'en étais incapable. Je voulais me décharger un peu sur eux du poids que je portais en étant larguée. Je n'en suis pas fière. Même sur le moment, je n'en étais pas fière. Je savais que c'était me remettre entre leurs mains, faire de moi leur ennemie commune. J'aurais dû avoir plus de dignité, mais je ne pouvais pas m'en empêcher.

Puisqu'il distribue des coups au-dessous de la ceinture, moi aussi. Je lui demande calmement : « Pourquoi est-ce que tu soulèves le problème maintenant ? Tu ne trouves pas que c'est un peu tard ? Il s'est passé quelque chose d'autrement plus important.

— Je sais », dit-il en levant les mains. Il se tait un instant, puis reprend, les yeux baissés : « En ce moment, les choses sont très difficiles à la maison.

— Bien entendu.

— Non, je ne parle pas de Betty. Même avant Betty. Chloe... Bon, il faut que je m'occupe beaucoup d'elle. »

Malgré moi, je suis intriguée. Voilà qui situe le manque de loyauté vis-à-vis de Chloe sur un autre niveau. David a toujours été si fier de lui à ce sujet. Un jour, il m'a déclaré d'un ton suffisant : « Je ne lui parle pas de toi et je ne te parle pas d'elle », comme si, dès lors, ça justifiait qu'il nous baise toutes les deux.

Il se penche vers moi et baisse la voix, et pourtant personne n'est à proximité. « Environ deux mois après la naissance de Harry, elle a vraiment paniqué. Je n'ai d'abord pas pris ça très au sérieux. »

Tu m'étonnes !

« Après tout, ce n'était pas la première fois que je passais par là. Je lui ai dit qu'une dépression était normale. Je m'attendais à la voir se remettre au bout d'un moment, comme tu l'avais fait. Harry avait des coliques, tu comprends, pour un premier bébé, elle était servie. L'accouchement a été difficile. Elle a perdu beaucoup de sang. Ils auraient sans doute dû l'ouvrir. Le bébé lui a fracturé le coccyx au passage. Au début, personne ne s'en est rendu compte. Elle souffrait beaucoup et, pendant une éternité, nous n'avons pas su pourquoi. En plus, le bébé ne voulait pas téter. Je voyais que Chloe était dans une phase difficile… Peut-être que je ne m'en suis pas bien tiré. »

Le serveur se matérialise à côté de notre table. Il doit s'apercevoir qu'il nous gêne – David se recule sur son siège, nous ne le regardons pas –, mais il ne s'en va pas. Après une pause théâtrale, il demande : « Est-ce que tout va bien ? »

En examinant la table, je m'aperçois que nous n'avons pas touché à la nourriture. Pour me débarrasser de lui, je dis : « Puis-je avoir une autre bière, s'il vous plaît ?

— Bien sûr. Et vous, monsieur ? »

David fait non de la tête.

Dès le départ du serveur, David se penche en avant et s'appuie sur ses coudes. « Elle est très démoralisée et ne semble pas remonter la pente.

— Est-ce qu'elle prend quelque chose ? »

David secoue la tête. « Elle ne veut pas. Elle ne veut rien prendre. Elle répète sans cesse qu'elle va recommencer à l'allaiter, mais c'est ridicule. Pourtant, elle n'écoute pas. Et puis, il y a environ trois mois, elle s'est mise à rejeter Harry. Au début, quand je revenais du travail, il braillait et sa couche n'avait pas été changée de la journée. Je t'assure, Laura, il était trempé, à tordre. J'ai donc parlé à la voisine. Elle m'a dit qu'elle entendait Harry hurler chaque fois qu'elle passait devant chez nous. Elle promène tout le temps son chien. Et, chaque fois, elle l'entendait. J'ai interrogé Chloe, et elle s'est déchaînée sur la pauvre femme. Tu ne croirais jamais de quels noms elle l'a traitée. Ensuite, elle est devenue très renfermée. »

Il se tait et se prend la tête dans les mains.

Je pense à la fois où je lui ai parlé des coups de fil de Chloe, et à la véhémence avec laquelle il a affirmé qu'elle en était incapable. Je pense que je ne lui ai même pas montré les lettres parce qu'il semblait convaincu de son innocence. Je me mords la langue. J'ai envie de lui demander : Alors, tu me crois, maintenant ? Devrions-nous marquer un temps d'arrêt pour te permettre de concocter un petit couplet d'excuse ?

Il relève la tête. Son expression fait peine à voir. « Un jour, elle m'a appelé au travail. Harry devait avoir quatre mois. Elle m'a dit : "Je te donne une heure pour arriver si tu ne veux pas que je fasse mal au bébé." Et elle a raccroché.

— Mon Dieu !

— Je suis arrivé en quatrième vitesse. Elle était en haut, sous la couette. Harry pleurait dans son berceau, avec la porte de sa chambre fermée. Quand je suis allée voir Chloe, elle n'a pas voulu se lever. Et pourtant, elle était tout habillée.

— Il faut que tu la forces à se faire aider, à voir un médecin, au moins à commencer la démarche pour pouvoir suivre un traitement. » L'ironie de ma remarque ne m'échappe pas.

« Bon sang, Laura, je le sais bien, j'ai même pensé faire un pas de plus. J'ai pris rendez-vous avec le Dr Calder car j'avais la trouille d'aller au boulot. J'en étais arrivé au point de tout envoyer promener, quand c'est arrivé. »

Sans se faire remarquer, le serveur a posé une bouteille de bière sur la table. Je l'attrape par le col et, d'un doigt, je repousse le morceau de citron vert au fond. Je ne sais plus ce que je pense, ce que j'éprouve. Pendant quelques minutes, Betty m'est sortie de l'esprit et je me sens coupable, embrouillée. Il faut que je réévalue les idées que je me faisais sur Chloe et sur leur vie commune. Pour être franche, malgré les coups de téléphone et les lettres anonymes, je supposais qu'ils étaient heureux. Comment pouvait-il en aller autrement, comment auraient-ils osé ne pas l'être alors que leur relation avait été payée au prix fort ? Je me pose des questions sur ce pavillon impeccable. Le désordre règne-t-il dans les placards ? Est-ce comme ça qu'elle procède ? Je croyais qu'elle me réservait ses tendances manipulatrices, mais je n'étais apparemment qu'un épiphénomène. Tout se tient et, même si c'est là une réaction peu charitable, je ne peux m'empêcher d'être contente – ce que me raconte David cadre avec les coups de fil, les lettres et la façon dont elle a toujours essayé de paraître douce et innocente. Il est parti en pensant qu'il quittait une femme jalouse, déséquilibrée, et il est tombé sur bien pire. Je suis consciente que ce genre de réflexions serait de mauvais goût, compte tenu des circonstances, donc je vais les garder pour moi…

Attendez une minute ! Je me penche en avant. « Est-ce que tu es en train de me dire que, malgré son état, tu acceptes qu'elle s'occupe de Rees ? Elle souffre d'une psychose postnatale et c'est elle qui surveille mon enfant ? » Soudain, je me sens des instincts de meurtre. J'ai envie de filer là-bas pour lui dire qu'elle essaie un peu de traiter mon fils comme elle traite son bébé, et je lui arrache sa stupide petite tête de cinglée.

Un instant, David a l'air horrifié, puis il fait marche arrière. « Non, non, elle est beaucoup mieux depuis que… depuis que nous avons perdu Betty. Elle y met vraiment du sien… Je sais, c'est affreux, la manière dont je dis ça, n'empêche que ça l'a un peu secouée. Elle s'est efforcée de me soutenir, elle n'est pas idiote. C'est pour le long terme que je m'inquiète. J'ai l'impression que ce n'est que reculer pour mieux sauter. Combien de temps peut-elle tenir le coup ? »

Moi, je sais qu'elle ne va pas bien. Je le sais parce que j'ai eu quatre lettres anonymes depuis que nous avons perdu Betty. Chloe se sent menacée. « Je veux que Rees revienne avec moi.

— Mais certainement, tu peux le récupérer quand tu veux. Je souhaitais seulement te laisser un peu de temps. » David s'appuie à son dossier, mais ne hausse pas le ton. « De toute façon, il fallait que je t'en parle. Ce n'est pas comme si j'étais réconforté par ma nouvelle compagne et mon bébé, voilà. Elle semble s'être un peu ressaisie, mais je sais que ça ne va pas durer. Je dois faire attention à ce que je lui dis. Tu te rends compte ? Dans un moment pareil, il faut que je me surveille. Dieu seul sait quelle explication je vais trouver pour ce soir. Ça me rend malade d'avoir à me justifier en de telles circonstances. Elle pourrait quand même mettre les choses en perspective, bon Dieu ! » Je note l'amertume dans sa voix.

À la hâte, je réfléchis. Je ne sais pas quoi faire. J'ai envie de parler des lettres à David parce que je pense que, maintenant, il pourrait me croire. Mais s'il met Chloe face au problème ? Mon fils se trouve chez elle.

J'ai envie d'aller le chercher tout de suite. D'un autre côté, s'il reste là-bas quelques jours de plus, je pourrai faire ce que j'ai décidé.

David lit sans doute l'inquiétude sur mes traits, même s'il n'en mesure pas l'étendue. « Écoute, je t'en prie, ne t'inquiète pas pour Rees, franchement, tu crois que je le laisserais une seconde avec elle si je ne la croyais pas capable de s'en occuper ? Elle s'en tire beaucoup mieux avec Rees qu'avec Harry, c'est ça qui est bizarre. Elle a toujours adoré Rees, depuis le début. Ils s'entendent à merveille tous les deux. C'est pour ça que j'ai du mal à comprendre pourquoi ça ne colle pas avec Harry. Je croyais qu'avec un bébé à elle, ce serait… Bon, tu comprends. J'aurais mieux fait de ne pas t'en parler : à la façon dont j'ai tourné les choses, tu estimes sans doute que son état est déplorable. Ces derniers temps, elle va en fait beaucoup mieux. » À l'évidence, il est sincère, et je m'efforce de croire qu'il y a quelque chose de vrai derrière sa sincérité. « Je n'aurais jamais repris le travail si j'avais pensé qu'elle n'allait pas bien ; d'ailleurs, il faut aussi que je tienne compte de Harry, ne l'oublie pas. Et sa mère vient souvent nous aider, même si elle n'est pas franchement un cadeau.

— Tu vas dire à Chloe que tu m'as vue ce soir ? »

Il regarde la table. « Je ne suis pas sûr que ce soit une bonne idée.

— D'accord, ne le lui dis pas. »

Il continue à fixer la table pendant un long moment, et je comprends que ses pensées ont quitté Chloe, sa relation avec elle, avec moi, ou même le bien-être de ses deux fils. Je le dévisage et je sais où est parti son esprit. Au même endroit que le mien. Il lâche un profond soupir, puis lève la tête pour croiser mon regard, comme nous le faisions il y a plusieurs années, quand nous nous sommes rencontrés, sauf que des tas d'autres choses flottent à présent dans nos yeux, une tristesse immense. Finalement, c'est lui qui rompt le charme en baissant les siens.

D'une voix douce, je lui demande : « Ça t'arrive de te sentir bien ? »

Il s'aperçoit que ce n'est pas un piège, que je veux vraiment le savoir. Il examine les plats accumulés sur la table. Je me fais des idées ou le serveur en a apporté de nouveaux pendant que nous étions absorbés dans cette conversation ? Nous ne pouvons pas en avoir commandé autant, c'est ridicule. Regarde, voilà à quoi ressemble une vie normale, étalée devant toi. Avant, ça t'aurait fait sourire. Tu aurais voulu en profiter. Regarde de quoi aura l'air le reste de notre vie, qui va déborder de choses que nous ne désirons plus.

« Parfois, pendant une minute, répond-il sans détour. Quand je vais lever Harry le matin – tu vois, ce moment où l'on est encore à moitié endormi ? J'entre dans la cuisine avec lui juché sur mon épaule et je mets le biberon au micro-ondes. Il m'arrive de ne pas y penser avant, parce que je suis à moitié endormi et que je réfléchis à ce dont a besoin Harry. Mais je ne dépasse jamais le stade du biberon. Ça me revient quand je le lui donne. Je pense à Betty pendant que je regarde Harry. Il lui ressemble beaucoup, tu sais. Je ne crois pas que ce soit l'effet de mon imagination, c'est une réflexion que je m'étais déjà faite. »

Moi, j'y pense dès le réveil. Sitôt que je suis consciente, ça me tombe dessus, comme une énorme vague noire, si énorme et si noire qu'elle me cloue au lit. Même si Rees m'appelle sur le seuil de ma chambre, je n'arrive pas toujours à relever la tête.

« Il y a la télévision, dis-je. Maintenant que tu gardes Rees, je regarde un peu la télé l'après-midi. L'autre jour, j'ai vu un truc en noir et blanc, ça se passait dans un bureau, à New York. L'Empire State Building. Des femmes chapeautées, des blagues. J'ai oublié pendant une heure entière.

— Tu as essayé de lire ?

— Un livre, je n'y arrive pas, ça demande trop de concentration. Des magazines parfois, quelque chose de pas trop profond. Plus c'est creux, mieux ça vaut.

— Bon. » Il réussit à faire un demi-sourire. « Nous avons besoin de ça. »

Chacun a une main posée sur la nappe. Au même moment, nous la retirons. David regarde les plats, puis me regarde dans les yeux. Notre premier repas ensemble a été un curry dans un restaurant indien. En plein milieu, tandis que nous discutions, David a arraché un morceau de *naan*, l'a trempé dans le *dhal* et l'a approché de mes lèvres. Je me suis interrompue dans ma phrase, j'ai ouvert la bouche avec naturel, sans commentaire. Un peu plus tard, il a trouvé un bon morceau d'agneau dans le *bhuna* que nous partagions, l'a embroché sur sa fourchette et me l'a tendu, toujours sans rien dire. Cette fois, nous avons davantage pris notre temps pour accomplir ce geste. Je me suis un peu penchée en avant et j'ai fixé David dans les yeux. Il a déposé délicatement la viande dans ma bouche, puis a retiré sans hâte la fourchette pendant que mes lèvres se refermaient. Cette technique de séduction était très efficace – en bas, j'étais trempée –, mais, plus tard, il a répété ce geste alors que, depuis longtemps, il n'avait plus besoin de me séduire. Il ne le faisait pas systématiquement, non, juste une fois de temps en temps : une bouchée de petit pain, un morceau de pomme, un bout de gâteau au café et aux noix sur une fourchette en plastique... Si ce dîner au restaurant de tapas s'était déroulé au bon vieux temps, David aurait pris un haricot vert dégoulinant d'huile, me l'aurait offert, et ma bouche se serait ouverte aussi facilement que le bec d'un oisillon.

Nous nous dévisageons. Dans un instant, le serveur va réapparaître. Nous demanderons l'addition. Après avoir payé, nous quitterons le restaurant en silence, sans avoir mangé, la tête pleine de pensées non exprimées. Nos mains ne se seront pas touchées. David ne m'aura pas donné la becquée. Notre fille avancera entre nous quand nous partirons, mais elle ne sera plus avec nous, elle ne sera plus ici.

15

M. A. EST ÂGÉ DE CINQUANTE-QUATRE ANS. Il habite dans le campement de roulottes installé sur la falaise, celui qui a soulevé une vive controverse au niveau local. Je le sais parce que je travaille avec le centre Upton, un organisme situé de l'autre côté d'Eastley, non loin de la zone industrielle. Quand j'étais petite, c'était une Maison des jeunes, ce genre d'endroits où l'on est persuadé qu'un tournoi de ping-pong tous les jeudis soir empêche les adolescents de sniffer des chiffons imbibés d'essence volée dans l'usine de pneus voisine. La zone industrielle se trouvait à quelques kilomètres à l'intérieur des terres et, s'il n'y avait eu les hordes de mouettes qui criaient en tournoyant dans le ciel austère, on aurait pu se croire dans les plaines des Midlands. Tout le coin sentait le caoutchouc brûlé, je m'en souviens, une odeur qui flottait tel un objet solide et donnait à l'ensemble du secteur un air de région sinistrée, un peu comme une zone radioactive sillonnée par des hommes en combinaison blanche, pourvus d'un appareil respiratoire – une atmosphère de déshérence parfaite pour une jeunesse rebelle.

Un jour, avec Jenny Ozu, je suis allée à la Maison des jeunes où il y avait une soirée discothèque. Nous portions une immense écharpe, un jean cigarette et des barrettes. Une fois là-bas, nous sommes restées collées contre le mur, à boire du Coca éventé dans des gobelets en carton pendant que des bandes de garçons sautaient sans le moindre sens du rythme sur la piste de danse en moulinant des bras. De temps en temps, l'un d'eux s'avançait vers nous en tournoyant et sortait brusquement de la poche de son pantalon trop lâche une demi-bouteille de vodka – moins pour nous en offrir que pour nous menacer de tout ce qui pouvait nous arriver du fait qu'il buvait. À la fin, et c'était prévisible, une bagarre s'est déclenchée, et je me suis éclipsée avec Jenny pour rejoindre sa mère qui nous attendait dans sa voiture. La radio allumée, un crayon à la bouche, elle faisait des mots fléchés.

Les endroits de ce genre évoluent avec les époques. À présent, le centre Upton aide les réfugiés locaux et les étrangers qui ont émigré pour des raisons économiques. Il prétend leur fournir des conseils de A à Z. La plupart des gens qui y travaillent ont eu à peine une semaine de stage sur la question des réfugiés, mais ils n'hésitent pas à nous appeler pour exiger que leurs « clients », que nous soignons pourtant depuis des années, soient mieux traités. Dans notre service, nous considérons donc avec méfiance les patients que nous adresse le centre Upton. Un jour, il m'a envoyé un rapport sur une « cliente » certifiant qu'elle souffrait d'un mal de dos chronique à cause des *« conséquences psychologiques de son déplacement »*. Quand j'ai questionné et examiné la personne en question, une Kosovar timide âgée d'une cinquantaine d'années qui s'appelait Marina, je me suis dit qu'elle pouvait avoir un tassement de vertèbres et je lui ai prescrit du Co-dydramol en attendant d'avoir le résultat de ses examens. Marina souffrait bien des conséquences psychologiques de son déplacement. Elle était en outre insomniaque, et s'inquiétait horriblement pour les enfants adolescents qu'elle avait laissés à Pristina – mais elle avait une hernie discale.

M. A. appartient au même groupe qu'elle, qui compte surtout des Albanais du Kosovo et aussi quelques Bosniaques, je crois. Ils ont souvent été en contact avec le centre Upton, mais plus pour des questions de loi que de médecine, car certains membres de leur famille étendue sont des immigrés illégaux. Bien sûr, il y a également des problèmes de santé, comme toujours avec les gens socialement défavorisés. Une femme de ce groupe vient régulièrement se faire traiter dans notre service, et c'est ainsi que le nom de M. A. s'est retrouvé dans nos fichiers. Un cas de mal de dos chronique, cette fois encore, envoyé par le médecin généraliste. M. A. a été cité comme parent proche, quoique le lien de parenté avec la patiente, si tant est qu'il y en ait un, ne soit pas clair. Apparemment, il est à la tête de ces gens, et peut-être est-ce là le seul lien qui existe entre eux.

Arrivée dans la zone industrielle d'Eastley, je fais une première halte. Il faut que je sois prudente car c'est tout près de Hennett's, l'entreprise où travaillent David et Chloe, même si en ce moment David n'y va pas beaucoup et si Chloe est encore officiellement en congé de maternité. Je passe devant le centre Upton, situé en retrait de la route, puis devant Hennett's, avant d'atteindre la zone industrielle dont la population laborieuse est presque entièrement composée d'immigrés. À l'entrée il n'y a ni gardien ni poste d'accueil et les grilles grises sont ouvertes. Après les avoir franchies, je vais jusqu'au bout en longeant les immenses entrepôts sombres, aux énormes portes béantes comme des bouches, et devant les bâtiments trapus en brique, dépourvus de fenêtres, aux toits plats. C'est là le ventre qui nous nourrit tous ; l'endroit où l'on stocke, assemble et expédie. On ne voit ni noms de magasins ni panneaux publicitaires ; aucune enseigne colorée, rien qui vous attire l'œil. À vrai dire, il n'y a aucun passant à tenter, car on ne vient pas ici sans une bonne raison.

Je me gare sur le parking de délestage désert et, en descendant de voiture, ce que je remarque en premier est la puanteur des déchets de poisson avec lesquels l'usine contiguë au parking prépare de la nourriture pour chats, puis, quand je la dépasse et que j'avance dans la direction du vent, je sens cette étrange odeur de pneu brûlé qui a marqué mon adolescence, remugle lourd, chaud, de choses mises au rebut. Au milieu de la zone industrielle, un petit rond-point est fleuri avec des tulipes affaissées. Au centre, on a même installé deux bancs qui se tournent le dos. Je me demande si les ouvriers viennent s'y asseoir en été et, comme ils ne se font pas face, gardent les yeux fixés sur les entrepôts. Je suis sûre que c'est le seul endroit où l'on peut manger un sandwich. Tout en marchant, je referme mon manteau et je serre bien la ceinture. Ces lieux ressemblent à ceux où mes parents travaillaient avant ma naissance – l'ancienne usine de mon père se trouvait elle aussi à la périphérie de la ville, ma mère y était secrétaire et c'est là qu'ils se sont connus. Ils avaient déjà passé la trentaine et habitaient encore tous les deux chez leurs parents âgés. J'ai du mal à les imaginer en train de se faire la cour, car j'ai toujours pensé qu'ils n'attendaient rien ni personne, et surtout pas cette rencontre. Le peu que j'ai deviné du début de leur vie m'a fait redouter un destin identique, et je l'ai appréhendé à la manière dure, déterminée dont nous craignons toujours le sort qui nous est promis. La mort précoce de mon père et la maladie de ma mère m'ont permis de défier ce sort et, en y songeant, je me sens à la fois reconnaissante, coupable et bien seule. Après tout, on est rassuré quand on se conforme à son destin, même s'il vous fait horreur. Un soir, tard, je me trouvais au pub avec Maurice alors qu'il était d'une morosité peu habituelle. Après avoir bu un cidre brut de trop, il a lâché d'un ton sarcastique : « Je ne comprends pas pourquoi c'est toujours moi qui propose de venir au pub. Alors que je n'ai pas grand-chose en commun avec vous autres, tant vous êtes dévouées. Moi, je n'ai jamais voulu travailler dans la santé publique... » Il a sifflé un long trait de cidre, puis a ajouté : « Je voulais vendre des hot dogs dans une camionnette, voilà ce que je voulais.

— Alors, pourquoi tu ne l'as pas fait ? lui ai-je demandé.

— Ça ne m'aurait pas convenu », a-t-il répondu.

Non loin du rond-point aux bancs vides et aux tulipes penchées et décolorées, je trouve ce que je cherche. Je ne peux pas m'arrêter pour bien voir – même si je ralentis un peu l'allure, il faut que je continue à marcher et que je donne l'impression de me rendre quelque part. Le rideau de fer est levé et on distingue les ouvrières à l'intérieur. Elles sont toutes en manteau et chapeau ou foulard sur la tête car rien ne les protège du vent. Au milieu de l'entrepôt, des cartons ouverts s'entassent sur des tréteaux alignés. Près de la porte, je vois une table couverte d'un amoncellement de fermetures à glissière. Une jeune femme les trie par taille et par couleur – un petit tas de fermetures vertes courtes, un autre de noires longues, des marron de diverses longueurs. Sous la table, il y a une grosse poubelle et, au moment où je passe, la jeune femme tripote un spécimen cassé. Au bout de trois vaines tentatives pour faire monter et descendre le curseur, elle jette la fermeture dans la poubelle, tout en souriant et en bavardant avec sa voisine assise à une table jonchée de carrés de cuir marron. Une voix retentit, et une femme âgée s'approche pour réprimander la première jeune femme. Celle-ci lance un regard maussade à la femme âgée, qui attrape la fermeture cassée et la brandit.

Bien que je continue à avancer, je commets une erreur stupide : j'observe la scène. Comme ça arrive souvent, les deux ouvrières s'aperçoivent d'une présence en sentant un regard fixé sur elles. Elles pivotent vers moi, et alors la femme âgée et moi nous reconnaissons. Aussitôt, je tourne la tête et presse le pas, mais je sens qu'elle me suit des yeux lorsque je me dirige vers la grille de la zone industrielle. Je ne l'ai vue qu'un bref instant, mais je suis sûre qu'elle faisait partie des femmes venues au crématorium le jour où Betty a été incinérée, et je suis tout aussi sûre qu'elle sait qui je suis.

Quand j'arrive à la grille, je suis confrontée à un problème. Le chemin mène tout droit à la grand-route déserte qui dessert Hennett's, le centre Upton et deux autres usines avant de rejoindre Eastley. La zone industrielle est clôturée et, si je veux regagner ma voiture, il faut que je reprenne par l'entrepôt et le rond-point. J'erre à peu près un quart d'heure sur le bas-côté herbeux pendant que des camions déboulent pesamment en lâchant des gaz d'échappement et un souffle qui me fait osciller. Lorsque j'arrive à un siège en béton jonché de gravillons construit sur le bas-côté, je m'assieds quelques minutes. Il fait un froid glacial, j'ai le nez qui coule. Faute de mouchoir pour l'essuyer, je me sers de mes doigts. À ma gauche, des lambeaux de mouchoirs en papier sont coincés dans les ronces. Si je ne pouvais vraiment pas faire autrement, il me serait toujours possible d'en extirper quelques-uns pour me moucher, mais je n'ose penser à ce qu'on a pu essuyer avec. Quand j'ai l'impression d'avoir laissé passer suffisamment de temps, je me lève et me dirige à pas lents vers la grille de l'entrée principale. En approchant du rond-point, je prends soin de marcher de l'autre côté de la route, mais ma prudence se révèle superflue. Le rideau a été baissé et cadenassé ; il n'y a plus personne en vue. Quoi qu'il en soit, je suis certaine d'une chose : seules les femmes travaillent là-dedans, pas les hommes. Je ne le trouverai pas ici.

Une fois sur la route à quatre voies, je ralentis en longeant Hennett's. Je me demande si David est venu aujourd'hui ou s'il est resté chez lui avec Chloe et les deux garçons. « Les deux garçons »... voilà qui est agréable à l'oreille, rassurant. Hennett's a une allée de gravier bien entretenue et une vaste zone d'accueil où se trouve une hôtesse souriante. Quelle que soit celle qui était de service quand je venais voir David, elle semblait toujours porter une bague de fiançailles, comme si, en s'installant derrière le bureau, elles se la passaient au doigt en guise d'uniforme. Lorsque je m'éloigne, j'imagine Chloe en train de s'engager dans l'allée de gravier bien entretenue pour son premier jour de travail. Elle devait rouler dans un petit coupé impeccable, violet peut-être. Je la vois se garer derrière le bâtiment, s'avancer vers l'accueil d'une démarche vive, régulière, les jambes animées d'un mouvement de ciseaux. Je la vois faire un grand sourire à l'hôtesse en disant : « Bonjour, je m'appelle Chloe. Je commence à travailler aujourd'hui. Je viens voir David Needham. » Peut-être a-t-elle tendu la main. Peut-être a-t-elle lâché un cri d'admiration en apercevant la bague de fiançailles de l'hôtesse.

En traversant la ville, j'entends mon portable sonner dans mon sac posé sur le siège passager. Au bout de deux sonneries, il s'arrête. Puis il recommence une deuxième, une troisième fois, toujours deux sonneries, et ensuite plus rien. À la quatrième tentative, j'entends six sonneries et la messagerie prend le relais. Quelques instants plus tard, un bip strident m'indique que quelqu'un a laissé un message. Je m'arrête sur le bas-côté juste avant de m'engager dans la rue en sens unique, j'allume mes feux de détresse et je sors mon portable de mon sac. Le journal me signale que j'ai eu quatre appels manqués avec un numéro masqué. Je me demande s'il s'agit de Toni – son téléphone de service ne laisse jamais apparaître son numéro –, mais, quand j'écoute le message enregistré, je n'entends aucune voix. Il n'y a qu'un silence pendant plusieurs minutes. Je finis par couper le répondeur et jeter le téléphone sur mon sac ; mais je le reprends pour écouter de nouveau, ma main plaquée sur l'autre oreille pour atténuer le vrombissement de la circulation. On dirait que quelqu'un m'a appelée par erreur en marchant dans la rue, le téléphone au fond de sa poche. J'entends des pas étouffés et, en fond sonore, des bruits indistincts de voitures, de conversations signalant un endroit public. Cependant, au moment même où j'ai la conviction que ces quatre appels n'étaient pas intentionnels, je perçois ce que je n'avais pas remarqué lors de la première écoute : un long soupir qui me fait froid dans le dos. Ce n'est pas un soupir attristé, mais malveillant, un soupir de satisfaction. Il est lâché si près du micro que j'en éprouve un choc soudain, comme si, dans ma propre voiture, on m'avait tapé sur l'épaule. L'appareil ne se trouvait pas dans une poche ou un sac, mais dans la main de quelqu'un, à proximité de sa bouche – une bouche qui, toute proche de mon visage, fait preuve d'une intimité malvenue.

Après le soupir viennent d'autres bruits de fond, mais je n'écoute plus. D'une violente pression du pouce, j'appuie sur la touche « fin de communication », puis j'efface le message ainsi que tout ce qui est enregistré dans le journal d'appels. Ensuite, je fourre mon portable dans mon sac et je remets le moteur en marche. Alors que je regagne la route, une voiture débouche trop vite du tournant qui se trouve derrière moi et actionne furieusement son avertisseur en déboîtant. La courbe sonore du klaxon rappelle un hurlement d'agonie.

En rentrant, je trouve mon hebdomadaire gratuit sur le paillasson. Juste après ce qui s'est passé, quand il y avait des gens chez moi, ce journal disparaissait aussitôt déposé. Je comprends à présent que ces gens voulaient me préserver des articles publiés sur Betty et Willow. Le conseil municipal s'est réuni pour adopter de nouvelles règles de stationnement en ville ; Witchard's

Factory Wardrobes est en train de faire des soldes ; la politique d'admission dans les établissements d'enseignement secondaire a été révisée... Le nombre de choses qui peuvent paraître insultantes, qu'on peut prendre pour soi, est étonnant.

En m'écroulant sur une chaise de la cuisine, je déplie le journal et le feuillette rapidement. En ville, la tension n'est pas retombée, semble-t-il. Mercredi dernier, trois ou quatre adolescents ont suivi dans Clifton Rise une jeune femme qui sortait de l'échoppe de plats chinois à emporter, et ils se sont moqués de son accent. Quand elle leur a demandé de partir, l'un d'eux lui a arraché son achat des mains, il en a soulevé le couvercle, et lui a lancé la nourriture brûlante en pleine figure et dans les cheveux. Un conseiller municipal, dont les propos sont cités, explique que les arrivants doivent essayer de comprendre le profond ressentiment de la population locale à cause du chômage. Je me demande si la jeune femme compte parmi celles que j'ai vues tout à l'heure dans l'entrepôt, en train de trier les fermetures à glissière ou les morceaux de cuir, un sourire aux lèvres, et qui se sentaient en sécurité au milieu de leurs collègues et amies – jusqu'à ce qu'une inconnue passe devant elles et, en les observant, leur rappelle les mille raisons qu'elles ont de se sentir mal à l'aise, conscientes de vivre dans l'insécurité. Je secoue la tête. Si je ne m'arrête pas de me dire que tout est lié, je vais devenir folle.

Dehors, il fait noir. Je décide de lâcher le pied pour ce soir. Je débouche une bouteille de vin, je m'approche du placard où sont rangés les beaux verres dont nous ne nous servons jamais et j'y trouve le plus cher, un gros globe posé sur un pied très fin, tourné, le genre de verre que les gens lèvent au restaurant pour admirer la couleur du vin. Je le dépose avec la bouteille sur un plateau et, tout d'un coup, il me vient à l'esprit que je pourrais m'octroyer une cigarette – pensée transgressive. Ces derniers temps, apparemment, les pensées transgressives affluent. Rees n'est pas là. Personne n'a besoin d'être au courant. Je garde deux cigarettes dans un paquet de dix, au fond du tiroir où je range les anciens modes d'emploi d'appareils ménagers dont je me suis débarrassée il y a des années. Je finis par dénicher le paquet, un peu froissé, sous la garantie d'un grille-pain. À l'intérieur, les cigarettes sont vieilles et desséchées. Malgré ce que j'ai voulu faire croire à David, je n'ai jamais beaucoup fumé, pas plus que je n'ai beaucoup bu. Ce n'était qu'un geste de rébellion.

Je mets sur le plateau les cigarettes et un briquet à gaz à côté du vin et du verre de luxe, puis je l'emporte dans le salon. Après avoir monté le chauffage à fond et allumé le téléviseur en augmentant le volume, je bois du vin et je fume mes clopes l'une à la suite de l'autre, trop vite, en secouant la cendre sur le plateau, les pieds haussés sur le canapé, sans même avoir pris la peine de retirer mes chaussures.

Un peu plus tard, en me réveillant en sursaut, je renverse du vin sur moi. Je me suis endormie avec la télé qui braillait, les deux mégots de cigarette sur le plateau, mon verre de luxe serré entre mes doigts, en équilibre sur ma poitrine. Voilà ce qui m'a réveillée, le verre qui basculait… Heureusement qu'il ne restait pas grand-chose dedans. Désorientée, je me redresse. La bouteille de vin est vidée aux deux tiers. La pièce sent le tabac – je trouve cette odeur écœurante. Sur l'écran de télévision, des gens s'entassent sur le canapé jaune criard d'un studio et poussent des hurlements de hyène. À tâtons, je cherche la télécommande et j'éteins le téléviseur. Me voici soudain revenue chez moi, dans la pénombre, seule, cernée par tout ce qui s'est passé. Malgré mon envie de me laisser replonger, je me force à me lever, les jambes flageolantes, puis je pose mon verre sur le plateau, que j'attrape et emporte dans la cuisine. Le rituel du soir m'attend – un processus lent mais immuable qui consiste à fermer la maison pour la nuit, à vérifier les portes, éteindre les lumières, admettre que je suis seule. Je l'accomplis. Je m'y oblige alors même que tout ce que je veux, c'est le lit de Betty, le souffle que lâche sa couette quand je la remonte sur mes épaules, la lueur tournoyante, hypnotique, de la lampe-étoile de mer orange, ce qui me permet de diriger mes pensées vers Betty. Tout ce que je veux, c'est penser à elle.

De façon inhabituelle, je dors, et le lendemain matin je me sens léthargique, dans un état second. Lentement, je descends en robe de chambre dans la cuisine. Le café et deux bouchées de toast ne parviennent pas à me remonter. Le téléphone fixe sonne pendant que je suis au milieu de l'escalier, sur le point d'aller dans ma chambre pour m'habiller. Le temps que je redescende, il s'est arrêté, mais il reprend peu après.

« Laura, bonjour, c'est Toni. »

Je suis tellement vidée, égarée, qu'il me faut un moment pour retrouver mes esprits. « Toni !

— Ça va ? Vous avez une voix endormie. Je vous ai réveillée ?

— Non, ça va très bien, c'est juste que je viens de me lever. Pour une fois, j'ai fait la grasse matinée.

— Parfait. »

Je souris en moi-même. Toni est une vraie mère poule avec moi.

« Est-ce que vous serez là dans la demi-heure qui vient ?

— Oui, bien sûr. Je ne suis pas encore habillée.

— Super, je vais faire un saut. Ça ne vous dérange pas que j'amène une collègue ?

— Bien sûr que non. Je vais m'habiller.

— Pour nous, ce n'est pas la peine. »

Je regarde ma montre. On est déjà au milieu de la matinée. « C'est vous qui m'avez appelée hier ? Sur le portable, plusieurs fois de suite, sans laisser de message ?

— Non. J'aurais essayé de vous joindre chez vous d'abord, ou j'aurais laissé un message.

— Bon, aucune importance. »

Toni regarde autour d'elle en franchissant le seuil.

« Rees passe quelques jours avec David, dis-je.

— Oui, je sais. »

J'examine la collègue de Toni, une version junior d'elle-même – plus jeune, mais avec le même regard direct et les mêmes cheveux blonds en bataille. Ses yeux très ronds pétillent. Bien que je m'efforce de ne pas juger, elle me paraît être une de ces jeunes femmes compétentes, pleines d'allant, à qui rien de vraiment grave n'est jamais arrivé. Je devrais pourtant savoir que les apparences sont parfois trompeuses. Je lui explique : « Rees est mon fils.

— Bonjour, je m'appelle Jane. Quel âge a votre fils ?

— Quatre ans. »

Jane s'arrête dans le couloir et déclare : « J'aime bien ce miroir.

— Merci. » Je souris un peu en me tournant vers la cuisine. Ce miroir est tout à fait banal. Grâce à Toni, je me suis familiarisée avec certaines habitudes des policiers, par exemple leur façon de faire des remarques à voix haute pour montrer qu'ils sont observateurs. C'est peut-être une technique qu'on leur enseigne pour détendre les parents ou les victimes, et pour déstabiliser les suspects, une habitude tellement enracinée qu'ils ne s'aperçoivent même plus qu'ils la pratiquent. À leurs yeux, les gens à qui ils ont affaire sont tous pareils – des civils qui ne font pas partie de leur confrérie. Je me rappelle que la portière était bloquée quand ils m'ont emmenée à l'hôpital, qu'ils marchaient l'un devant moi, l'autre derrière en traversant le parking, comme si je pouvais à tout moment me transformer en suspect.

Toni a dans les mains une chemise cartonnée bleu délavé, et je comprends aussitôt que cette visite s'attache plus aux règles que les précédentes. Je décide de ne pas prendre la peine d'offrir une boisson chaude – et j'éprouve une brève anxiété à la pensée que Jane, la jeune policière, pourrait me trouver impolie. Lorsque nous nous asseyons toutes trois, Toni pose son dossier sur la table et se lance dans un discours visiblement préparé.

« Laura, vous savez que M. Ahmetaj a tout d'abord été arrêté car il était soupçonné de conduite dangereuse ayant entraîné la mort. »

Il me vient à l'esprit que Toni estime sans doute que je vais mieux, que je suis peut-être assez forte pour entendre ce qu'elle a à me dire. Dans le jardin, près de la porte de derrière, le chat d'un voisin gémit.

Toni se tourne vers Jane. « Nous avons tenu Laura informée autant qu'il était possible. Je suis passée à peu près une fois par semaine. » Elle me sourit. « Nous avons bu quelques tasses de thé au cours des dernières semaines, pas vrai ? »

À mon tour, je lui souris, mais avec une certaine gêne.

« Laura sait que la conduite dangereuse ayant entraîné la mort est un délit très grave, qui exige donc des preuves à l'appui. Nous avons également discuté un peu des difficultés liées à ce chef d'accusation, telles que charge de la preuve, etc. »

Cette Toni ne me plaît pas. Je préfère celle qui venait fumer une clope en douce dans mon jardin.

« Le véhicule a été saisi, c'est bien ça ? » demande Jane.

Toutes deux s'adonnent à une sorte de numéro policier, un genre d'exercice de formation, et qui, d'une certaine façon, doit en être un. Les rapports de hiérarchie sont évidents entre elles : attitude respectueuse chez Jane, encadrement de la part de Toni. Ça m'agace. Du coup, je pense que, moi aussi, j'ai un rôle à tenir. J'ai envie de mettre mon grain de sel : « Coucou, vous m'avez oubliée ? Je m'appelle Laura. »

« Oui, nous avons aussi confisqué les vêtements. Les tests d'alcoolémie et de drogue ont été négatifs. » Toni s'adresse à moi. « Vous vous rappelez ? Je vous ai expliqué que le conducteur avait été relâché, mais devait rester à la disposition de la police pendant que nous cherchions des preuves ? »

J'incline la tête.

« Bon, c'est ce que nous avons fait. Nous avons commencé par prendre la déposition de Ranmali et de son mari, relevé les traces de freinage sur la route. Nous avons fait examiner le véhicule... Le problème, c'est qu'il n'y avait pas d'autres témoignages. Bien sûr, Willow était présente, mais pendant quelque temps elle n'a pas été bien, et puis nous l'avons perdue. La chose est difficile à admettre, mais nous en sommes arrivés à la conclusion que rien ne prouve que l'homme conduisait dangereusement. »

Ce n'est pas un choc pour moi. Il y a plusieurs semaines, Toni m'a prévenue que les charges pesant sur le conducteur pouvaient être ramenées à « homicide par imprudence », un chef d'accusation beaucoup moins grave.

« Il a fait une déposition et, conformément aux nouveaux statuts de la famille, vous avez le droit de la lire. »

Je regarde le dossier posé sur la table.

« Je peux vous la lire tout de suite – ou vous la laisser, si vous préférez, et vous m'appellerez plus tard si vous souhaitez qu'on en discute. »

Toutes deux m'observent. Maintenant, je comprends le caractère officiel de la démarche, la présence d'une collègue. Je possède des droits. Je risque de me plaindre, de les attaquer, de prendre un avocat. Je pense : Me voici livrée à moi-même. C'est le début de la fin de l'intérêt qu'elles me manifestent. Elles me lâchent.

« Suite à notre enquête, les charges qui pèsent contre lui seront moins lourdes, reprend Toni en continuant de me fixer. Laura, j'espère que vous comprenez. Nous sommes désolées, mais cette possibilité existait dès le départ, et c'est ce qui se passe souvent dans des cas semblables. Beaucoup de gens l'acceptent mal, et je sais qu'il n'est pas facile pour vous de le comprendre dans la mesure où vous avez perdu une personne aimée. N'empêche que la vérité m'oblige à dire que… »

Je lui coupe la parole. « De quoi est-il accusé ?

— De ne pas s'être arrêté sur les lieux de l'accident.

— Qu'est-ce que ça veut dire ? » Soudain, je commence à avoir des problèmes de respiration et je prends de grosses goulées d'air. « Hein ? Qu'est-ce qui va lui arriver ? Quoi donc ?

— Il aura sans doute une amende de deux cents livres et des points en moins sur son permis. »

En un éclair, je suis ramenée au soir où Toni m'a conduite à l'hôpital pour reconnaître le corps de Betty, à l'impression d'irréalité que j'éprouvais en avançant dans ces couloirs infiniment étranges et pourtant résolument familiers – j'avais la conviction faible, mais tenace, de rêver.

Toutes deux me regardent de nouveau. Il y a un long blanc. Elles ont dit ce qu'elles étaient venues dire. Gentiment, elles s'inquiètent pour moi. Elles veulent me donner l'impression qu'elles sont ici pour m'aider, elles essaient, par leur silence, de m'assurer qu'elles sont à ma disposition, mais, aussi tangible que la table autour de laquelle nous sommes installées, je sens leur désir de s'en aller. Je sais qu'elles attendent que je leur donne congé, alors je finis par déclarer d'un ton calme : « J'aimerais que vous partiez toutes les deux, s'il vous plaît. Merci. »

Aussitôt elles sont debout. La chemise cartonnée est toujours sur la table. Je reste assise. Toni lève la main, ce geste est le même que l'autre soir, quand elle voulait me faire comprendre qu'elle aurait aimé me toucher l'épaule mais ne voulait pas se montrer envahissante. Elle s'attendait à des larmes, je pense, à de la colère, voire de l'hystérie – elle aurait sans doute préféré ce genre de réaction à mon calme curieux. Je sens la tension dans leurs mouvements mesurés, leur détermination à avoir une attitude correcte.

Sur le seuil de la cuisine, Toni se retourne et me souffle : « Je vous appellerai plus tard, quand vous aurez eu le temps de jeter un coup d'œil aux dépositions. »

Sans la regarder, j'incline légèrement la tête. Elles sortent toutes seules de la maison et me laissent assise là, puis elles regagnent leur voiture en silence, soupirent en y montant, parlent de moi tout en regagnant le poste de police pour retrouver leurs autres activités professionnelles et leur autre vie.

Si la déposition de M. A. a été griffonnée par un officier de police, d'une écriture qui reste toutefois lisible, elle est à la première personne, c'est M. A. qui parle. Il roulait dans Fulton Road parce qu'il revenait de l'école, celle de Betty, l'école de ma fille. Il avait rendez-vous avec le directeur.

« L'école dans laquelle va mon neveu est très mauvaise. Nous avons entendu dire que l'autre école était bonne, mais ils ne veulent pas prendre mon neveu. Ils disent qu'il doit attendre. » Je sais de quelle école il parle : St. Michael's, toute petite, où les élèves sont admis individuellement, et qui est située près de la côte menant au sommet de la falaise. J'ai été en contact avec l'assistante sociale. Elle avait été obligée de nous envoyer plusieurs enfants et d'en adresser d'autres à leur médecin généraliste. C'est là une zone très défavorisée, et plus d'un tiers des enfants inscrits dans cette école sont des cas sociaux,

même si, en principe, il s'agit d'un établissement comme les autres. Ils sont obligés d'exclure des enfants de cours préparatoire âgés de onze ans pour avoir fumé dans la cour. Il y a eu beaucoup de frictions entre les enfants des ouvriers immigrés et ceux de la population locale. La déposition se poursuit : « *Mon neveu avait des problèmes là-bas avec des mauvais garçons. Nous sommes allés voir l'autre école.* » M. A. insiste sur ce qui ne va pas à St. Michael's. Visiblement, ce sujet le préoccupait. « *C'est la ville la mieux dans laquelle on vit, mais l'école de mon neveu nous cause un gros problème. Nous allons souvent parler avec les professeurs, mon cousin y va et dit au directeur que mon neveu est malheureux dans cette mauvaise école. Le directeur est une femme, elle ne nous écoute pas. Nous ne voulons pas quitter la ville. Nous avons du travail et, à part l'école, tout va bien jusqu'ici. Nous ne comprenons pas pourquoi mon neveu ne peut pas aller dans une autre école, puisque c'est notre seul problème, notre souci. Alors nous prenons rendez-vous avec le directeur de l'autre école, pour voir.* » M. A. n'est pas le seul à être désorienté par les bizarreries du système d'admission dans les établissements scolaires. L'école de Betty se trouve dans une zone résidentielle de maisons mitoyennes construites vers 1900. Même si l'on peut y inscrire deux enfants à la fois, la liste d'attente est longue. Nous habitons à vingt minutes de marche et nous avons réussi à y faire admettre Betty juste parce que les enfants de son année étaient presque tous fils ou fille unique. « *Nous avons parlé au directeur. Nous avons attendu dans le bureau.* » Le directeur de l'école de Betty est un certain M. Coe, un petit bonhomme bourru adoré par les élèves mais détesté par la plupart des parents, y compris moi. Le visage rougeaud, il est coléreux, et je n'arrive pas à comprendre pourquoi les enfants l'aiment – Betty le portait aux nues. « *Normalement, ma cousine y serait allée, mais, ce jour-là, elle était en retard, alors je vais en voiture avec mon neveu. Je veux que le directeur voie que mon neveu est un bon garçon, travaille dur, est toujours poli. Nous parlons à cet homme. Il est gentil, correct, mais il dit qu'il ne peut rien faire. Quand nous quittons l'école, mon neveu court. Il donne un coup de pied dans quelque chose, un triangle. Il tombe.* »

En sortant de l'école, le neveu a joué avec un cône de signalisation en plastique oublié sur le trottoir, il a trébuché et s'est cogné le front sur un muret de brique. Comme il saignait beaucoup, M. A. l'a fait monter dans son véhicule, et s'est dépêché de descendre Fulton Road et de tourner au croisement. Lorsqu'il a bifurqué, deux fillettes se sont élancées pour traverser. Il n'a pas eu le temps de les éviter. Ni lui ni son neveu n'avait attaché sa ceinture. M. A. a ralenti et s'est arrêté dès que les conditions de sécurité le lui permettaient. Il ne savait pas quoi faire. Dans son rétroviseur, il a vu la femme sortir en courant de sa boutique. Son neveu hurlait et avait du sang sur le visage. Il a repris sa route. Ne sachant toujours pas ce qu'il devait faire, il a ramené son neveu au campement, à sa mère, et les femmes l'ont conduit à l'hôpital. Après quoi, M. A. s'est entretenu avec les autres hommes. C'est toujours de cette façon qu'ils procèdent. Quand il y a un problème, ils se réunissent pour décider ce qui est le mieux pour tout le monde. Après, il est allé à la police. L'officier de police a employé les termes adéquats : « *Plus tard, je me suis présenté au poste de police et j'ai été arrêté.* » Chaque fois que je lis dans les journaux que quelqu'un doit se présenter à la police et se soumettre docilement à une arrestation, s'offrir pour ainsi dire sur un plateau, je trouve ça curieux. Pour moi, une arrestation implique de la violence physique – poursuite en voiture, porte défoncée, voire bagarre.

Ça y est. Je me force à me dire que le moment est arrivé : c'est son neveu que cet homme aime. Sans doute est-il inhabituel qu'un type comme lui s'intéresse aux problèmes scolaires – dans presque toutes les cultures, on considère en effet qu'il s'agit là d'une affaire de femmes. Peut-être s'en est-il mêlé parce que le directeur de l'école de Betty était un homme, et qu'il a estimé préférable d'essayer de parlementer avec lui, d'homme à homme, sans se rendre compte que les admissions ne sont pas de la compétence d'un directeur. Mais, à mon avis, ce n'était pas tout. Même filtrée par l'interprète et par le policier qui a pris des notes, l'affection de M. A. pour son neveu transparaît. Ce neveu adoré, celui qui se trouve au centre de leur vie à tous, c'est le garçon que j'ai vu ce soir-là aux urgences, quand Toni et son collègue m'ont emmenée à l'hôpital pour identifier le corps de ma fille. En passant devant cet enfant, je me suis demandé une seconde pourquoi il était là, mais j'étais loin de me douter que, à cause de son coup de pied dans un cône de signalisation, ma fille m'avait été enlevée. Où étaient les deux filles au juste dans Fulton Road quand ce gamin a tapé dans ce cône ? À mi-hauteur, peut-être ? À quel instant précis l'une des deux a-t-elle suggéré : « Écoute, j'ai un peu d'argent, on va au magasin vite fait ! », et l'autre a peut-être répondu : « On va être en retard » ?

C'est lui, c'est le neveu qu'il aime. Deux cents livres et des points en moins sur son permis. Willow a été projetée sur le bas-côté. Ma fille a été propulsée en l'air. *J'ai entendu dire que ça vous avait rendue folle.*

Le temps m'est compté, je le sens. Quand le journal local va avoir annoncé que M. A. sera poursuivi uniquement pour ne pas s'être arrêté sur les lieux d'un accident, ces adolescents blancs boutonneux vont débarquer au campement de roulottes sitôt après avoir sifflé quelques pintes de cidre bien fort. Je me lève de la table de la cuisine.

Plus tard, beaucoup plus tard, après mon arrestation et tout ce qui a suivi, je repenserai à ce moment. Je le tournerai et retournerai dans ma tête. Est-ce que je savais ce que j'étais sur le point de faire ? Y a-t-il eu préméditation ? Un processus conscient était-il à l'œuvre quand je me suis levée de ma chaise dans la cuisine ? Je ne le crois pas. En revanche, je me rappelle un blanc étrange lorsque je me suis approchée de la panoplie de couteaux posée à côté de l'évier. Tante Lorraine nous l'avait offerte pour notre mariage, ce qui avait suscité nombre de plaisanteries. Tout le monde nous avait fait des cadeaux pour notre cuisine – c'était la mieux équipée de toute la côte sud. Je m'étais aperçue que j'étais enceinte de Betty depuis quinze jours lorsque, en revenant de l'échographie programmée au bout de six semaines de grossesse, j'ai rangé cet ensemble de beaux couteaux tout acier, aux manches bosselés, dans le haut d'un placard. Mon embryon pouvait difficilement s'échapper de mon ventre pour jouer avec, mais, déjà, les hormones stimulaient mon besoin de protéger, et le simple fait de voir ces couteaux me donnait la nausée. Je ne me rappelle pas quand la panoplie est revenue à sa place initiale, sur le plan de travail, mais il a dû y avoir un stade où j'ai pris confiance en moi, où je n'ai plus redouté le danger, où j'ai jugé que je me tirais plutôt bien de ma tâche.

De la suffisance, me dis-je en m'approchant calmement de l'évier. Voilà l'explication. Tu es devenue arrogante.

Il y a un couteau très long, très bien aiguisé, qui doit être conçu pour trancher la viande, mais il est trop long pour entrer dans mon sac à main et, de toute façon, il ne serait pas facile à manier. Le plus petit, qui sert à couper les légumes, est commode, mais la lame ne dépasse pas dix ou douze centimètres. Il me semble que ce n'est pas assez. Un couteau à la lame en dents de scie s'utilise pour les tomates, m'a affirmé David d'un ton catégorique. Je choisis le suivant, à la lame lisse, au manche facile à empoigner, et qui tient dans mon sac si je le mets en diagonale. À l'époque où je cuisinais encore, je m'en servais pour trancher des filets de poulet surgelés de façon à les faire décongeler plus vite.

Voilà à quoi j'ai pensé en enveloppant le couteau dans un torchon, j'ai pensé à des filets de poulet surgelés. Une partie de mon cerveau devait refuser d'admettre la disparition de Betty. Le couteau allait peut-être la sauver, ou peut-être allait-il me protéger, du moins ce qui restait de moi, parce que j'allais me rendre auprès de lui, de ce M. A., et j'allais graviter dans son orbite. Je n'arrive pas à croire que, consciemment, je m'estimais capable de tuer quelqu'un.

16

MA PREMIÈRE VISITE AU CAMP SE RÉVÈLE INFRUCTUEUSE. En arrivant en haut de la côte, j'aperçois le versant arrière – la plupart des roulottes font face au chemin de terre que les véhicules peuvent emprunter. Je me demande ce qui s'est passé quand les jeunes du coin ont débarqué avec des briques et des pierres. À mon avis, ils ont dû attendre la nuit ; sinon, ils n'auraient pas pu approcher.

La seule manière de ne pas se faire remarquer était de venir à pied. En voiture, il aurait fallu quitter la voie goudronnée et s'engager sur une route boueuse à la vue d'une douzaine de roulottes garées de façon anarchique sur les terres marécageuses de l'estuaire. Toutefois, si l'on bifurquait et si l'on se garait avant d'atteindre la montée, on pouvait ensuite gagner le camp à pied par un chemin détourné, en faisant semblant d'aller se promener sur les falaises. Du camp, on ne distinguait pas ce sentier, sauf lorsqu'il rejoignait le sommet, là où David avait feint de me précipiter en bas. Sur le reste du parcours, on ne vous voyait pas du camp, et vous ne voyiez pas le camp. D'ailleurs, même quand ils parvenaient en haut, la plupart des gens, je suppose, préféraient ignorer les roulottes. En règle générale, ils évitent ce genre de spectacle, filent sur les autoroutes ou les autoponts, et considèrent les caravanes ou les roulottes comme de simples véhicules. Nous avons presque tous des idées préconçues sur ce que doit être une maison. Quoique beaucoup plus grand, le pavillon impeccable de Chloe et de David avait un peu la forme d'une roulotte, pourtant, je suis sûre que cette pensée ne les effleurait ni l'un ni l'autre. Si elle était allée se promener là-haut, même en arrivant au sommet de la côte et en s'engageant à droite sur le sentier de la falaise, Chloe ne se serait sans doute pas rendu compte que des gens vivaient sur les terres émergées de l'estuaire.

Ces terres appartenaient à une personne privée. La municipalité était depuis longtemps en bisbille avec le propriétaire, au motif qu'il n'était pas autorisé par les services d'urbanisme à accueillir des logements sur son terrain. Si j'avais bien compris, le litige portait sur le degré de permanence des habitations et sur l'installation définitive ou non des résidents. Le centre Upton avait aidé ces résidents étrangers à se battre pour ne pas être délogés, en mettant en avant leur droit à la santé et à la scolarisation de leurs enfants. Ce différend durait depuis des années.

Je n'ai pas de plan d'action, je sais cependant que je pourrai observer le camp sans être vue, en dépassant la partie en pente du sentier qui mène à la falaise pour arriver au petit abri de brique, juste derrière. Il est ouvert, équipé d'un banc, mais il fait face à la mer, de sorte que je dois me baisser pour le longer – si je distingue le camp au loin, je doute qu'on m'aperçoive en regardant par ici, on ne distinguera qu'une petite tache sur le côté de l'abri. La première fois que j'y vais, je reste deux heures mais je ne vois que deux hommes qui sortent d'une caravane, montent dans une voiture et s'en vont en descendant la côte. J'attends longtemps, j'ai froid et je suis si ankylosée que j'ai du mal à me relever. La prochaine fois, je me préparerai mieux, me dis-je.

Le lendemain est un samedi. Habillée plus chaudement, j'y vais à deux reprises, matin et après-midi. J'espère que le week-end favorisera une certaine animation, mais la zone industrielle est sans doute restée ouverte avec un travail par roulement car, quand j'arrive, le camp paraît presque vide. À un moment donné, deux jeunes femmes passent de caravane en caravane ; un peu plus tard, un groupe d'enfants sort d'une roulotte et s'élance en courant vers les champs. Comme ils portent manteaux et bonnets, forment une grappe serrée et me tournent le dos, je ne peux pas savoir si le neveu se trouve parmi eux. Le week-end, les promeneurs sont plus nombreux mais, bien qu'avec le temps gris et pluvieux les passants restent assez rares, je n'ai pas envie de m'attarder. La deuxième fois que j'y vais ce jour-là, je repars frustrée et démoralisée. Je rentre chez moi et je vide une bouteille entière de vin. À la moitié, j'envoie le SMS suivant à David : « *Désolée pas avoir téléphoné pour parler à Rees car trop fatiguée appellerai demain.* » Il ne répond pas.

Tôt le dimanche matin, j'y repars. Il fait toujours gris et humide. Lourde et agitée, la mer reflète le ciel ; la marée est haute, les nuages sont bas, le reste du monde est coincé entre les deux. J'ai apporté du café dans une Thermos et, dans une des gourdes en plastique qui appartiennent à Rees – il y a des dinosaures dessinés sur le côté –, j'ai mis un peu de whisky. Je suis bien décidée à surveiller le camp le temps qu'il faudra. Si je n'arrive pas à faire quelque chose aujourd'hui, je me sentirai dépassée par les événements.

Le whisky m'encourage. Je n'ai avalé qu'un demi-toast avec deux tasses de thé au petit déjeuner, mais j'ai fini le whisky avant même d'avoir dévissé le bouchon de la Thermos. De temps en temps, mon portable ronronne dans mon sac, tout juste audible à cause du vent. Je l'ignore.

Malgré le café et le whisky, j'ai froid et je suis ankylosée à force de rester sans bouger. Une heure a dû s'écouler. J'ai la nette impression que le camp, en bas, s'est repeuplé. Des hommes se déplacent en voiture. Les deux jeunes femmes sortent étendre du linge sur une corde tendue entre deux caravanes. Puis, enfin, je l'aperçois, cette petite troupe qui est venue au crématorium, du moins une partie, ça, j'en suis certaine. Elle quitte le camp et monte en diagonale vers les falaises. Si elle continue tout droit, elle rejoindra le sentier à plusieurs centaines de mètres de l'endroit où je me tapis, près de l'abri. Parfait. Vite, je me lève et j'entre dans l'abri pour qu'elle ne me repère pas en montant la côte. Cachée derrière le coin de l'abri, je vais guetter le moment où elle retrouvera le sentier. Si j'ai oublié d'emporter des jumelles, j'ai pris la précaution de mettre un chapeau dont j'ai rabattu le bord sur mes yeux. Je m'appuie au mur et je guette, le visage cinglé par le vent.

Ils doivent marcher lentement. Un instant, je les perds de vue, et je commence déjà à craindre qu'ils n'aient changé d'avis et ne soient retournés au camp pendant que j'étais dans l'abri. Peut-être m'ont-ils repérée. Peut-être, au vu de tout ce qui s'est passé ces derniers temps, se montrent-ils d'une prudence extrême.

Puis, enfin, le groupe apparaît sur le chemin. Je l'observe un moment et, une fois sûre qu'il est à plusieurs centaines de mètres devant moi et me tourne le dos, je m'échappe de l'abri pour le suivre.

En tête vient la femme la plus vieille, petite et corpulente. Je m'aperçois que c'est la plus vieille à la raideur de ses mouvements. Une jeune femme et une autre d'âge mûr avancent juste derrière elle. La quatrième du groupe – jeune quant à elle, d'après sa démarche – reste à quelques pas en arrière et tient le garçon par la main. Le garçon. Je l'examine : huit ans, à mon avis, petit pour son âge mais costaud, avec une démarche élastique qui, d'une certaine manière, fait déjà penser à un adulte. Je le scrute tout en marchant sans hâte, car l'allure de la petite troupe est lente et je ne veux pas risquer de la rattraper avant d'être sûre de mon fait. La femme mûre est grande, vêtue d'un manteau marron. Même si je la vois de dos, je suis presque certaine que c'est elle que j'ai aperçue au crématorium et dans l'entrepôt. On dirait qu'elle a de l'autorité sur les autres. De dos, la plus jeune me semble elle aussi familière, mais ça ne doit pas être celle qui triait les fermetures à glissière – peut-être l'ai-je aperçue aux urgences cette nuit-là. C'est le garçon qui m'intéresse en priorité. Le voilà donc, me dis-je. Sûrement. Le fameux neveu, le neveu chéri dont l'éducation préoccupe tant M. A., dont la blessure à la tête l'a affolé, l'a poussé à se précipiter à l'hôpital et à quitter les lieux d'un accident mortel. La fureur et la haine montent en moi, aussi démesurées qu'une montagne. Tous les enfants tombent dans la rue, à un moment ou à un autre. Pourquoi s'est-il affolé à ce point ? Son neveu est vivant, oui ou non ? Il est là, resplendissant de santé, petit pour son âge mais costaud, et parfaitement remis de sa bosse – son oncle a osé paniquer à cause d'une égratignure ? Pendant qu'ils attendaient qu'on lui bande la tête, ma Betty, elle, était allongée sur un lit et une infirmière lui nettoyait le visage avec une éponge, lui peignait les cheveux en disant : « On va te faire jolie pour ta maman, ma pauvre petite chérie. »

Mon cœur cogne dans ma poitrine. Avant même d'accélérer le pas, je suis nauséeuse, essoufflée. En voyant cette petite bande en train de se balader sur mes falaises, tout se mêle dans mon esprit. L'injustice de la vie, que je ressens depuis toujours, me submerge : mort de mon père, maladie de ma mère, David, trouvé et perdu, Betty et Willow. Les événements passés se fondent pour donner ce moment présent. Je me mets à courir. La sueur me picote la nuque, mon cœur s'emballe, je perçois nettement ses battements. Je m'approche du groupe avec une rapidité démoniaque, mes pas sont silencieux sur l'herbe mouillée. Entre le vent et le roulement des vagues sur les galets, personne ne m'entend. Le garçon reste en arrière. Le garçon. Quelques mètres devant moi à peine. Le ciel est blanc. À notre gauche, la pente herbeuse descend vers le camp. À notre droite, la montée s'arrête soudain, bute sur le vide. En bas, les vagues se brisent sur les blocs de béton, et sur les rochers et les cailloux qui les entourent. Une fraction de seconde seulement avant d'agir, je comprends ce que je vais faire.

À deux mains, j'attrape le garçon par-derrière. Ma main gauche lui agrippe le bras, la droite se referme sur son blouson. C'est un blouson bon marché, matelassé, dont le tissu synthétique marron glisse sous mes doigts qui tiennent aussi le couteau, toujours enveloppé dans le torchon. Ma prise n'est pas très assurée, en revanche, ma main gauche enserre son bras comme un étau. Lorsque je l'agrippe, le gamin se tourne à demi et lâche un faible cri étonné. De près, sa peau d'enfant est très pâle, et je distingue un duvet sombre au-dessus de sa lèvre supérieure. Je change d'avis, il doit être plus âgé que je ne le pensais. Malgré sa petite taille, il a l'air d'un gamin dur, mais la surprise joue à mon avantage et je n'ai aucun mal à le tirer brutalement vers moi. Il me tourne alors le dos et je lui entoure les épaules par-derrière. Je le fais pivoter vers la falaise et nous nous en approchons en trébuchant. Il crie de nouveau, un peu plus fort cette fois. Il appelle quelqu'un. Avec le vent, on ne comprend pas le nom qu'il prononce, mais les femmes se retournent. Elles le font toutes ensemble ; leurs gestes sont désordonnés lorsqu'elles se précipitent vers moi, les yeux agrandis par le choc. Je ne dispose que d'une seconde, mais le bord de la falaise est à quelques pas. En y arrivant, je tiens le garçon devant moi, un peu sur le côté, orienté vers la mer – l'intention est claire et, à quelques mètres de moi, les femmes se figent. Tout reste suspendu un instant, sorte de tableau vivant. La plus âgée, la grand-mère, a à peine bougé, mais elle se retrouve agenouillée dans l'herbe mouillée, la bouche ouverte, et lâche un cri, une main posée par terre, l'autre levée, doigts écartés. L'une des jeunes femmes la tient par les épaules. La plus jeune est arrivée tout près de moi – elle pourrait facilement m'atteindre, mais une autre lui a hurlé de s'arrêter. Derrière elle, la femme mûre me dévisage. Sans me quitter des yeux, elle parle avec un débit précipité à la plus jeune. Son visage garde sa dureté malgré l'expression terrifiée, suppliante des autres. Elle continue à s'adresser à la plus jeune, qui, l'air désespérée, est prête à me sauter dessus et ne répond pas. Lorsque l'autre claque dans ses doigts, la plus jeune recule d'un pas. Le garçon gémit mais ne se débat pas, même si, en d'autres circonstances, il se révélerait plus fort que moi, je suppose. Elles ont dû lui demander de ne pas bouger. Elles ne savent pas de quoi je suis capable. Pour la première fois de ma vie, j'inspire une réelle terreur. Ça me monte à la tête, c'est une sensation extraordinaire.

Toutes attendent, les yeux fixés sur moi, pendant que la grand-mère respire avec difficulté. Elles me fixent et comprennent sans doute qu'une catastrophe est sur le point de se produire.

Pour me faire entendre par-dessus le vent, je braille d'une voix aiguë et dure : « Vous croyez peut-être savoir qui je suis ? Non ! Vous ne savez rien du tout ! Vous n'arrivez pas à comprendre ça ? » J'ignore complètement d'où sortent ces mots. « Vous ne m'en croyez pas capable, peut-être ? » Lorsque je secoue un peu le garçon, le couteau enveloppé dans son torchon me glisse des doigts et tombe par terre. Je serre le garçon plus fermement. La grand-mère hurle. À côté d'elle, la plus jeune s'affaisse sur les genoux et ferme les yeux.

C'est l'impasse. Ma respiration est encore désordonnée et, au-dessus de moi, l'air blanc tourbillonne. Le bruit des vagues est assourdissant. J'ai l'impression que nous pourrions rester comme ça indéfiniment. Je me sens aussi inébranlable qu'une statue.

Puis j'entends un cri qui vient de la pente herbeuse, derrière les femmes. Celles-ci se retournent. Le voilà qui arrive du camp à toute allure. Lui.

La femme au visage dur s'adresse à lui en beuglant. Elle tend le bras, lui crie de rebrousser chemin. Il ne l'entend pas à cause du vent et des vagues, et continue à courir dans notre direction. Quand il est à portée de voix, elle se remet à brailler et il s'arrête. Derrière lui, d'autres personnes sont sorties des caravanes et observent la scène.

Toujours face à moi, la femme la plus jeune écarte les bras. « S'il vous plaît, dit-elle de façon heurtée en regardant le garçon. S'il vous plaît, à moi. » D'une voix terrorisée, le garçon lâche quelque chose, son nom peut-être. La jeune femme me regarde, essaie de sourire, puis, des deux mains, fait signe d'approcher, comme si le garçon n'avait pas envie de la rejoindre et qu'elle l'encourage.

Je lève le menton vers *lui*, vers l'homme qui a tué ma fille. En bas de la pente, il attend, les bras levés, un masque de frayeur et de stupéfaction sur le visage.

La jeune femme ne comprend pas, mais celle qui est derrière elle, celle qui a un visage dur, nous observe. À mots hachés, elle explique la situation à la jeune femme, qui dit : « D'accord, d'accord. Il arrive. » Elle regarde le garçon. « À moi. » Elle hoche la tête plusieurs fois de suite.

De nouveau, je lève le menton. Après avoir parlé, la femme au visage dur se met à reculer. Il faut aider la grand-mère qui pleure, impuissante, en bas de la pente.

À la hâte, elles descendent en se serrant les unes contre les autres. La voix flûtée du garçon les appelle à deux reprises, mais elles ne se retournent pas. En passant devant M. A., elles lui glissent un mot, puis continuent leur chemin. Il lève les mains en s'approchant de moi, comme le font les gens dans les films policiers pour montrer qu'ils ne sont pas armés. Arrivé à quelques mètres, il s'arrête. Je lui fais signe de venir plus près. Lorsqu'il s'exécute, le garçon gigote et je le tiens d'une poigne plus ferme. L'homme lève de nouveau une main, l'agite en l'air comme s'il voulait nous dire à tous les deux : Allons, calmez-vous…

Je l'examine. Il est plus grand que je ne le pensais en voyant sa photo, une carrure d'ours, mais il a engraissé et, s'il a toujours des bras musclés, son ventre ballotte. Une barbe naissante grise lui couvre les joues. Ses sourcils broussailleux contrastent avec des cheveux clairsemés. Ses grands yeux sombres me rappellent un peu ceux de David, je suis sûre qu'ils sont eux aussi éloquents, capables de passer d'une expression douce à dure en peu de temps. La forme du visage est comparable, et le nez fort dans les deux cas – ils pourraient presque être cousins, bien que M. A. soit à l'évidence beaucoup moins en forme que David. J'ai la même impression curieuse de réévaluation que j'ai eue en voyant Chloe pour la première fois – cet étrange mélange d'excitation, de honte et de retombée de la tension que nous éprouvons en prenant conscience que l'objet de notre haine est une personne et non pas une chose, un corps, une individualité complexe.

« Vous parlez l'anglais ? » La normalité de ma voix m'étonne.

Il hoche la tête.

« Savez-vous qui je suis ? »

De nouveau, il hoche la tête.

« Je veux discuter avec vous. »

Il me regarde, regarde brièvement le garçon, puis reporte les yeux sur moi.

Je jette un coup d'œil vers la mer. « Qu'il meure m'est bien égal. Vous comprenez ? »

Sous mes doigts, le garçon est aussi flasque qu'un sac de pommes de terre. J'ai presque oublié que c'est un enfant que j'agrippe.

Nous nous dévisageons. Les vagues continuent à rouler, les mouettes à crier. Une nouvelle fois, j'ai l'impression que je pourrais rester là indéfiniment. Il commence à pleuvoir – une pluie douce, crachotante.

Puis, d'un mouvement lent, raide, M. A. s'affaisse sur un genou et baisse la tête. « Nous payons, dit-il. Nous payons les choses. Toujours, pour être juste. Je comprends. Je pense vous comprenez. » Il tend un bras vers son neveu. « Ce garçon. Il ne paie pas. Ce n'est pas lui. »

À présent, je frissonne à cause du froid, de la montée d'adrénaline et du choc que provoque en moi mon propre comportement. Pourtant, malgré la folie que je suis en train de commettre, je me sens d'un calme et d'une logique extrêmes. Il sait qui je suis, me semble-t-il. Quand je me suis rendue dans la zone industrielle, cette femme m'a reconnue après m'avoir vue au crématorium. Tous savent qui je suis et pourquoi je suis ici. « Regardez-moi. »

Il lève la tête. Nos regards se croisent et je lis quelque chose dans ses yeux. J'ignore si c'est dû à l'expérience ou une simple peur, mais c'est bien là. Je lis qu'il comprend la douleur.

« Je paie. Si vous voulez... » Il désigne la falaise. « Moi, je vais. Tout de suite. Mais laissez partir le garçon. Il faut le laisser tranquille. »

Non, pas question. Ça ne suffit pas, me dis-je. Il comprend et ne comprend pas. Si c'était aussi simple, si je voulais seulement qu'il meure, je l'aurais attendu sur le chemin, le pied prêt à appuyer sur l'accélérateur. Le couteau serait maintenant planté dans son gros ventre. Ce serait clair et net. Mais ce n'est pas aussi simple. Rien n'est jamais aussi simple.

« Je vais… je vais… » Les mots s'étranglent dans sa gorge. Brusquement submergé par l'émotion, il lutte contre les larmes, tente de les ravaler à grands coups de respiration. Je lis l'affolement sur son visage. Je vois qu'il se dit : Je m'en sortais bien, j'avais l'avantage dans la discussion, ce n'est pas le moment de perdre mon sang-froid.

Soudain, mes muscles faiblissent. Je lâche le garçon et je tombe à genoux sur l'herbe mouillée. Il pleut à verse maintenant. Plus rien ne compte pour moi. Je ne me soucie plus de Betty, de Rees, de David, de Chloe ni de personne. Le garçon s'échappe, dévale la pente en hurlant, passe devant son oncle qui, toujours à genoux, rampe vers moi. Lorsque je ferme les yeux, je pense qu'il va me précipiter en bas de la falaise et que tout sera fini. J'en suis heureuse.

Sous la pluie, il me porte jusqu'en bas de la pente herbeuse, en courant presque. Des gens nous entourent, le vacarme est considérable. J'ouvre les yeux et je vois le visage furieux d'un adolescent qui hurle – on l'éloigne en le tirant par l'épaule, il pivote et se met à invectiver quelqu'un d'autre. Une fillette d'une dizaine d'années saute sans arrêt et, avec un grand sourire, se pend à mon bras et essaie de me regarder. Une femme d'un certain âge sourit en découvrant une bouche édentée. Deux autres femmes braquent sur moi un regard dur, l'une lève les bras. Chacun braille des instructions à son voisin. Je referme les yeux. Quelqu'un me retire mes chaussures. J'ai les cheveux trempés. Les gens continuent de hurler à qui mieux mieux. La pluie est toujours battante. On me tourne sur le côté, on me fait franchir assez rudement le seuil d'une caravane, puis on me dépose sur un canapé ou un lit. Lorsque je rouvre un instant les yeux, les mains de deux femmes me forcent à me redresser. L'une d'elles pose mes chaussures par terre et une autre porte à mes lèvres un petit verre décoré rempli de liquide clair. Je tousse, je crache, j'ai la gorge qui brûle et je perçois un arrière-goût de fruit. La première me tient la tête, l'autre me vide le verre dans la bouche, puis elles m'allongent à demi. Après quoi l'une d'elles pivote, attrape des couvertures multicolores sur le bras du canapé et en déplie deux sur mes genoux. Je baisse les paupières et laisse ma tête retomber en arrière. J'entends des conversations animées au fond de la caravane, je perçois du mouvement, je suppose qu'on fait sortir les hommes et les enfants. Une main fraîche repousse mes cheveux humides de mon visage.

Quelques minutes plus tard, quand je rouvre les yeux, il n'y a plus dans la caravane que les deux femmes auprès de moi – ni l'une ni l'autre ne sont celles que j'ai suivies sur la falaise, elles sont plus jeunes. L'une tient une tasse et une soucoupe en porcelaine. Elle me la tend. Dès que je me redresse sur un coude, elle l'approche encore de moi. Un sachet de thé y flotte dans du lait chaud. J'avale une gorgée. C'est très sucré. D'ordinaire, je ne sucre pas mon thé, pourtant, je trouve ça bon. Les filles m'observent en silence. Je cesse de boire pour les remercier d'un signe de tête, mais elles ne sourient pas et m'observent toujours.

Quand j'ai fini mon thé, une femme plus âgée revient dans la caravane et chasse les deux filles. Elle me prend la tasse des mains. Dodue, elle porte une robe peu seyante, mais en baissant les yeux je m'aperçois qu'elle a de jolies chevilles fines et des chaussures élégantes. Ses cheveux raides sont rassemblés en une queue de cheval dont s'échappent quelques fils blancs qui frisottent sur les tempes. Elle désigne le canapé. J'acquiesce et je m'allonge. Elle remonte les couvertures sur mes épaules. Je ne ferme pas les yeux, je reste éveillée, l'esprit vide.

Deux autres femmes entrent, un enfant sur les talons, et discutent à voix basse. L'une ouvre un placard et attrape un pot en terre contenant des ustensiles de cuisine. Elle s'en va, reparaît quelques minutes plus tard et sort des assiettes. Au bout d'un moment, je sens une odeur de cuisine dehors. Pendant ce temps, l'enfant, un petit garçon planté au milieu de la caravane, me dévisage en suçant son pouce. J'essaie de lui sourire, mais il ne se déride pas. Finalement, l'une des femmes le chasse. Je reste longtemps toute seule, sans bouger.

Il fait sombre à l'extérieur lorsque quelqu'un revient, la femme dodue aux chaussures élégantes. Elle s'approche et me tend une assiette en porcelaine blanche, à la bordure festonnée. Il me semble qu'on me réserve la vaisselle la plus fine, c'était déjà le cas avec la tasse et la soucoupe. L'assiette contient une sorte de ragoût préparé avec des haricots ou d'autres légumes secs, du jus de viande et des morceaux de saucisse. Malgré mon dégoût des saucisses, je mange pour ne vexer personne. Les haricots sont délicieux, fondants et charnus. Tant que je mange, la femme reste debout et m'observe. Je me sens gênée, je préférerais qu'elle s'assoie à côté de moi et mange elle aussi.

Dès que j'ai fini, elle tend la main pour récupérer l'assiette. En la lui avançant, je lui dis d'une voix assurée et distincte : « Merci. »

Pour la première fois, son expression trahit un sentiment. Elle m'adresse un demi-sourire, puis emporte l'assiette dehors et referme doucement la porte derrière elle. Me voici de nouveau seule.

Au bout d'un moment, je repousse les couvertures sur le côté et je m'étire. La petite ampoule électrique suspendue au plafond ne donne qu'une faible lueur dans l'obscurité grandissante. Il me vient à l'esprit qu'on attend sans doute de moi que je parte. J'enfile mes chaussures, je me lève, je replie avec soin les couvertures et je les laisse sur le canapé. Par-dessus, je pose le manteau. Je porte toujours le mien, ainsi que mon écharpe. J'ai perdu mon chapeau.

À quelques pas, une porte en contreplaqué est entrouverte. Doucement, je la pousse et j'aperçois un cabinet de toilette à la propreté impeccable – au point que je me demande si les gens qui habitent ici s'en servent. J'ai envie d'aller aux W-C, mais je n'ose pas. J'ouvre l'un des deux robinets, fais couler de l'eau froide sur mes mains et me les passe sur le visage puis sur la nuque.

La porte de la caravane s'ouvre alors brusquement et je sursaute. Un jeune homme passe la tête, m'aperçoit et paraît embarrassé. Dehors, derrière lui, des voix le réprimandent. Il recule.

Je sors. Il fait nuit à présent. Je distingue à quelques mètres une table et un feu de camp – les femmes cuisinent dans le froid. À cause du vent, la fumée du feu tournoie un peu dans tous les sens. Un groupe d'hommes est assis à ma droite, sous une sorte de dais dont les bords flottent au vent. Lorsque je m'avance, ils me regardent sans hostilité. M. A. ne se trouve pas parmi eux.

Je ne sais que faire. J'ai envie de dire un mot à quelqu'un, de les remercier tous de s'être occupés de moi. Je veux leur demander s'ils me croient folle, si je suis folle. J'ai envie de retourner dans la caravane et d'y rester toute la nuit. J'aimerais qu'ils me cachent.

Les hommes reprennent leur conversation, les femmes restent groupées autour du feu. Personne ne s'approche de moi. Alors je passe devant tout le monde, et me dirige vers le sentier et la pente menant au parking. Tout en marchant, les épaules remontées pour lutter contre le vent, je sors de ma poche mes gants et sens cliqueter mes clés aux arêtes vives.

J'ai atteint le bas de la côte quand je perçois des pas, et en me retournant je vois un jeune homme juste derrière moi – avec le vent qui souffle, je ne l'ai pas entendu approcher.

« Excusez », dit-il avec un fort accent en levant les deux mains. Il est un peu essoufflé et a dû courir pour me rattraper.

Après avoir reculé d'un pas, je le dévisage et lui demande : « Qu'est-ce que vous voulez ? » Mon ton est plus hostile que je ne le désirais, mais il m'a surprise.

Il fronce les sourcils. « L'homme va venir, mon oncle.

— Votre oncle ? »

Il agite la main vers la ville. Je crois comprendre que M. A. est son oncle et qu'il va venir me voir, mais comment saura-t-il où j'habite ?

Je lui demande : « Est-ce qu'il sait où aller, est-ce qu'il sait où j'habite ? »

Il hoche la tête. « Ça va ? Nous savons. C'est dans les journaux, la rue. Juste le numéro, il faut je dise.

— 38. Oui, ça va. »

Le jeune homme m'adresse un joli sourire, il est beau garçon et d'une timidité charmante. « Bien, bien. »

Nous échangeons un signe de tête, puis je tourne les talons.

Ma voiture est le seul véhicule garé sur un parking sinistre dans l'obscurité. Elle semble tapie sous la lueur jaune de l'unique source de lumière, un globe mural fixé au petit bâtiment en forme de cube qui servait autrefois de toilettes publiques et est à présent condamné. Mes clés à la main, je me hâte sur le chemin. Une fois à l'intérieur du véhicule, je verrouille les portières et, d'une main maladroite, j'introduis la clé de contact. Maintenant que j'ai été rejetée du camp et de l'abri qu'il représentait, je veux le mettre à distance, j'ai de nouveau peur. Il me tarde d'arriver à la maison.

Une fois chez moi, j'allume les lampes dans toutes les pièces. Ma maison me paraît immense et vide. Je ferme les rideaux, je monte le chauffage au maximum, puis je m'assieds à la table de cuisine, la tête dans les mains. Il va venir, a dit le jeune homme, sans préciser quand.

Presque toute la soirée, j'attends à ma table de cuisine sans savoir vraiment ce que j'attends. Dehors, il fait sombre et le vent projette la pluie sur le carré noir que dessine la fenêtre de la cuisine. D'où je suis assise, j'aperçois le couloir qui mène à la porte d'entrée au verre dépoli. J'attends qu'une ombre apparaisse dans ce panneau vitré. Une image ne cesse de me venir à l'esprit : les deux silhouettes aperçues le soir où j'ai appris la mort de Betty – Toni et son collègue masculin, le jeune policier qui ouvrait à peine la bouche –, et moi en train d'avancer dans le couloir sans savoir que je vivais les dernières secondes de mon ancienne vie. Deux formes sombres derrière le verre, ma porte qui s'ouvre sur elles, l'expression sur leurs visages. Y penser est une forme de torture, tout à la fois enfer, purgatoire et bénédiction… Deux silhouettes sombres derrière le verre, moi qui avance vers elles… la porte qui s'ouvre encore et encore…

On donne un petit coup ferme contre le panneau vitré. Le verre est fin – même si l'on a frappé doucement, le panneau entier tremble. Aussitôt, je me lève et j'avance vers la porte. Cette fois, il n'y a qu'une silhouette, trapue et indistincte. Après ce que j'ai failli faire dans l'après-midi, je me dis que cet homme est peut-être venu me tuer. Ce serait logique. Depuis tout à l'heure, ils ont dû discuter de ce qu'il fallait faire de moi. Il ne devait pas vouloir me tuer près de son camp, mais plutôt ici, chez moi. Dehors, il fait noir. Personne ne le verra arriver ni repartir.

La porte s'ouvre comme l'autre soir. M. A. se tient sur la marche du bas – il s'est éloigné de la porte. Je me demande s'il croit me faire peur… Malgré ce que je viens de m'imaginer, je n'ai pas peur de lui. Il me fixe des yeux, un peu de côté toutefois, comme s'il tenait à ne pas paraître impertinent. Sans un mot, je m'efface pour le laisser entrer.

Pendant que je me dirige vers la cuisine, je l'entends refermer derrière lui et s'essuyer les pieds sur le paillasson posé juste à l'entrée. Je remets de l'eau dans la bouilloire que je branche, pur rituel. Au moment où je me tourne, il entre dans la cuisine, et sa carrure emplit brièvement l'encadrement de la porte. Hésitant, il regarde autour de lui. Je lui montre la table. Il s'assied. Je me demande quelle peut être l'impression que lui fait ma cuisine : solide, curieusement désertée, il doit trouver ridicule que je vive seule dans une grande maison. D'ailleurs, je n'ai pas besoin de lui pour le penser.

Il me vient à l'esprit que lui offrir du thé est saugrenu. J'ouvre un placard et j'en sors deux petits verres à digestif avec des bandes rouges au milieu, un cadeau de Noël non désiré, qu'on m'a fait il y a longtemps et dont je me sers rarement. Sans regarder l'homme, je dépose les verres sur la table, attrape une bouteille de whisky dans un élément de cuisine placé au-dessus du réfrigérateur. Malgré sa hauteur, cela me gênerait d'aller chercher une chaise. Le whisky se trouve devant, à portée de ma main, même si je dois me hausser sur la pointe des pieds. Je me rends compte que M. A. m'observe, voit que je m'étire. Un peu empourprée, je descends la bouteille et me retourne pour la poser sur la table. La bouilloire s'éteint avec un déclic sonore, l'eau ayant fini de bouillir.

Je m'installe à la table et, sans demander à M. A. s'il en veut ou non, je sers deux bons verres de whisky puis place la bouteille entre nous. Immobile, il m'examine en essayant de décider quelle attitude adopter. En le regardant, j'attrape mon verre sans pour autant faire un geste qui puisse être interprété comme un « À la vôtre ! » Au contraire, j'avale une gorgée avec précaution et je repose le verre sur la table, les doigts refermés dessus. Je sais très bien que, dans certaines cultures, boire sans dire un mot à ceux qui sont avec vous est une grave insulte. Je l'ai fait délibérément, pour lui rappeler qu'il vient ici en suppliant.

Avec application, il m'imite.

Après un long silence et une nouvelle gorgée de whisky – il ne boit que quand je le fais –, M. A. commence à me raconter son histoire avec un débit haché.

« J'ai grandi dans village..., me dit-il, avant de s'interrompre, comme pour rassembler ses forces. Mon père est patron là-bas, vous comprenez, les concombres au vinaigre, ils mettent en bocal. J'ai beaucoup de frères. Mes oncles, ils sont fermiers. Ma mère, elle est intelligente, elle donne cours de danse. On vit bien, très bien. Grande maison. Après, quand la guerre arrive, beaucoup partent, nous allons en ville, mais nous revenons. En ville, il n'y a rien à manger. Les soldats, pas les rebelles... comment on dit ? » Il me regarde.

Je suggère d'un ton froid : « La milice ? Les miliciens ?

— Oui, c'est ça, la milice. Ils viennent et ils emmènent les frères, leurs enfants, les fils. Ils emmènent tous. Sauf deux autres frères partis pour se battre. Ils tuent les hommes et les garçons avec des fusils, mais ma mère, ils poignardent. »

Il reste impassible en prononçant ces derniers mots et joint même le geste à la parole, comme s'il racontait une anecdote. Assise sans bouger en face de lui, je l'observe.

« Ma femme et mes enfants partent avant la guerre. Je ne sais rien, je crois ma femme a un nouveau mari. Le seul enfant qui reste de mes frères est mon neveu. C'est un bébé. Il n'est pas tué. On le laisse dans la forêt, à côté des morts. Dans la nuit, je le trouve, c'est comme ça je vois les corps des frères. Je vais dans la forêt la nuit, même si je sais pas si ils sont partis. Je cherche mes frères et leurs fils. Je cherche longtemps. Et puis j'entends le bébé crier, je vais vers le bruit, les cris très faibles. Le bébé par terre, toujours dans ses langes. Le père, c'est mon plus jeune frère. Il est par terre près du bébé. Il y a la lune, dans le ciel, les choses… » Il cherche le mot « nuages ». Je ne l'aide pas. « Les choses bougent, alors je vois. Mon frère… » Il montre son visage. « Il n'a pas les yeux. »

Il s'interrompt alors pour me regarder avec de grands yeux humides, mais sans se départir de son expression impassible. Sa voix reste égale, même quand il prononce sa dernière phrase. En me montrant ses propres yeux, il ne recherche aucun effet, il veut juste s'assurer que j'ai bien compris. Nos expressions masquent à un point incroyable nos véritables sentiments, me dis-je. En examinant ce visage massif, pâle, alourdi par des bajoues, je me rends compte que son immobilité, ses lèvres qui bougent à peine quand il parle pourraient laisser penser à plus d'un qu'il prend une certaine distance par rapport à l'histoire qu'il me raconte. Avant que Betty ne me soit enlevée, j'aurais pu supposer la même chose. Avant de perdre ma fille, j'aurais pu attribuer cette immobilité apparente, cette maîtrise de soi, à une absence de sentiments, toutefois, j'ai appris à mes dépens que paraître insensible est le prix qu'il faut parfois payer pour parvenir à sortir un son. Choisis avec soin, les mots de M. A. sont clairs malgré leur simplicité et leur débit hésitant. Dessous, je perçois toutes sortes de choses. Cette perception m'a été donnée.

« Je prends le bébé et je le porte au village. Dès il fait jour, le maître d'école vient dans ma maison. Il me dit ils sont toujours dans le coin et si je reste, ils viennent me tuer moi et le bébé. Toutes les femmes sont parties, il n'y a plus d'enfant, tous ils sont partis avec le bus. Il n'y a plus personne pour le bébé, juste moi. Je vais dans la maison du maître d'école, sa femme me donne un biberon avec de l'eau et… et… et du sucre dedans, pour le bébé. Elle me dit : "Partez, partez tout de suite." Ils ont très peur. D'abord, je veux laisser le bébé, mais ils disent non, et après, quand je marche sur la route, je pense : Non, il vaut mieux comme ça. J'ai le bébé et le bébé m'a, son oncle. C'est bien comme ça. Il faut deux jours pour aller à la ville. Il y a d'autre villes, mais je pense ils sont peut-être là. Au début, le bébé pleure tout le temps, après, il s'endort, et encore après, il dort trop, je crois. Je crois le bébé va mourir. Dans la ville, il y a un fermier mon oncle connaît. Je vais, le fermier est parti, mais sa femme est là. Elle a jumeaux et elle allaite le bébé, comme une mère. Je crois ça lui sauve la vie, sinon, terminé. C'est une femme gentille, elle a très peur, mais elle est gentille, alors nous allons dans la grande ville… »

En plein milieu de sa phrase, il se tait. Sans qu'il l'ait laissé paraître, je sais que son histoire l'épuise soudain. Pendant un long moment, nous ne prenons la parole ni l'un ni l'autre, comme si ce récit se reposait entre nous, reprenait son souffle. Un souvenir d'un cours d'histoire me revient à l'esprit : un professeur – nous l'appelions D-le-R, j'ignore pourquoi – nous parlait de la vie en Angleterre médiévale. Il évoquait la mortalité infantile, la mort noire, la famine, nous disait que tous les parents savaient que leur enfant – ou un autre membre de la famille – pouvait leur être arraché n'importe quand. Je me rappelle l'avoir interrompu et je me rappelle ce que je lui ai dit. J'ai levé le doigt et j'ai dit : « Mais, monsieur Rogers… – il s'appelait Rogers – … vous pensez vraiment que les gens étaient plus malheureux que nous ne le sommes aujourd'hui ? » Dans mon esprit, c'était une question philosophique, mais M. Rogers a explosé : « Oui, Laura, je le pense ! Oui, je pense que quand on meurt de faim, que son troisième enfant vient de mourir et qu'un orteil de plus est tombé à cause de la lèpre, oui, je pense qu'on est plutôt très malheureux. » C'était une réponse sans nuances. En voyant toute la classe lever les yeux au ciel, je la savais de mon côté. Avec de grands yeux innocents, la parfaite petite intellectuelle pour laquelle je me prenais a lancé : « Vous ne croyez pas qu'on est heureux en fonction de ce qu'on attend de la vie ? » Je me souviens encore du soupir qu'a poussé M. Rogers, de son expression désespérée. Oh, monsieur Rogers, si vous pouviez me voir maintenant !

M. A. et moi restons assis à ma table de cuisine. Il se tient voûté, on a l'impression que ses épaules pèsent trop lourd. Il fait une brève tentative pour reprendre son récit. « Nous venons ici après la guerre, elle finit... Il y a beaucoup de... C'était mon beau-frère, le travail. Le neveu, il est un petit garçon. L'école. Le travail. » Il se tait.

Un long silence s'étire de nouveau entre nous et je me rends compte que M. A. en a terminé – non que son histoire soit achevée, elle ne le sera jamais, mais, tout simplement, il n'est plus capable de parler. J'ai lu bien assez de rapports du centre Upton pour connaître la fin du récit. Donc, la chaîne de responsabilités pour la mort de ma fille, qui commence avec Aleksander Ahmetaj, remonte au neveu, à la personne qui a laissé un cône de signalisation sur le trottoir, aux enfants inconnus de St. Michael qui brutalisaient le neveu à cause de son nom et de son accent, et arrive à un milicien qui a épargné un nourrisson après avoir arraché les yeux de son père. Si je veux accuser quelqu'un, à qui m'en prendre en premier ? Au milicien qui a laissé ce bébé en pleurs dans une forêt ? D'ailleurs, pourquoi ne pas aller encore plus loin ? Qui ou qu'est-ce qui lui a inspiré une bouffée de compassion et l'a empêché de le tuer après avoir commis des horreurs bien pires ?

Pendant qu'il parlait, M. A. a gardé presque tout le temps les yeux fixés sur la table ou sur son verre de whisky, mais à présent il lève la tête et me dévisage. Ses yeux sont durs, leur expression est insondable, mais j'y vois un bref aperçu de ce qu'il était dans sa jeunesse. Je l'imagine il y a vingt ans, avant qu'il ait du ventre, quand ses épaules larges et ses grosses mains correspondaient mieux à sa stature robuste, juvénile. Je l'imagine portant un gilet, ouvrier agricole ou employé d'usine sûr de lui, issu d'une famille respectée dans son village. Il a sans doute fait un beau mariage – je me demande ce qui a mal tourné. Je soupçonne que son enfance et son adolescence ont été à de nombreux égards plus heureuses que les miennes. Je me le représente en costume, en train de danser le jour de son mariage, et subitement me vient le désir obscène de baiser avec lui. Le choc que me cause cette pensée doit se voir sur mes traits, car M. A. me regarde fixement. J'ai envie de faire la chose la plus inconvenante qui soit, sans même savoir pourquoi… Je veux baiser avec ce type, là, sur ma table de cuisine, avec violence, dans la douleur. Je veux rayer de mon esprit tout le reste, ce qui nous est arrivé de personnel à l'un et à l'autre, ce qui s'est passé ailleurs et n'a aucun rapport avec nous.

C'est une pensée ridicule. Elle jaillit et meurt en un instant. Je me lève pour me planter devant lui et je le regarde. Il fixe sur moi des yeux écarquillés, déconcertés. Ensuite, je me dirige vers la porte de la cuisine et je jette un coup d'œil derrière moi. Il se lève lui aussi de sa chaise, avec maladresse.

Je monte à l'étage, je veux aller dans la chambre à coucher, où je n'ai pas dormi depuis la disparition de Betty, dans le lit conjugal que j'ai partagé avec David. Sans allumer la lumière, j'entre, je m'assieds sur le lit et j'ôte mes chaussures puis mes chaussettes. Resté sur le seuil, il a les yeux braqués sur mes pieds nus ; on dirait qu'il essaie de comprendre ce qu'ils signifient, ce que j'ai l'intention de faire. Lorsqu'il reporte son regard sur mon visage, je le fixe à mon tour d'une façon agressive. Je me sens aussi puissante qu'au moment où j'ai failli pousser le garçon en bas de la falaise. Il s'assied sur le lit à côté de moi et se penche pour délacer ses chaussures, mais je le renverse sur le dos, puis je le chevauche. Lorsque je sors sa chemise du pantalon, son gros ventre blanc et poilu s'agite, tressaute. Je détourne les yeux, et mes doigts s'affairent le plus vite possible tant j'ai peur de me dégonfler. Je dégrafe sa ceinture en cuir, déboutonne son pantalon, en descends la fermeture à glissière. Il porte des sous-vêtements blancs bon marché, des slips doux qui ressemblent à ceux que j'achète à mon fils. Sa queue tend le tissu. Je suppose qu'il n'a pas eu de relation sexuelle depuis longtemps. Je me redresse, retire à la hâte mon jean et ma culotte, puis je sors son pénis du slip blanc et, sans préliminaires, sans même le regarder, je me remets à califourchon sur lui et je fais entrer son sexe en moi.

Moi non plus, je n'ai pas eu de relations sexuelles depuis un bon moment – il n'y a eu personne après David. David. Je ferme les yeux pour penser à David. J'aimais être dans cette position avec lui, je lui maintenais les bras au-dessus de la tête dans une parodie de domination qui nous faisait sourire tous les deux en silence. Parfois, il repoussait mes bras derrière mon dos, m'agrippait les deux poignets ensemble, et nous éclations de rire et nous chamaillions pour savoir lequel de nous deux dominait l'autre. Ensuite, quand l'intensité de la sensation physique l'obligeait à relâcher sa prise, je m'effondrais sur sa poitrine, il enfouissait les mains dans mes cheveux, nous nous embrassions longuement, profondément, et chacun prononçait le prénom de l'autre, parfois même nous pleurions. Pendant que je baise Ahmetaj les yeux fermés, je songe qu'avec David faire l'amour était bon jusqu'à la fin, j'en étais d'ailleurs époustouflée. David. Penser à lui se combine avec la friction de mon corps contre le corps d'Ahmetaj, peau contre peau, ma chair se rappelle une sensation ancienne. Elle se rappelle la facilité, la parfaite intimité des rapports sexuels avec l'homme que j'aimais, et, si je ne jouis pas tout à fait, je sens bien quelque chose, une réponse élémentaire des muscles et du sang. Je m'affaisse sur la poitrine d'Ahmetaj, je ne bouge plus. Ne sachant que faire, il lève les mains et les pose doucement sur mon dos.

Dès que ses mains me touchent, je m'écarte de lui. Son sexe glisse hors de moi. Avoir éprouvé quelque chose me fait à présent horreur, je ne voulais pas en arriver là ; je voulais juste prendre l'avantage sur lui. Vite, pour ne pas avoir le temps de réfléchir, je baisse la tête sur son entrejambe. Son érection a disparu. Son pénis est petit, pâle, flasque. M. A. n'est pas circoncis. Je sens ses poils, sa sueur, sa graisse, et je sais qu'il ne faut pas traîner. Je prends sa queue dans ma bouche, elle me paraît triste et douce, me rappelle un peu des œufs de cabillaud. De stupéfaction, il soulève légèrement le bassin, lâche un petit cri, passe d'un état flasque à l'orgasme si vite qu'il semble sauter le stade de l'érection. Ma bouche s'emplit et j'avale aussitôt, puis je m'écarte et descends du lit.

Sans un regard, je sors de la chambre et vais dans la salle de bains pour recracher dans le lavabo. Nue à partir de la taille, j'ai gardé mes vêtements en haut. Je pisse, et après, pendant que je me brosse les dents, je me contemple dans le miroir, et je me sens assez détachée pour remarquer que c'est la première fois que je baise avec quelqu'un qui ne m'inspire pas la moindre affection. Auparavant, je ne comprenais pas qu'une telle chose soit possible, voire facile, j'ignorais qu'on pouvait le faire pour des raisons qui n'avaient pas grand-chose ou rien à voir avec la personne concernée, et que, ensuite, on se sentait insatisfait. Sauf qu'une partie froide, dure de moi-même est capable de prendre suffisamment de distance pour être contente d'avoir tenté l'expérience. C'est ainsi, me dis-je, que les hommes baisent parfois, par amertume, besoin sexuel, envie d'imposer leur volonté – toutes choses qui ont très peu à voir avec le désir.

Quand je retourne dans la chambre obscure, il dort sur le dos, bouche ouverte, et ronfle doucement, faisant de petits bruits brefs à chaque respiration. Je ramasse ma culotte et mon jean abandonnés sur le sol, je les emporte dans la salle de bains. Là, je m'assieds sur le bidet et je me lave devant et derrière. Après m'être séchée à la hâte avec l'essuie-mains, j'enfile ma culotte et mon pantalon.

Je descends dans la cuisine et je me verse un whisky que j'avale d'un trait. Je me ressers et, cette fois, je lève le verre en me disant : À ta santé, ma fille, cul sec ! Aujourd'hui, tu as découvert jusqu'où tu pouvais aller. Je siffle le whisky, puis je me précipite vers l'évier, prise d'une envie de vomir, mais je ne fais que m'étrangler et cracher. L'alcool ne remonte pas, boule chaude qui reste en moi, aussi dure qu'un roulement à billes. « *Quand je serais juste, ma bouche me corromprait… Suis-je innocent ? Je ne le saurais moi-même.* » Non, je pense, ce n'est pas « *me corromprait* », mais « *me condamnerait* ». « *Ma bouche me condamnerait.* » Je me redresse, m'essuie la bouche avec un torchon posé là, je crois. Voilà, c'est fait, je l'ai fait, et je ne peux pas revenir en arrière. En mangeant avec David, j'avais éprouvé un sentiment de triomphe à l'idée que je ne pouvais pas lui parler de mon plan pour retrouver Ahmetaj. À présent, je sais que ce n'était pas important. À présent, il y a une chose qu'il ne devra jamais apprendre tant que nous serons en vie. J'ai baisé avec l'homme qui a tué notre fille et, de cette façon, je me suis blindée contre David. Soudain, je me rends compte que c'était là ma motivation, faire ce que David ne pourrait jamais comprendre ni pardonner, avoir quelque chose à lui cacher, à lui reprocher, je sais maintenant qu'il en ira toujours ainsi, que tout ce que je ferai avec un autre homme sera un message codé à l'intention de David.

Au bout de quelques minutes, j'entends qu'Ahmetaj descend l'escalier. Lorsqu'il entre dans la cuisine, il a l'air d'un petit garçon déconcerté. Il ne comprend pas les règles du jeu, il sait seulement que c'est moi qui les édicte. Il s'approche de moi et, avec maladresse, tente de m'enlacer, mais je le repousse. Je sais qu'il ne souhaite à présent qu'une chose, filer, tout comme j'ai hâte de le voir partir, mais nous n'en avons pas encore terminé. De la tête, je désigne la table de cuisine et il s'assied. Je prends place face à lui et je remplis nos verres.

En posant la bouteille, je lance : « Vous disiez que vous vouliez payer. »

Il me regarde d'un air décontenancé. Ne vient-il pas de payer, d'une manière qu'il ne comprend pas ? Mais non. Ce n'était qu'un à-côté, une séance de baise humiliante pour nous deux. C'était à cause de David, pas de Betty.

Je répète : « Vous voulez payer. »

Un coin de sa bouche remonte. « Vous voulez moi en bas de la falaise. » Les mots sortent avec peine, mais son expression s'est un peu allégée, est presque devenue railleuse.

Oui, oui, c'est ce que je veux. Je vous veux aussi mort que l'est ma fille. Je veux vous rayer de la surface de la Terre. Je le dévisage en pensant : Je me demande ce que vous aimez. Votre neveu ? C'est possible, mais ce n'est peut-être pas par amour que vous l'avez sauvé, cette fameuse nuit dans la forêt, c'était peut-être simplement par besoin de vous sauver vous-même. Comment savoir ? Si ça se trouve, vous ne le savez pas non plus. Ce qui vous est arrivé a peut-être chassé tout amour de votre vie. Reste-t-il encore quelque chose à tuer ? Qu'aurais-je tué si je vous avais précipité en bas de la falaise dans l'obscurité ? Il me vient à l'esprit que, dans le tourbillon de haine et de folie qui m'a entraînée depuis la disparition de Betty, je n'ai jamais sérieusement souhaité ni envisagé sa mort. Je voulais le blesser, pas le tuer – il n'y a qu'une personne que j'ai eu envie de tuer. Je me lève de ma chaise et je vais dans le salon. Quand je reviens, il n'a pas bougé. Je lui tends ce que j'ai à la main, une petite collection d'enveloppes, la plupart blanches, une jaune. Il les regarde mais ne les prend pas. Je les pose sur la table de la cuisine, entre nous ; je lève la main et je lui effleure presque l'épaule. Puis je m'assieds, nos regards se croisent, et je lui dis : « Monsieur Ahmetaj. »

En entendant son nom, il me jette un coup d'œil surpris.

« Vous m'avez raconté... votre histoire. Moi aussi, je voudrais vous raconter quelque chose. »

Hésitant, il hoche la tête. Je le revois en train de me porter dans ses bras du haut de la falaise jusqu'à la caravane, alors qu'il aurait pu me précipiter en bas. Il est fort et, ces temps-ci, je suis aussi osseuse qu'un oisillon. Pour une raison ou une autre, je pense que mon père m'aurait portée de cette façon quand j'étais petite s'il avait vécu, et que ceux qui ont grandi avec un père doivent parfois regretter la protection dont ils ont bénéficié enfants. Au moins, moi, je n'ai aucune protection à regretter. Ahmetaj m'observe, il attend que je parle.

17

UNE SEMAINE PLUS TARD, JUSTE APRÈS MINUIT, David m'appelle. Allongée sur le dos dans le lit de Betty, je ne dors pas, bien entendu, et j'ai les yeux fixés au plafond. En entendant le téléphone sonner au rez-de-chaussée, je me dépêche de me lever. Minuit. Je croyais être pleinement éveillée, mais, en me hâtant de descendre l'escalier, je réalise que je devais somnoler car je suis en train de penser : Quelque chose a dû arriver à l'un des enfants. La sonnerie cesse avant que j'arrive au téléphone. Haletante, j'attends que l'appareil se remette à sonner. Quand il le fait, je décroche aussitôt.

« Laura ! » David parle d'une voix grave, rendue pâteuse par la détresse, on le sent démuni.

« Chéri, qu'y a-t-il ? » Cela fait des années que je ne l'ai pas appelé « chéri », mais, à sa manière de prononcer mon nom, et vu l'heure tardive, je sais que quelque chose... Une pensée terrifiante me vient à l'esprit. « Ne me dis pas que c'est Rees ?

— Non, non, Rees dort. Je viens de donner son biberon à Harry. Je ne peux pas rater longtemps. »

Les mots s'étranglent tellement dans sa gorge que je ne le comprends pas. « Rater longtemps ? » Puis je me rends compte qu'il a dit : « Rester longtemps. »

« Désolé, il y a d'autres gens ici. Ce n'est pas facile, mais il faut que je te le dise. C'est Chloe, Laura. Elle a disparu.

— Quoi ?

— Elle est partie. Nous nous sommes disputés la semaine dernière, une dispute terrible, c'est pour ça que je ne t'ai pas contactée. Sauf que je pensais que ça allait mieux, que ça s'arrangeait. J'étais inquiet, mais je croyais que tout irait bien. Elle est partie faire une promenade. Je la poussais à aller marcher. Il paraît que c'est bon pour elle de sortir le plus possible et de pratiquer une activité physique douce. On a retrouvé sa voiture sur le parking.

— David…

— Son sac était dans le coffre. Tout y était. Porte-monnaie, téléphone portable. Sur la banquette arrière, il y avait des livres qu'elle voulait rapporter à la bibliothèque.

— On a retrouvé ses clés de voiture ?

— Non.

— Dans ce cas… » Je m'interromps. J'allais dire qu'elle avait sans doute l'intention de récupérer sa voiture. Si elle avait prévu de ne pas revenir, n'aurait-elle pas laissé la clé de contact en place ou dans le coffre ? N'est-ce pas ce que font les gens ? « Est-ce que la police est déjà là ou faut-il respecter un délai de vingt-quatre heures ou quelque chose de ce genre ?

— Non. Toni est passée tout à l'heure, elle est repartie. En principe, il faut attendre un peu, mais vu la situation… Ils ont pris ma déposition ce soir, sauf que j'étais avec... Je n'ai pas pu t'appeler avant. Je viens de donner son biberon à Harry. Ils ont déjà parlé au médecin, Laura. Qu'est-ce que je vais faire ?

— J'arrive.

— Non ! répond-il sèchement. Non, ne viens pas, ce n'est pas une bonne idée. Je regrette, mais j'avais vraiment besoin de te parler. Mon Dieu, Laura, je ne peux pas faire face, pas après Betty ! J'en suis incapable. Je sais que j'aurais dû me montrer plus compréhensif et l'écouter davantage. J'ai toujours eu peur pour elle, Laura, depuis le début. Pourquoi aurait-elle abandonné sa voiture sur le parking sans même emporter son portable ou un peu d'argent ? »

Je l'entends lutter avec lui-même.

« Je l'ai suppliée de prendre quelque chose, Laura, de se faire prescrire un truc, n'importe quoi. Je l'ai suppliée de faire ça ou de demander de l'aide. Je suis angoissé, mais aussi en colère, sacrément en colère. »

Son ton est dur, son débit heurté.

« Moi, Harry, Rees... merde alors, elle ne trouve pas qu'on a été assez touchés comme ça ? Excuse-moi. Tu es la seule à qui je peux le dire. Je ne voudrais pas paraître sans cœur, mais je suis tellement en colère ! »

Il met sa main devant l'appareil et il y a une conversation étouffée en arrière-fond, puis il s'adresse de nouveau à moi :

« Désolé, il est minuit passé. Mon Dieu, pour moi, ça ne veut plus dire grand-chose, mais tu dormais ?

— Qui est avec toi ?

— J'aurais vraiment mauvaise conscience si je t'avais réveillée...

— Non, chéri, bien sûr que je ne dormais pas. »

Suit un long silence au bout du fil. Quand il reprend la parole, sa voix est plus calme : « Il faut que j'y aille.

— Je sais. Pas de problème. Tiens-moi au courant.

— D'accord. Au revoir. »

Je repose le téléphone doucement, très doucement.

Dès la première lueur du jour, je sors. Rees va bientôt revenir à la maison, après ce qui s'est passé. À cette idée, je ressens une bouffée de joie. Je prends la voiture et je traverse la ville en longeant l'esplanade fouettée par le vent. Les magasins n'ont pas levé leur rideau, et les lampadaires, encore allumés, trouent l'aube grise de flaques de lumière orangée. La mer rugit sans cesse, les vagues roulent, surmontées d'une écume blanche. Il tombe une petite pluie glaciale. Je me dirige vers le parking qui se trouve en bas de la falaise, je passe lentement devant, mais il n'y a pas un seul véhicule, l'accès n'en est pas interdit et aucun signe ne permet de dire que la police mène une enquête. Je retourne en ville en empruntant l'itinéraire en sens unique et la grand-route qui conduit au camp de caravanes.

Je me gare sur le minuscule parking au bâtiment carré trapu et je monte à pied la pente herbeuse. J'ignore ce que je ferai si je les trouve encore là, mais au fond de moi je suis certaine qu'ils sont partis. Et, en effet, je le constate dès que j'atteins le sommet. Les véhicules ont disparu, même ceux qui me semblaient des épaves. On a retiré les cordes à linge. Les caravanes sont bouclées, leurs rideaux baissés. Les lieux sont propres, parfaitement en ordre. Tout le groupe est parti. Ils n'ont attendu ni moi, ni la police, ni les bandes de jeunes de la ville, armées de briques cassées et de bouteilles. Je pense aux femmes. Je pense à celle qui souriait dans l'entrepôt, celle qui a jeté la fermeture à glissière dans la poubelle d'un geste naturel, c'était son boulot, elle le faisait en bavardant avec son amie. Je pense à la grand-mère corpulente sur la falaise, les traits ravinés par tant de choses. Je pense à la femme mûre au visage sombre, croisée au crématorium, et dont le regard m'avait donné l'impression qu'elle lisait en moi. Je ne pense pas à Ahmetaj, au neveu, ni aux autres hommes. Je pense à cette femme au visage sombre – à la façon dont elle a dû prendre la nouvelle de leur départ, puis retirer avec des gestes rapides, efficaces, les vêtements étendus sur la corde, avant de les plier en un tournemain, et de dresser aussitôt mentalement la liste de tout ce qui devait être fait.

Je ne dois pas m'attarder. Je ne sais pas qui d'autre pourrait arriver bientôt. À présent, je n'ai d'autre choix que de retourner chez moi et d'attendre qu'il soit l'heure d'appeler David.

C'est Toni qui me ramène Rees. Tout excité d'avoir fait le trajet dans une voiture de police, il s'accroche à moi pendant dix minutes, aussi collant qu'un galago, puis change d'humeur, saute en l'air, court dans toute la maison en hurlant, comme il le faisait toujours quand nous revenions de vacances.

Je regarde Toni. « Comment va David ? »

Elle me considère à son tour, avec une expression que je ne parviens pas à déchiffrer. Nous sommes debout dans le couloir et, d'un geste, elle indique la cuisine.

Lorsque nous y allons, elle me demande un verre d'eau et m'observe pendant que je le remplis au robinet. Elle avale une gorgée, pose le verre sur la table, puis dit d'un ton calme :

« Laura, à quand remonte votre dernier contact avec Chloe ? »

Je croise son regard. « Je ne sais plus, lors des obsèques, je crois. Je l'ai vue aux obsèques de Willow.

— Est-ce que vous l'avez eue au téléphone depuis ? »

Il faut que je réfléchisse. Il y a eu les appels masqués, les messages silencieux, le soupir, mais, non, je ne me suis pas entretenue avec Chloe. « Non, non... C'est David que j'ai eu au téléphone, bien sûr.

— Je crois comprendre qu'il vous a touché un mot des problèmes de Chloe.

— Sa dépression postnatale, oui.

— Vous a-t-il parlé de sa relation avec elle ?

— Il a juste dit qu'il s'inquiétait à son sujet. »

D'un moment à l'autre, elle va ouvrir un carnet pour prendre des notes, me dis-je. Mais elle se contente de me poser des questions d'un ton direct, franc, et de m'étudier de son regard direct, franc.

Rees fait irruption dans la cuisine et me saute dessus. Je l'attrape, le soulève et, tout content, il agite les jambes. Sur le point de s'en aller, Toni revient sur ses pas.

« Quel âge a le bébé... Harry ? » me demande-t-elle.

Elle doit pourtant connaître la réponse.

Je suggère : « À peu près huit mois ? »

Elle hoche la tête avant de partir.

La disparition de Chloe relègue à la page 3 du journal local la nouvelle concernant l'allégement des charges qui pèsent contre Ahmetaj. C'est Chloe qui fait la une. La photo publiée n'est pas flatteuse – ses traits délicats ne passent pas bien, elle paraît pincée. Ses cheveux sont tirés en arrière et, malgré sa robe habillée qui indique

que la photo a été prise lors d'une fête, elle ne sourit pas. On cite David, qui se dit affligé. On cite aussi la police, qui n'exclut aucune piste, mais le fait que le sac à main ait été laissé dans la voiture est bien entendu inquiétant et, si je lisais l'article sans rien connaître de Chloe, je sais quelle conclusion j'en tirerais.

À la page 3, il y a une longue colonne sur Ahmetaj et sur le départ d'un groupe important qui habitait sur la falaise. Les services de l'immigration ont exprimé leur préoccupation du fait que certains membres de ce groupe s'étaient déplacés pour éviter la détention. Ahmetaj n'avait pas encore été informé qu'il allait être accusé de ne pas s'être arrêté sur les lieux d'un accident. Maintenant que le chef d'accusation a été formulé et qu'il est parti, un mandat d'arrêt a été lancé contre lui.

Je sais qu'on ne le retrouvera pas. Je l'ai lu dans ses yeux le soir où il est venu chez moi, j'y ai vu un homme qui savait se débrouiller pour ne pas être retrouvé.

Rees et moi tentons de rétablir une sorte de routine. C'est tellement bon de l'avoir avec moi qu'il me manque encore plus que lorsqu'il n'était pas là. Je l'emmène à la maternelle avec une extrême réticence, et seulement parce que j'estime bon pour lui de ne pas rompre avec ses habitudes. Quand il est à la maison, je supporte à peine qu'il soit dans une autre pièce et je lui emboîte le pas s'il va dans sa chambre. Je me rends compte que j'ai réussi à me passer de lui en l'occultant, en me servant de mon chagrin et de ma colère comme d'un écran de fumée, mais que, face à la présence dense et joyeuse de mon petit garçon, la fumée se dissipe enfin. Mon fils, mon fils magnifique, vivant, est là. J'ai beaucoup à me faire pardonner.

L'après-midi, lorsqu'il revient de l'école, je suis plus attentive que je ne l'ai été depuis que nous avons perdu Betty. Nous allons nous promener, et le temps s'améliore assez pour rendre nos sorties alléchantes. Nous faisons des courses, nous buvons quelque chose dans des cafés. Rees commence à me parler de Betty d'une nouvelle manière. Il n'utilise pas encore le passé, mais, à l'évidence, il a intégré l'idée que sa grande sœur ne reviendra pas, il n'est plus tout à fait ignorant sur le sujet. À une ou deux reprises, je le surprends à avoir l'air distrait, à regarder dans le vague, et je me dis alors que l'une des choses extraordinaires chez les enfants de cet âge, c'est que leur visage reflète leurs pensées, au point qu'on entend presque tourner les rouages de leur cerveau. Je me demande à quel moment nous apprenons à dissimuler – peu à peu, je suppose. La capacité à manipuler doit nous arriver progressivement, avant même que nous prenions la mesure de son pouvoir.

Un jour, Rees et moi dînons tôt au Captain's Fish Table et j'aborde le sujet de Chloe. Rees a commandé des bâtonnets de poulet et moi du haddock et des frites, tout en sachant qu'après quelques bouchées j'aurai la nausée. Je ne parviens plus à digérer les graisses. Discrètement, pendant que nous bavardions, j'ai retiré la panure de mon haddock et j'ai déposé de petits morceaux de poisson dans l'assiette de Rees. Il y a une chance pour qu'il les mange sans faire attention. Je jette un coup d'œil furtif à cette chair blanche aux minuscules veines noires. Ma bouche me corromprait. Avec les doigts, j'attrape une frite et j'essaie de la tremper dans le petit bol de ketchup posé entre nous, mais elle est déjà froide et, quand je la pousse dans la sauce, elle ploie.

« Ça t'a plu d'habiter chez papa et Chloe ? » Je parle la bouche pleine pour rendre ma question anodine.

Rees me lance un regard soupçonneux. « Chloe pleurait beaucoup, mais elle nous laissait manger des Cheerios. Tous les matins.

— Qui ça, nous ?

— Papa et moi.

— J'ignorais que papa aimait ces céréales. »

Rees hoche la tête d'un air solennel, content de savoir mieux que moi ce qu'aime manger son père au petit déjeuner.

« Pourquoi est-ce que Chloe pleurait ? »

Rees hausse les épaules. Pourquoi les adultes font-ils ce qu'ils font ?

« Est-ce qu'ils parlaient parfois de Betty ?

— Non, pas trop. Ils ont parlé de la fois où Harry a fait un caca qui est sorti par les côtés de son pyjama. »

Après ça, Rees parle de Harry jusqu'à la fin du repas. Quand il a donné un Smarties à Harry, Chloe s'est mise à hurler et papa a dit : « Non, Rees, non ! », et puis : « C'est pas sa faute, il ne sait pas que les bébés ne doivent pas manger de Smarties. » Papa a retiré le Smarties de la bouche de Harry qui a pleuré, donc il devait aimer ça. Rees pense qu'ils sont méchants de ne pas le laisser en manger. Harry arrive à se redresser, à taper dans ses mains, mais il faut mettre un coussin derrière lui pour qu'il ne tombe pas en arrière. Il aime bien regarder la télé, et alors il frappe beaucoup dans ses mains. C'est Rees qu'il préfère. Rees le fait rire même quand papa et Chloe n'y arrivent pas.

Visiblement, Rees s'est entiché du bébé. À trois reprises au cours du repas, il demande : « Quand c'est qu'on va voir Harry ? »

Dès que nous avons terminé le plat principal et que nous attendons une glace pour lui et un café pour moi, je lance d'un ton détaché : « Et Chloe, elle te manque, maintenant qu'elle est partie ? »

Il fronce les sourcils, hausse les épaules. « Elle est très gentille. Elle est bonne en dessin. Ses spaghettis ont des petits morceaux dedans. Ils sont trop piquants. Elle m'en a fait un jour. J'ai senti le piquant. »

David ne travaille pas et, en principe, il pourrait venir se promener avec nous en amenant Harry, mais je n'insiste pas. Je sais qu'il doit être occupé par les recherches concernant Chloe – à parler à ses amis et à sa famille, à aider Toni –, alors j'attends que ce soit lui qui me contacte. Les affiches collées en ville, l'enquête de police… pour l'instant, tout cela n'a donné aucun résultat. Les articles suivants publiés dans le journal local mettent l'accent sur les difficultés personnelles de Chloe. David m'appelle presque tous les jours sous prétexte de parler à Rees et de me tenir au courant des événements, mais je sais qu'il a besoin de moi. Il finit par trouver le courage de demander : « Pourquoi est-ce que toi et moi nous ne sortirions pas les enfants ensemble demain ? »

Peu à peu, au cours des quinze jours suivants, nous passons plus de temps ensemble. Nous emmenons les enfants en promenade sur la plage – nous évitons les falaises. Nous découvrons que, à une douzaine de kilomètres, dans un village qui s'appelle South Ketton, il y a un nouveau terrain de jeux avec des cages faites de vieilles planches et de pneus reliés par des cordes.

Un jour, j'accompagne David au poste de police. Toni lui a demandé de passer pour faire le point sur les recherches, et elle a souhaité ma présence pour une raison ou une autre. La conversation est malaisée, infructueuse. Nous sommes assis face à face dans une petite pièce réservée aux auditions. Sur la table, à droite, il y a un téléviseur posé sur un socle. Nous avons emmené les enfants, et Rees jette de fréquents coups d'œil en direction de l'écran et me donne des coups de coude. Il voudrait que je demande à Toni s'il peut regarder une émission. Tout en secouant la tête, je lui dis de se calmer. En d'autres circonstances, je plaisanterais, mais la situation est trop grave. Chloe possédait d'autres cartes de paiement et de crédit que celles qui se trouvaient dans son sac ce jour-là, mais aucune somme n'a été retirée de ses comptes. Les gardes-côtes n'ont rien signalé. Le temps était très mauvais – brouillard sur la mer et pluie glaciale – et personne ne s'est présenté pour dire qu'il avait vu Chloe quitter le parking ou marcher sur les falaises. David garde un visage impassible quand Toni nous en informe. À côté d'elle est assis un officier de police en civil qui se tait ; mais lorsque je lui jette un coup d'œil, j'éprouve le sentiment bizarre, gênant, qu'il m'observait et a détourné les yeux une seconde avant que je le regarde.

Le formalisme de Toni me paraît déconcertant, dans la mesure où elle était très proche de nous quand nous avons perdu Betty. Peut-être juge-t-elle peu convenable que je sois avec David juste après la disparition de Chloe, mais, après tout, c'est elle qui nous a encouragés à passer plus de temps ensemble. Elle a beau savoir que je suis toujours affligée, je me rends compte avec un élancement de déception que, dans son esprit, elle se consacre déjà à l'affaire suivante, plus urgente. Elle est comme tout le monde : tout le monde est passé à autre chose. David et moi sommes les seuls à être toujours aussi affectés par la perte de Betty, et à savoir que nous le serons toujours, même si nous n'en avons pas parlé.

C'est au moment où nous nous levons que le caractère solennel de l'entretien se dissipe enfin un peu. Rees saute de mes genoux pour s'élancer vers le téléviseur. David, qui tenait Harry contre son épaule, me le passe en quittant sa chaise. Harry est un gros paquet, doux, lourd, qui sent bon et, me semble-t-il, ne pose pas de problème. Il sourit beaucoup. Machinalement, je fais ce que font les gens quand on leur met un bébé dans les bras : je commence à le bercer doucement, bien qu'il soit sage et n'ait pas besoin d'être calmé.

David avance d'un pas vers l'écran vide et gris devant lequel Rees fait des grimaces. « Tu sais pourquoi ils ont un poste de télé ici ? » lui demande-t-il.

Rees jette un coup d'œil à Toni, et elle lui sourit. « C'est pour qu'ils regardent une émission quand ils en ont assez d'entendre parler les gens ? » répond-il.

David secoue la tête. « Non, c'est pour montrer aux gens ce qu'ont filmé les caméras de vidéosurveillance – tu sais, ces caméras qu'on installe dans les magasins pour voir si les gens volent quelque chose.

— Nous, on a déjà fait signe à une caméra ! braille Rees en pensant à un magasin dans lequel je l'ai emmené la veille, ravi à l'idée que Toni et l'autre policier aient pu le voir à la télévision.

— Oui, jeune homme, déclare le policier qui a un accent du Nord. Et ce que ne comprennent pas certains voleurs qu'on amène ici, c'est que ça ne sert à rien de dire qu'ils n'ont rien fait, parce qu'on a les images là-dedans et qu'elles montrent qu'on est au courant. »

Rees est très impressionné. Toni et l'autre officier échangent un sourire, contents d'être parvenus à ce résultat.

Tout en déplaçant Harry contre mon autre épaule pour pouvoir attraper mon sac sur la table, je demande à David : « Comment savais-tu ça ? Non, aucune importance. »

David a tendu les mains pour reprendre Harry, mais il les laisse retomber en me voyant secouer la tête. « Toni me l'a expliqué quand je suis venu ici pour Betty, et que nous avons discuté de la façon de traiter avec la presse. Pendant un moment, les journalistes ont été partout en ville. »

Le policier a ouvert la porte et Rees s'est élancé dans le couloir. David se dépêche de le suivre.

Lorsque Toni me laisse passer, je lui dis : « J'ignorais que David était déjà venu ici.

— Il a fait beaucoup de choses pour vous protéger », répond-elle sans me regarder.

Je lui lance un coup d'œil qu'elle me retourne.

« Vous connaissez la presse. Croyez-le ou non, un journaliste est allé jusqu'à me lancer : "D'accord, on fiche la paix à la mère si vous nous refilez le père." »

Nous sortons à notre tour. De nouveau, je colle Harry contre mon épaule, et il lâche un petit grognement. David, Rees et le policier ont disparu derrière un angle du couloir. Je m'apprête à les suivre, mais Toni pose une main légère sur mon bras et, sans avoir l'air d'y toucher, me glisse : « Écoutez, je suis toujours votre officier de liaison. Au cas où quelque chose vous tracasserait au sujet de Betty, vous pouvez m'en parler – je veux dire, au cas où vous vous inquiéteriez de savoir si nous allons le retrouver. Je suis sûre que nous y arriverons. » Elle me scrute.

« Vous parlez d'Ahmetaj ? »

Elle hoche la tête. À ce moment-là, Rees apparaît à l'angle du couloir.

« Maman !

— J'arrive. »

Toni m'observe avec une expression impénétrable.

David s'est garé dans la rue, juste en face du poste de police. J'attache Harry dans le siège auto – voilà une chose que je sais toujours faire. Mes doigts bouclent la sangle, et le petit déclic me paraît réconfortant : il vous prévient que vos enfants, bien attachés, sont en sécurité. Comme Rees gigote dans son siège d'enfant, je me penche par-dessus Harry pour boucler sa ceinture. Harry arque alors le dos autant que le lui permettent les sangles, et il grogne plus fort.

Je m'assieds à côté de David et je lui demande : « Il a faim, à ton avis ?

— Non, il est fatigué. Il s'est réveillé tôt. Le mieux serait qu'il ne s'endorme pas avant qu'on arrive à la maison, pour que je puisse l'emmener ensuite se promener dans sa poussette. S'il s'endort dans la voiture, il faudra que l'un de nous deux reste une heure avec lui. »

Je me retourne. « Rees, essaie de faire rire Harry. »

Le trajet ne dure que dix minutes. Rees produit des sons amusants, je chatouille les pieds de Harry et, à nous deux, nous réussissons à le maintenir éveillé. Une fois devant le bungalow, David attrape Harry et le porte à l'intérieur. Rees et moi lui emboîtons le pas.

« Papa, joue à la bataille navale avec moi ! braille Rees en sautant en l'air avant même de retirer ses chaussures.

— Dans une minute. Il faut que je sorte Harry dans sa poussette pour qu'il s'endorme. »

Déçu, Rees donne un coup de pied au radiateur.

« Je vais sortir Harry, dis-je.

— Non, ça va aller », répond David d'un ton épuisé. Il n'a pas commenté les informations - ou plutôt le peu d'informations - que Toni et l'autre policier nous ont données, mais, à sa voix, je sens qu'il ne s'écroule pas uniquement parce qu'il accomplit les gestes habituels. Je me demande s'il pense tout le temps à Chloe, si, dans sa tête, il s'est fait une idée de ce qui a pu se passer. J'ai pris soin de ne pas poser de questions.

« Non, laisse-moi m'en charger. Écoute, ça ne me dérange pas, je t'assure, et puis tu n'as pas beaucoup profité de Rees. »

David me regarde. « Tu vas te geler. »

À ces mots, je souris. Au début de notre relation, il remarquait toujours ce que je portais, craignait que je ne prenne froid. Sa galanterie a survécu à son amour. Il faut cependant reconnaître qu'il a raison : je n'ai qu'une veste en jean. Quand je suis partie ce matin, il y avait un rayon de soleil et j'ai péché par optimisme.

« Tiens. » David attrape un vêtement appartenant à Chloe, accroché à l'une des patères du couloir. C'est un imperméable, mais très élégant - bien coupé, pas du tout sport, dans un tissu bleu foncé luisant, avec une doublure chaude et un col en fausse fourrure. Dès que je l'enfile, je me rends compte qu'il a dû coûter cher. Je suis un peu plus grande que Chloe, mais nous avons la même carrure. Il me va donc très bien et je le trouve très douillet.

À présent, Harry hurle carrément et se débat dans sa poussette. David pose une couverture sur lui et dit : « Le temps que tu arrives dans l'allée, il n'y aura plus personne. » Il ne m'a pas vraiment regardée avec le manteau de Chloe sur le dos.

« Je vais faire un petit tour pour être sûre qu'il s'endorme. »

Derrière la poussette, je tourne dans le quartier. Le lotissement est impersonnel, propret, vide. Ce n'est pas la première fois que je me fais cette réflexion : ces constructions modernes curieuses me semblent abriter des gens d'une nouvelle sorte, qui n'ont ni secret ni vie. La route descend. Pas une seule voiture ne passe, et peu de véhicules sont garés sur l'emplacement goudronné devant chaque bungalow. Tout le monde est au travail ou à l'école, on est au milieu de la journée. Les hurlements de Harry ne tardent pas à se muer en grognements et en soupirs. Comme l'avait annoncé David, il s'endort vite. Je me demande si nous n'aurions pas dû le changer avant de le sortir.

Au bout d'un quart d'heure, je rebrousse chemin et grimpe la côte. Je me trouve tout près du bungalow quand la chose se produit. Derrière moi, une portière claque ; ce bruit n'ayant rien d'exceptionnel, je ne me retourne pas. Mais, alors que je lève la main pour sonner, j'entends des pas dans l'allée et, à la seconde où je note qu'ils sont singulièrement précipités, je reçois un grand coup sur l'épaule. Ébranlée, je me baisse en lâchant un cri bientôt couvert par un hurlement aigu. Un bras devant le visage, je me retourne pour découvrir une femme d'une soixantaine d'années, plus petite que moi, qui a des cheveux très frisés et des lunettes. J'entrevois à peine ses traits, sa bouche ouverte, déformée par la fureur, avant de devoir pivoter pour me protéger. Les coups pleuvent sur mon bras et mon épaule pendant que la femme, dans sa rage, hurle de façon inarticulée. Elle serre les poings, et un coup m'atteint sur le côté de la tête. Vacillante, je recule contre la porte d'entrée en redoutant un instant de m'écrouler. Entre deux cris, elle se met à dire : « Vous… vous… vous ! »

La porte s'ouvre et David se jette entre nous. D'un bras, il l'écarte de moi. Elle agite toujours les poings et lâche toujours des beuglements inarticulés. Le tintamarre ne réveille pas Harry.

« Edith ! s'écrie David. Edith, arrêtez ! » Puis, de la voix ferme et grave qu'on utilise avant de passer aux représailles, il ajoute : « Arrêtez immédiatement ! »

Elle recule d'un ou deux pas, et sa respiration haletante soulève sa frêle cage thoracique. En me redressant, je constate que ses lunettes sont de travers. Pour ma part, j'ai les cheveux devant la figure et je me les coince derrière l'oreille avant de dévisager la femme encore hors d'elle, qui crache sa colère :

« Comment osez-vous ? hurle-t-elle en m'examinant de haut en bas. Quel toupet ! »

D'un coup d'œil derrière moi, je m'assure que Rees n'est pas sorti de la maison et ne peut pas nous entendre avant de répliquer d'un ton agressif : « Et vous, merde alors, vous êtes qui ? » Je ne supporte pas qu'on me tombe dessus. David est venu à mon aide, c'est vrai, mais je veux que cette folle comprenne que, sans l'élément de surprise, elle n'aurait pas eu le dessus.

« Je suis la mère de Chloe ! siffle-t-elle. Et parlez-moi autrement ! » Elle se tourne vers David. « Avec le manteau de ma fille sur le dos, en plus, et le bébé de ma fille ! »

David se redresse de toute sa taille. « Edith, c'est moi qui ai demandé à Laura de sortir Harry dans sa poussette pour qu'il puisse s'endormir. Je voulais passer un moment en tête à tête avec mon autre fils. C'est moi qui le lui ai demandé, d'accord ? Il fait froid et elle n'avait pas de manteau, alors je lui ai donné celui de Chloe. Je ne l'aurais pas fait si j'avais su que vous alliez venir. Je me doute que vous avez dû avoir un choc, mais ce n'est pas une raison pour attaquer Laura. »

Les traits de la femme restent déformés par l'amertume. « Vous ne valez pas mieux qu'elle. Vous vous en fichez ? Chloe a bien dit que vous étiez un salaud sans scrupules, et regardez un peu ! Vous êtes allé la chercher pour qu'elle prenne les choses en main ! Où est ma fille ? Pourquoi est-ce que vous ne la cherchez pas ? Vous savez ce que dit la police, hein ? Qu'elle s'est suicidée ! » Sur ces mots, la femme s'effondre. Elle tend une main, l'agite un peu et réussit à trouver la clôture. Son autre main est posée sur son ventre pendant qu'elle se penche pour essayer de reprendre son souffle en lâchant un halètement, une sorte de sanglot sec. « Oh ! fait-elle. Oh ! »

La colère m'a quittée, remplacée par une impression de vide. Cette femme vient de perdre sa fille. Je regarde David, mais il a les yeux fixés sur sa belle-mère. Je laisse le manteau de Chloe glisser de mes épaules. Quelle inconscience de l'avoir porté ! Impatiente de m'en débarrasser, je le mets sur mon bras. D'une toute petite voix, je propose : « Voulez-vous entrer boire une tasse de thé ? » Au moment même où je prononce ces mots, leur stupidité, leur inadéquation m'apparaissent d'une façon pénible. Le nombre de tasses de thé qu'on a pu m'offrir après ce qui est arrivé à Betty !

La femme se redresse, s'essuie le visage d'un revers de manche, ôte ses lunettes et les replie. Au lieu de me répondre, elle me décoche un regard méprisant. Puis elle pivote et, d'une démarche peu assurée, descend l'allée. À mi-chemin de sa voiture, elle s'arrête et nous refait face. En fixant des yeux David, elle lance : « Je reviendrai voir mon petit-fils quand il se réveillera. » Elle me regarde ensuite et ajoute : « Et quand elle sera partie. »

La voiture est garée de travers, une roue sur l'herbe. Quand la mère de Chloe m'a vue arriver, vêtue du manteau de sa fille et poussant le bébé de sa fille, elle a dû déraper en freinant à mort.

Une fois à l'intérieur, je suspends le manteau à sa patère avec un soin extrême. Lorsque David referme doucement la porte derrière lui, je me tourne pour lui dire : « J'ai vraiment mauvaise conscience.

— Il ne faut pas, réplique-t-il d'un ton sec.

— Elle a dû me prendre pour Chloe… »

Du salon me parvient le son très fort de la télévision – on passe un dessin animé violent.

David secoue la tête. « Ce n'est pas le chagrin qui lui dérange l'esprit, elle a toujours été comme ça. Chloe courait la voir dès qu'on se disputait, surtout quand il s'agissait de toi, et sa mère aggravait les choses. C'est une fichue calamité. Elle est responsable de la plupart des problèmes de Chloe, crois-moi, d'une très grande partie. Il ne faut pas la plaindre. Elle est capable de tout. J'avais horreur qu'elle garde Harry toute seule. Je ne plaisante pas. Je n'ai jamais aimé que cette femme s'approche de mon fils. Si Chloe n'avait pas éprouvé une dépendance aussi bizarre envers elle, je ne l'aurais jamais laissée entrer chez moi. Elle était là, le soir où Chloe a disparu. C'est pour ça que je ne pouvais pas te laisser venir. Je ne voulais pas que vous vous rencontriez, je ne voulais même pas qu'elle sache à quoi tu ressembles. »

Pourtant, je lui ai trouvé un air familier…

« Est-ce que Chloe et toi vous disputiez beaucoup à cause de moi ?

— Bien sûr. » Il s'éloigne en direction du salon tout en lâchant par-dessus son épaule : « C'était notre principal sujet de dispute. Elle t'appelait "le fantôme qui s'invite à notre table". »

Chloe a disparu il y a moins d'un mois et, déjà, il emploie le passé.

Ce n'est que plus tard, une heure plus tard, au moment où nous donnons à manger aux enfants, que ça me revient : j'avais déjà vu la mère de Chloe. C'était la petite femme furieuse qui, après les obsèques de Willow, m'avait éraflé le mollet avec son talon aiguille. Je pense à mon manteau violet, esquinté par une giclée d'eau de Javel, et toujours suspendu dans ma penderie. Je pense au coûteux imperméable de Chloe chatoyant et chaud, qui est accroché dans le couloir.

Pendant que Rees regarde la télévision, David et moi préparons le repas. Encore secouée par l'agression de sa mère, je suis mal à l'aise dans la cuisine de Chloe. Après avoir posé sur le feu une casserole d'eau, je m'assieds à la table et j'observe David qui coupe en menus morceaux brocoli et carottes pour les ajouter au riz blanc que nous destinons à Rees. Quand il a fini, il met quelques fragments de brocoli et des cubes de carotte dans un bol qu'il dépose devant moi. Pour lui faire plaisir, j'en prends un ou deux et je mâche... Pendant ce temps, il examine par la fenêtre le carré bien net de leur jardin. Ses mains reposent sur le bord du plan de travail, sa tête est penchée.

Enfin, il se retourne, s'appuie au plan de travail et me scrute. David, avec ses longues jambes, ses bras croisés, son expression sérieuse et son regard pénétrant. Je lui rends son regard.

Au bout d'un moment, il me dit : « Je suis vraiment désolé que tu te sois retrouvée là-dedans. J'ai toujours eu le sentiment qu'il pourrait arriver quelque chose, même si je n'imaginais pas que ce serait comme ça. Jamais je n'aurais imaginé que ça irait aussi loin.

— Tu n'y es pour rien. » C'est ma faute, je pense. Dois-je lui en parler ? Comment puis-je lui parler d'une chose pareille ?

Soudain, il m'inonde de son regard. « Tu crois vraiment, Laura ? » réplique-t-il simplement, doucement, et je me rends compte que, submergée par ma propre culpabilité, mon propre chagrin, je n'ai pas réfléchi au fait qu'il pouvait lui aussi se sentir responsable, qu'il pouvait croire que c'était son infidélité qui avait lâché les démons dans notre vie. Comme je garde le silence, il répète : « Tu crois vraiment ? »

Après le repas pris avec Rees – David et moi nous contentant de faire semblant de manger –, nous réveillons Harry qui a un peu trop dormi. Je lui écrase une banane pendant que David l'emmène dans la chambre pour changer sa couche. Notre partage des tâches est à la fois curieux et naturel. Rees va chercher dans le couloir une boîte de hochets et autres objets cliquetants, et les aligne sur la table de la cuisine, prêt à faire une démonstration dès que Harry reviendra.

Je lui demande : « Tu trouves que c'est une bonne idée de distraire Harry au moment où nous essayons de lui faire manger sa banane ?

— C'est ce que je fais toujours », répond Rees d'un ton assuré.

Ensuite, plusieurs choses se produisent en même temps. On sonne à la porte d'entrée. Tout en remuant la banane écrasée pour qu'elle ne blanchisse pas, je me lève et, du coin de l'œil, j'aperçois par la fenêtre le jardin de derrière. Une forme sombre s'y profile. Je me tourne, et découvre un policier en tenue en train de m'observer. Sidérée, je lui lance un regard agressif. Mais le jardin de derrière n'est pas clôturé et n'importe qui peut s'y rendre une fois arrivé devant la maison, si bien qu'une pensée très logique me vient à l'esprit : il doit s'être perdu et a peut-être besoin d'aide. Dans le couloir, j'entends que David élève la voix, et je me dis qu'il s'est dépêché d'ouvrir la porte de crainte de voir revenir Edith. Prise en tenaille entre ces deux événements qui réclament l'un et l'autre mon attention, je reste plantée dans la cuisine, impuissante.

Soudain, Toni apparaît sur le seuil de la cuisine. Elle est en civil, et un autre officier en civil l'accompagne, un homme corpulent, trapu. Derrière eux, David a une expression bouleversée. Un autre policier, jeune et en tenue celui-là, passe à côté de lui. Au même moment, la porte de la cuisine donnant sur le jardin s'ouvre et l'autre policier en uniforme entre. J'ai à peine eu le temps de regarder David en pensant : Il ne peut pas en supporter davantage… que l'officier trapu me dit : « Laura Needham, nous sommes ici pour vous arrêter car vous êtes soupçonnée d'avoir participé à l'assassinat de Chloe Edith Carter. »

L'autre policier en tenue brandit des menottes.

Ma première pensée va à Rees. Comment peuvent-ils faire une chose pareille en présence de Rees ? Je tourne la tête, mais il n'est plus assis à la table. Il se cache dessous. Les policiers ignorent qu'il se trouve dans la pièce.

Le jeune officier referme les menottes sur mes poignets. Je fixe sur lui des yeux incrédules, puis je les baisse sur mes poignets, pendant que l'un des policiers en tenue m'avertit : « … mais, lors de votre interrogatoire, ne pas évoquer un point sur lequel vous voudrez vous appuyer au procès peut vous porter préjudice. »

Le caractère solennel de la formule ne fait qu'ajouter à l'impression de comédie, de farce.

« Où est votre téléphone portable ? » me demande Toni.

Je lève mes poignets menottés pour montrer mon sac posé sur le plan de travail. Toni l'attrape, l'ouvre, jette un coup d'œil à l'intérieur et le referme.

« C'est le seul téléphone portable que vous avez, Laura ?

— Bien entendu », affirme David à ma place, d'un ton sec. Toni le regarde. Ce sont les premiers mots qu'il prononce depuis que tout le monde est entré dans la cuisine. « Où l'emmenez-vous ?

— Au poste, monsieur, répond le policier trapu, poliment, comme s'il s'adressait à un idiot.

— Je peux venir ? » demande une voix flûtée sous la table.

Les policiers font volte-face. David se baisse et Rees se jette dans ses bras. Quand mon fils me voit menottée, son visage se fige.

« Non, mon chéri. » Je parle doucement, mon sourire essaie de lui faire comprendre qu'il s'agit d'un jeu. Ne t'inquiète pas, ce n'est pas pour de vrai. « Papa, Harry et toi vous viendrez me chercher tout à l'heure.

— C'est ça, renchérit David en le serrant dans ses bras. Nous irons la chercher tout à l'heure, hein ? »

Même les policiers, qui n'auraient pas hésité à me jeter à terre et à me faire une clé pour m'immobiliser si nécessaire, adressent un grand sourire à Rees et hochent la tête en jouant le jeu.

L'officier trapu me prend par le bras et, Toni en tête, nous sortons de la cuisine, avançons dans le couloir et montons dans le fourgon garé dehors.

18

LE CORPS DE CHLOE N'A JAMAIS ÉTÉ RETROUVÉ.

Nous avons l'impression que nos vies sont linéaires, avec un début, un milieu et une fin bien nets. Depuis que nous avons l'âge d'appréhender la notion d'ordre, nous désirons que les événements se déroulent dans un ordre parfait et rationnel. Nous naissons, nous grandissons, avec un peu de chance nous avons des enfants. Les enfants renforcent la linéarité de notre vie grâce à la ligne droite de la leur. Ils se contentent de grandir, ce qu'ils font très bien. Nous vieillissons ; nous atteignons la fin de notre existence. Tout cela nous satisfait, quels que soient les petits succès ou échecs que nous obtenons en chemin. Cette ligne inexorable, c'est le temps. La mort de Betty a arrêté le temps. Le jour où Betty a cessé d'exister, la ligne s'est dissoute, la vie est devenue un point fixe. Tout ce qui m'est arrivé avant ou après tourne autour de ce point. Le cours de flamenco auquel je pensais m'inscrire avant que David entre dans ma salle de consultation devient le cours auquel je pensais m'inscrire juste avant de connaître l'homme avec lequel j'ai eu l'enfant qui est morte. Le café que je bois en ce moment au Sunflower, un établissement situé dans le centre commercial d'Aberystwyth, est le café que je bois après avoir raconté comment ma fille a perdu la vie. Tout ce qui s'est passé avant a causé la mort de Betty et tout ce qui s'est passé après en est la conséquence.

Le corps de Chloe n'a jamais été retrouvé.

Lorsque Toni et les autres policiers me font sortir du bungalow de David et m'emmènent vers leur fourgon garé dans la rue, je me surprends à regarder autour de moi, m'attendant presque à voir Edith, la mère de Chloe, cachée derrière une haie. Je suis calme, très calme même, alors que David est blême. Il me fait vraiment pitié. Il s'accroche à Rees, Rees qui le sauvera et qui, pour sa part, observe la scène avec des yeux ronds, comme si rien ne pouvait plus l'étonner. Pendant qu'on me fait poliment monter dans le fourgon et que nous démarrons, mon anxiété se focalise sur ce que dira David à Rees une fois qu'ils auront vu disparaître le véhicule et seront rentrés dans la maison. Comment expliquera-t-il tout cela à mon petit garçon ? Une sorte d'anxiété par défaut, une anxiété exclusivement maternelle, m'envahit, reléguant au second plan ma propre situation.

Les policiers sont froids mais courtois. Toni se comporte exactement comme les autres et ne laisse pas transparaître l'intimité qui avait caractérisé notre relation jusqu'ici. Au poste de police, elle enfile de minces gants violets et vide mon sac en en énumérant tout haut le contenu pendant qu'un agent entre ces données dans un ordinateur. On me pose une série de questions polies. Est-ce que je souffre d'allergies ? Ai-je sur moi des objets pointus ou tranchants ? Tout le monde est calme. Personne ne manifeste la moindre agressivité gestuelle ou verbale. J'ai un peu l'impression de fournir des renseignements pour remplir un dossier dans une nouvelle clinique dentaire ou auprès d'un organisme de prêts immobiliers.

Les policiers en tenue m'emmènent dans une cellule en attendant l'avocat commis d'office. Je ne prends vraiment conscience de mon incarcération qu'en percevant le déclic métallique de la porte qui se referme derrière moi. Je m'assieds sur l'étroit matelas posé sur le bloc en béton qui longe le mur. Bleu marine, il est recouvert d'une protection en plastique. La cellule est glaciale et pue l'urine. Une caméra est installée dans un coin, près du plafond, et j'aperçois l'objectif derrière un demi-globe en plastique. On m'a dit que si je me servais des toilettes, dans le coin opposé, un carré noir s'afficherait sur le moniteur pour préserver mon intimité. La tête dans les mains, je pense à David et à Rees. Puis j'imagine le gardien, dehors, en train de m'observer sur l'écran, assise sur le lit avec la tête dans les mains. Je me redresse, m'adosse au mur, soupire, les yeux fermés. Il n'y a rien que je puisse faire, et j'en éprouve un immense soulagement.

Au bout d'une quarantaine de minutes, la porte de la cellule s'ouvre avec une série de bruits sourds, et deux jeunes policières en tenue entrent. L'une d'elles tient un sac en plastique transparent avec quelque chose de blanc à l'intérieur.

« Voulez-vous vous lever, je vous prie ? » me demande-t-elle.

Je me lève et je les regarde.

« Voulez-vous vous déshabiller ? demande l'autre femme.

— Entièrement ? » Je suis étonnée.

La policière est très jeune et lâche un petit rire gêné. « Oui, désolée. » Elle hausse les épaules. « Les bretelles de soutien-gorge, vous comprenez. »

Cette remarque est hermétique pour moi – je suppose que la police veut procéder à des analyses, bien que ça ne rime à rien. Soudain, il me vient à l'esprit qu'on fouille peut-être ma maison, ou le bungalow de David, en ce moment même.

« Est-ce que je vais les récupérer ? » Du menton, je désigne les habits que je leur tends.

La première a sorti du sac l'objet blanc, une pelure gigantesque en papier, ridicule, qui ressemble à une grenouillère. Elle la pose sur la protection du matelas avec une paire de tennis blanches qu'elle tenait dans l'autre main. « Ne vous inquiétez pas, vous allez les récupérer », répond-elle sèchement.

La première chose que me dit l'avocate commise d'office en franchissant le seuil de ma cellule, c'est : « Laura, j'ai déjà fait un sacré foin parce qu'ils vous avaient pris vos vêtements. C'est parfaitement absurde, j'appelle ça un excès de zèle, et nous allons déposer une plainte. »

Je la regarde : corpulente, avec des lunettes, une peau olivâtre, des cheveux châtains très frisés collés au crâne. Elle porte un tailleur beige au beau pantalon à pattes d'éléphant et, dessous, un polo crème. C'est la première fois que je la vois, mais il lui a suffi d'une phrase pour devenir ma meilleure amie.

Je lui dis : « J'ai froid. » C'est vrai, je frissonne depuis une heure. Ma pelure en papier bruit bêtement à chacun de mes mouvements. Si ce vêtement ridicule ne me protège pas du froid, il m'empêche de m'appesantir sur la gravité de ma situation. Je pense : David. Où es-tu ? Pourquoi ne viens-tu pas me chercher ?

« Ça ne m'étonne pas, réplique-t-elle. Nous allons exiger qu'on vous autorise à vous rhabiller avant l'audition, qui, je l'espère, aura lieu très bientôt.

— Pourquoi m'a-t-on pris mes vêtements ?

— Risque de suicide, répond-elle succinctement en s'asseyant à côté de moi sur le matelas avant d'ouvrir un carnet. Je leur ai dit que c'était idiot, mais ils m'ont fait le numéro "Perte d'un enfant, plus chef d'accusation sérieux". Bien sûr, ils veulent se couvrir, voilà tout, mais c'est vraiment bête. » Elle me regarde. « Il y aura des journalistes, je le crains, même si nous arrivons à vous faire sortir tout de suite. Nous n'y pouvons rien. » Elle remonte ses lunettes. « Bon, on y va ? »

L'audition a lieu dans la salle où David et moi sommes allés avec Rees. L'avocate a eu gain de cause et je porte de nouveau mes vêtements. Je suis assise sur le même siège que l'autre fois. Le même téléviseur se trouve sur son socle, d'un côté du bureau. Les policiers sont l'homme trapu qui m'a arrêtée et une femme que je n'ai encore jamais vue, tous deux en civil. Mon avocate est installée en face.

Nous commençons en douceur. Ils me demandent quel âge j'avais quand j'ai rencontré David. Je suis là en terrain connu, et parler d'une chose aussi normale, aussi facile à expliquer me soulage. Avec beaucoup de détails, je mentionne les trois premières rencontres, au pub, à la fête et enfin dans ma salle de consultation. Les policiers m'écoutent poliment, calmement, en faisant un commentaire de temps à autre, même si je sais que ce n'est pas là ce qui les intéresse, ce qu'ils veulent vraiment savoir. Quand je décris la façon dont David m'a demandée en mariage sur la falaise, leur intérêt s'accroît. L'homme se penche légèrement en avant. Ensuite, submergée par l'émotion à l'évocation de ce souvenir, je me tais. Le type trapu renifle un bon coup et lâche d'un air songeur : « On pourrait appeler ça une histoire d'amour un peu turbulente, hein ? »

Les larmes roulent en silence sur mes joues. Je hoche la tête. Mon avocate m'effleure le coude. En tournant la tête, je m'aperçois qu'elle me tend un mouchoir en papier. Je me mouche.

La policière remarque d'un ton léger : « Alors, vous avez dû éprouver un choc en apprenant que votre mari avait une liaison ? »

Toujours en me mouchant, je le confirme en laissant une pointe d'ironie percer dans ma voix : « Vous pouvez le dire ! » À côté de moi, mon avocate se raidit.

« Vous avez dû être vraiment furieuse et décontenancée, insiste le policier. Cette histoire était difficile à comprendre, me semble-t-il, alors qu'il vous fallait penser à votre vie, à la maison, tout ça, et au gosse. À votre avis, pourquoi votre mari a-t-il fait ça ? »

Je secoue la tête et j'ouvre la bouche pour répondre, mais mon avocate s'interpose.

« Vous ne pouvez pas poser cette question à ma cliente. Comment est-elle censée savoir ce que pense quelqu'un d'autre ou quels sentiments il éprouve ? Vous ne pouvez pas lui demander ça. »

Le policier continue à me fixer des yeux, mais j'intercepte le regard que sa collègue lance à l'avocate, un regard qui signifie : Un bon point pour vous.

Ce n'est que bien plus tard – nous devons parler depuis deux heures, à mon avis – que les policiers me malmènent un peu. Je devais détester Chloe, pas vrai ? Qu'est-ce que j'ai ressenti, en découvrant qu'elle était enceinte ? Et ensuite, quand ma fille a été tuée, ça a dû m'achever, non ?

« Faites-moi l'historique de votre maladie mentale..., me demande le policier en ouvrant un dossier. Vous avez été internée, c'est ça ?

— Historique est un bien grand mot. L'épisode n'a duré qu'une nuit.

— Eh bien, moi, voyez-vous, personne ne m'a encore interné », riposte-t-il.

Après m'avoir un peu rudoyée verbalement – l'avocate intervenant de temps à autre quand il dépassait les limites autorisées –, il se carre dans son fauteuil et croise les bras. Sa collègue prend le relais. Eux peuvent se relayer. Moi, je suis épuisée. Je pense : C'est normal que tu sois épuisée. *David.* Je voudrais que David arrive et me ramène à la maison. J'ai envie d'être vautrée sur un canapé avec Rees et Harry et de regarder des conneries à la télévision.

« Laura », dit la policière avec douceur. Elle a une voix grave et des yeux gris expressifs. C'est elle qui intervient quand les suspects sont fatigués. « Il y a quelque chose que j'aimerais vous montrer, Laura. »

Sur le support, à côté du téléviseur, il y a un carton creux dans lequel on pourrait ranger des papiers. Elle n'a qu'à tendre la main pour attraper le carton sans avoir besoin de se lever. Elle le pose sur la table devant nous, soulève le couvercle et sort une pochette en plastique transparent. Le policier explique pour les besoins de l'enregistrement :

« L'officier Clarke montre à la suspecte un couteau en acier inoxydable dont la lame mesure quinze centimètres. »

Le couteau n'était pas destiné à Chloe. Ni à personne, d'ailleurs. J'en ai eu besoin pour me raccrocher à quelque chose, il n'y avait aucune réelle intention de tuer. Je suis très fatiguée et déroutée. Il y a plusieurs heures que je me trouve là. Je suis prête à dire n'importe quoi pourvu qu'on me laisse rentrer chez moi. *Rees*.

La policière à la voix douce et aux yeux compréhensifs se penche en avant et demande très gentiment : « Est-ce que ce couteau vous appartient, Laura ? »

Les larmes me montent aux yeux, je hoche la tête. Mon avocate se raidit de nouveau et pose une main sur la mienne. Sentant qu'elle est sur le point de s'interposer, le policier beugle :

« Vous passez beaucoup de temps sur les falaises, pas vrai ? Si vous nous en parliez ? »

L'avocate réplique fermement : « Messieurs, il est presque dix heures du soir. Ma cliente est très fatiguée. Je crois que nous devrions en rester là pour aujourd'hui et reprendre demain matin. »

Je m'écrie : « Parce que vous me gardez ici cette nuit ?

— Votre cliente ne semble pas se rendre compte de la gravité de sa situation, permettez-moi de vous le dire », lance le policier qui renifle, se carre dans son fauteuil et croise les bras. Je le déteste passionnément.

En guise d'apaisement, sa collègue lève une main aux doigts écartés. « Oui, nous reprendrons demain à neuf heures. » Elle me regarde, se penche en avant. « Laura, avant que nous terminions, j'aimerais vous poser une dernière question, d'accord ? »

Les larmes aux yeux, j'acquiesce.

« Y a-t-il quelque chose que vous voudriez nous dire au sujet de votre relation avec M. Aleksander Ahmetaj ?

— Vous n'êtes pas obligée de répondre, Laura, s'empresse de déclarer mon avocate. Ces officiers ont déjà reconnu que vous étiez trop fatiguée pour poursuivre l'audition. »

Lorsque nous retournons dans ma cellule, l'avocate annonce au gardien qui est de service : « J'ai besoin de rester quelques minutes seule avec ma cliente. »

Le gardien est lui aussi du genre corpulent. Il a de grosses mains aux ongles courts, enfoncés dans la chair, et des yeux pâles qui, pour une raison ou une autre, me font l'effet d'un bleu psychotique. Il me regarde et me demande : « Vous êtes végétarienne ? »

Je secoue la tête.

« Vous pratiquez une religion ? »

De nouveau, je secoue la tête.

« Bon », fait-il avant de sortir.

Dès que la porte se referme derrière lui, mon avocate me scrute. « Qui est Aleksander Ahmetaj ?

— On ne vous l'a pas dit ? » Je m'assieds.

Elle répond non d'un signe de tête. « Ils adorent les révélations théâtrales. Je crois vous l'avoir expliqué avant l'audition.

— C'est l'homme qui a tué ma fille, dans l'accident.

— Oh ! Bon, je ferais mieux de potasser un peu la question en rentrant chez moi. » Elle marque une pause et me dévisage. « Y a-t-il quelque chose que je devrais savoir ? »

Je croise son regard. « Non. »

Après son départ, le gardien m'apporte un repas réchauffé au micro-ondes. Je suppose qu'avec la purée de pommes de terre il y a une viande, mais elle est assez difficile à identifier. À l'aide de ma fourchette en plastique, je tâte ces bouts de machin brun qui glissent dans leur jus sombre et gluant. Quand le gardien revient chercher le plateau en plastique blanc, il baisse les yeux sur le plat auquel je n'ai pas touché puis me regarde d'un air de dire : C'est pas assez bon pour toi, ma cocotte ? Sans que je le lui aie demandé, il m'a apporté une tasse de thé très léger, que je bois juste pour lui montrer que je ne suis pas snob.

Plus tard, il me remet une mince couverture bleue. L'éclairage de la cellule sera baissé, mais une veilleuse restera allumée toute la nuit, m'annonce-t-il. Je m'allonge sur le matelas recouvert de plastique, sous la couverture mince, et, si incroyable que ça puisse paraître, je m'endors. Je suis réveillée par un ivrogne qu'on amène en pleine nuit dans la cellule voisine. Il jure copieusement. Ensuite, je dors par à-coups. J'ai encore très froid, mais je ne me sens pas le courage de réclamer une autre couverture. Tous les quarts d'heure, quelqu'un tire le petit judas de la porte pour vérifier si je ne suis pas morte.

Le petit déjeuner se compose d'un thé léger et de deux toasts de pain blanc tartinés d'une épaisse couche de margarine. Je ne me suis pas encore habituée à la puanteur des cellules – à l'odeur d'urine se mêle à présent une note de désinfectant. À côté, l'ivrogne est parti, ou alors il se tait. Ankylosée, frissonnante, je me force à avaler un toast. Quand mon avocate arrive, la première chose qu'elle dit tout en ouvrant son carnet, c'est : « Bon, je me suis documentée sur l'accident, et maintenant je ne comprends plus très bien. Pourquoi est-ce qu'on vous interroge sur votre relation avec Ahmetaj alors que tout laisse supposer que vous ne l'avez jamais vu ? »

Je la regarde. « Je n'en ai aucune idée. »

Ça démarre sur les chapeaux de roue et on ne m'épargne pas. La femme aux yeux compatissants n'est pas là. Implacables, le policier présent la veille et un de ses collègues me bombardent de questions. Où étais-je le… ? Ils mentionnent plusieurs dates l'une après l'autre. Les dates ne signifient plus rien pour moi. Très vite, je suis perdue. À une question, je réponds : « J'emmenais mon fils à l'école », et le policier rétorque : « Quoi ? Un dimanche ? »

Ils se relaient à présent.

« Votre ex affirme que votre jalousie le rendait dingue…

— Qu'est-ce que vous faites quand vous êtes jalouse, Laura ?

— D'après lui, vous pouvez vous montrer très violente. Lui lancer des trucs à la figure…

— Parlez-nous de la fois où vous avez cassé une fenêtre ? Combien en avez-vous cassé ? »

Ils ne me laissent presque pas le temps de répondre. « Non, ce n'était pas ça, dis-je.

— Qu'est-ce qui n'était pas ça ?

— Ce n'était pas une fenêtre. C'était… c'était…

— Quoi ?

— Une porte.

— Vous avez cassé une porte ?

— Non, une vitre.

— Attendez, je ne vous suis pas, c'était une porte ou une fenêtre ?

— Vous cassez beaucoup de choses, hein ? intervient son collègue avant que je puisse répondre.

— C'était une vitre, un panneau vitré dans une porte. Une porte vitrée.

— Venons-en à ce couteau. »

J'ai l'impression d'être dans une de ces attractions où vous tournoyez pendant que le sol se dérobe sous vos pieds, mais où la force centrifuge vous plaque au mur. Après deux vaines tentatives, mon avocate obtient que nous fassions une pause.

Quand nous reprenons, les policiers semblent un peu moins remontés, on dirait que la fatigue les gagne eux aussi. Je suis soulagée. Le nouveau, qui est moins dur que son collègue de la veille, se penche en avant et pose les coudes sur la table en croisant les doigts. Il me considère d'un air las, comme s'il n'avait pas plus que moi envie d'être ici.

« Laura, écoutez, nous savons bien que vous avez subi un terrible traumatisme. Nous n'en avons pas encore vraiment parlé, hein ? Bon, Robert et moi, on a nous aussi des enfants, voyez-vous. J'ai trois gosses… Alors, n'importe quel parent peut comprendre par quoi vous êtes passée, en perdant votre petite fille, c'est la pire chose qui puisse vous arriver, pas vrai ? »

Le froid, le manque de sommeil, l'inquiétude au sujet de David et de Rees, et maintenant…

« Betty…, ajoute le policier, et, dans sa bouche, ce nom m'anéantit. Betty, c'était le diminutif d'Elizabeth ? »

Je secoue la tête et réussis à répondre : « Betrys. C'était le diminutif de Betrys, Beatrice en gallois. Son père est… » Ma voix n'est plus qu'un murmure. « … son père a été élevé au pays de Galles, il, il…

— Les Gallois ont des chanteurs fantastiques », fait remarquer l'autre policier.

Le premier se penche encore davantage en avant. Je prends une profonde inspiration. « Laura », dit-il, et, soudain, j'ai envie qu'il me serre dans ses bras, sans rien de sexuel, juste pour me consoler. Je sens que c'est un type bien, pas comme l'autre. J'aimerais qu'il m'enlace et arrange tout. « Pourquoi Aleksander Ahmetaj a-t-il été aperçu sur le seuil de votre maison ? »

L'avocate inspire bruyamment, puis me chuchote : « Ne dites rien. » Elle regarde le policier et déclare d'une voix ferme : « Je souhaite une interruption de l'audition pour pouvoir m'entretenir avec ma cliente.

— Demande refusée, répond l'autre policier.

— Que s'est-il passé quand il est venu chez vous, Laura ? »

Que s'est-il passé ? Je l'ai sucé. J'ai baisé le type qui a tué ma fille sur le lit que j'avais partagé uniquement avec son père. Comme il m'est impossible d'expliquer cet acte, je m'effondre, au supplice, submergée par des sanglots d'impuissance.

Pendant la pause du déjeuner, l'avocate me rappelle qu'on ne peut pas me garder à vue plus de vingt-quatre heures sans chef d'accusation, à moins de solliciter une prolongation de douze heures auprès d'un responsable qui ne l'accordera pas sans une bonne raison.

« Pourquoi ne m'avez-vous pas dit qu'Aleksander Ahmetaj était venu chez vous ? » Son ton est froid, mais poli.

Je secoue la tête.

« Bon, ça explique pourquoi ils n'ont pas voulu me donner le nom de votre complice présumé quand je l'ai demandé, poursuit-elle d'une voix détachée. Ils voulaient vous prendre au dépourvu en le lâchant de but en blanc. »

Après deux heures d'audition de plus, ils me libèrent à condition que je reste à la disposition de la police. Il faudra que je me présente dans un mois et, entre-temps, je ne dois pas communiquer avec Aleksander Leotrim Ahmetaj. Une accusation d'association de malfaiteurs nécessite plus d'un suspect. On ne peut pas s'associer avec soi-même, du moins pas au sens juridique. Ahmetaj est donc mon complice, mais la police a un problème : elle ne le retrouve pas. Plus tard, je comprendrai que c'est l'une des raisons pour lesquelles on m'a arrêtée. Des aveux de ma part leur auraient appris où se trouvait Ahmetaj. Le lendemain, l'avocate me dit au téléphone qu'ils auraient voulu ajouter aux conditions de ma libération l'interdiction de contacter David, mais elle a réussi à leur faire admettre que c'était injuste dans la mesure où il était le père de mon fils et qu'ils ne pouvaient raisonnablement m'empêcher de voir Rees – de plus, David n'était nullement considéré comme suspect. Ils ont dû le soumettre à une enquête très approfondie, il ne serait pas le premier dans ce cas.

David, Rees et Harry viennent me chercher au poste de police. David laisse les garçons dans la voiture garée dans la rue, et se présente à l'accueil. Je l'attends avec mes affaires et le dossier de mon arrestation dans un sac en plastique transparent. L'avocate est à côté de moi. Lorsque David pousse la porte battante, nos regards se croisent et je m'effondre en lâchant un sanglot haletant.

Il se dépêche de venir m'enlacer, me serre très fort, une main sur ma taille, l'autre sur ma nuque.

Je lui souffle : « Fais-moi sortir d'ici », et il m'entraîne dehors. Je ne dis même pas au revoir à l'avocate.

Dès que nous sommes dans la voiture, il démarre et m'emmène chez moi aussi rapidement qu'il le peut sans enfreindre les limitations de vitesse. Sur la banquette arrière, Rees me jette un regard rayonnant. Je passe une main derrière pour lui toucher la jambe. Tout heureux, il la balance et donne des coups de pied dans le dos de mon siège. Dans le siège-auto, à côté de lui, Harry dort en pyjama sous une couverture repliée. Lorsque nous nous arrêtons devant la maison, je défais ma ceinture et j'ouvre ma portière, mais, en me retournant, je constate que David a toujours la sienne bouclée. Pendant un horrible moment, je pense qu'il va me déposer et repartir, sans même entrer. Je suis atterrée. Qu'est-ce que la police a bien pu lui dire ?

« David ! » Ma voix est aiguë, creuse, suppliante. « Il faut que nous discutions. »

Il me dévisage. « Tu ne croyais tout de même pas que j'allais te planter là ? » Il secoue la tête. « Seigneur, nous avons du pain sur la planche !

— Maman, tu peux prendre mes camions ? » demande Rees à l'arrière.

Je pivote vers lui. Harry bouge dans son sommeil et émet un étrange gémissement, on dirait que, dans son rêve, on lui refuse quelque chose.

« Pour l'hôtel », précise Rees.

Je me tourne vers David.

« Dépêche-toi de préparer un sac pour quelques jours, me dit-il. Ton avocate m'a assuré que les journalistes allaient débarquer d'une minute à l'autre. Nous ne pouvons rester ni chez toi ni chez moi. Dans le coffre, j'ai pris quelques affaires pour les enfants, mais Rees a besoin de chaussettes.

— Mes camions ! Mes camions ! braille Rees en sautant sur la banquette.

— Je vais aller te chercher tes camions, ne t'inquiète pas, Rees, dis-je avant de demander à David : Et la police ?

— Je les ai prévenus. Ça ne pose pas de problème. Tant qu'ils savent où tu es, ils n'y voient pas d'inconvénient. Allez, vite. »

J'entre – déjà, la maison me semble étrangère. Je grimpe l'escalier en vitesse. Dans ma chambre, je détourne les yeux du lit avec ses coussins en satin beige, descends du dessus de l'armoire un vieux sac de sport et me mets à y fourrer des vêtements.

Pendant un mois, je reste à la disposition de la police. Les journaux régionaux en font leurs choux gras : « *Arrestation d'une habitante de la région* », et j'apprends par David que certains organes nationaux mentionnent eux aussi l'information dans leurs pages intérieures, mais il veille à ne pas les laisser traîner près de moi et, pour ma part, je n'éprouve pas le besoin de les lire. Personne ne nous déniche à l'hôtel, une pension de famille agréable, située à une trentaine de kilomètres au sud, au bord de la mer, avec une baie vitrée dans la salle du petit déjeuner, qui donne sur un jardin en terrasses. Nous y passons cinq jours.

Pas une minute David ne doute de moi. Il est persuadé que Chloe s'est jetée en bas de la falaise – et persuadé qu'il sait pourquoi elle l'a fait à cet endroit précis. C'est là qu'il m'a demandée en mariage, il y a des années. Chloe a toujours été d'une jalousie maladive à mon égard – il l'a signalé aux policiers quand ils l'ont interrogé après sa disparition. Elle lui posait des questions très précises sur notre couple et, dans les premiers temps de leur liaison, il lui avait raconté qu'il m'entraînait jusqu'au bord de l'aplomb. Il le lui avait confié comme beaucoup d'amoureux mentionnent à leur nouvelle conquête des détails sur les épouses qu'ils trompent, mais, bientôt, il l'avait regretté. C'était devenu un énorme problème entre eux, surtout quand il lui avait annoncé qu'il ne voulait pas se remarier une fois notre divorce prononcé. Plus leur relation se dégradait, plus Chloe menaçait de se jeter du haut de cette falaise, ajoutant qu'il la forcerait à le faire un jour ou l'autre. Elle l'avait répété plus d'une fois. Chloe avait déjà tenté de se suicider à deux reprises, une fois avec du paracétamol, à quinze ans, une autre avec des antalgiques, quand elle avait un peu plus de vingt ans, à la suite d'une liaison avec un homme marié qui s'était mal terminée. Dans l'esprit de David, aucun doute ne subsiste sur ce qui s'est passé. Une fois qu'il a fini de me raconter la vie difficile de Chloe, je la plains comme n'importe quelle personne bien intentionnée le ferait, mais je n'arrive toujours pas à lui pardonner d'être tombée amoureuse de mon mari ni de m'avoir envoyé des lettres anonymes. Au bout de quelque temps, je m'aperçois toutefois que je suis capable de surmonter mes émotions mêlées – mépris, pitié, trouble. J'y parviens parce que David est encore plus troublé que moi. Il est affreusement navré par le suicide de Chloe, il a un sentiment de culpabilité, mais il lui en veut horriblement d'être morte parce que, dans son esprit, elle a voulu rivaliser avec moi et, plus grave encore, avec Betty. Démêler tout cela réclamerait la compétence d'un spécialiste, et je ne m'y essaie même pas.

Lors de notre dernière soirée à l'hôtel, David et moi nous glissons tous les deux au bar une fois les garçons endormis – la réceptionniste a un système à l'ancienne qui nous permet de décrocher le téléphone de la chambre pour qu'elle puisse nous prévenir si elle entend un des enfants se réveiller. Nous entrons dans le bar pourvu d'une épaisse moquette, de peintures à l'huile dans des cadres dorés accrochés aux murs et de surfaces en bois luisantes tant elles ont été lustrées. Nous nous juchons sur de hauts tabourets au comptoir, et sourions à la pensée que c'est là une chose appréciée des jeunes – les amoureux qui se donnent rendez-vous, et non les gens qui ont vécu tout ce que nous avons vécu.

« Un whisky, ça te dirait ? » propose David en examinant les bouteilles alignées derrière le comptoir.

Je m'empresse de répondre : « Non, merci, je préfère m'en tenir au vin. »

Il commande un vin rouge pour moi, et pour lui un double whisky sans glace. Nous grignotons des cacahuètes alors que nous avons dîné un peu plus tôt avec les enfants, et un silence confortable s'installe, parce que nous savons tous deux que c'est notre dernière soirée dans cet environnement anonyme, et que demain nous devons regagner notre domicile en ville en essayant de trouver une façon de nous en sortir. Nous avons tous dormi dans la même chambre, Harry dans un lit d'enfant, Rees dans un lit d'appoint, David et moi dans des lits jumeaux installés côte à côte. Presque toutes les nuits, je me suis réveillée comme je le fais toujours, mais au lieu de me lever je suis restée couchée sans bouger et j'ai écouté les autres respirer, leur souffle m'enveloppait. Demain, nous devons quitter notre cocon.

« Je crois qu'il vaudrait mieux retourner au bungalow, dit David. Je ne veux pas que Rees et toi restiez seuls dans la maison.

— D'accord.

— Où crois-tu qu'elle soit ? » me demande David en tournant son verre entre ses mains. Cette question n'est pas larmoyante et ne traduit pas un apitoiement sur son sort. Elle n'est même pas triste.

Je lui réponds doucement : « Je crois qu'elle est endormie, c'est tout, nulle part. » Il n'y a aucune ambiguïté sur la personne dont nous parlons.

« Je sais, dit-il. J'ai essayé de m'imaginer ça, je savais que c'était ce que tu pensais. Qu'elle soit endormie, j'arrive à l'admettre, mais pas nulle part. Comment peut-elle être nulle part ?

— Alors, pense qu'elle est partout. »

Il sourit un peu. « Oui, c'est mieux. »

Nous sommes les deux seuls clients dans le bar. Derrière le comptoir, le barman attrape les verres à vin suspendus à l'envers au-dessus de lui, les examine à la lumière, puis les frotte un par un avec un chiffon avant de les lever une nouvelle fois pour apprécier la différence. Bien luisants.

On ne retrouve ni le corps de Chloe ni Ahmetaj, même si le mandat d'arrêt contre lui court toujours. Ma propre arrestation a été décidée à cause du couteau découvert sur la falaise. On l'a montré à Toni, et il lui a rappelé ceux qu'elle avait vus chez moi sur le plan de travail, près de l'évier. En outre, des caméras vidéo m'avaient filmée pendant que je me garais sur le parking proche du campement. Après quoi, Toni ou un de ses collègues a bavardé avec des voisins, et quelqu'un a dit avoir vu un homme qui correspondait à la description d'Ahmetaj sur le pas de ma porte ce soir-là – il avait dû être bien visible durant un instant à la lumière de la lampe extérieure.

Ce sont là les seuls faits susceptibles d'être retenus contre moi. D'après mon avocate, on m'a arrêtée pour voir si je ne pourrais pas lâcher quelques tuyaux sur la disparition d'Aleksander Ahmetaj. Ils ont discuté pour savoir s'il fallait ou non tenter le coup, vu que j'étais une mère endeuillée et, en tant que telle, m'attirais a priori la sympathie de la presse. Ils étaient bien conscients qu'il leur faudrait plus tard rendre compte de leur décision, mais aussi se justifier s'ils ne m'arrêtaient pas. Dans ce genre de situation, il convient toujours de peser le pour et le contre. Pendant mon audition, j'ai compris qu'ils ne croyaient pas à mon explication. Je leur ai dit que j'avais peur d'être attaquée quand j'allais me promener sur les falaises, si bien que j'emportais toujours un couteau enveloppé dans un torchon. Comme ils insistaient, j'ai nié avoir ouvert la porte à Ahmetaj, affirmé que je n'ouvrais jamais à personne une fois la nuit tombée. Je ne sais pas mentir, et le témoignage du voisin contredisait mes propos. La police ne m'a pas crue sur beaucoup de points, mais, sans preuves concluantes, et surtout en l'absence d'Ahmetaj, elle n'avait aucun moyen de me confondre.

Il se peut que je reçoive un coup de fil ou une lettre, m'explique l'avocate, mais sinon il me faudra prendre mon mal en patience et me présenter au poste à la fin du mois. C'est le policier qui m'a interrogée qui m'informe officiellement de la cessation des poursuites. Je ne suis plus obligée de me tenir à la disposition de la police – même si, plus tard, je pourrais être de nouveau arrêtée au cas où des éléments nouveaux surgiraient. À mon avis, ils espéraient retrouver Ahmetaj dans une autre partie du pays, mais, comme ils n'y sont pas arrivés, ils n'ont pas pu faire autrement que lever toutes les charges qui pesaient contre moi.

De nouvelles personnes occupent les caravanes sur les falaises, des Roumains. Déjà une dispute a éclaté entre l'un d'eux et deux jeunes de la région, une bagarre sur le parking du supermarché à propos d'une fille, d'après le bruit qui court. Les Roumains sont plus sociables que le groupe précédent, et ils fréquentent les pubs et les night-clubs. Gais, bien physiquement, ils deviendront décorateurs ou plombiers et ne se cacheront pas dans la zone industrielle. J'imagine sans mal qu'une foule de filles du coin tomberont amoureuses d'eux. Le centre Upton prévoit une soirée culturelle.

David est très abattu. Après les quelques jours passés à l'hôtel, nous retournons dans le bungalow et, pendant un moment, nous fermons les rideaux de la façade et regardons derrière nous avant de monter en voiture, mais personne ne nous embête. Pourtant, je sais qu'habiter là est forcément temporaire.

David est vraiment en miettes. On dirait qu'il a réussi à tenir le coup après la perte horrible de Betty, la disparition de Chloe, puis mon arrestation, et que finalement, à l'instant même où la police abandonne les poursuites contre moi, tout revient l'assaillir telle une vague qui déferle. Nous vivons ensemble, mais parfois j'ai plutôt l'impression que nous vivons l'un à côté de l'autre, que je suis avec un vieillard qui passe de pièce en pièce. Malgré un léger désaccord sur le sujet, j'insiste pour dormir sur le canapé du salon. Nous avons besoin d'être ensemble d'une certaine façon, et pas d'une autre. Je sais que je dois le laisser faire son deuil de Chloe à sa manière. Sa colère envers elle est maintenant retombée, remplacée par un simple désespoir.

Rees ne comprend plus très bien où il habite, et le temps que nous passons tous ensemble le désoriente. Il se met à piquer des crises pour des peccadilles et, bien qu'il se soit déjà montré pénible pendant toute cette histoire, c'est la première fois qu'il trahit des signes réels de traumatisme. On dirait que, comme David, il est arrivé à la conclusion qu'il pouvait se laisser aller, que je serais là pour m'occuper de lui. Il fait une comédie pour s'habiller le matin, refuse parfois d'aller à l'école, dit qu'il veut être un bébé comme Harry et retourner dans mon ventre. Tôt ou tard, il faudra que nous mettions les choses au clair avec lui.

Un matin, quelques jours après avoir été libérée de l'obligation de me tenir à la disposition de la police, je me réveille tôt, m'extirpe du sac de couchage, vais aux toilettes, puis dans la cuisine. David s'est déjà levé pour donner son biberon à Harry, et il s'est recouché. Il a laissé la porte du micro-ondes ouverte. Quand je la referme doucement, un léger déclic se produit. Je remets le lait en poudre dans le placard et j'essuie ce qui est tombé sur la surface en granit. Je me prépare une tasse de thé que j'emporte dans le salon. Parfois, je me glisse de nouveau dans le sac de couchage et je regarde les émissions matinales de télévision en baissant le son.

Au milieu du couloir envahi de lumière, je pense à la télévision quand mon œil surprend quelque chose à la périphérie de mon champ de vision. Je tourne la tête avec l'impression désagréable que j'éprouve quand je dors et qu'un des enfants crie, un vague sentiment qu'il se passe quelque chose, et l'intuition que, si je me concentre un instant, je découvrirai ce qui ne va pas. Je me fige sur place et je la vois. Posant ma tasse pleine sur la pile de journaux qui se trouve sur une petite table, près de la porte du salon, je me penche pour ramasser l'enveloppe, avant de jeter un coup d'œil dans le petit couloir qui mène aux deux chambres. Tout est silencieux. J'emporte mon thé et l'enveloppe dans le salon, je referme lentement la porte derrière moi en veillant à ne pas faire de bruit.

Je mets la tasse de thé sur la table basse, je me glisse dans le sac de couchage et je m'assieds. Comme les dernières que j'ai reçues, cette enveloppe ne porte pas le nom du destinataire. D'un doigt, je l'ouvre. La feuille A4 est pliée avec soin et écrite à la main.

Chère Laura,

Vous devez vous dire que vous avez gagné, maintenant, je suppose. Vous croyez tout avoir, vous vous imaginez que vous avez roulé tout le monde, même la police, même ce mari qui a toujours été trop bête pour comprendre votre petit jeu. Mais n'oubliez jamais que si ma fille est partie, moi, je suis encore là. Je suis trop intelligente pour vous. Quelque chose vous pend au nez. Je sais ce que je peux dire et ce que je ne peux pas dire. Ne l'oubliez pas.

Avec mes salutations,

E.

Si je ne suis pour rien dans la mort de Chloe, je me sens aussi coupable que si la police m'accusait. Je ne l'ai pas tuée, je n'ai pas tué Ahmetaj, mais je lui ai parlé d'elle, je lui ai dit à quel point j'aimerais qu'elle n'existe pas. Il m'a raconté son histoire, je lui ai raconté la mienne. Dans ce sens, la police a raison, je suis coupable d'association de malfaiteurs, mais je ne suis pas coupable de la mort de Chloe. Elle s'est suicidée. Il le faut bien. Des semaines durant, j'ai tout repassé dans ma tête, mais c'est cette lettre qui me convainc de mon innocence. Edith m'a accusée de beaucoup de choses, mais pas d'avoir assassiné sa fille. Le fait qu'elle croit elle-même à un suicide me persuade une fois pour toutes que mes rapports avec Ahmetaj n'ont rien à voir avec la mort de Chloe. Je suis coupable et innocente. Chloe est partie. Ce n'est pas ma faute.

La lettre à la main, je repense à Jenny Ozu. Je me dis que je me sentais obligée de faire mal à quelqu'un parce que trop de choses s'acharnaient sur moi et que, à l'époque, je ne pouvais pas le comprendre. Il y a toujours une façon de se justifier à ses propres yeux, de se rendre moral, voire héroïque – même Edith croit sans doute être quelqu'un d'honnête, de correct. C'est sans fin.

Je replie la lettre et la remets dans l'enveloppe que je cache dans la poche intérieure du sac que j'ai préparé avant d'aller à l'hôtel. Je décide de ne rien dire à David. Nous devons simplement partir très loin, le plus vite possible.

Rees et moi nous occupons de Harry avec grand plaisir. Ça permet à David de se reposer, et Rees et moi avons ainsi l'occasion de faire quelque chose ensemble.

« C'est notre bébé, hein ? me dit mon fils tandis que nous mettons une couche propre à Harry après l'avoir couché sur le tapis de change étalé sur la moquette du séjour.

— Oui, mon chéri. » Je lui fais signe de me passer les lingettes.

Plus tard, Rees et moi emmenons Harry en voiture à Willetts, qui se trouve après Eastley. Rees joue avec les dépliants du présentoir, près de la porte, pendant que, Harry sur mes genoux, je prends rendez-vous avec un agent immobilier pour qu'il vienne estimer le bungalow et ma maison. Ensuite, nous allons chez tante Lorraine. Ceri, la sœur de David, est là, et nous sortons toutes trois avec Rees dans le jardin, pour jouer avec lui au football dans le froid.

« Alors, quand est-ce que je pourrai voir mon neveu ? » me demande doucement Lorraine alors que je lance le ballon à Rees. Il fait équipe avec Ceri. Le ton de Lorraine est un peu suppliant, comme si j'avais le pouvoir de décision en la matière. Je ne sais que lui répondre. David ne veut voir personne d'autre que moi, même pas ses parents.

« Ça va prendre un moment..., dis-je.

— Oh ! David... », lâche Lorraine avec un soupir larmoyant.

Rees a attrapé le ballon et dribble maladroitement en essayant de ne pas le passer à Ceri alors même qu'ils font équipe. Elle fait semblant de le plaquer au sol.

Je m'entends déclarer à Lorraine : « Je crois que nous allons partir au pays de Galles. » Il me paraît tout naturel de partager cette pensée, quoiqu'elle me soit venue à l'esprit à l'instant et que je n'en aie pas discuté avec David.

Lorraine me regarde.

« David, les garçons et moi. Nous ne pouvons pas rester ici. » J'ignore ce que sait Lorraine au sujet de la mère de Chloe, mais ce n'est qu'une partie du problème, bien sûr. Nous ne pouvons habiter ni dans notre ancienne maison ni dans le bungalow, et nous ne pouvons pas vivre séparés – que pourrions-nous faire d'autre ?

L'air las et triste, Lorraine hoche la tête. « Nous avons encore beaucoup de parents à Aberystwyth. J'ai souvent pensé à y retourner moi-même, mais je ne crois pas que ça plairait à Richard. »

Rees marque un but contre Ceri, et court dans tout le jardin, ravi, en agitant les bras et en hurlant de triomphe.

Cette nuit-là, le bruit de quelqu'un qui trébuche dans la cuisine me réveille. David a souvent du mal à dormir, même s'il n'est pas dérangé par Harry, qui a faim à des heures irrégulières. Parfois, je reste dans mon sac de couchage sur le canapé et je tends l'oreille – placards ouverts, sanglots étouffés. Cette fois, je me lève. Il fait froid dans le bungalow. J'attrape le pull que j'ai laissé sur le fauteuil la veille, et je l'enfile sur mon pyjama en dégageant mes cheveux du col épais. Je jette un coup d'œil, mais je n'aperçois mes chaussons nulle part, si bien que je marche pieds nus jusqu'à la cuisine.

David est assis à la table, ses cheveux gris ébouriffés, une barbe naissante sur les joues, la peau un peu affaissée – il a perdu du poids. Comme nous avons vieilli... Devant lui, je vois un grand album de photos ouvert. Je le reconnais, il date des premiers temps de notre mariage, à l'époque où Betty était bébé. J'ignorais que c'était lui qui l'avait. Je croyais avoir gardé la plupart de ces albums.

Quand j'entre dans la pièce, il ne lève pas les yeux. Sans un mot, je vais remplir la bouilloire, je la branche et je l'allume. En attendant que l'eau bouille, je m'appuie au plan de travail et frotte un pied sur l'autre. Le sol de la cuisine est en ardoise, le plan de travail en granit. C'est froid et dur. L'autre jour, j'ai lâché une tasse et elle s'est cassée en mille morceaux.

David tourne les pages de l'album et pleure sans bruit. J'aperçois les photos – Betty sur une balançoire, dans un jardin qui n'est pas le nôtre. Betty habillée avec tous les foulards et les chapeaux qu'elle a pu trouver. Betty, Betty, Betty... Comment David concilie-t-il son deuil avec le chagrin qu'il éprouve pour la perte de Chloe ? Voilà qui me sidère, et pourtant je me prenais pour une experte en la matière.

« J'ai l'impression d'être puni, dit-il sans me regarder. Pour ce que je vous ai fait, à toi et aux enfants. C'est l'impression que j'ai. »

Ce n'est pas la première fois qu'il le dit. Je m'approche de lui, passe un bras autour de ses épaules et l'attire à moi. Il se retourne. Je me penche et dépose un baiser sur son crâne. « Non, ce n'est pas vrai. »

Il m'enlace la taille et me serre très fort contre lui. Je n'ai pas oublié sa façon de me prendre dans ses bras malgré tout ce qui s'est passé. Mon corps l'a gardée en mémoire. Nous restons ainsi longtemps, sans plus penser à la bouilloire ni à l'album de photos.

Enfin, je me redresse et me libère de ses bras. De la petite chambre, de l'autre côté du couloir, me parvient un gémissement d'enfant. « Tu as entendu ? »

Il secoue la tête.

« Je vais aller jeter un coup d'œil aux garçons. » Je m'avance vers la porte.

« Laura. » C'est encore étrange et beau de l'entendre prononcer mon prénom.

Avant de sortir, je me retourne. Il a le regard fixé sur moi.

Après avoir vérifié que tout allait bien pour les enfants, je reste sur le seuil de la cuisine et m'appuie au montant de la porte. Toujours assis à la table, David est de dos – soit il ne m'a pas entendue approcher, soit il est tellement perdu dans ses pensées qu'il est fermé au monde. Il ne se retourne pas. Ses épaules sont voûtées. Il a la tête dans les mains. Appuyée négligemment au montant de la porte, bras croisés, je le vois tel qu'il est, un homme brisé. Il ressemble à un personnage peint par un artiste célèbre. Certains peintres réussissent à représenter cette sorte de lumière, la manière dont elle tombe du plafonnier bas en dessinant un ovale jaune sur la table de cuisine, la manière dont cet ovale repousse le reste de la pièce dans une pénombre informe, comme si les placards, la cuisinière et l'évier se pressaient jalousement autour de la lumière. David ne bouge pas plus qu'une statue.

Ce que j'ai ressenti pour David au début de notre rencontre n'aurait pas dû évoluer en mariage avec enfants, c'était le genre d'amour qui caractérise les amants adultères, féroce, impérieux. Il aurait dû s'éteindre de lui-même, mais quelque chose d'autre s'était construit dessus, un véritable amour, profond, naturel, mutuel, et deux enfants étaient nés de cet amour. En observant cet homme à la tête baissée, assis à la table de cuisine, je songe qu'il n'y a peut-être rien de plus que cette construction de toutes pièces, qu'on l'appelle « amour » ou autrement – ce besoin brut, aussi rugueux que l'écorce d'un arbre, cette peur de la mort si forte que nous ne pouvons nous empêcher de baiser dans le froid et l'obscurité. Mais, si c'est le cas, me dis-je en fixant la nuque de David, quel est le sentiment que j'éprouve pour lui à présent, alors que nous sommes tous deux si abattus, si démoralisés que le sexe semble un rêve lointain ou une chose dont il est seulement question dans les livres ? Qu'éprouvons-nous chacun l'un pour l'autre à présent si ce n'est de l'amour ? De l'amour construit sur la douleur – un amour qui dure. Ce que nous aimons peut nous être retiré d'un moment à l'autre, mais la perte de ce que nous aimons nous appartient à jamais.

Prenant mon élan, je traverse la cuisine et pose les deux mains sur les épaules de David. Il lève la tête et la renverse contre moi, comme s'il savait que j'étais là depuis le début et attendait que je vienne à lui. Mes bras glissent autour de lui. Il les agrippe, bouge la tête sur mon ventre, et, longtemps, je le tiens contre moi de cette drôle de façon, lui assis et moi debout.

Épilogue

DEVANT LE MIROIR, Betty brosse ses longs cheveux blonds. « Maman, tu ne trouves pas les manches un peu trop longues ?

— Un peu », dis-je en enfilant mes bottes. Rees est dans la cuisine. « Rees ! Viens, dépêche-toi ! »

J'ai décidé de moins prendre la voiture le matin. Ce n'est vraiment pas la peine, il suffit de partir plus tôt, voilà tout. Le problème est que Rees est trop grand pour la poussette et trop petit pour marcher aussi vite que Betty et moi – mais si nous partons dans deux minutes, ça ira.

Betty se regarde dans sa nouvelle veste, tourne la tête d'un côté et de l'autre avec toute la vanité innocente dont elle dispose. Je me lève du bas de l'escalier où j'étais assise et je la serre brièvement dans mes bras. J'affirme : « Elle est très bien », même si je pense que cette veste ne convient pas du tout. Elle est trop mince, de mauvaise qualité, et je ne comprends pas pourquoi elle lui a tapé dans l'œil.

Nous sortons de la maison et, tout en nous dépêchant de descendre notre rue, nous agitons la main pour saluer Julie, qui part elle aussi avec Alfie. « Vous êtes sûre, pour tout à l'heure ? » me lance-t-elle. Je lui ai dit que j'irais moi-même chercher Rees à l'école, parce que je prendrais également Rebecca pour les emmener tous les deux à la salle de l'église méthodiste. Ma tête est pleine de l'arrangement compliqué de la journée, impliquant une sorte de diagramme de Venn entre divers enfants et leurs mères. C'est là le tissu de ma vie, temps, lieux et gens entremêlés, et il nécessite un agenda mental.

La cloche de l'école sonne lorsque nous pénétrons dans la cour, en nous forçant un passage au milieu des parents qui tentent de franchir en sens inverse l'étroit portail. Nous sommes en retard pour entrer dans l'école, les autres parents sont en retard pour aller au travail – ou ailleurs –, et il n'y a jamais de consensus pour savoir qui a la priorité et encore moins la morale pour lui. Une fois que nous avons joué des coudes, Rees se précipite sur le cochon en bois installé dans le coin de la cour et je peux tranquillement dire au revoir à Betty.

Elle est impatiente car elle a vu Willow entrer avant nous. Après m'avoir brièvement enlacée, elle tourne les talons.

Je lance dans son dos : « Hé ! »

Elle pivote vers moi. Je brandis le sac de sport en le tenant par la bandoulière. Il est plus lourd que d'habitude parce que, pour une fois, j'ai pensé à y mettre ses chaussures de claquettes, une boisson et un goûter qu'elle prendra avant son club de capoeira. Je me congratule mentalement. Elle sourit, accourt, attrape le sac, puis, d'un geste rapide, gêné, elle m'embrasse sur la joue.

« Je t'aime », dit-elle tout doucement pour que ses amies n'entendent pas, presque pour ne pas s'entendre elle-même.

En temps normal, j'aurais répondu : « Moi aussi », mais aujourd'hui j'ai à l'esprit les nouvelles dispositions pour l'après-midi. « Alors, n'oublie pas, hein ? »

Elle lève les yeux au ciel. « Non, je n'oublierai pas, maman.

— Par quel chemin allez-vous passer ?

— On peut prendre le plus court ou le plus long. Si on prend le plus court, on fera très attention en traversant la route.

— C'est très bien. »

Je n'ai pas fini de parler qu'elle s'est retournée pour se précipiter vers ses amies, qui l'attendent à la porte. Je la suis des yeux pendant qu'elle les rattrape. Willow et elle bavardent, et Betty sourit. J'attends de voir si elle va regarder dans ma direction et agiter la main avant de disparaître à l'intérieur. Elle ne le fait pas.

Remerciements

J'aimerais exprimer ma gratitude à l'Arts Council England pour la bourse qu'il m'a accordée à un moment crucial dans l'écriture de ce livre et les recherches qui y étaient associées. Pendant cette période, j'ai eu la chance de résider au Banff Centre d'Alberta, au Canada, un endroit parfait pour écrire un roman. Je voudrais remercier l'inspecteur Andy Nelson et le commissaire Raj Kohli, de la Metropolitan Police, pour leur aide au cours de mes recherches, ainsi que Georgina Field et le Dr Brigid Shepperd pour leurs conseils dans le domaine médical. Sarah Savitt, Antony Harwood, Jacqui Lofthouse, Laurence Chester, Dorothy Crossan et Jane Hodges ont eu la gentillesse de relire le manuscrit et de suggérer des modifications. S'il y a des erreurs, elles sont toutes de mon fait.

L. D.

IMPRESSION : CPI BRODARD ET TAUPIN À LA FLÈCHE
DÉPÔT LÉGAL : JANVIER 2013. N° 109170 (70710)
IMPRIMÉ EN FRANCE

Éditions Points

DERNIERS TITRES PARUS

P2763. Esther Mésopotamie, *Catherine Lépront*
P2764. L'École des Absents, *Patrick Besson*
P2765. Le Livre des brèves amours éternelles, *Andreï Makine*
P2766. Un long silence, *Mikal Gilmore*
P2767. Les Jardins de Kensington, *Rodrigo Fresán*
P2768. Samba pour la France, *Delphine Coulin*
P2769. Danbé, *Aya Cissoko et Marie Desplechin*
P2770. Wiera Gran, l'accusée, *Agata Tuszyńska*
P2771. Qui a tué l'écologie ?, *Fabrice Nicolino*
P2772. Rosa Candida, *Audur Ava Olafsdóttir*
P2773. Otage, *Elie Wiesel*
P2774. Absurdistan, *Gary Shteyngart*
P2775. La Geste des Sanada, *Yasushi Inoué*
P2776. En censurant un roman d'amour iranien
Shahriar Mandanipour
P2777. Un café sur la Lune, *Jean-Marie Gourio*
P2778. Caïn, *José Saramago*
P2779. Le Triomphe du singe-araignée, *Joyce Carol Oates*
P2780. Faut-il manger les animaux ?, *Jonathan Safran Foer*
P2781. Les Enfants du nouveau monde, *Assia Djebar*
P2782. L'Opium et le Bâton, *Mouloud Mammeri*
P2783. Cahiers de poèmes, *Emily Brontë*
P2784. Quand la nuit se brise. Anthologie de poésie algérienne
P2785. Tibère et Marjorie, *Régis Jauffret*
P2786. L'Obscure Histoire de la cousine Montsé, *Juan Marsé*
P2787. L'Amant bilingue, *Juan Marsé*
P2788. Jeux de vilains, *Jonathan Kellerman*
P2789. Les Assoiffées, *Bernard Quiriny*
P2790. Les anges s'habillent en caillera, *Rachid Santaki*
P2791. Yum Yum Book, *Robert Crumb*
P2792. Le Casse du siècle, *Michael Lewis*
P2793. Comment Attila Vavavoom remporta la présidentielle
avec une seule voix d'avance, *Jacques Lederer*

P2794. Le Nazi et le Barbier, *Edgar Hilsenrath*
P2795. Chants berbères de Kabylie, *Jean Amrouche*
P2796. Une place au soleil, *Driss Chraïbi*
P2797. Le Rouge du tarbouche, *Abdellah Taïa*
P2798. Les Neuf Dragons, *Michael Connelly*
P2799. Le Mécano du vendredi (illustrations de Jacques Ferrandez), *Fellag*
P2800. Le Voyageur à la mallette *suivi de* Le Vieux Quartier *Naguib Mahfouz*
P2801. Le Marquis des Éperviers, *Jean-Paul Desprat*
P2802. Spooner, *Pete Dexter*
P2803. « Merci d'avoir survécu », *Henri Borlant*
P2804. Secondes noires, *Karin Fossum*
P2805. Ultimes Rituels, *Yrsa Sigurdardottir*
P2806. Le Sourire de l'agneau, *David Grossman*
P2807. Le garçon qui voulait dormir, *Aharon Appelfeld*
P2808. Frontière mouvante, *Knut Faldbakken*
P2809. Je ne porte pas mon nom, *Anna Grue*
P2810. Tueurs, *Stéphane Bourgoin*
P2811. La Nuit de Geronimo, *Dominique Sylvain*
P2812. Mauvais Genre, *Naomi Alderman*
P2813. Et l'âne vit l'ange, *Nick Cave*
P2814. Les Yeux au ciel, *Karine Reysset*
P2815. Un traître à notre goût, *John le Carré*
P2816. Les Larmes de mon père, *John Updike*
P2817. Minuit dans une vie parfaite, *Michael Collins*
P2818. Aux malheurs des dames, *Lalie Walker*
P2819. Psychologie du pingouin et autres considérations scientifiques, *Robert Benchley*
P2820. Petit traité de l'injure. Dictionnaire humoristique *Pierre Merle*
P2821. L'Iliade, *Homère*
P2822. Le Roman de Bergen. 1950 Le Zénith – tome III *Gunnar Staalesen*
P2823. Les Enquêtes de Brunetti, *Donna Leon*
P2824. Dernière Nuit à Twisted River, *John Irving*
P2825. Été, *Mons Kallentoft*
P2826. Allmen et les libellules, *Martin Suter*
P2827. Dis camion, *Lisemai*
P2828. La Rivière noire, *Arnaldur Indridason*
P2829. Mary Ann en automne. Chroniques de San Francisco, épisode 8, *Armistead Maupin*
P2830. Les Cendres froides, *Valentin Musso*
P2831. Les Compliments. Chroniques, *François Morel*
P2832. Bienvenue à Oakland, *Eric Miles Williamson*
P2833. Tout le cimetière en parle, *Marie-Ange Guillaume*

P2834. La Vie éternelle de Ramsès II, *Robert Solé*
P2835. Nyctalope ? Ta mère. Petit dictionnaire loufoque des mots savants, *Tristan Savin*
P2836. Les Visages écrasés, *Marin Ledun*
P2837. Crack, *Tristan Jordis*
P2838. Fragments. Poèmes, écrits intimes, lettres, *Marilyn Monroe*
P2839. Histoires d'ici et d'ailleurs, *Luis Sepúlveda*
P2840. La Mauvaise Habitude d'être soi *Martin Page, Quentin Faucompré*
P2841. Trois semaines pour un adieu, *C.J. Box*
P2842. Orphelins de sang, *Patrick Bard*
P2843. La Ballade de Gueule-Tranchée, *Glenn Taylor*
P2844. Cœur de prêtre, cœur de feu, *Guy Gilbert*
P2845. La Grande Maison, *Nicole Krauss*
P2846. 676, *Yan Gérard*
P2847. Betty et ses filles, *Cathleen Schine*
P2848. Je ne suis pas d'ici, *Hugo Hamilton*
P2849. Le Capitalisme hors la loi, *Marc Roche*
P2850. Le Roman de Bergen. 1950 Le Zénith – tome IV *Gunnar Staalesen*
P2851. Pour tout l'or du Brésil, *Jean-Paul Delfino*
P2852. Chamboula, *Paul Fournel*
P2853. Les Heures secrètes, *Élisabeth Brami*
P2854. J.O., *Raymond Depardon*
P2855. Freedom, *Jonathan Franzen*
P2856. Scintillation, *John Burnside*
P2857. Rouler, *Christian Oster*
P2858. Accabadora, *Michela Murgia*
P2859. Kampuchéa, *Patrick Deville*
P2860. Les Idiots (petites vies), *Ermanno Cavazzoni*
P2861. La Femme et l'Ours, *Philippe Jaenada*
P2862. L'Incendie du Chiado, *François Vallejo*
P2863. Le Londres-Louxor, *Jakuta Alikavazovic*
P2864. Rêves de Russie, *Yasushi Inoué*
P2865. Des garçons d'avenir, *Nathalie Bauer*
P2866. La Marche du cavalier, *Geneviève Brisac*
P2867. Cadrages & Débordements *Marc Lièvremont (avec Pierre Ballester)*
P2868. Automne, *Mons Kallentoft*
P2869. Du sang sur l'autel, *Thomas Cook*
P2870. Le Vingt et Unième cas, *Håkan Nesser*
P2871. Nous, on peut. Manuel anticrise à l'usage du citoyen *Jacques Généreux*
P2872. Une autre jeunesse, *Jean-René Huguenin*
P2873. L'Amour d'une honnête femme, *Alice Munro*

P2874. Secrets de Polichinelle, *Alice Munro*
P2875. Histoire secrète du Costaguana, *Juan Gabriel Vásquez*
P2876. Le Cas Sneijder, *Jean-Paul Dubois*
P2877. Assommons les pauvres !, *Shumona Sinha*
P2878. Brut, *Dalibor Frioux*
P2879. Destruction massive. Géopolitique de la faim
Jean Ziegler
P2880. Une petite ville sans histoire, *Greg Iles*
P2881. Intrusion, *Natsuo Kirino*
P2882. Tatouage, *Manuel Vázquez Montalbán*
P2883. D'une porte l'autre, *Charles Aznavour*
P2884. L'Intégrale Gainsbourg. L'histoire de toutes ses chansons
Loïc Picaud, Gilles Verlant
P2885. Hymne, *Lydie Salvayre*
P2886. B.W., *Lydie Salvayre*
P2887. Les Notaires. Enquête sur la profession la plus puissante de France, *Laurence de Charette, Denis Boulard*
P2888. Le Dépaysement. Voyages en France
Jean-Christophe Bailly
P2889. Les Filles d'Allah, *Nedim Gürsel*
P2890. Les Yeux de Lira, *Eva Joly et Judith Perrignon*
P2891. Recettes intimes de grands chefs, *Irvine Welsh*
P2892. Petit Lexique du petit, *Jean-Luc Petitrenaud*
P2893. La Vie sexuelle d'un islamiste à Paris, *Leïla Marouane*
P2894. Ils sont partis avec panache. Les dernières paroles, de Jules César à Jimi Hendrix, *Michel Gaillard*
P2896. Le Livre de la grammaire intérieure, *David Grossman*
P2897. Philby. Portrait de l'espion en jeune homme
Robert Littell
P2898. Jérusalem, *Gonçalo M. Tavares*
P2899. Un capitaine sans importance, *Patrice Franceschi*
P2900. Grenouilles, *Mo Yan*
P2901. Lost Girls, *Andrew Pyper*
P2902. Satori, *Don Winslow*
P2903. Cadix, ou la diagonale du fou, *Arturo Pérez-Reverte*
P2904. Cranford, *Elizabeth Gaskell*
P2905. Les Confessions de Mr Harrison
Elizabeth Gaskell
P2906. Jón l'Islandais, *Bruno d'Halluin*
P2907. Journal d'un mythomane, vol. 1, *Nicolas Bedos*
P2908. Le Roi prédateur, *Catherine Graciet et Éric Laurent*
P2909. Tout passe, *Bernard Comment*
P2910. Paris, mode d'emploi. Bobos, néo-bistro, paniers bio et autres absurdités de la vie parisienne
Jean-Laurent Cassely
P2911. J'ai réussi à rester en vie, *Joyce Carol Oates*

P2912. Folles nuits, *Joyce Carol Oates*
P2913. L'Insolente de Kaboul, *Chékéba Hachemi*
P2914. Tim Burton : entretiens avec Mark Salisbury
P2915. 99 proverbes à foutre à la poubelle
Jean-Loup Chiflet
P2916. Les Plus Belles Expressions de nos régions
Pascale Lafitte-Certa
P2917. Petit dictionnaire du français familier.
2000 mots et expressions, d'« avoir la pétoche »
à « zigouiller », *Claude Duneton*
P2918. Les Deux Sacrements, *Heinrich Böll*
P2919. Le Baiser de la femme-araignée, *Manuel Puig*
P2920. Les Anges perdus, *Jonathan Kellerman*
P2921. L'Humour des chats, *The New Yorker*
P2922. Les Enquêtes d'Erlendur, *Arnaldur Indridason*
P2923. Intermittence, *Andrea Camilleri*
P2924. Betty, *Arnaldur Indridason*
P2925. Grand-père avait un éléphant
Vaikom Muhammad Basheer
P2926. Les Savants, *Manu Joseph*
P2927. Des saisons au bord de la mer, *François Maspero*
P2928. Le Poil et la Plume, *Anny Duperey*
P2929. Ces 600 milliards qui manquent à la France
Antoine Peillon
P2930. Pensées pour moi-même. Le livre autorisé de citations
Nelson Mandela
P2931. Carnivores domestiques (illustrations d'OlivSteen)
Erwan Le Créac'h
P2932. Tes dernières volontés, *Laura Lippman*
P2933. Disparues, *Chris Mooney*
P2934. La Prisonnière de la tour, *Boris Akounine*
P2935. Cette vie ou une autre, *Dan Chaon*
P2936. Le Chinois, *Henning Mankell*
P2937. La Femme au masque de chair, *Donna Leon*
P2938. Comme neige, *Jon Michelet*
P2939. Par amitié, *George P. Pelecanos*
P2940. Avec le diable, *James Keene, Hillel Levin*
P2941. Les Fleurs de l'ombre, *Steve Mosby*
P2942. Double Dexter, *Jeff Lindsay*
P2943. Vox, *Dominique Sylvain*
P2944. Cobra, *Dominique Sylvain*
P2945. Au lieu-dit Noir-Étang…, *Thomas Cook*
P2946. La Place du mort, *Pascal Garnier*
P2947. Terre des rêves
(La trilogie du Minnesota, tome 1)
Vidar Sundstøl

P2948. Les Mille Automnes de Jacob de Zoet, *David Mitchell*
P2949. La Tuile de Tenpyô, *Yasushi Inoué*
P2950. Claustria, *Régis Jauffret*
P2951. L'Adieu à Stefan Zweig, *Belinda Cannone*
P2952. Là où commence le secret, *Arthur Loustalot*
P2953. Le Sanglot de l'homme noir, *Alain Mabanckou*
P2954. La Zonzon, *Alain Guyard*
P2955. L'éternité n'est pas si longue, *Fanny Chiarello*
P2956. Mémoires d'une femme de ménage
Isaure (en collaboration avec Bertrand Ferrier)
P2957. Je suis faite comme ça, *Juliette Gréco*
P2958. Les Mots et la Chose. Trésors du langage érotique
Jean-Claude Carrière
P2959. Ransom, *Jay McInerney*
P2960. Little Big Bang, *Benny Barbash*
P2961. Vie animale, *Justin Torres*
P2962. Enfin, *Edward St Aubyn*
P2963. La Mort muette, *Volker Kutscher*
P2964. Je trouverai ce que tu aimes, *Louise Doughty*
P2965. Les Sopranos, *Alan Warner*
P2966. Les Étoiles dans le ciel radieux, *Alan Warner*
P2967. Méfiez-vous des enfants sages, *Cécile Coulon*
P2968. Cheese Monkeys, *Chip Kidd*
P2969. Pommes, *Richard Milward*
P2970. Paris à vue d'œil, *Henri Cartier-Bresson*
P2971. Bienvenue en Transylvanie, *collectif*
P2972. Super triste histoire d'amour, *Gary Shteyngart*
P2973. Les Mots les plus méchants de l'Histoire
Bernadette de Castelbajac
P2974. La femme qui résiste, *Anne Lauvergeon*
P2975. Le Monarque, son fils, son fief
Marie-Célie Guillaume
P2976. Écrire est une enfance, *Philippe Delerm*
P2977. Le Dernier Français, *Abd Al Malik*
P2978. Il faudrait s'arracher le cœur, *Dominique Fabre*
P2979. Dans la grande nuit des temps, *Antonio Muñoz Molina*
P2980. L'Expédition polaire à bicyclette, *Robert Benchley*
P2981. Karitas, livre II – L'art de la vie
Kristín Marja Baldursdóttir
P2982. Parlez-moi d'amour, *Raymond Carver*
P2983. Tais-toi, je t'en prie, *Raymond Carver*
P2984. Débutants, *Raymond Carver*
P2985. Calligraphie des rêves, *Juan Marsé*
P2986. Juste être un homme, *Craig Davidson*
P2987. Les Strauss-Kahn
Raphaëlle Bacqué, Ariane Chemin